06/2500

Über 40 Jahre
Heyne Science Fiction
& Fantasy
2500 Bände
Das Gesamt-Programm

SCIENCE FICTION

Herausgegeben
von Wolfgang Jeschke

Von **Phillip Mann** erschien in der Reihe
HEYNE SCIENCE FICTION & FANTASY:

Das Auge der Königin · 06/4213
Pioniere · 06/4784
Wolfs Grab · 06/4955

PAXWAX:

Der Herr von Paxwax · 06/4522
Der Fall der Familien · 06/4523

EIN LAND FÜR HELDEN:

Flucht in die Wälder · 06/6302
Der Monolith · 06/6303
Der Drache erwacht · 06/6304
Der brennende Wald · 06/6305

PHILLIP MANN

FLUCHT IN DIE WÄLDER

Ein Land für Helden

Erster Roman

Aus dem Englischen von
USCH KIAUSCH

Deutsche Erstausgabe

WILHELM HEYNE VERLAG
MÜNCHEN

HEYNE SCIENCE FICTION & FANTASY
Band 06/6302

Titel der englischen Originalausgabe
A LAND FIT FOR HEROES
VOL. 1: ESCAPE TO THE WILD WOOD
Aus dem neuseeländischen Englisch übersetzt
von Usch Kiausch
Das Umschlagbild ist von Attila Boros

Umwelthinweis:
Dieses Buch wurde auf chlor- und
säurefreiem Papier gedruckt.

Redaktion: Wolfgang Jeschke
Copyright © 1993 by Phillip Mann
Erstausgabe by Victor Gollancz Ltd., London
Mit freundlicher Genehmigung des Autors
und Victor Gollancz Ltd., London
Copyright © 2000 der deutschen Ausgabe und der Übersetzung
by Wilhelm Heyne Verlag GmbH & Co. KG, München
http://www.heyne.de
Deutsche Erstausgabe 4/2000
Printed in Germany 2/2000
Umschlaggestaltung: Nele Schütz Design, München
Technische Betreuung: M. Spinola
Satz: Schaber Satz- und Datentechnik, Wels
Druck und Bindung: Presse-Druck, Augsburg

ISBN 3-453-14904-1

Inhalt

1. Zwölf Sekunden entfernt 9
2. Über die Wildnis 13
3. Der Kampfdom 22
4. Drei Geschichten 61
5. Beschreibung eines Jahres 124
6. Vitis Bankett 175
7. Geächtete 185
8. Was sich jenseits von Britannien ereignete ... 208
9. Flucht in die Wälder 221
10. Die erste Nacht 245
11. Ulysses weint 249
12. Der erste Tag 255
13. Was sich in den ersten Monaten
    im Gasthaus zutrug 285

*Für den jetzt
so schmerzlich vermißten Dick Rothrock,
Freund und Lehrer.
Und für Janice Rothrock,
deren Mut wie ein Leitstern leuchtet.
Und auch für Tom und Megan,
die gegenwärtig in L.A.
neue Dinge ins Leben rufen.*

1
Zwölf Sekunden entfernt

*W*illkommen auf der Erde. Es ist jedoch nicht ganz die Erde, die Sie und ich kennen, obwohl man vom Mond aus den Unterschied gar nicht bemerken würde. Diese Welt gehört zu einem jener Paralleluniversen, deren Zahl unendlich ist. Aber jedes dieser Universen existiert in seiner ganz eigenen Zeitkapsel, und die Zeitrechnung weicht ein ganz klein wenig von der unserer eigenen Welt und der aller anderen Welten ab.

Die Welt, die wir nun gleich betreten werden, ist gegenüber unserer nur um zwölf Sekunden verschoben. Aber schon diese kurze Spanne sorgt dafür, daß diese Welt sich von unserer ganz und gar unterscheidet, auch wenn sie in bestimmter Hinsicht recht vertraut wirkt. Die Hügel, Flüsse und Ebenen zum Beispiel sehen im großen und ganzen so wie bei uns aus, aber die Männer und Frauen, die dort leben, sind anders. Auch ihre Geschichte und ihre Sitten und Gebräuche sind anders, anders auf kaum merkliche, aber seltsame Weise.

In dieser Welt sind die römischen Legionen nie aus Britannien abgezogen. Ganz im Gegenteil: Die römischen Legionen sind weiter marschiert. Zuerst haben sie Britannien ihr Brandzeichen aufgedrückt, dann haben sie den Rest der Welt erobert. Und wo immer sie hintraten, haben sie ihre Gesellschaftsordnung, ihre Gesetze und ihre militärische Organisation eingeführt.

Angesichts der nordischen Stämme hat Rom eine Zeitlang zwar bedenklich gewackelt, aber es hat überlebt und ist zur Hauptstadt einer riesigen, bunt zusammengewürfelten Zivilisation geworden. Rom ist jetzt berühmt als Wiege der Wissenschaft, als kultureller Schmelztiegel, als Platz an der Sonne, der alle Rassen aufnimmt, als Heimstätte guten Essens, seltener Gewürze und erlesenen Rotweins, als *der* Ort für den neuesten Klatsch und Tratsch, für die Philosophie, für Liebe und Lust, als Zentrum sagenhaften, verschwenderischen Reichtums, als Sitz einer angsteinflößenden, säbelrasselnden Weltmacht.

Was ja alles schön und gut ist, aber dieses Buch schert sich nicht sonderlich um Rom, übrigens auch nicht um den Rest der Welt. Vielmehr handelt es von einer ganz kleinen Ecke im fernen Nordosten der feuchten, bewaldeten Provinz Britannien.

Als der militärische Widerstand in Britannien mit der Niederlage der keltischen Stämme zusammenbrach, blühte die Provinz auf. Kreuz und quer durchs Land bauten die Römer ihre Straßen und regierten in ihren ordentlichen Groß- und Kleinstädten und von ihren Heereslagern aus. Nach und nach schufen sie eine wohlstrukturierte Gesellschaft, die sich auf einen städtischen Lebensstil gründete.

Kurz nach der Eroberung ernannte Rom den politischen Statthalter dieser Gesellschaft, den sogenannten *Praefectus Comitum*. Aber bald schon nahmen andere diese Position ein: Angehörige der großen aristokratischen Militärfamilien, die sich in Britannien niedergelassen hatten und sich in dieser Provinz mit der Zeit zu Hause fühlten. Diese Familien verwalteten ausgedehnte Ländereien und genossen fast uneingeschränkte Macht. Ihre Vorzugsstellung stützte sich auf zwei Klassen der Bevölkerung: auf die Bürger und auf die Soldaten. Diese beiden Klassen rekrutierten sich vor allem aus einheimischen Familien, die in früheren Zeiten das Stammesleben aufgegeben und die *Pax Romana* mit Wonne hingenommen hatten. Sie wurden ›zivilisiert‹. Aus Jahrzehnten wurden Jahrhunderte, aus Jahrhunderten wurde eine kleine Ewigkeit, und die römische

Herrschaft kam allen nach und nach wie ein Naturgesetz vor. Da man den Bürgern materiellen Komfort, Sicherheit und einen festen Platz in der Gesellschaft bot, waren sie sich der strengen Gesetze, Vorschriften und Verbote, denen sie unterworfen waren, kaum bewußt. Deshalb kam es auch kaum vor, daß die Buchhalter, Kanalarbeiter, Köche, Putzfrauen, Ammen, Gärtner oder Kerzenmacher, die der römischen Militäraristokratie das zivilisierte Leben überhaupt erst ermöglichten, ihre eigene Situation in Frage stellten. Und was die Soldaten betraf, so gab es nichts, was sie ermutigt hätte, über irgend etwas anderes zu sinnieren als den Stolz auf ihren Dienst und die Freude an der eigenen Tüchtigkeit. Sie überwachten die Straßen und die Tore der Stadt.

Dort jedoch, wo die Stadtmauern aufhörten, begann die Wildnis. In den Wäldern, Mooren und Sümpfen rings um die römischen Städte spielte sich das Leben immer noch ähnlich wie vor Jahrhunderten ab, nicht anders als zu der Zeit, ehe die Kelten und, noch früher, Menschengenerationen gekommen waren, die Stonehenge errichtet hatten. So wie man hier lebte, hatte man sogar schon zur Zeit der Riesen gelebt. In den unterschiedlichen Regionen des Landes, das die Römer Britannien nannten, hatten die alten, grünen, ewig jungen Geister der Bäume, Lichtungen und Flüsse ihre Würde bewahrt und großen Einfluß auf die erdverbundenen Menschen. Jene Menschen in den riesigen Wäldern konnten ihre Vorfahren, die beinahe so alt wie die Hügel waren, in den Bäumen und zwischen den sprudelnden Wasserläufen flüstern hören. In der Dämmerung murmelten sie miteinander in den Schatten der langen Hügelgräber. Trotzdem liebten sich die goldenen Burschen und Mädchen in den Wiesen, oben auf den Hügeln und an den stillen Plätzen hinter den Hügelgräbern und dachten nicht an den Grabesstaub.

Aber für die alten römischen Familien und die ihnen dienenden Bürger und Soldaten waren diese Waldbewohner nichts als primitive Wilde, die man dulden konnte, weil von ihnen keine Gefahr drohte.

In manchen Teilen des Landes machte das Christentum von sich reden, aber nirgendwo wurde es zu einer so großen politischen Kraft wie in unserer Welt. Wo das Christentum tatsächlich überlebte, nahm es den Platz einer Sekte unter vielen anderen ein. Jede dieser Sekten feierte auf ihre ganz eigene Weise das Sühneopfer eines Mannes oder einer Frau, die freiwillig den Tod gewählt hatten, um die Menschheit zu erlösen. Diese unterschiedlichen Glaubensrichtungen verschmolzen mit älteren Religionen, in deren Mittelpunkt Erde, Himmel oder die Große Mutter standen.

Und alle Rassen und Religionen wandelten auf den römischen Straßen.

Wir kommen zur Gegenwart.

Überall in der Welt stoßen römischer Rationalismus und römisches Gesetz an ihre Grenzen. Sie sind zu einer Art Gefängnis des Geistes geworden, und dieser Geist zerrt jetzt – zumindest in einigen Teilen der Welt – an seinen Ketten und rüttelt an den Gitterstäben. Gleichzeitig sprudeln ekstatische Kräfte wie Lava hoch und drohen, die römische Ordnung so unvermeidlich zu zerstören, wie der Vesuv Pompeji zerstört hat.

Natürlich ist im Alltag davon kaum etwas zu merken. Wie immer geht die Sonne auf und unter. Der Mond nimmt zu und wieder ab, so daß sich die Meere rund um die Welt heben und senken. Auf den Winter folgt der Frühling, auf den Frühling der Sommer, dann der Herbst, bis der Winter wieder einsetzt. Aber tiefgreifender Wandel ist unbarmherzig und nicht aufzuhalten. Das ist ein Naturgesetz – dort wie hier.

Laßt uns nun diese Welt betreten...

2

Über die Wildnis

...Aber im Augenblick treiben wir langsam über den riesigen wildwuchernden Wäldern des nördlichen Britanniens. Wir befinden uns ein paar Meilen östlich und ein wenig nördlich der großen Stadt Eburacum, die in dieser Welt Britanniens Hauptstadt ist. In unserer Welt kennt man diese Gegend als Pickering-Tal in der Grafschaft Yorkshire, und die große Stadt heißt York. Es ist mitten am Nachmittag und Frühling. Nach einem hellen warmen Tag fallen die Sonnenstrahlen schräg in den Wald und tauchen den herumwirbelnden Staub, die Pollen und tanzenden Insekten in goldenen Nebel.

Der Wald ist überwältigend, er dehnt sich aus, soweit das Auge reicht. An manchen Stellen erstrahlt das blasse Grün neuer Blätter, an anderen Stellen wirkt der Wald düster. Es gibt hier auffallend viele Stechpalmen und Haselnußsträucher, ihre Früchte sind bei Menschen und Vögeln sehr beliebt.

Eiben, nach menschlichen Maßstäben uralt, träumen im Schatten der größeren Bäume. Weiden markieren mit ihren hoch aufragenden Ästen die Wasserläufe und strecken ihre Arme zu den gewöhnlichen Erlen hinüber. Für Kontrast in Farbe, Form und Erscheinung sorgen Buchen und Eichen. Der Wald ist üppig und geheimnisvoll. Wenn der Wind bläst, schwanken die Baumwipfel, die Äste beugen sich, ächzen und schaben aneinander – dann ist der Wald wie ein einziges Lebewesen, ein gewaltiger grüner Organismus, der seine Zeit in Jahreszeiten und Jahrhunderten mißt.

Hin und wieder treiben wir über dichte Hecken hinweg, die aus gestutztem Hagedorn, Haselnußsträuchern, manchmal auch aus Stechpalmen bestehen. Diese Hecken bilden eine Abgrenzung, sie halten den mächtigen Wald zurück und schützen kleine Dörfer. Jedes Dorf ist weitgehend als Runddorf angelegt, die Häuser stehen eng zusammen, es bleibt aber noch genügend Raum für kleine Gärten und Obstbäume. Bei vielen der großen Bäume, die nahe am Dorf wachsen, hat man die Äste zurückgeschnitten, damit das Tageslicht hereinfallen kann. Allerdings nicht bei den Lieblingsbäumen, den Eichen. Sie ragen hoch über die Hecke und werfen ihre Schatten auf die Lichtung. Im Herbst prasseln die Eicheln auf die Hausdächer und verstopfen die Dachrinnen.

Die Häuser bestehen aus Holz, Backsteinen und Lattenwerk und sind mit Ziegeln gedeckt, viele sind als kreisförmige Pfahlbauten angelegt. Unterhalb der Häuser ist Platz für Tiere. Die Häuser haben kleine Fenster und hohe Schornsteine, aus denen blauer Holzkohlenrauch aufsteigt. Vor den Haustüren hat man Rosmarin, Thymian, Zitronenmelisse und Minze angepflanzt. Zäune trennen kleine Parzellen gegeneinander ab. Dort wachsen Rüben neben Winterkohl, dort vermodert der Ausschuß der herbstlichen Ernte zu Kompost.

Das Frühjahrspflügen hat schon begonnen, an manchen Stellen sprießen aus der dunklen Erde schon die hellgrünen Halme der im Herbst eingesäten Frühsorten von Roggen und Gerste. Am Rande der Felder hat man feuchte Pflanzen, verrottende Ringelblumenblätter, schmutziges Erbsenstroh und die fauligen Ablagerungen aus Abwassergräben zum Abtransport in die Kompostbehälter aufgeschichtet.

Das Dorf ist voller Menschen, denn die Tagesarbeit ist getan. Jetzt ist es an der Zeit, auf dem Dorfplatz miteinander zu schwatzen und zu trinken. Überall riecht es nach Essen. Hühner gackern und picken unter den Tischen, die man in die Sonne gerückt hat. Kinder singen und schreien. Irgendwo wird gehämmert, ein Streit bricht aus. Anderswo wird gelacht. Dies sind die ›Wilden‹, wie die Römer sie nennen, die Waldbewohner, deren Feuer an *Beltane* brennen. Diese Männer und Frauen stammen von den Kelten ab, die Jahrhunderte vor den Römern in Britannien eingefallen sind, oder auch von den Wikingern und entlaufenen afrikanischen und orientalischen Sklaven. In ihren Adern fließt das Blut der frühesten Bewohner dieses Landes, das Blut der Männer und Frauen, die in den Hügeln steinerne Kreise und Festungen errichtet haben. Diese Waldbewohner setzen eine Kultur fort, die schon uralt war, als die Römer einfielen – manche behaupten sogar, daß diese Kultur bis zum alten Atlantis zurückreicht –, und sie sind auch keineswegs die einzigen Bewohner des Waldes.

Im Dorf versüßen nicht nur die Frühlingsblumen die Luft, sondern auch die Schweine, die zwischen den Eichen grunzen und schnüffeln. Kühe trampeln in den nassen Wiesen jenseits der Dorfmauer herum. Schafe blöken innerhalb der Einzäunungen, die man aus Weiden geflochten hat. Bärtige Ziegen zerren an ihrem Strick, alles, was außerhalb ihrer Reichweite liegt, macht ihnen ganz besonders Appetit. Ein Hund läuft von der Rückseite eines Hauses fort und duckt sich ins Gras, als er gerufen wird.

Unterhalb der Waldbäume schlängeln sich schmale Wege und verbinden die abseits stehenden Häuschen zu einem Netz. Alle Pfade sind gut ausgetreten, jeder Weg ist gerade breit genug, daß zwei Packpferde aneinander vorbei können. Man betritt das Dorf durch ein Tor, das jeden Abend bei Sonnenuntergang geschlossen wird. Oben ist das Tor mit Dornen gespickt. Es ist so hoch und solide gebaut, daß es einen brünftigen Hirsch oder ein Rudel heulender Wölfe aufhalten kann. Außerhalb der Dörfer verzweigen sich die Wege und verlieren sich unter den Bäumen, um am nächsten Dorf wieder aufzutauchen.

Nach Norden hin vermischt sich das Bunt des riesigen Waldes mit dem Nebelgrau und Purpurrot der Moore. Die Bäume weichen Farnkraut und Heide. Nach Osten hin drängt sich der Wald bis an den Rand der Klippen, die an die graue Nordsee grenzen. Dort sind die Bäume verkrüppelt und windschief, die salzige Brise hat ihnen phantastische Formen verliehen. Zum Süden und Westen hin umhüllt der Wald die niedrigen Hänge der Wolds und umsäumt die salzige Marsch dort, wo der Fluß Ouse mit den Gezeiten ringt. Dann drängt der Wald nach Süden und umschließt Hügel und Fluß mit seinen Ästen. Man sagt, daß derjenige, der jenseits der Mauern von Eburacum seinen Fuß in das grüne Gehölz setzt, den Schutz des Waldes bis zum Ufer jenes fernen Meeres im Süden nicht mehr verlassen muß.

Mit diesem weitläufigen Dickicht aus Bäumen und Unterholz hat sich das Land von der letzten Eiszeit erholt. Dieser Wald ist die Heimat von Wildkatzen, riesigen Wölfen und Bären. Selbst einen Tiger mit geflecktem Zottelfell und gekrümmten Fangzähnen hat man unter den Fichten nahe bei Kirkdale umherschleichen sehen. Und es gibt dort auch noch weitere Lebewesen, Lebewesen, die man selten sieht – es sei denn, sie wollen gesehen werden. Sie bewegen sich lautlos.

Zwar wimmelt der Wald von Leben, aber während wir über den Baumgipfeln dahintreiben, sehen wir nur Vögel aufflattern und gelegentlich einen Sonnenstrahl auf dem Wasser funkeln. Möglich, daß wir in der Ferne beizenden Rauch über dem Blätterdach aufsteigen sehen. Schließlich ist heute der erste Mai, zur Feier Beltanes brennen Feuer.

Plötzlich gelangen wir an einen Ort, an dem man große Waldflächen gerodet hat. Innerhalb dieses Gebietes liegt ein genau abgegrenztes Rechteck. Mit ein bißchen Phantasie könnten wir uns vorstellen, daß irgendein alter Gott, sagen wir Jupiter oder Vulkan, hier einen

Riesen damit beauftragt hat, ein bestimmtes Waldgebiet abzuholzen. Der Rand ist durch hohe Steinmauern gekennzeichnet. Hinter den Zinnen patrouillieren Soldaten. An den Ecken ragen Wachtürme auf. Innerhalb dieses gerodeten Gebietes befinden sich quadratische Felder, lange Reihen von Glashäusern, ovale Fischteiche, Bewässerungsgräben, abgestufte Wasserkanäle und Windmühlen. Im Mittelpunkt der gerodeten Lichtung stehen mehrere Fertighäuschen, sie ziehen sich rings um eine Grasfläche, die ein Spielfeld darstellt. Diese kleine Ansiedlung sieht wie ein Dorf aus, aber in Wirklichkeit handelt es sich um einen einzigen Bauernhof. Dieser Bauernhof ist einer von vielen, die in der ganzen Provinz verstreut liegen. Sein einziger Zweck besteht darin, die Nahrungsmittel zu produzieren, die der Staat verlangt. Eburacum und dem benachbarten Heereslager liefert der Bauernhof Frischfleisch und Gemüse in bester Qualität. Jeder staatliche Bauernhof hat einen eigenen Namen und eine eigene Nummer. Die Höfe wetteifern nicht nur in der landwirtschaftlichen Produktion miteinander, sondern auch im Sport, das erklärt, wie wichtig das zentrale Spielfeld ist. Hier werden Ringkämpfe und Rennen ausgetragen. Zwei Gruppensportarten, ganz ähnlich wie Rugby und Cricket, sind besonders populär. Im Moment werden gerade die Rugby-Pfosten eingelassen, und die Gärtner sehen nach, welche Schäden das Cricket-Hauptfeld im Winter abbekommen hat.

Möglich, daß wir vieles wiedererkennen. Weniger vertraut sind wahrscheinlich die hohen Säulen, die das ganze Areal rund um den Bauernhof umgeben. An ihren Spitzen sind schwarze Platten mit Solarzellen angebracht. Solarenergie ist in dieser Welt weit verbreitet. Diese Technik ist, im Gegensatz zu vielen anderen, recht weit fortgeschritten. Der Bauernhof wird weitgehend mit Solarstrom versorgt.

Durch Straßen sind all diese staatlichen Bauernhöfe

zu größeren Einheiten verbunden. So gerade wie Richtschnuren zerschneiden diese Landstraßen den wildwuchernden bunten Wald. Je weiter wir uns vom wilden Herz des Waldes auf Eburacum und seine Nachbarstädte zubewegen, desto augenfälliger werden Ordnung, Planung und wirtschaftliche Vorsorge. Die Straßen bekräftigen: Vernunft überwindet das Chaos der Natur. Und das ist für diejenigen, die der Meinung sind, daß die wilde Natur bezähmt werden muß, ein tröstlicher Gedanke. Dem aufmerksamen Beobachter entgeht allerdings nicht, daß die Vegetation dort am undurchdringlichsten ist, wo der Wald auf die zurechtgetrimmten Straßenbegrenzungen stößt. So als wollte der wildwuchernde Wald die grünen Lichtungen in seinem Innern von den lauten, bevölkerten Straßen isolieren.

Die Landstraßen verbinden sich mit größeren Straßen, die die ganze Provinz durchziehen. Diese wiederum vernetzen sich mit den Hauptverkehrsstraßen, den Schnellstraßen, die letztendlich zu den Metropolen des Reiches führen: zum glitzernden Byzanz, zum gigantischen Rom, zum marmornen Athen und zum weit entfernten, wohlriechenden Xi An – um nur einige zu nennen.

Wir treiben über eine dieser Schnellstraßen hinweg und merken, daß dort dichter Verkehr herrscht. Alle Fahrzeuge haben anscheinend dasselbe Ziel, bewegen sich in dieselbe Richtung, nämlich weg von der Stadt Eburacum Richtung Derventio. Wir kennen die Stadt als Malton. So viel befahren die Straße auch sein mag, geht doch alles ganz gelassen vor sich. Alle Fahrzeuge halten konstante Geschwindigkeit und wirken wie Perlen an einer Kette, jedes Fahrzeug bewahrt genau gleichen Abstand zu dem vor und hinter sich.

Die Fahrzeuge haben Ähnlichkeit mit motorisierten zweirädrigen Karossen, wie wir sie vielleicht schon auf einer Kirmes gesehen haben. Aber uns fällt auf, daß die Seitenräder nur aus bemalten Scheiben bestehen und den Boden eigentlich gar nicht berühren. Die Fahrzeuge gleiten lautlos auf ihren Luftkissen dahin. Ein Monitor, der die Schnellstraße überwacht, hat alle Fahrzeuge fest in seinem magnetischen Griff. Luftballons und Wimpel schnellen aus den Fenstern, tanzen im leichten Wind auf und ab, zerren an ihren Schnüren. Wir hören auch Singen und Lachen, gelegentlich sogar das ›Plop‹ eines herausspringenden Champagnerkorkens.

Vom Mittelstreifen der Straße ragen hohe Säulen empor, ähnlich wie die auf den staatlichen Bauernhöfen. Nur sind sie viel höher und haben oben doppelte, schwarze und silberne Wölbungen. Sie sehen wie Pilze auf Storchenbeinen aus und überragen die höchsten Eichengipfel des Waldes um ein gutes Stück. Sie stehen in regelmäßigem Abstand von rund zweihundert Metern. In der Brise schwanken sie hin und her und beugen sich, als wären sie Lebewesen, die die Luft einschnuppern und filtern. Diese Säulen erfüllen zahlreiche Aufgaben: Sie empfangen Tageslicht und verwandeln die Sonnenenergie in Strom, der dazu dient, die verschiedenen Betriebswerke der Straße – einschließlich ihrer Überwachung – zu versorgen. Die Römer haben das Transportwesen in eine hohe Kunst verwandelt. Auf ihren Straßen kommt es kaum zu Unfällen, da Geschwindigkeit wie Abstand genau kontrolliert werden. Wenn der Fahrer sein Ziel in das Steuersystem des Fahrzeugs eingegeben hat, kann er sich in die weichen, pelzüberzogenen Sitze zurücklehnen, Champagner trinken und dem Überwachungsgerät die lästige Aufgabe überlassen, das Fahrzeug tatsächlich zu lenken. Außerdem strahlen die Säulen auf einer speziellen Wellenlänge Energie ab und versorgen damit eine ›Himmelsstraße‹ – wie man hier sagt –, auf der besondere Luftfahrzeuge mit erstaunlichen Geschwindigkeiten entlanggleiten. Die Himmelsstraße ist schmal und erstreckt sich auf beiden Seiten der Säulen kaum weiter als jeweils sechs Meter. Sie reicht nicht bis zum Wald.

Das braucht sie auch gar nicht, schließlich gibt es in Britannien jede Menge Landstraßen. Und außerdem ist ja, wie das Klischee besagt, die römische Straße der kürzeste Abstand zwischen zwei Punkten.

Jedenfalls haben die Römer, die herrschen, und die Bürger, die ihnen dienen, wenig Interesse an den wilden Stämmen, die jenseits der Stadtmauern ihre Hörner blasen, ihre Trommeln schlagen und ihre Feuer entzünden. Außerdem sorgen die schlanken Säulen für helle Lampen, die mit Einbruch der Dämmerung auf die Straße niederstrahlen. Alle Hauptstraßen Britanniens werden auf diese Weise beleuchtet, das heißt abends ist die ganze Provinz von einem funklenden Netz strahlendweißer Lichter überzogen.

Wo wollen all diese Fahrzeuge hin? Offensichtlich muß es an ihrem Zielort irgend etwas Aufregendes geben. Die Straße beschreibt eine sanfte nordöstliche Kurve und stößt auf eine wichtige Kreuzung. Hier verbindet sich der vom Süden hochströmende Verkehr mit den Fahrzeugen aus Eburacum. Die Kreuzung ist als großer Kreisel angelegt. Die meisten Fahrzeuge, die sich hier in den Kreisverkehr einordnen, nehmen eine Ausfahrt Richtung Kampfstraße. Die wenigen anderen setzen ihre Fahrt in nördlicher Richtung fort. Nach wenigen Meilen zweigen kleinere Straßen von der Schnellstraße ab. Eine davon führt nach Osten, nach Derventio und zu den Fischerdörfern an der Küste, eine andere zu den nördlich gelegenen Mooren, in deren Senken immer noch Schnee liegt. Ihr Endpunkt ist das berühmtberüchtigte Haft- und Straflager Caligula, das nahe bei den uralten Grabhügeln hoch über der Stadt liegt, die wir Rosedale Abbey nennen. Die zentrale Schnellstraße führt weiter nach Norden, über Cataractonium zu den Städten Kaledoniens.

Wir jedoch folgen den Fahrzeugen, die Richtung Kampfstraße abgebogen sind. Jetzt wird die Straße schmaler und ungewöhnlich malerisch, sie führt im

Zickzackkurs um hübsche Seen, gepflegte Rasenflächen und Baumgruppen von Eiben und Ulmen. Der Verkehr fließt inzwischen langsamer. Wir sind fast am Ziel: am Kampfdom.

Der Kampfdom besteht aus einer riesigen Halbkugel, die sich über viele tausend Quadratmeter Fläche wölbt. Ihre Ränder ragen nackt und glatt aus dem Dickicht des Waldes. Selbst die höchsten Eichen und Buchen reichen nicht entfernt an die Kuppel heran. Makellos und steril, weiß und fremdartig ragt sie über die Bäume auf und wölbt sich majestätisch nach innen, auf ihren Scheitelpunkt zu.

Im Sommer prasselt Regen auf die Kuppel nieder, schäumt auf und strömt dann an ihren Rändern herunter. Im Winter fällt der Schnee hier in dichten Flocken nieder, gefriert und überzieht die Oberfläche mit Eis, so daß die Kuppel sich leicht senkt. Dann werden dort oben Lampen eingeschaltet. Durch die Wärme schmilzt die gefrorene Masse, wie eine Reihe zerknüllter Bettlaken gleitet der Schneematsch an den Rändern hinab und landet mit dumpfem Schlag auf dem Boden rings um die Kuppel. Bald darauf nimmt ihr Dach mit gedämpftem Knall wieder die ursprüngliche Form an.

Für diesen Abend ist ein sternenklarer Himmel, eventuell auch leichter Frost angekündigt. Möglich, daß der Frost die Fenster bemalt. Der Himmel ist wolkenlos, es geht kein Wind. Die Bäume stehen stumm und starr, während im Süden ein blasser, zunehmender Mond über den Wolds steht.

Der Tag neigt sich, die Sonne ist schon beinahe untergegangen. Im Zwielicht leuchtet die Kuppel milchigblau, an manchen Stellen zeichnen die letzten Strahlen der untergehenden Sonne rötliche Muster auf die Oberfläche.

3

Der Kampfdom

*F*ür die jungen Offiziere und Kadetten, die an der Marcus Aurelius-Militärakademie von Eburacum ausgebildet wurden, war dieser Abend der wichtigste des ganzen Jahres: Der Abschlußkampf soll stattfinden – ein Kampf, für den sie das ganze Jahr hindurch trainiert haben. Die Feierlichkeit, die stets Ende April oder Anfang Mai über die Bühne geht, markiert die Etappen, in denen sie nach und nach in die römische Verwaltungsspitze hineinwachsen. Dieses wichtige Ereignis hatte man mit dem leicht veränderten alten Fruchtbarkeitsfest der *Lupercalia* verbunden. Eigentlich war nur der Zeitpunkt des *Lupercalia*-Festes ins späte Frühjahr verschoben worden: Im alten Italien hatte man es im Februar gefeiert. Aber im nördlicher gelegenen Britannien war es zu dieser Zeit einfach noch zu kalt.

Wohin man auch blickte: Aus allen Richtungen eilten Menschen herbei. Zauberhafte Lichter glänzten und funkelten in den Bäumen, Projektoren warfen Farbbilder auf die gewölbte Kuppel. Hunderte von Fahrzeugen, die den Landweg benutzt hatten, kamen jetzt an, glitten bis zu den Bäumen, hielten dort an und sanken auf ihre falschen Räder. Sie spuckten ihre Insassen aus, dann hoben sie sich wieder und fuhren weiter zu einer Rampe, die zu dem riesigen unterirdischen Parkplatz führte.

Flugzeuge aus Eburacum und den weiter entfernten Städten Londinium, Viroconium, Aquae Sulis und Deva, die die ihnen zugeteilte Himmelsstraße benutzt hatten, landeten auf einer Lichtung nahe beim Dom. Die aussteigenden Männer und Frauen waren elegant und in strahlenden Farben gekleidet. Viele trugen Laternen, andere entrollten bunte Fahnen mit Wappenzeichen. Auf diese Weise zeigten die Festgäste, welche der großen Familien sie unterstützten. Da war die Fahne der Caesar-Sippe: Rot auf Schwarz, da drüben die der Familie Manavia: Weiß auf schwarzem Grund. Das Gallica-Banner fiel mit seinen schwarzen Zeichen auf goldenem Grund besonders auf, das rotweiße der Agricolas stand ihm kaum nach. Die schwarzgrüne Ulysses-Fahne wetteiferte mit dem grün-roten Severus-Banner. Und es gab noch viele weitere. Überall Farbe, Pomp, aufgeregtes Stimmengewirr. Fast alle Gäste hatten irgendwann einmal selbst an der Militärakademie von Eburacum studiert und sich im Kampfdom geschlagen. Sie alle trugen die Schwerter, die man ihnen zum erfolgreichen Abschluß überreicht hatte. Und die Schwerter waren ungemein scharf. Schließlich waren es keine Spielzeugschwerter, sie würden an diesem Abend in Aktion treten.

Dienstpersonal in der schicken kastanienbraunen Uniform aller Kampfdom-Angestellten begrüßte jedes ankommende Flugzeug, nahm es in Empfang und leitete es zu seinem Standplatz, an dem die Möglichkeit bestand, die Batterien neu aufzuladen.

Eine Staffel schwarzer, käferähnlicher Flugzeuge senkte sich auf die Domkuppel und verschwand in einer speziellen Schleuse, die sich wie ein kleiner Mund auf der Kuppeloberfläche aufgetan hatte. Diese Flugzeuge – kohlschwarz, bis auf die silbernen Äxte, die auf jedes Unterdeck gemalt waren – brachten jene Studenten der Militärakademie, die an diesem Abend kämpfen würden. Sobald die schwarzen Flieger im Dom verschwunden waren, wurde die Öffnung geschlossen.

Während sie Scherze und Anzüglichkeiten riefen, Schlachtenlieder sangen, Gläser und Flaschen packten, betraten die Festgäste ein automatisches Transportband, das sie zum Dom trug. Das Band sah wie ein rubinroter Teppich aus und wurde der ›Blutpfad der Ehre‹ genannt. Es wand sich zwischen den Baumstämmen hindurch und transportierte die Gäste durch einen niedrigen Torbogen direkt und ordnungsgemäß in den Kampfdom. Wenn sie erst einmal drinnen waren, traten sie von dem Band auf eine gekachelte Piazza. Die Tische dort waren beladen mit Schweine- und Stierfleisch, Kaldaunen, Vollkornbrot, sahniger Butter, Früchten aus Arabien und der Südsee, Kuchen aus Parma in der Form von Schmetterlingen, gedämpften Muscheln mit Pfeffer und Knoblauchsauce, geschmorten Fasanen, Hasenpfeffer, schottischen Eiern und einer Delikatesse aus Cathay, die man Würzpangolin nannte. In einem speziellen, dunklen Früchtekuchen waren Goldmünzen versteckt. Flaschen wohlgekühlten Weißweins aus Germanien, auf denen sich Kondenswasser gebildet hatte, standen in schimmerndem Eiswasser, daneben Glaskaraffen mit vollmundigem Rotwein aus Gallien und Spanien. Wer Durst hatte, konnte sich selbst daran bedienen oder auch zum Bier greifen. Nach alter Sitte hatte man für diesen Anlaß ein ganz besonderes Bier gebraut. Holzfässer – so geschmückt, daß sie wie Stierbäuche aussahen – hatte man auf Keile gerückt, die ersten wurden angestochen, als die ersten Festgäste eintrafen. Pinten wurden abgezapft, der Schaum weggeblasen, der Geschmack erörtert. Es war ein dunkles Bier, das zum Frühling und zu der verlegten *Lupercalia* paßte, und es fand angemessenen Zuspruch: Leere Biergläser verlangten Nachschub.

Ein Chefkoch, der eine weiße Jacke, blaukarierte Hosen und die traditionelle Kochmütze trug, beaufsichtigte Speis und Trank. Er strahlte, als sei er persönlich der Gastgeber, die Hände ruhten auf seinem dicken Bauch. Ihm wurde nichts zuviel. Es schmeichelte ihm, daß ihn die alten wie die jungen Angehörigen der römischen Militärkaste bei seinem Namen, Walter, kannten und nannten. Unter sich hatte er Tranchierer und Bäcker, Brauer und Bedienungen. Auf sein Nicken hin eilten Kellner zwischen den Tischen hindurch, um besondere Delikatessen aufzutragen oder heruntergefallene Gabeln durch neue zu ersetzen. Weitere Köche, die ebenso fähig waren, aber einen niedrigeren Rang innerhalb der Hierarchie einnahmen, standen bereit, um den Geschmack von Speisen abzumildern oder zu schärfen und bei Bedarf den plötzlichen Appetit auf ein Omelett oder hauchdünne Eierpfannkuchen zu befriedigen. Zwar konnte es vorkommen, daß die exzessiven Römer Walters Saucen wieder auskotzten, weil sie sich der Völlerei hingegeben hatten, frostig wurden Walters Augen aber nur dann, wenn er sah, daß einer seiner Angestellten seiner Pflicht nicht nachkam. Sein Traum bestand genau wie seinerzeit der Traum seines Vaters darin, die Küche im Kampfdom von Eburacum zur besten der Welt zu machen, so wie es der Hauptstadt Britanniens angemessen war.

Jenseits der Piazza, wo Speisen serviert wurden, befanden sich Sitzreihen. Sie reichten hoch hinauf, bis zur Kuppel, und waren anscheinend fest in einen grasbewachsenen Hügel eingelassen. Aber es war ein künstlich angelegter Hügel, den man auf Schienen in jede beliebige Lage innerhalb des Domrundes drehen konnte, so daß sich der Schauplatz der Kämpfe jedes Jahr ändern konnte. Ganz oben auf dem Hügel stand ein Chalet mit steil abfallendem Dach und hölzernem Balkon, der die Sitzreihen überragte. Dieses Gebäude war den vornehmsten Gästen aus anderen Teilen des Reiches und jenen Kämpfern vorbehalten, die die Schlachten des Abends überlebten.

Manche Festgäste balancierten mit Tellern, Gläsern und Fahnen, während sie zu ihren Sitzen kletterten. Dort nahmen sie Platz und sahen sich in der Arena um. Vor ihnen lag eine phantastische Szenerie, die man sorgfältig menschlichen Maßstäben angepaßt und in eine täuschende Perspektive gerückt hatte. Es war eine Landschaft, die auf den Betrachter so unmittelbar wirkte wie ein chinesischer Teller mit Weidenmustern oder wie ein erbauliches mittelalterliches Gemälde, auf dem dunkle Täler an hochragende Berge stoßen und Höhlen, Flüsse und merkwürdige Felsen unvorstellbare Abenteuer suggerieren. Jedes Jahr wechselte der Schauplatz der Kämpfe, nur die Vorstellungskraft des Architekten und die Ingenieurskunst grenzten die Möglichkeiten ein. In diesem Jahr zielte die Gestaltung vor allem darauf ab, ein Alpental vor den Augen der Zuschauer entstehen zu lassen.

Linkerhand lag ein Berg, der seitlich an die Kuppelwand grenzte. Sein Kamm, der sich bis zur höchsten Wölbung des Kuppeldachs emporschwang, erinnerte irgendwie ans Matterhorn. Sein Gipfel wirkte wie von Schnee bedeckt, Schäfchenwolken trieben dort umher. Weiter unten wuchsen rund um die steil abfallenden Berghänge winzige Pinien und verbanden sich an den Ausläufern mit Eichen, Eschen und Ulmen, die man in halber Größe nachgebildet hatte. Neu waren in diesem Jahr die schwarzen Pinien und ein Kreis von Monolithen, die auf einer Wiese am Fuß des Berges standen. Es sah aus, als habe man ein neues Stonehenge errichtet. Die Monolithen würden bei den kommenden Kämpfen und Wettbewerben ein interessantes Moment von Gefahr beisteuern.

Von den Berghöhen rauschten zwei Flüsse in eindrucksvollen Wasserfällen ins Tal. In der Ebene verästelten sie sich, flossen hinten am Kreis der aufrecht stehenden Steine vorbei und speisten schließlich einen See, der halbversteckt hinter zierlichen Trauerweiden in der Ferne glitzerte.

Jenseits des Sees erhoben sich weitere baumbestandene Hügel. Und jenseits der Hügel waberte Dunst, in dem man die Umrisse kahler Klippen und romantischer Schluchten nur erahnen konnte ... Denn diese Umrisse verschwanden, sobald man sie ausgemacht hatte, hinter Schleiern künstlichen Nebels. Hier verbarg sich die Arbeitsstätte der Domarchitekten, die den Schauplatz der Kämpfe jeweils ein Jahr im voraus entwarfen.

Rund um die Gebirgsausläufer und in der Ebene war das künstliche Gras von strahlendem Grün. Man hatte es sorgsam ausgerollt und so gezupft und gezerrt, daß keine Falten die Nähte zwischen den einzelnen Grasbahnen verrieten. Einige Gäste wanderten dort umher und prüften die elastischen Grassoden, indem sie darauf herumstampften und das Gewebe zwischen Daumen und Zeigefinger rieben.

Der Gesamteindruck, der den Zuschauern mit dieser Szenerie vermittelt wurde, entsprach dem einer von Menschenhand gebändigten Wildnis. Es hätte sich auch um einen mit dramatischen Effekten angelegten Golfplatz oder um ein Museumsdiorama mit heroischen Elementen handeln können. Es war eine Spielzeug-Landschaft, ein Ort für Tollkühne, ein Land für Helden.

Außerhalb des Doms wich der Tag der Nacht, das Tageslicht verblaßte allmählich. Von den Speisen auf den Tischen war kaum noch etwas übrig. Die Gruppe der Neuankömmlinge war auf wenige Nachzügler zusammengeschrumpft. Während man das Dessert einnahm, versammelten sich Musiker an einem Pavillon bei den Grillplätzen und packten ihre Instrumente aus. Sie alle gehörten zu einem Blasorchester aus der befestigten Stadt Deva. Sie schmetterten ein paar fröhliche Militärmärsche. Währenddessen huschten die Kellner und Aufseher zwischen den Sitzbänken umher und räumten Teller und Gläser ab. Die Musik war für alle das Signal, die Mahlzeit zu beenden und die Plätze einzunehmen. Die Menschen drängelten, riefen einander etwas zu und kletterten über die Sitzreihen. Während die letzten klirrenden Beckenschläge des kaiserlichen Marsches verhallten, wurden die Lampen im Dom nach und nach abgedunkelt, bis nur noch das orangefarbene Licht des speziellen Vorprogramms zu sehen war, das den Fuß des Berges, eine Klippenszenerie, erstrahlen ließ.

Plötzlich wurde das Licht intensiver und zu einem gleißenden Weiß. Ein großer Geröllblock wackelte, bewegte sich, rollte mit mächtigem Gerumpel zur Seite und gab den Blick auf eine Höhle frei. In der Höhle war ein weißer Stier festgebunden. Auf das Zeichen eines hohen Trompetentons hin strahlte ein zweiter Scheinwerfer auf und erfaßte einen Mann in silbernem Gewand. Auf einem Schimmel mit weit ausgebreiteten Schwingen glitt er vom Scheitel des Kuppeldachs nach unten. Das Pferd schlug gemächlich mit den Flügeln und flog hoch über die Zuschauer hinweg, drehte eine Runde, verringerte seine Flughöhe und landete schließlich nahe bei der Höhle. Dann kniete es nieder, so daß der Mann aus dem Sattel steigen konnte. Der Mann war Mithras, der Gott der Legionen. Ein Lichtkranz umstrahlte sein Haupt, er trug ein glänzendes Schwert. Der Gott trat von dem Pferd zurück und ging auf die Höhle zu. Der Stier, der sich der Gegenwart des Mannes bewußt war und sein eigenes künftiges Schicksal möglicherweise erahnte, stampfte, schnaubte und senkte den Kopf. Der Dampf seines Atems lag grau über dem Gesicht. Mithras zerschnitt die Lederriemen, mit denen der Stier festgebunden war, ließ ihn frei und klatschte mit der flachen Seite seines Schwertes auf das Hinterteil des Tieres. Das Tier fiel in einen Lauf, Mithras rannte nebenher und schwang sich in einem einzigen Sprung auf seinen Rücken. Ehe der überraschte Stier auch nur brüllen und seinen Rücken krümmen konnte, hatte der Gott sich schon nach vorne gebeugt, um den Kopf herumgegriffen und dem Stier mit einer einzigen Bewegung seines glänzenden Schwerts die Kehle aufgeschlitzt. Einen Augenblick lang stand der Stier da, ohne sich zu rühren. Er schien zu röcheln, dann krümmte er sich. Aus der Wunde strömte Blut. Dort, wo das Blut auf den Boden floß, stieg Dampf auf. Der Stier sank auf die

Knie, sein Kopf schwang benommen hin und her, der Mann zwang ihn zu Boden. Schließlich fiel der Stier um. Er war tot, aber ein Hinterbein zuckte noch.

Das Publikum atmete auf. Die einfache Zeremonie war vollendet, das Opfer dargebracht. Es war Blut geflossen, und der Gott war unversehrt. Mithras stand mitten in der Blutlache, schnitt mit dem Schwert den Leib des Stiers auf und legte das Herz frei, das immer noch heftig zuckte. Mit der Schwertspitze holte er das Herz heraus und hob es über den Kopf. Blut tröpfelte auf sein Gewand. Dann bestieg er, das Herz hochhaltend, das geflügelte Pferd, das seine Schwingen schlug. Die Drähte spannten sich, Pferd und Reiter stiegen langsam empor und begannen ihren Flug, der sie in weiter Spirale über die Köpfe der Zuschauer hinweg führte. Der Gott holte aus und warf das Herz weit von sich in die Reihen des Publikums. Dort, wo es niederfiel, tobten die Zuschauer und rangelten darum, denn das Herz war ein großer Preis und am Ende der Kämpfe Gold wert. Wer es besaß, konnte im kommenden Jahr mit Glück und reichem Erntesegen rechnen.

Reiter und Schimmel verschwanden im Dunkel des Kuppeldachs. Unten verblasste die tragische, ekstatische Szenerie rund um den niedergemetzelten Stier. Erst als alle Lichter erloschen waren, brach ein Begeisterungssturm und Gestampfe los. Der Stierkadaver würde während aller Festlichkeiten des Abends auf dem Schauplatz verbleiben.

Jetzt waren die Zuschauer außer Rand und Band und wollten Taten sehen. Hinter dem Berg stiegen Raketen hoch und explodierten in einem Regen bunter Sterne. Eine Trompete schmetterte eine wilde Fanfare, sie klang wie das Wiehern eines Pferdes. Die Festlichkeiten begannen. Die Dunkelheit wich gleißendem Licht, das jede Einzelheit der Ebene, des Berges und des Sees offenbarte. Die Zuschauer lehnten sich in ihren bequemen Sitzen zurück.

Als erstes stand die Reitschule, präsentiert von den Studienanfängern der Militärakademie, auf dem Programm. Die Kadetten des ersten Studienjahres galoppierten auf ihren Pferden rund um den See, durch den Kreis der Monolithen und weiter bis zur Ebene. Dann verlangsamten sie zum Trab und brachten die Pferde in einer Reihe vor den Zuschauern zum Stehen. Die Pferde verneigten sich in Richtung der Zuschauerränge, senkten den Kopf zum Boden, während die Kadetten ihre Säbel hoben. Viele Zuschauer grüßten mit derselben Geste zurück, schwangen ihre Schwerter über den Köpfen und riefen »Prima, prima!«

Stillgestanden – die Kadetten nahmen Haltung an und ließen ihre Pferde als nächstes langsam, im Schritt gehen. In genau festgelegten Figuren ritten sie direkt vor den Zuschauerreihen über die Ebene. Sie hatten ihre Säbel gezückt und stießen damit nach rechts und links – eine riskante Bewegung. Dann fielen sie vom Schritt in den Trab, vom Trab in den Kanter und vom Kanter in vollen Galopp. Nur ein einziges Mal mußte einer der Kadetten sein Pferd zügeln, weil es sonst dem Streitroß eines anderen ins Gehege gekommen wäre. Sie beendeten ihr Kavalleriemanöver damit, daß sie die Pferde direkt vor den Zuschauern in eine Schlachtenformation einschwenken ließen. Die Kadetten schrien, schwenkten ihre Säbel und brachten ihre Pferde nur wenige Meter vor den ersten Sitzreihen zum Stehen. Die Zuschauer klatschten. Dieser Abschluß war zwar nicht neu, wurde aber alle Jahre wieder mit stürmischem Beifall belohnt. Das Publikum warf einzelne Blumen und Sträuße hinunter zu den Pferden, die sich noch einmal anmutig verneigten, ehe sie herumschwenkten und am See vorbei in die Ferne galoppierten.

Wieder erschallten Trompeten, ein Trommelwirbel imitierte den Rhythmus eines Galopps. Ehe sich der Staub, den die Kadetten bei ihrem Rückzug aufgewirbelt hatten, legen konnte, trommelten Hufe, knallten

Peitschen. Streitwagen preschten in die Arena und umkreisten die Ebene. Gleichzeitig eilten Gärtnerinnen und Gärtner in grünen Uniformen aus einem im Berg verborgenen Unterstand herbei und rammten Markierungspfosten in den Boden rund um den steinernen Kreis. Die Steine stellten die innere Abgrenzung eines Kurses für ein Streitwagenrennen dar, der sich über die ganze Ebene erstreckte. Dieser Wettbewerb des Abends, der Kampf mit Streitwagen, wurde von den jungen Offiziersanwärtern des zweiten Studienjahrs durchgeführt. Jeder Streitwagen wurde von einem Fahrer gelenkt, der an der Akademie unterrichtete. An den Wagenrädern waren kurze Messer angebracht, hinten waren die Kampfwagen offen. Ihr Äußeres hatte sich in den letzten zweitausend Jahren kaum verändert, nur hatten die Wagen inzwischen hydraulische Bremsen und Räder mit Luftbereifung. Auch das Geschirr hatte man verbessert, so daß der Lenker die kräftigen Pferde jetzt besser im Zaum halten konnte.

Die Streitwagen nahmen in einer Reihe im rechten Winkel zum Publikum Aufstellung. Behende sprangen die Lenker aus ihren Wagen heraus. Sie hielten die Pferde fest am Zügel, denn die Tiere waren nervös, aufgeregt, stampften mit den Hufen und schüttelten wiehernd den Kopf.

Jetzt stürmten die Offiziersanwärter des zweiten Studienjahrs im Laufschritt in die Arena. Zum Kampf traten sie fast nackt an, sie trugen nur den traditionellen Lederschurz und einen Beinschutz. Um ihre Fingerknöchel hatten sie feuchte Lederbänder geschlungen. Direkt vor den Zuschauerrängen stellten sie sich in einer Reihe auf und knieten dann mit weit ausgebreiteten Armen im Gras nieder. Das Trommeln schwoll zu einem Höhepunkt an, brach dann plötzlich ab und hinterließ eine furchteinflößende Stille. In dieser Stille wurden auch die Pferde ruhig.

Eine Stimme erschallte und hallte überall im Dom

wider: »Wir, die Offiziersanwärter des zweiten Studienjahrs ...«

Die knienden Soldaten wiederholten die Worte: »Wir, die Offiziersanwärter ...«

»Schwören beim Blut des Mithras-Stiers ...«

»Schwören beim Blut ...«

»Daß wir, falls nötig, bis zum Tode kämpfen ...«

»Daß wir, falls nötig, bis zum Tode ...«

»Für die Ehre der Siegerkrone ...«

»Für die Ehre ...«

»Und den Ruhm des Senats und des Volkes von Rom.«

»Und den Ruhm des Senats und des Volkes von Rom.«

Der Eid war geleistet. Ein Kampfrichter eilte nach vorn und schwenkte eine rote Fahne. Auf einen Trommelschlag hin sprangen die Lenker auf ihre Streitwagen und hielten ihre Pferde an kurzem Zügel.

Der Kampfrichter gab ein zweites Zeichen: Die Offiziersanwärter des zweiten Studienjahrs richteten sich auf und nahmen ihre Startposition für das Rennen ein. Ein drittes Zeichen: Der Wettkampf begann. Die Wagenlenker ließen ihre Peitschen knallen, die Streitwagen rollten an und kreuzten hin und her. Die erste Aufgabe der Offiziersanwärter bestand darin, aus dem Lauf heraus auf einen Streitwagen aufzuspringen. Allerdings gab es mehr rennende Soldaten als Streitwagen, so daß unvermeidlich ein Kampf entbrennen mußte, wenn zwei Streiter denselben Wagen beanspruchten.

Zwangsläufig gingen schon in dieser ersten Runde manche Offiziersanwärter leer aus. Das war eine Blamage – und häufig auch das Ende ihrer Teilnahme am Kampf. Die Erfolgreichen sprangen auf die Streitwagen und griffen dort nach irgendeinem Fähnchen, das sie in einem kleinen Lederbeutel am Gürtel verstauten. Jeder Streitwagen hatte seine eigenen, namentlich gekennzeichneten Fähnchen. Sieger des Wettkampfes war derjenige, der die größte Zahl unterschiedlicher Wimpel vorweisen konnte. Wenn einer versuchte, seine Gegner dadurch zu linken, daß er die Wimpel einfach aus den Wagen warf, riskierte er, von der Akademie verwiesen zu werden.

Sobald ein Offiziersanwärter einen Streitwagen erklommen hatte, trieb der Wagenlenker die Pferde mit der Peitsche an, so daß sie losstürmten. Jetzt begann die ebenso schwierige wie gefährliche Übung, von Streitwagen zu Streitwagen zu wechseln. Manche hangelten sich an den Deichseln entlang, sprangen von dort aus auf die Pferde benachbarter Streitwagen und kämpften sich von den Pferderücken aus bis ins Wageninnere vor. Andere schwangen sich von Wagen zu Wagen. Wenn zwei junge Offiziersanwärter in einem Wagen aufeinandertrafen, rangen sie so lange miteinander, bis einer den anderen aus dem hinteren Wagenteil hinausdrängen und zu Boden werfen konnte. Wenn ein Streitwagen nicht besetzt war, weil man ihn aufgegeben hatte oder beide Kämpfer herausgefallen waren, wurde er aus dem Rennen gezogen. Das Rennen konnte theoretisch über zwanzig Runden gehen, aber in der Regel schieden schon vorher so viele aus, daß der Sieger meist schon viel früher feststand.

Dieses Rennen war ein Kampf, bei dem man Wetten abschloß. Viele Zuschauer hatten auf einen jungen Krieger namens Victor Ulysses gesetzt. Fast genauso viele favorisierten einen großen, goldblonden Jungen namens Alexander Diotimus.

Der junge Ulysses war stämmig gebaut, hatte dunkles Haar und sah gut aus. Mit der Behendigkeit und Kraft eines Affen schwang er sich von Wagen zu Wagen. Da sein körperlicher Schwerpunkt von Natur aus niedrig lag, war er auch ein guter Ringer. Als er Alexander nach einem langen und brutal ausgetragenen Kampf im hinteren Teil eines schwankenden Streitwagens niedergezwungen hatte, ging ein lauter Schrei durch die Zuschauermenge. Victor Ulysses war offensichtlich verletzt, aber Adrenalin und Blutgier hielten ihn aufrecht. Seine Fans wurden dadurch belohnt, daß er auch den letzten Streitwagen erobern konnte. Er warf seine Gegnerin – sie hieß Diana – um. Als sie wieder aufstand, trat er sie in den Bauch, so daß sie rücklings aus dem Wagen stürzte. Trotzdem war sein Sieg nur knapp, denn er hing von der Entscheidung der Schiedsrichter ab. Ulysses wie Diana wurden mit einer stehenden Ovation geehrt, da beide außerordentliches Stehvermögen und Mut gezeigt hatten.

Victor Ulysses bewegt sich mit lockerem Selbstvertrauen, als er Diana an der Hand faßt und sie beide zum Publikum hin grüßen. Er weiß, daß er gut ist. Er braucht nur die richtigen Gelegenheiten, um zu zeigen, wie gut er ist. Lässig streicht er sich die dunklen Locken aus der Stirn und enthüllt dabei ein Profil, das Praxiteles beim Entwurf seiner Hermes-Statue inspiriert haben könnte. Aber wie viele Männer, die man gemeinhin als gutaussehend bezeichnet, hat auch Ulysses einen Zug von Weichlichkeit, eine verborgene Dekadenz an sich. Dieser Zug läßt vermuten, daß der wirkliche Mensch aus Fleisch und Blut die Erwartungen, die durch sein Äußeres geweckt werden, in moralischer oder auch körperlicher Hinsicht nicht erfüllt. Dieser junge Mann ist der einzige männliche Nachkömmling der Familie Ulysses, und die Familie Ulysses ist eine der reichsten Familien in ganz Britannien. Mit vollem Namen heißt er Victor Ulysses, aber in seiner Familie wird er einfach Viti genannt.

Nachdem die Streitwagen die Arena verlassen hatten, verblieben dort nur noch die Krankenwagen mit ihren grellen blauweißen Fahnen. Die Verletzten wurden verarztet. Sie humpelten – manche trug man auch – zu einem höher liegenden kleinen Gebäude. Von dort aus konnten sie den Rest des Unterhaltungsprogrammes verfolgen. Zwei Kämpfer waren gestorben; man hatte sie zu Tode gestoßen oder getrampelt, als sie aus dem Streitwagen gefallen waren. Ihre Eltern, die im Publikum gesessen hatten, waren aufgestanden und hatten den Dom mit traurigen Gesichtern, aber trockenen Auges verlassen. Zu den jungen Toten gehörte ein Athlet namens Alexander, der sehr beliebt gewesen war.

Während die Ambulanzwagen wegfuhren, spielte das Blasorchester einen Tusch, der die Gelegenheit zu letzten Erfrischungen ankündigte, ehe die nächste Darbietung des Abends begann. Wettgewinne wurden eingelöst, Wein und Bier getrunken und die jeweiligen Fähigkeiten der jungen Offiziersanwärter erörtert. Dann erklang eine weitere Fanfare, die von einer Gruppe Jagdhörnern geschmettert wurde. Sie begann als Zapfenstreich, wechselte zu einem Solo und endete in schleppenden, getragenen Tönen. Die Zuschauer eilten zu ihren Plätzen. Gleich würde eine Reihe von Zweikämpfen beginnen. Der *Praefectus Comitum* persönlich hatte seine Genehmigung für diese Kämpfe erteilt, die zwischen erwachsenen Mitgliedern der römischen Familien ausgetragen wurden. Manchmal waren diese Kämpfe Folge eines Streitfalls oder einer Beleidigung. Zuweilen fanden sie aber auch nur deswegen statt, weil die Beteiligten die neuesten Errungenschaften der Technik vorführen wollten, denn alle Kämpfe bezogen irgendwelche Maschinen ein. Stets stellten die Kontrahenten sensationelle Fertigkeiten zur Schau. Fast das ganze Jahr über wurden solche Schaukämpfe einmal im Monat im Kampfdom veranstaltet, aber an diesem Abend, dem Abend der Abschlußprüfung, dienten sie nur als Vorprogramm. Die Kämpfer stammten allesamt aus den Reihen früherer Meister der Akademie. Im Volksmund nannte man diese Kämpfe ›Schlacht der Bestien‹.

Als der Schall der Jagdhörner verklungen war, zog Stille in die Arena ein, in der Tausende von Zuschauern versammelt waren. Das Publikum richtete die Aufmerksamkeit erneut auf den Kampfschauplatz, der jetzt wieder strahlend hell erleuchtet war. Von den Zuschauern auf dem Chalet hoch über den Sitzreihen waren nur die auf der Balkonbrüstung ruhenden Ferngläser zu sehen. Niemand wußte, auf welche Weise der Wettkampf beginnen würde. Das Spektakel lebte von Überraschungseffekten.

Es war die Menschenmenge auf den Terrassen, die die Bewegung zwischen den dunklen Pinien hoch am Berg zuerst wahrnahm. Die Bäume schwankten, obwohl kein Lüftchen ging. Der künstliche Schnee, der in einer Kaskade niederfiel, wirkte völlig deplaziert. Etwas bewegte sich: ein riesiges Tier. Es arbeitete sich den Berg hinunter und nutzte die Pinien als Deckung. Trotz seines massigen Körpers bewegte es sich stetig voran, nur gelegentlich sah man einen Baum erzittern und dann fallen.

Ferngläser suchten den Hintergrund des Schauplatzes ab und hielten nach dem Gegner Ausschau. Aber es bewegte sich nichts.

Die Kreatur in den Pinien hatte jetzt die Ausläufer des Berges erreicht. Dort hörten die Pinien auf. Ein flacher, dreieckiger Echsenkopf stieß kurz aus dem Unterholz hervor. Der gehörnte Schädel trug das Wappenzeichen der Familie Ulysses, was von den zahlreichen Anhängern der Familie mit Beifallsrufen begrüßt wurde. Die Kreatur prüfte schnüffelnd die Luft, dann bewegte sie sich vorwärts.

Dann tauchte das ganze Ungeheuer ins Rampenlicht. Es war phantasievoll nach prähistorischen Vorlagen modelliert. Es zog einen langen Schwanz hinter sich her, der vor- und zurückschnellte und kleine Bäume und Büsche ummähte. Die Bestie sah wie ein Drache aus. Es hätte wohl niemanden gewundert, wenn das Ungeheuer Rauchfahnen aus den Nüstern geblasen hätte. Eines seiner Hörner war tatsächlich so ausgestattet, daß es Flammen speien konnte, aber das war im Kampfdom streng verboten. Die sechs Beine waren paarweise angeordnet. Jedes Bein endete in schwarzen, stählernen Klauen, die bei jeder Bewegung des Tieres tiefe Abdrücke im Rasen hinterließen. Die Hinterbeine waren mächtige, mit Gelenken ausgestattete Keulen und konnten sich unabhängig voneinander oder auch zusammen bewegen, so daß die Bestie mit wahnsinniger Geschwindigkeit vorwärtsstürmen, notfalls auch springen konnte. Mit diesen Keulen war es durchaus möglich, einen Gegner zu zermalmen, denn sie konnte die Keulen unabhängig voneinander wie einen Hammer hochschwingen und niedersausen lassen. Das mittlere Beinpaar diente vor allem zur Unterstützung. Zwischen den stählernen Klauen waren mit Stacheln gespickte Räder angebracht. Wenn die Bestie diese Beine voll ausfuhr, sah sie so aus, als habe sie einen Höcker. Die Stachelräder wurden von Ketten angetrieben und sorgten dafür, daß der Drache sich mit stetiger Geschwindigkeit bewegen konnte. Um die mittleren Beine war ein einziehbarer Roll- und Zugmechanismus geschlungen, der besonders nützlich war, wenn die Kreatur einen Hügel erklettern wollte oder festen Halt im Boden suchte, um einen Angriff abzuwehren. Dieser Halbkettenantrieb erlaubte dem Drachen auch, sich zentimeterweise vorzuschieben – eine Bewegung, die für die mächtigen Antriebskeulen viel zu subtil gewesen wäre und von den mittleren Beinen eine zu große Zugleistung erfordert hätte. Das vordere Beinpaar diente lediglich zur Entlastung und Steuerung. Auch diese Beine ließen sich ausfahren, so daß der Leib der Kreatur fast zehn Meter hoch über dem Boden schweben konnte. Wenn die vorderen und mittleren Beine voll ausgefahren waren, sah es so aus, als bettele der Drache. Aus seinem Oberkörper wuchs ein Klauenpaar, das nur zum Kämpfen diente. Diese Klauen konnten wie Klappmesser zusammenschnappen, das ganze Gelenk war dreh- und ausziehbar.

Der Drache sah farbenprächtig aus, nach jedem Kampf wurde er neu gestrichen. Sein Körper war von Schuppen unterschiedlicher Größe bedeckt. Die Farben reichten von Aquamarin rund um den Bauch bis zu funkelndem Rot am Rückgrat. Auf dem Kopf und am Hals glänzten die Schuppen golden. Oberhalb der Wirbelsäule waren fünfeckige Platten angebracht, die wie eine Rüstung wirkten, aber vor allem zum Wärmeaustausch dienten. Wenn der Drache stillstand, konnte man diese Platten auch als Treppenstufen benutzen. Mit jeder Bewegung vermittelte die Kreatur den furchterregenden Eindruck geschmeidiger Grazie und großer Kraft, wirkte aber trotz allem auch komisch.

Nachdem der Drache die Hindernisse des Waldes überwunden hatte, stampfte er ins Freie, blickte sich um, hob den mächtigen Kopf, öffnete den Kiefer, so daß die ineinander greifenden Zähne zu sehen waren, und brüllte. Was er damit sagen wollte, lag auf der Hand: »Komm heraus und kämpfe, wer immer du auch sein magst!« Keine Antwort, Stille. Das war ungewöhnlich. Normalerweise war an einem solchen Punkt bereits klar, wer mit wem kämpfen würde, einer Herausforderung wurde mit einer Herausforderung begegnet. Im Dom erhob sich ein Raunen; die Menschen begannen sich zu fragen, ob etwas schief gelaufen war. Andererseits, so überlegten einige, handelte es sich dabei um einen Kampf zwischen den Familien Ulysses und Caesar, der einen schon lange schwelenden Streit besiegeln sollte. In solchen Fällen durfte man die Kampfregeln recht großzügig auslegen. Folglich planten die Kontrahenten ihre Züge mehr oder weniger nach Lust und Laune, nutzten jeden Vorteil, der sich bot, und scherten sich einen Dreck um Fairness. Zwar endeten die meisten Kämpfe damit, daß einer der Gegner aufgab. Aber in jüngster Zeit war es schon öfters vorgekommen, daß gekämpft wurde, bis der Unterlegene starb und auch seine Maschine den Geist aufgab. Man konnte es nie im voraus wissen, das Schlachtenfieber war unberechenbar. In der Menge wurde vielfach – wenn auch im Flüsterton – darüber spekuliert, daß dieser Kampf mit einem Tod enden würde, denn die Familien Ulysses und Caesar waren alte Rivalen und hatten viele Gründe, einander zu hassen.

Deshalb murmelten die Leute ihre Kommentare und warteten ab. Wenig später deuteten die Aufmerksameren auf den See. Auf der Wasseroberfläche war eine gekräuselte Wellenlinie zu sehen, die ein V bildete. Was immer sich darunter befinden mochte, drängte unverkennbar zum Ufer, und zwar zu der Stelle, an der die Bäume über das Wasser hingen und Schutz boten.

Der Drache bekam nichts davon mit. Nahe bei den Monolithen stampfte er auf der Ebene umher und brüllte mit gebogenem Rücken und weit geöffnetem Maul erneut seine Herausforderung in die Arena. Dann ließ er seine vorderen Klauen aufeinander knallen. Die Luft oberhalb seiner Rückenstacheln glühte auf bei diesem Ausbruch von Energie. Einige Sekunden lang stand der Drache starr wie eine Statue mit erhobenem Hinterbein da. Anscheinend – jedenfalls nahmen das die Zuschauer an – wollte sich der Ulysses, der den Drachen steuerte, im Schlachtenhauptquartier rückversichern, daß in der Organisation nichts fehlgelaufen war und der Kampf tatsächlich stattfand.

Diese Pause war alles, was die Kreatur aus dem See gebraucht hatte. Sie schoß aus dem Wasser, nutzte den Halbschatten der Bäume zur Tarnung und die Monolithen als Deckung. Sie war flach wie ein Krebs, lief aber wie eine Spinne. Der gehörnte Kopf war von einem Knochenkranz umgeben, der das Rückgrat schützte. Aus dem Unterkiefer ragten Stoßzähne, die rammen und hochstemmen konnten. Die riesigen Vorderarme mündeten in ein Klauenpaar, das mit rasiermesserscharfen Stacheln ausgestattet war.

Der Drache mit den glänzenden Schuppen wurde

von dem Angriff völlig überrascht. Wie ein Schatten bewegte sich die Kreatur durchs Gras. Ehe er überhaupt reagieren konnte, rammte der Krebs die Stoßzähne in die Verbindungsstelle zwischen Rumpf und Schwanz und versuchte, ihm die Schuppen aufzureißen. Aber der Drache hatte die Taktik seines Gegners erkannt. Er pflanzte einen seiner riesigen Hinterfüße direkt auf eine der Krebsscheren und zermalmte sie mit seinem Gewicht. Funken stoben auf, die Krebsschere fiel ab. Es erhob sich Gemurmel unter den Zuschauern.

Der Krebs ließ die zerstörte Schere liegen, wo sie war, zog sich zurück, richtete sich auf die Hinterbeine auf und streckte den stacheligen Kopf vor. Offensichtlich suchte er nach einer Schwachstelle des Gegners und inspizierte den Zustand seines Widersachers.

Es war deutlich zu sehen, daß der Drache verletzt war. Er drehte eine Runde, weil er den Krebs direkt vor sich haben wollte, zog dabei aber eines seiner Hinterbeine leicht nach. Der Krebs hatte ihm oben bei den Platten ein Loch geschlagen, abgerissene rote Schuppen lagen verstreut im Gras. Jene Zuschauer, die Ferngläser besaßen, konnten erkennen, daß einer der Hochdruck-Luftkolben, die das Bein antrieben, wild hin- und herpendelte. Die Verbindung war unterbrochen, aber immer noch produzierte der Kolben Energie. Alle konnten das gräßliche Rasseln des abgetrennten Kolbens hören.

Der Drache brüllte und senkte den Kopf. Der Zugmechanismus unter seinem Bauch begann zu surren und die Erde aufzuwühlen und zerrte die Bestie in eine andere Richtung. Mit heftigem Ruck rastete ein Gang ein, der Drache bewegte sich jetzt mit aufgeklapptem Kiefer vorwärts. Die Fachleute auf den Zuschauerrängen hielten das Manöver für dumm. Der Drache schien sich Blößen zu geben, die zum Angriff geradezu einluden. Der riesige Krebs machte, offensichtlich mißtrauisch, einen Bogen um den Drachen und versuchte, an die verletzte Körperseite des Ungetüms heranzukommen, aber der Drache hielt ihn auf Abstand.

So plötzlich, daß die Zuschauer völlig überrascht waren, warf sich der Drache nach vorn und nutzte dabei seine Hinterbeine zu einem gewaltigen Sprung. Mit dem Maul packte er die Stacheln am Kopf des Krebses, mit den vorderen Klauen versuchte er, den Gegner zu schütteln. Der Krebs reagierte nicht mit einem Rückzug, sondern sprang jetzt seinerseits vorwärts und schlug dem Drachen mit seinen Stoßzähnen eine tiefe Wunde in die Kehle. Schwarzes Öl schoß heraus. Sofort nutzte der Riesenkrebs seinen Vorteil, krümmte die ihm verbliebene Schere um Gurgel und Schultern des Drachen und versuchte, ihm den Hals umzudrehen. Wohl überlegt schwang der Krebs einen Teil seiner Körpermasse auf den Rücken des Drachen, schlang seine Beine um die Vorrichtungen zum Wärmeaustausch und bog die Platten nach hinten. Er bemühte sich um eine Hebelwirkung, die jeden Widerstand zwecklos machte. Und dann, genau in dem Moment, als es so aussah, als werde er dem Drachen die Kehle aufreißen, richtete sich der Drache auf und wirbelte herum. Das war eine Bewegung, die man nur selten sah, eine gefährliche Bewegung, denn die Drehung von Hals und Schwanz hatte schon bei vielen solcher technischen Wunderwerke zum Bruch der gesamten Konstruktion geführt. Dann waren diese Ungeheuer leichte Beute, leicht zu besiegen und leicht auseinanderzunehmen. Oft brach die Kardanaufhängung des riesigen Schwungrades, das den Drachen antrieb, so daß das Rad plötzlich losschnellte und alles innerhalb des Drachenkörpers zerstörte.

Aber diese Drehung war sorgfältig ausgeführt worden. Alle Gliedmaßen hatten sich wie bei einem starken Krampf zu einer einzigen Bewegung miteinander verbunden, der Drache wälzte sich über den Krebs und zerquetschte ihn. Alle konnten hören, wie sein Körperpanzer zersprang. An einer Seite wurden seine Beine zusammengedrückt, hydraulische Kolben brachen durch die Haut, Öl schoß heraus. Die einzige dem Krebs verbliebene Schere öffnete und schloß sich ruckartig. Aber damit nicht genug, der Verletzung folgte auch noch eine tödliche Beleidigung: Der Drache kämpfte sich frei, wandte dem Krebs den Rücken zu, hob seinen Schwanz und ließ ihn niedersausen. Es war so, als drücke die stumpfe Seite einer Axt einen Garteneimer aus Emaille ein. Alle Schweißnähte des Krebses platzten auf. Der Drache humpelte davon. Der Kampf war vorbei. Er hatte nur sieben Minuten gedauert.

Das Publikum auf den Rängen sprang auf. Diejenigen, die die Familie Ulysses unterstützten, jubelten, klatschten Beifall und drückten ihre Begeisterung mit lauten Rufen aus. Andere waren eher nachdenklich, vor allem die Angehörigen des Caesar-Clans. Die Geschicklichkeit und Kühnheit des letzten Manövers rangen ihnen Achtung ab. Aber ihnen war auch bewußt, daß soeben ein Familienoberhaupt getötet worden war. Niemand konnte die Folgen absehen. Würde jetzt eine blutige Fehde ausbrechen, würde sich das Säbelgerassel durch die kommenden Jahrhunderte ziehen, bis beide Familien müde, erschöpft und ruiniert waren? So manchem war das schon passiert.

Solche Spekulationen lagen dem Mann, der den Drachen gesteuert hatte, ganz und gar fern. Der Drache röchelte. Er war verletzt, konnte aber immer noch humpeln. Der Halbkettenzug verschwand im Drachenbauch. Er stampfte um den zerbrochenen Krebskörper herum und riß mit seinen Klauen den Rasenboden auf. Sein Schwanz peitschte sich vor und zurück, drückte das Gras nieder und warf zwei Monolithen um wie Kegel. Mitten in der Bewegung erstarrte der Drache plötzlich. Eine Klaue nach der anderen schloß sich, grub sich in die Erde und verankerte den Drachen im Boden. Der Halbkettenzug tauchte wieder aus dem Drachenbauch auf und sank zu Boden. Als letztes senkte sich der grimmige Kopf und blieb auf dem Boden liegen. Mit einem Schnappen schlossen sich die Augen.

Bald darauf schwang eine Luke hoch oben auf dem Drachenrücken auf, ein winkender Arm wurde sichtbar. Dem Arm folgte ein Kopf, auf dem ein Schutzhelm saß. Schließlich kletterte eine stattliche Figur im weißen Schutzanzug heraus. Mit gespreizten Beinen stand die Gestalt auf dem leblosen Drachen und winkte dem Publikum auf den Rängen zu.

Auf dieses Zeichen hin schwenkte ein drehbarer Abschnitt des Bergausläufers auf hydraulischen Armen zur Seite und gab den Blick auf ein Loch frei. Auf großen Rädern rollten Tieflader heraus, die von Arbeiterkolonnen in blauen Schutzkitteln begleitet wurden. Einige fuhren auf den Seitenflächen der Fahrzeuge mit, andere trotteten nebenher. Eines der Fahrzeuge fuhr nahe an den Drachen heran. Eine Krankenschwester war mitgefahren, sie ging auf den Drachen zu und erklomm seinen Rücken. Nachdem sie die Gestalt im Schutzanzug kurz untersucht hatte, half sie dem Piloten, die in den Hals des Ungeheuers eingelassenen Stufen hinabzuklettern. Dann brachte sie ihn zu einem kleinen Flugzeug, das in der Nähe gelandet war. Als beide eingestiegen waren, hob es ab und trug sie zum Chalet hinauf.

Ein großer, kräftig gebauter junger Mann mit rötlichen Haaren, der auch das Rettungsfahrzeug gesteuert hatte, kletterte nun auf den Drachenrücken und kauerte sich ins Cockpit. Der Drache hob den Kopf, allerdings blieben seine Augen geschlossen. Dann strebte er schwankend und mit viel Getöse auf die Öffnung im Hügel zu. Er hinterließ eine schwarze Ölspur. Mit einem letzten stolzen Schlag seines Schwanzes verschwand er schließlich auf der Rampe, die ins Innere des Hügels und die dort angesiedelten Werkstätten führte.

Der junge Mann, der das Ungetüm steuert, heißt Angus und absolviert im Kampfdom eine Mechanikerlehre. Erst vor wenigen Wochen hat er seinen achtzehnten Geburtstag gefeiert. Er ist mindestens einen Meter achtzig groß, verfügt über rohe Muskelkraft und einen leicht zu entfachenden Jähzorn, den er notgedrungen, aber nur mit Mühe im Zaum hält. Die grünen Augen unterhalb des roten Haarschopfs stehen weit auseinander, sein Kinn ist energisch und läßt auf Eigensinn schließen.

Der Krebs war weitgehend zerstört. Fahrzeuge drängten sich um den Kadaver wie Ameisen um ein Stück Fleisch. Da man seinen Panzer nicht auf die übliche Weise aufklappen konnte, schnitten große Kreissägen in den Körperschild hinein. Bei jedem Schnitt stob ein orangefarbener Funkenregen auf, Gabelstapler drückten die Einzelteile des Krebses auseinander. Der Mann, der den Krebs gesteuert hatte, saß genau unterhalb des Stachelkopfes. Sein Unterleib war so zerquetscht, als sei er in einen Schraubstock geraten. Das rötliche Gesicht zeigte immer noch Spuren von Zorn und Überraschung, aber das war auch alles. Der Tod war schnell und gnädig gekommen. Der Krieger hatte Glück gehabt. Sein Name war Gaius Julius Caesar XIX., was bedeutete, daß er ein Nachkömmling des Gaius Julius Caesar war und dessen Namen in der neunzehnten Generation trug.

Die Ambulanz kümmerte sich um das, was von ihm übriggeblieben war, der Leichnam wurde fortgebracht. Arbeiter in blauen Kitteln schwärmten aus und überprüften die Aufhängungen und hydraulischen Systeme des Krebses. Seine Hauptachse hatte sich verzogen, es gab keine Möglichkeit, ihn wieder zum Laufen zu bringen. Nach kurzer Diskussion unter den Mechanikern wurden die Einzelteile des Krebses aufgebockt, indem man großrädrige Karren darunter schob. Als der Krebs ganz auf den Karren ruhte, blies der Vorarbeiter der Mechaniker – ein Mann, der infolge eines lange zurückliegenden Unfalls leicht humpelte – in seine Trillerpfeife und schwenkte die Arme wie ein Dirigent. Langsam begann sich der Krebs zu bewegen und schwankte auf den weichen Federungen der Schleppfahrzeuge hin und her. Sein Abgang in Richtung des großen Hangars innerhalb des Hügels gestaltete sich ebenso langsam wie mühevoll. Es war klar, daß man das Fahrzeug völlig abschreiben mußte. Es würde ausgeschlachtet und verschrottet werden.

Sobald der Konvoi der großrädrigen Schlepper verschwunden war, fuhren kleinere Fahrzeuge auf die Ebene hinaus und huschten dort hin und her. Sie kamen hinter dem Berg hervor, wo die Gärtner ihre Wasserbecken und Samenbeete hatten. Sie machten sich daran, den Rasen zu flicken. Zerstörte Grasflächen schnitten sie heraus und ersetzten sie durch neue Soden synthetischen Grases, die sie festnähten. Sie glätteten die Eintiefungen, die die Klauen des Drachen im Boden hinterlassen hatten, richteten die Monolithen wieder auf und rückten neue an die Stelle der zerstörten. Auf dem Boden wimmelte es jetzt von Arbeitern in grünen Kitteln. Kein Amphitheater im alten Rom hatte je eine so geschäftige Szenerie erlebt. Sobald die Arbeitskolonnen ihre Aufgaben erledigt hatten, saßen sie hinten oder seitlich an ihren Fahrzeugen auf und verschwanden. Der letzte, der sich zurückzog, war der Gärtnermeister, er stand aufrecht in seinem grün-orangenen Leitfahrzeug. Zufrieden, daß alles in Ordnung war, fuhr er ab. Eine Rakete zischte und brauste aus der Mitte der Monolithen empor und explodierte in einem Sternenregen hoch am Kuppeldach. Das war das Zeichen, daß die Arena jetzt für den nächsten Kampf bereit war. Nur eine halbe Stunde war seit dem Zusammenbruch des Krebses und dem Tod des Gaius Julius Caesar XIX. vergangen.

Wieder senkte sich Schweigen über die Halle. Die Zuschauer verschlangen den Schauplatz der Kämpfe mit den Augen und suchten ihn nach irgendeiner Bewegung ab. Am Waldrand wurde Erde aufgeworfen, ein Geschöpf, das wie ein Tausendfüssler aussah, bohrte sich den Weg aus dem Boden. Als es ins Freie gelangt war, stellten sich auf seinem Rücken Stacheln auf. Jeder einzelne Stachel bewegte sich unabhängig von den anderen. Die Stacheln waren Geschosse, die man abfeuern konnte. Das Geschöpf bewegte sich etwa hundert Meter vorwärts, bis es die Monolithen fast erreicht hatte. Dann senkte es den Kopf und grub sich in die Erde. Innerhalb von Sekunden war es verschwunden. Zurück blieb nur ein Berg frisch aufgeworfener Erde und der leichte Gestank von verbranntem Öl. Als es verschwunden war, flatterte eine fledermausähnliche Kreatur mit Klauen und messerscharfem Schnabel träge hinter dem Berg hervor. Die Fledermaus warf den Kopf nach rechts und links, um mit ihren Wärmesensoren den Boden zu untersuchen.

Der nächste Kampf hatte begonnen – der Kampf zwischen Spurius Romulus Glabrio und Calpurnia Gallica.

Auf diesen Kampf folgten drei weitere. Die unterschiedlichen Geschöpfe, die ihn miteinander austrugen, hatten alle ihre ganz eigenen Stärken und Eigenheiten. Der letzte Kampf war ein komisches Duell von zwei Kreaturen, die Stachelschweinen ähnelten. Der Kampf endete damit, daß die beiden angestrengt versuchten, miteinander zu kopulieren. Dabei schossen sie ihre Stacheln quer über die Ebene und Hügel.

Nach diesem Kampf wurde der Schauplatz erneut gesäubert und für den Höhepunkt des Abends vorbereitet: Nun standen die taktischen Gladiatorenkämpfe der Abschlußklasse auf dem Programm.

Diese Kämpfe wurden nach strengen Regeln ausgetragen. Züge von vierzig scharf bewaffneten Soldaten traten dabei gegeneinander an. Jeder Offiziersanwärter, der vor der Abschlußprüfung stand, hatte seine oder ihre Soldaten (denn es gab auch weibliche Offiziersanwärter) monatelang dafür gedrillt. In diesen Schlachten ging es um Leben und Tod: nicht für die Befehlshaber, sondern für die Soldaten. Deshalb hatten die Soldaten ein Eigeninteresse daran, so wild wie möglich zu kämpfen. Das Publikum wurde immer blutrünstiger, während es das Geschehen beobachtete, spielte und trank, und es wurde nicht enttäuscht.

Die grüne Ebene, auf der Streitwagen gefahren waren und ein Märchendrache entlang getrampelt war, wurde zum hitzigen und blutroten Schauplatz des Tötens. Nach jeder Schlacht flickten die Gärtner in ihren grünen Kitteln die Rasenflächen und spritzten das Gras ab, aber die Flecken und der Geruch des Blutes waren überall und durch nichts zu beseitigen.

Dieser Abschlußjahrgang bestand nur aus sechzehn Offiziersanwärtern, nur sechzehn hatten bis zum letzten Semester überlebt. Und nur einer von ihnen konnte den begehrten Siegerkranz dieser Kämpfe, den Kranz eines *Victor Ludorum*, erringen. Aus sechzehn Armeen wurden acht, aus acht vier, aus vier zwei. Und schließlich trat – als handele es sich um eine Wiederholung der Schlacht zwischen den Horaziern und Kuraziern – ein einzelner, unversehrter Befehlshaber, dessen Soldaten alle tot waren, gegen drei verletzte Gegner an. Da er in der Geschichte bewandert war, spaltete der Einzelkämpfer seine Feinde dadurch auf, daß er vor ihnen herrannte und sie mit Beleidigungen provozierte. Dann drehte er sich um und schlug einen nieder.

Der letzte blutige Kampf endete gegen vier Uhr morgens.

Darauf folgte das letzte Ritual.

Während die Römer zum letzten Mal aßen und tranken, kotzten und sich über den letzten Kampf in die Haare gerieten, trieb man Häftlinge, die im Laufe des Jahres zum Tode verurteilt worden waren, auf das blutige Kampffeld. Sie wurden hinter Eisengittern im Kreis der Monolithen zusammengepfercht. Es waren Männer und Frauen, die – beispielsweise durch den Diebstahl von Waffen – gegen staatliche Gesetze verstoßen, den Römern auf irgendeine Weise Widerstand entgegengesetzt oder einen Römer angegriffen hatten. Viele von ihnen waren junge Leute, die man an diesem Tag aus dem nahen, im Moor angesiedelten Straf- und Gefangenenlager Caligula geholt hatte.

Ein letzter Trompetenschall. Als die römischen Krieger ihn hörten, ließen sie Speis und Trank stehen und leckten sich über die Lippen. Eine schreckliche Stille senkte sich über den Kampfdom. Ein Römer nach dem anderen zückte das Schwert, das er nach seiner Abschlußprüfung an der Akademie erhalten hatte, verließ seinen Tisch und kletterte die Ränge hinunter. Einige zogen sich aus und enthüllten unter ihrer Festkleidung die Tuniken und Insignien der Legionen ihrer Studentenzeit. Andere zogen weiße Schutzanzüge aus Kunststoff an, die sie in kleinen Beuteln mitgebracht hatten. Ihre Augen brannten vor Erschöpfung und Gier, als sie sich auf den Weg nach unten machten. Schließlich nahmen sie rund um den Monolithen Aufstellung. Mit einem einzigen Ruck rasselten die Eisengitter herunter, die Römer stürmten vorwärts und töteten nach Lust und Laune. Einige schlugen nur einmal zu und zielten auf Halsschlagader oder Herz. Andere hackten drauflos. Es gab blutbesudelte Frauen, die Nägel und Zähne benutzten. Einige Männer hatten Erektionen, andere brüllten die Namen ihrer Götter, während sie vorwärtsstürmten und losstießen. Einige verhöhnten ihre Opfer. Einige Opfer, deren Hände gefesselt waren, versuchten zu beißen und zu treten. Andere Opfer knieten nieder und beugten das Haupt.

Am Ende gab es keine stehenden oder knienden Gefangenen mehr. Ihre Körper lagen ineinander verknäult, blutig, mit offenen Augen da. Die Römer saßen keuchend und befriedigt da, jeder allein für sich, während sie langsam in die Wirklichkeit zurückkehrten. Alle ließen sich Zeit, die Schwertklinge abzuwischen, zum Platz zurückzukehren, sich umzuziehen und sich wieder zu den Freunden zu gesellen.

Für ein Jahr waren die Kämpfe vorbei.

In kleinen Gruppen bahnten sich die Festgäste gemächlich ihren Weg aus dem Dom. Draußen wurden sie zu ihren persönlichen Flug- und Fahrzeugen geführt. Ein paar Nachtschwärmer versuchten, die Party fortzusetzen, und riefen nach Essen, Getränken und Tanzmusik. Aber sie hatten Pech. Die Chefköche waren alle schon nach Hause gegangen, nur die Leichenbestatter waren noch da. Sie begannen damit, die Körper zu sichten, die verbrannt werden sollten. Die Festlichkeit war für dieses Jahr zu Ende.

Dem einsamen Kadaver des heiligen Stiers, der immer noch in der Mitte des Feldes lag, band man die Hinterbeine zusammen. Dann zog ihn ein Trecker bis zu einer Tür hinter dem Hügel. Die Stierkoteletts und Kaldaunen waren den Gärtnern vorbehalten, das war Tradition.

Als die Festgäste in die kühle Morgenluft hinausschlenderten, stießen sie auf ein paar Waldbewohner, die sich am Eingang versammelt hatten, um dem Treiben im Dom zuzusehen. Die müden Angehörigen der römischen Militärkaste hatten kaum einen Blick für sie übrig. Sie traten auf den roten Teppich, der sie vom Dom weg zu ihren Fahrzeugen brachte. Dies alles wurde von den Waldbewohnern beobachtet. Ihre Mienen verrieten nichts, zeigten weder Neid noch Furcht. Hätten sich die modernen Römer dazu entschlossen, näher hinzuschauen, dann wäre ihnen aufgefallen, daß die Männer allgemein groß und breitschulterig waren und feingeschnittene Gesichter hatten. Die Frauen hatten üppige Formen und kecke Gesichter. Keine Spur von schlechter Ernährung oder vorzeitigem Altern aufgrund von Auszehrung. Und aus den Falten ihrer Gewänder lugten helläugige Kinder.

Einer der Waldleute steht abseits von den übrigen. Er ist ein Fremdling unter den Fremden. Sein einziges Kleidungsstück besteht aus Hirschleder, aus dem Leder eines arktischen Hirsches. Am Hals ist es zusammengeschnürt, an den Handgelenken festgebunden. Der Schädel des Hirsches fehlt. An seiner Stelle sitzt eine Kapuze aus weißem Fell. Wenn es die Zeremonie erfordert, kann man die Kapuze abnehmen und wieder durch den geweihgekrönten Hirschschädel ersetzen. Das Leder fällt bis über den Boden und schleift dem Mann nach. Dieses Gewand eignet sich für die Tiefen des Waldes. Wenn der Mann umherzieht, kann er sich nachts in das Leder einwickeln und trocken und warm am Fuß eines Baumes schlafen, selbst wenn der Wind durch die Äste pfeift und der Regen sintflutartig fällt. Der Mann hat die Hände in die Hüften gestemmt. Man sieht, daß seine eigene Haut auf der Brust und an den Beinen wie bei einer ganz jungen Ziege von blassem Flaum bedeckt ist. Die Beine enden allerdings nicht in teuflischen Hufen, sondern in ganz normalen Füßen, die in losen Sandalen stecken. Der Mann trägt kurze Hosen aus zusammengenähtem Fell, die seinen Unterkörper bis zu den Knien bedecken. Seine festen, harten Beinmuskeln deuten darauf hin, daß er ein geübter Läufer ist.

In dieser Nacht hat er die Kapuze zurückgeworfen, so daß sein braunes Gesicht mit den nachdenklichen grauen Augen den Blicken freigegeben ist. Sein Haar ist blond und glatt, er trägt es seitlich gescheitelt und oben geflochten. An der Seite hängt ein gewebter Beutel, über dem Rücken trägt er einen Satz Sackpfeifen, hergestellt aus der Haut eines Wildschweins. Obwohl der Mann keine Waffen mit sich führt, vermittelt er den Eindruck, als sei er voll bewaffnet. Oder als benötige er gar keine Waffen, sollte er sich von einem Augenblick zum anderen verteidigen müssen. Er mag fünfunddreißig oder auch fünfzig Jahre alt sein, vielleicht auch älter. Unmöglich zu sagen. Wir haben es mit Lyf zu tun, und Lyf ist ein Schamane der grünen Wälder. Die anderen Waldleute achten gar nicht auf ihn, so als könnten sie ihn gar nicht sehen.

Lyf beobachtete, wie die letzten Festgäste abzogen. Als die schläfrigen Torwächter sich daran machten, das Domtor zu schließen, trat er zum Eingang und spähte hindurch. Er konnte die Zuschauerränge bis hoch zum Chalet sehen, das immer noch strahlend erleuchtet war. Eine Party war in vollem Gange. Sie würde wohl so lange dauern, bis man den letzten Gast hinausgetragen hatte.

»Los, Alter, hau ab!« rief einer der Torwächter, während er das Tor zuschwingen ließ. Lyf führte die Finger an die Zunge und schnippte kurz. Er verbeugte sich und ging davon, glitt in die dunklen Schatten. Auf keinen Fall wollte er unerwünschte Aufmerksamkeit erregen.

Hoch oben im Chalet hatte die Party ein ausgelassenes Stadium erreicht. Ein bekanntes Tanzmusikorchester spielte gerade beliebte Klassiker früherer Jahre, die Tanzfläche war überfüllt.

Die Krieger und Offiziersanwärter, die am Abend gekämpft hatten, waren kaum wiederzuerkennen. Die praktischen Kampfanzüge hatten sie mit aufgeputzten Heeresuniformen vertauscht. Männer wie Frauen trugen die purpurroten, grauen oder grünen Umhänge ihres jeweiligen Abschlußjahres. Das verband sie mit ihren römischen Vorfahren. Unter den Umhängen waren die Männer in ein eng anliegendes Wams und eine Kniebundhose aus schwarzem Samt gekleidet. Ihre Ehrenmedaillen waren aus Silber. Die Frauen trugen lange Röcke aus demselben schwarzen Samt, aber mit Schärpen aus scharlachroter oder gelber Seide. Bis auf die älteren Herren tanzten alle.

Die älteren Krieger, die Fehden ausgetragen oder auch nur aus Lust und Laune gekämpft hatten, waren um die Bar versammelt und schwelgten noch einmal in den abendlichen Kämpfen.

In dieser Gruppe fiel ein großer Mann auf. Er war zwar immer noch muskulös, neigte aber inzwischen zur Fülle. Gesicht und Profil jedoch hätten aus Bronze gemeißelt sein können. Er zog an einer dicken Zigarre und blies den blauen Rauch über die Köpfe seiner Kollegen. Zwischen den einzelnen Zigarrenzügen trank er reichlich von dem Wein. Dies war Marcus Augustus Ulysses, das Oberhaupt der Familie Ulysses. Eine schöne Frau mit adlerähnlichem Gesicht, zerzaustem grauen Haar und einer verführerisch tiefen Stimme unterhielt sich mit ihm. Beide hatten an diesem Tag gekämpft, beide hatten ihren Kampf gewonnen. Marcus Augustus Ulysses hatte den Drachen befehligt, Calpurnia Gallica den Pterodaktylus des zweiten Kampfes geflogen. Sie waren alte Feinde und ein altes Liebespaar.

»Ich dachte schon, wir hätten heute auf dich verzichten müssen, Marcus«, sagte Calpurnia mit einem Augenzwinkern. »Ich dachte, diese Drehung des Drachen sei das Bravourstückchen eines jungen Mannes.«

»Das war es auch«, antwortete er gewandt, »und ich hab's immer noch in meinem Repertoire.«

»Pah. Du warst in einer verzweifelten Lage und hast einfach Glück gehabt. Gaius hatte dich am Wickel, oder nicht? Komm schon, gib es zu. Du hast alles auf eine Karte gesetzt und …«

»Und gewonnen«, stellte Marcus Ulysses mit Nachdruck fest. »Nur darauf kommt es an.« Er nahm einen hastigen Schluck. Beide schwiegen. »Tut es dir sehr leid«, fragte er schließlich, »daß ich Julius getötet habe? Ich nehme an, er war gut mit dir *bekannt*.«

»Fragst du mich, ob ich froh bin, daß du überlebt hast? Ich nehme doch an, ihr habt euch vorher darauf geeinigt, daß es bei diesem Kampf um Leben und Tod geht.«

»Das haben wir.«

»Na ja. Ich weiß nicht recht. Du hast eine größere Ausstrahlung als er. Aber als Mann hat er mir mehr Vergnügen bereitet, als du es je könntest. Ich hoffe, das tut dir ein bißchen weh. Aber ja, ich bin froh, daß du durchgekommen bist.« Sie griff nach oben und küßte ihn plötzlich auf die Lippen. »Wir alle werden inzwischen ein bißchen zu alt für die Arena. Ich habe für mich entschieden, daß das heute mein letztes Mal war. Von heute an werde ich mich den schönen Künsten widmen. *Ars longa, vita brevis* – wie man so sagt. Na ja, ich schätze, ich hab noch rund fünfzehn Jahre *vita* vor mir, ehe mein *brevis* abläuft. Ich möchte für den Scheiterhaufen bereit sein, ohne allzuviel bereuen zu müssen. Ich will meine Lebenserinnerungen zu Papier bringen, ein Rezeptbuch zusammenstellen – eines für jeden Tag des Jahres – und reisen. Nächstes Jahr mache ich eine Kreuzfahrt durch die Südsee und besuche ein paar Palmeninseln, den großen südlichen Eiskontinent und das Land der langen weißen Wolke. Meine Töchter können sich hier um alles kümmern. Ich würde mich nicht wundern, wenn sie ganz froh sind, mich für eine Weile von hinten zu sehen. Und wie steht's mit dir?«

Marcus Ulysses dachte nach und paffte. Er gab der Bedienung das Zeichen, einen Aschenbecher zu bringen. »Nein«, sagte er schließlich. »Ich will nicht langsamer treten. Ich mag die tägliche Tretmühle immer noch. Ich mag die Macht. Und ich mag das Töten, wenn sich das nicht zu brutal anhört. Wenn es irgend etwas gibt, das ich bedaure, dann ist es die Tatsache, daß wir im Moment nirgendwo einen anständigen Krieg haben.«

»Du unverbesserlicher Romantiker«, sagte Calpurnia. »Wenn du nicht achtgibst, schreibe ich eine Elegie für dich und veröffentliche sie an dem Tag, an dem du in deinem Drachen umgebracht wirst, zerquetscht wie der arme Julius. Dann werden sich alle an meine Worte erinnern und vergessen, daß es dich je als Wesen aus

Fleisch und Blut, Haut und Knochen gegeben hat. Du wirst nur deshalb weiterleben, weil eine Frau deinen Namen verewigt hat.«

»Möglich«, erwiderte Ulysses und lachte. »Du redest zuviel. Das hast du immer schon. Du bist eine merkwürdige Frau.«

»Und eine durstige«, sagte Calpurnia und hielt ihr Glas hoch. Ulysses gab ein Zeichen, daß er Getränke nachbestellen wollte, sofort war ein Kellner zur Stelle. »Noch etwas hält mich auf Trab«, fuhr Ulysses fort. »Ich will meinen Sohn im Auge behalten. Er ist der letzte, den ich habe. Ich setze große Hoffnungen in ihn.«

Calpurnia nickte. »Er ist ein gutaussehender junger Mann«, bemerkte sie und nippte an ihrem Getränk. »Er erinnert mich an dich. Vielleicht ist er ein bißchen kleiner als du, aber dafür ein bißchen intelligenter, glaube ich. Er wirkt jetzt schon erwachsener, als du seinerzeit warst. Sag mal, Marcus, waren wir in diesem Alter naiver? Wußten wir genauso viel? War die Welt heller und unschuldiger, als wir jung waren?«

»Du bekommst langsam einen Schwips.«

»Das ist allein meine Sache. Und es ist deine Sache als Gentleman, dich nicht wie mein Gewissen oder wie ein Rauch speiender Zementklotz aufzuführen. Entspann dich, Mann: Ich werd dich nicht gleich fressen. Ich möchte, daß du meine Frage beantwortest.«

Jede Antwort, die Marcus Ulysses hätte anbieten können, wurde durch ein lautes Schlagzeugsolo verhindert. Es war das Zeichen, daß die erste Band ihren Auftritt beendet hatte. Der Schlagzeuger bearbeitete die Trommeln und verwob Rhythmen mit Rhythmen, während ihm der Schweiß auf der schwarzen Stirn stand und an seiner Nase heruntertropfte. Das Solo endete in einer Kakophonie: Trompete und Saxophon fielen ein und rissen einander melodisch mit, der Kontrabaß dagegen sorgte dafür, daß das Tempo nicht abhob. Wunderbare Musik. Das Publikum, das zusammengeflickte und verwundete Krieger umfaßte, stand um die Bühne herum und klatschte, was das Zeug hielt.

Auch Ulysses und Calpurnia klatschten. Beide erinnerten sich an die Zeit ihres eigenen Abschlusses an der Militärakademie. Beide waren sie Meister und sehr ineinander verliebt gewesen. Aber diese Liebe hatte keine Gelegenheit, zu wachsen und zu gedeihen, da sie beide von Natur aus sehr konkurrenzsüchtig waren. In späteren Jahren hatten sie ihre kurzen, intimen, leidenschaftlichen Treffen genossen. Einerseits war es ihnen beiden ganz recht so, andererseits waren diese Treffen auch unbefriedigend. Denn sie brachten nur noch klarer an den Tag, wie sehr sie beide sich nach einem echten Gefährten sehnten und wie wenig diese Sehnsucht eingelöst wurde.

Als Calpurnia daran dachte, krampfte sich ihr Magen vor Traurigkeit zusammen. Wie viele Nächte hatte sie allein in ihrem Bett verbracht oder neben einem Mann gelegen, den sie nicht liebte? Zu viele. Was war es, das bei ihr nicht stimmte? Was war es, was bei ihnen allen nicht stimmte? Sie sah sich im Kreis der Männer und Frauen um, die inzwischen alle zu tief ins Glas geschaut hatten, und empfand dabei so etwas wie ein Schwindelgefühl. Rings um sich nahm sie Verfall und Verlust wahr. Und ihr war auch klar, daß man ihr diese Wahrnehmung ansehen konnte. *Ars longa, vita brevis* dachte sie zum zweitenmal an diesem Abend. Lange währt die Kunst und kurz das Leben. Na ja, zum Teufel mit der Kunst, das kurze Leben ist's, das mich bekümmert. Laut sagte sie: »Dein Sohn hat also noch ein Jahr vor sich?« Ulysses nickte.

»Und du hoffst, daß er genau wie du den Siegerkranz, den *Victor Ludorum*, davonträgt?«

»Natürlich.«

»Ich würde ihn gern wiedersehen. Das letzte Mal muß sieben Jahre her sein. Damals bestand er nur aus Knien, Ellbogen und Schleudern.«

Ulysses schnappte mit den Fingern. Sofort war eine junge Frau zur Stelle. Sie war eine der für alles zuständigen Bedienungen und kümmerte sich um den Getränkenachschub, Zigarren oder auch einen Imbiß vom Büffet. Sie hatte dunkles, lockiges Haar und fein gezeichnete Brauen. Wenn sie ernst war, sah sie traurig aus, aber wenn sie lächelte, strahlte ihr ganzes Gesicht plötzlich auf, so daß sie wie ein Schelm wirkte. Sie hatte ein lautes Lachen, das ihr oft peinlich war. Sie hieß Miranda.

»Bitte sag meinem Sohn, daß er mal rüberkommen soll. Seine Partnerin soll er mitbringen.«

Miranda knickste anmutig und nickte auf eine Art, die bei jeder anderen vielleicht allzu vertraulich und deshalb zu dreist gewirkt hätte, bei ihr jedoch einfach der Begeisterung entsprang. Miranda amüsierte sich wie noch nie. Als Siebzehnjährige war sie die jüngste hier anwesende Bedienung und die einzige aus ihrer Klasse. Sie würde ihrer Mutter, ihrem Vater, Angus und den anderen Mädchen an der Eburacum-Polytech, an der sie in Hauswirtschaft und Gastronomie ausgebildet wurde, dermaßen viel zu erzählen haben! Fairerweise muß man auch sagen, daß Miranda eigentlich gar nicht so recht wußte, wie anziehend sie auf die hier versammelten stiernackigen Männer wirkte. Daß man sich nach ihr umdrehte, lag einerseits einfach an ihrer unschuldig guten Laune, vor allem aber daran, daß sie den Eindruck erwachender Sinnlichkeit vermittelte.

Miranda sprach den jungen Ulysses an und berührte ihn, damit er sie bemerkte. Er hatte seinen Arm um eine schöne schlanke blonde Frau namens Diana gelegt. Sie standen nahe bei der kleinen Bühne, auf der die Band damit beschäftigt war, ihre Instrumente einzupacken. Viti sah überrascht aus und warf einen Blick zu seinem Vater hinüber. Normalerweise bedeutete bei seinem Vater die Aufforderung zu einem Gespräch eine Rüge, und ihm fiel nichts ein, was er ausgerechnet heute falsch gemacht haben sollte. Bestimmt würde sein Vater heute einmal ein paar warme Worte für ihn finden.

Der junge Ulysses sah, daß sein Vater lächelte, während er nach einer weiteren Zigarre griff, und daß er tief in ein Gespräch mit der exzentrischen alten Dame namens Calpurnia versunken war. Calpurnia zog sich stets zu jung für ihr Alter an, aber man mußte ihr lassen, daß sie heute den Pterodaktylus sehr geschickt geflogen hatte. Ihm fiel ein, daß er ihr schon einmal begegnet war, damals war er noch ein Knabe gewesen.

»Der *pater* will mich sprechen. Dich auch«, erklärte er Diana. »Komm schon. Er ist ein geiler alter Bock, wahrscheinlich will er nur einen Blick auf dich werfen. Nimm's ihm nicht übel, wenn er sabbert.«

»Auf seine skrupellose, brutale Art ist er durchaus attraktiv«, sagte Diana bewußt provozierend. Dann zögerte sie: »Hat er heute Julius XIX. mit Absicht umgebracht? Caesar war mein Onkel, weißt du. Ein netter Mann. Ich werde ihn vermissen. Ich dachte immer, die Alten kämpfen nur der Ehre halber.«

»Das tun sie auch. Aber in diesem Kampf ging es um einen alten Groll. Hat irgend etwas mit Landbesitz zu tun. Komm schon. *Pater* wird böse, wenn man ihn warten läßt.« Er bahnte sich einen Weg durch die Menge und zog Diana an der Hand hinter sich her. Sie machte sich aus dem festen Griff los, indem sie gegen seinen Daumen und die Finger drückte. Das veranlaßte ihn dazu, stehenzubleiben und sich nach ihr umzudrehen.

»Du hast meine Frage nicht beantwortet«, sagte sie. »Wollte er ihn umbringen?«

»*Pater* bringt selten jemanden unabsichtlich um. Ja. Er wollte ihn töten. Und daran ist jetzt auch nichts mehr zu ändern. Dein Onkel wußte genau wie jeder andere, auf was er sich einließ. Und er hätte seinerseits meinen Vater getötet, wenn er die Gelegenheit dazu gehabt hätte. Ich bin mir sicher, daß sie vorher vereinbart haben, auf Leben und Tod zu kämpfen. Wäre es anders gewesen, dann hätte der Kampfrichter inzwischen schon längst etwas gesagt. Deshalb ...« Er zuckte die Achseln. »Komm schon. Wir wollen's hinter uns bringen.« Diana sah ihn einen Augenblick lang an und nickte dann. Hand in Hand gingen sie auf die beiden Alten zu.

»Ich hatte noch keine Gelegenheit, dir zu gratulieren«, polterte Marcus Ulysses an Diana gewandt los. »Ein gut ausgetragener Streitwagenkampf. Du hast meinen Sohn beinahe wie einen Affen aussehen lassen. Er hat Glück gehabt, daß du ausgerutscht bist.«

»Ich bin nicht ausgerutscht«, antwortete Diana und sah ihm ins steinerne, unnachgiebige und trotzdem unleugbar schöne Gesicht. »Ich wünschte, es wäre so gewesen. Dann hätte er mich mit seinem Tritt vielleicht verfehlt, und ich hätte ihn mit den Beinen in die Zange nehmen und hinauswerfen können. Aber er war zu schnell für mich.« Sie sagte das fröhlich, und Calpurnia lächelte, weil sie merkte, wie höflich die junge Frau war. Es war die Einladung an den Vater, seinen Sohn zu loben. Aber Ulysses senior sah zu Boden, er war nicht fähig zu lächeln und seinen Sohn zu beglückwünschen. Schließlich räusperte er sich und fragte: »Möchte jemand eine Zigarre?«

Diana griff zu. Der junge Ulysses lehnte ab. Er war genauso verlegen wie sein Vater, wenn auch aus ganz anderen Gründen. Er wollte nichts wie weg.

»Na ja, *zumindest* will *ich* dir gratulieren!« sagte Calpurnia direkt an den jungen Mann gerichtet und mit Nachdruck. »Ich weiß, du hältst mich für diese verrückte alte Schachtel in der Flugmaschine.« Viti wollte Einwände erheben, aber sie winkte ab. »Aber ich erkenne Talent, wenn ich es vor mir habe, und du hast das Potential, besser als dein Vater zu werden. *N'est-ce pas?*« Sie stupste den älteren Ulysses in die Taille, weil sie ihn zu einer brummeligen Zustimmung verleiten wollte, aber der Mann war ins Gespräch mit Diana vertieft.

»Es tut mir leid, daß ich deinen Onkel getötet habe«, sagte er gerade. »Aber wir hatten die Regeln so festgelegt.« Er hustete über seiner Zigarre. »Er war mal mein Freund. Wir haben zusammen Abenteuer in Afrika erlebt.« Er machte eine Pause. Das Trinken zeigte Wirkung. Er war drauf und dran, sentimental zu werden ... Entweder das, oder er würde gleich in einer seiner Afrikageschichten schwelgen, weil er hoffte, Diana damit zu beeindrucken.

Calpurnia nahm ihm den Wind aus den Segeln. »Vergiß Afrika«, sagte sie. »Es ist lange her, und du hast alle Geschichten schon erzählt. Außerdem gehört diese Nacht den jungen Leuten.« Sie wandte sich ab und sagte mit Entschiedenheit: »Es war schön, euch beide zu sehen. Ich wünsche euch alles Gute und hoffe, wir treffen uns nächstes Jahr wieder. Wer weiß, vielleicht ist dann einer von euch beiden der *Victor Ludorum*. Jetzt geht und amüsiert euch. Tanzt bis zum Umfallen. Da ist eine neue Band, sie kommt von der Westküste, wie man mir erzählt hat. Die *Beaters* oder so ähnlich. Angeblich sind sie gut. Sehr originell. Wahrscheinlich komme ich auch bald nach und tanze mit. Also, auf Wiedersehen.«

Die zwei verabschiedeten sich. Der alte Ulysses starrte in sein Glas und grunzte. Es hatte ihm irgendwie die Sprache verschlagen. Er war es nicht gewohnt, daß ihm eine starke Frau das Heft des Handelns aus der Hand nahm. Außerdem hatte er so viel und so schnell getrunken, daß es nur noch zu einer gemurmelten Widerrede reichte. Dazu kam ein Schuldgefühl, das in ihn einsickerte, als tränke schwarzes Öl einen Kerzendocht.

Calpurnia taxierte ihn. »Willst du dich setzen oder tanzen?« fragte sie.

»Weder noch. Ich will mich unterhalten.«

»Dann mußt du dich mit dir selbst unterhalten, mein Lieber, ich will nämlich tanzen. Denk nur dran, mir Bescheid zu sagen, falls du gehen willst.« Calpurnia schlenderte davon und bahnte sich einen Weg durch die

Menge. Die Zuschauer fingen schon an zu rufen und zu klatschen, als der Schlagzeuger lediglich die Spannung seiner Trommeln überprüfte und einen schnellen Wirbel schlug.

Allein gelassen, blickte Ulysses in die Runde. Alle schienen sich prächtig zu amüsieren, das machte ihn noch verdrießlicher. Wenn die Lebensspanne kürzer wird, was hat ein Held dann noch außer Erinnerungen an längst verjährte Taten? Wie flüchtig das Gedächtnis ist! Ein altes, trauriges Gedicht kam ihm in den Sinn, in dem es hieß:

> *Glücklich der Held,*
> *der in der Blüte seiner Jahre stirbt.*
> *Niemals muß er wispern:*
> *Es war einmal ... vorbei, vorbei ...*

Die Worte paßten ausgezeichnet zu seiner Stimmung. Marcus Ulysses empfand leichte Panik.

Er sah sich um, sein Auge begegnete Mirandas Blick. Er gab ihr ein Zeichen. Sie eilte zu ihm, auch wenn ihre Augen kurz und sehnsüchtig auf die Bühne gerichtet waren. Dort alberten die beiden Lead-Musiker der Band herum.

»Wie heißt du?« fragte Marcus Ulysses.

»Miranda, Sir.«

»Gut. Hol mir jetzt noch was zu trinken. Und dann komm hierher zurück. Ich werde dir was über Afrika erzählen ...«

4

Drei Geschichten

DIE GESCHICHTE VON ANGUS, DEM ANGEHENDEN TECHNIKER

Mit vollem Namen hieß er Angus Macnamara. Geboren war er in Portus Lemanis, nahe bei einer Stadt, die neben der Marsch von Romney liegt und bei uns Dymchurch heißt. Seine Mutter und sein Vater waren alle beide devote Angehörige des Bürgertums und zutiefst loyal, was die römischen Institutionen betraf, denen sie dienten. Den Familienstammbaum konnte man ein paar Generationen zurückverfolgen, aber weiter auch nicht. Trotzdem gab es Geschichten, die seit Generationen mündlich überliefert worden waren.

Nach einer solchen, oft und gern wiederholten Erzählung stammte Connie Macnamara von einem Keltenstamm, den Demetiern, ab. Allerdings hatte sie keinen Schimmer, wo dieser Stamm gelebt hatte. Wenn man sie bedrängte, fuchtelte sie mit ihren Händen unbestimmt in der Luft herum und sagte: »Dort drüben. Irgendwo im Westen. Jenseits der verwunschenen Hügel.« Connie Macnamara war eine kleine Frau mit dunklem Kraushaar, scharfen Gesichtszügen und breiter, blasser Stirn. Als Angus noch klein war, hatte Connie ihm einmal ein paar Tanzschritte beigebracht und ihm ein paar Liedzeilen in einer Sprache vorgesungen, die er noch nie gehört hatte. Sie hatte zugegeben, daß sie selbst nicht wußte, was diese Worte bedeuteten, aber betont: »Das waren Worte meines Volkes. Von früher.« Angus' Mutter arbeitete als Oberschwester auf der Unfallstation des Bürgerkrankenhauses.

Woher der Vater von Angus stammte, war einerseits genauer bekannt, andererseits aber auch von größeren Geheimnissen umwittert. Vor fünf Generationen hatte man seinen Ur-Ur-Urgroßvater zusammen mit dessen drei Brüdern aus der Stadt Trimontium, die im hohen Norden lag, nach Portus Lemanis im Süden beordert. Die Macnamara-Brüder waren ausgebildete Techniker und durch die Winter im Hochland abgehärtet. In Portus Lemanis waren sie vor allem damit beschäftigt, steinerne Deiche zu errichten. Über die Geschichte der Familie, die sie in Trimontium zurückgelassen hatten, war nichts bekannt. Da Bürger nur selten über die Grenzen der eigenen Stadt hinausgelangten und herumreisten, war jeder Kontakt zu diesem Familienzweig abgerissen. Zwei der Brüder waren kurz nach ihrer Ankunft in Portus Lemanis bei einem Unfall umgekommen. Die beiden anderen heirateten. Aber sie sprachen so ausgeprägt Dialekt, daß ihre aus dem Süden stammenden Ehefrauen und die Nachbarn alle Mühe hatten, sie überhaupt zu verstehen. Deshalb kam es auch kaum vor, daß die Väter ihren Kindern Geschichten erzählten. Beide Brüder wurden nicht alt.

Der Technikerberuf hatte in der Familie bereits Tradition. Auch Angus' Vater war Techniker und baute an der Großen Kanalbrücke mit. Unmittelbar nördlich von Dubris schob sie sich in den Kanal vor. Von hier aus würde sie in weitem Bogen auf die Küste Galliens zuwachsen.

Während all der Jahre, die Angus prägen sollten, war ihm das langsame Wachsen der Kanalbrücke stets bewußt. Eigentlich war die Brücke sogar so etwas wie ein viertes, herrschsüchtiges Familienmitglied. Sie bestimmte, was bei Tisch geredet wurde, lieferte den Stoff für Witze und Lieder und vermittelte Angus die erste tragische Erfahrung. Die Zahl der Todesfälle war bei den Brückenarbeitern außerordentlich hoch. Angus' einziger Onkel starb, als ein Kohlenschlepper den

Brückenabschnitt rammte, auf dem er gerade arbeitete. Er wurde in die aufgewühlte See geschleudert und ertrank.

Wie ein riesiges Blutgefäß ragt die Brücke vom Land ins Meer. Die Plattform, auf der sich die Fahrzeuge bewegen, ist völlig überdacht. Das Dach besteht aus denselben widerstandsfähigen Platten wie die Kuppel des Kampfdoms. Robuste Beine stemmen sich ins Wasser und geben der ganzen Konstruktion ein organisches Aussehen, so als hätte die Brücke wie ein Banyanbaum Wurzeln getrieben. Die Brücke streckt sich über das Meer, an keiner Stelle erhebt sie sich mehr als fünfzig Meter über die Wellenkämme. Sie ähnelt keiner Brücke, die wir kennen. Das liegt daran, daß manche Aspekte der in dieser Welt gebräuchlichen Technik sich von unserer Technik unterscheiden. Die Brücke ist eine leicht abgeflachte Röhrenkonstruktion, im Querschnitt ist sie oval. Innerhalb der Röhre liegen Straßen, Schienen und Leitungen. Jeder tragende Brückenpfeiler ist tief im Kanalschlick verankert. Die Verbindung zwischen Pfeilern und Röhre ist ein wahres Meisterstück der Ingenieurkunst: eine Kombination aus Organischem und Anorganischem, ganz anders als alles, was wir kennen. Die Brückenpfeiler bestehen aus dickem Eisenspannbeton, darauf wachsen sorgfältig kultivierte Seetangarme. Dort, wo der Seetang auf die untere Brückenkonstruktion stößt, hat man die Pflanzen aufgeschnitten und ölige Substanzen in die Wunden gerieben. Damit wird die Produktion eines heilenden Gummis angeregt. Dieses Gummi ist flüssig und wird durch Rohre in Rinnen und Sammelbehälter im Brückenfundament geleitet. Dort härtet das Gummi aus. Es wird zu einer dichten, faserigen Masse, widerstandsfähig wie der untere Teil der Seetangpflanzen, die beide Teile der Brücke miteinander verbinden. Fest verankert wächst der Seetang, dessen Schnitte verheilt sind, weiter und schlingt sich um die ganze obere Röhre der Brücke, die er mit ihren Pfeilern vertäut. Die so entstandenen Verbindungen sind ebenso belastbar wie flexibel. Sie können jedem Druck, jeder Drehung standhalten. Bei Sturm und Springfluten kann die Brücke sich biegen und beugen. Diese Brücke, die schon seit zwei Generationen im Bau ist, soll die alte Brücke ersetzen. Die alte Brücke wurde im letzten Jahrhundert von einem schrecklichen Sturm zerstört.

Allerdings ...

Die Liebe zu Maschinen hatte Angus von seinem Vater geerbt, und diese Liebe zeigte sich schon früh. Gern erzählte seine Mutter die Geschichte, wie er als kleines Kind einmal von zu Hause fortgelaufen war. Er hatte sich an Bord eines riesigen schwimmenden Baggers versteckt, der gerade in See stechen wollte. Es hatte einen ganzen Tag gedauert, bis sie ihn fanden. Als man ihn schließlich entdeckte, saß er ganz ruhig da und beobachtete fasziniert die lärmenden Pumpen mit ihren klappernden, sich schnell drehenden Rädern. Jede Pumpe konnte in dreißig Sekunden fast dreitausend Liter Meerwasser fördern. Das Wasser diente zur Kühlung des strombetriebenen Baggers, der den Meeresboden aushub.

Das Lieblingsspielzeug von Angus bestand aus Maschinenteilen, die sein Vater von der Arbeit mit nach Hause brachte. Angus nahm sie gern völlig auseinander und setzte sie dann langsam und mit schier unendlicher Geduld wieder zusammen.

Er baute auch Modelle der Flugzeuge nach, die die Oberbefehlshaber des römischen Heeres benutzten. Angus hatte zugesehen, wie sie vom Wendepunkt Cantiacorum abhoben und von dort aus nach Nordwesten zu dem komplexen Transferhafen Londinium flogen. Es waren geschmeidige Flieger, die auf elektromagnetischen Kissen dahinglitten. Sie konnten sich nicht frei bewegen, sondern hingen von den Stromleitungen ab, die entlang der alten Straßen verliefen. Schon als Siebenjähriger hatte Angus sehr genaue und praktische Kenntnisse von Magnetismus.

Als er sieben Jahre alt war, machte er auch die EEP, die Erste Eignungsprüfung. Es war nicht weiter verwunderlich, daß er bei den praktischen Aufgaben sehr gut abschnitt. Mit speziellem Material – unserem Meccano oder Lego nicht unähnlich – baute er einen beweglichen Kran und eine Flußschleuse. Er konnte auch Zahlen addieren und verstand schnell, was es mit den Dezimalstellen auf sich hatte. In Botanik und Biologie war er Durchschnitt. Bei sprachbezogenen Aufgaben erzielte er kaum Punkte. Sein Aufsatz über ›Die Küste bei Portus Lemanis‹ bestand aus wenigen langweiligen Sätzen. Daß er beim Schreiben so versagte, lag nicht daran, daß er von Natur aus ein Dummkopf gewesen wäre. Vielmehr hatte er nie Gelegenheit gehabt, sprachliche Fähigkeiten zu entwickeln. Die römische Militäraristokratie sah schlicht und einfach keinen Vorteil darin, das abstrakte Denken der Menschen zu fördern. Im Gegenteil: Die für die Erziehung zuständigen Beamten hatten eine berechtigte Scheu vor Worten, denn Worte können Ideen befördern. Und Ideen können zu Fragen, Fragen wiederum zu allen möglichen Dingen führen. Sie können sogar gefährlich sein ... sehr gefährlich. Freiheit des Ausdrucks und Individualität galten in dieser Welt nicht als erstrebenswert. Ein guter Bürger war derjenige, der seine Pflichten kannte, sein Handwerk beherrschte und stolz darauf war, gute Arbeit zu leisten. Was der Staat brauchte, waren Klempner, Köche, Metzger und Techniker oder auch Krankenschwestern, Gärtnerinnen, Bäuerinnen und Hebammen. In dieser Welt lernten die Kinder zwar Lieder zu singen, aber nicht, Lieder zu komponieren. Man brachte ihnen bei, wie man Entfernungen berechnet, aber nicht, wie man Gleichungen aufstellt. Sie konnten Berichte schreiben, aber keine Kurzgeschichten. Nur beim Malen brach die Originalität durch, denn der menschliche Drang, sich selbst irgendwie auszudrücken, ist letzten Endes einfach nicht zu unterdrücken.

Die Prüfungen offenbarten Angus' bemerkenswerte Eignung für technische Aufgaben. Für seine Familie hatte das katastrophale Folgen. Etwa zwei Monate nach seiner EE-Prüfung klopften offizielle Vertreter des staatlichen Schulamtes an. Der Junge wurde seinen Eltern weggenommen und auf die Ingenieursschule nach Crookesmoor geschickt. Die Schule lag in der Nähe der Stadt, die wir als Sheffield kennen. Dort wurde Angus mit anderen siebenjährigen Jungs von ähnlicher Begabung zusammengesteckt und landete in einem großen, zugigen Internat. Hier sollte er bleiben, bis er achtzehn war.

An der Schule herrschte ein strenges Regiment.

6.30 Uhr:	Die Internatsglocke schrillt. Allgemeines Wecken.
7.00 Uhr:	Frühstück
8.00–12.00 Uhr:	Unterricht
12.00–13.00 Uhr:	Mittagessen
13.00–15.00 Uhr:	Unterricht
15.30–16.45 Uhr:	Sport (falls es Wetter und Jahreszeit zulassen)
17.30 Uhr:	Abendessen
19.00 Uhr:	Vorbereitung auf den nächsten Tag
20.00 Uhr:	Zeit, zu Bett zu gehen
20.30 Uhr:	Lichter aus. Und wehe, irgendein kleiner Junge wird beim Schwatzen erwischt!

Da aber Jungs nun mal Jungs sind und diese Jungs sogar ganz besonders schlaue kleine Burschen waren, schafften sie es, diese Regel zu umgehen. Einer von ihnen baute mehrere Radiosender und -empfänger, die nur wenig Strom brauchten. So konnten sie sich kichernd von Bett zu Bett unterhalten.

Die strenge Schulordnung funktionierte. Was an Liebe fehlte, wurde durch die Geborgenheit, die hier herrschte, ein bißchen ausgeglichen. Die Jungens wußten, woran sie waren und was man von ihnen erwartete. Die Vorschriften waren streng, und wenn man dagegen verstieß, folgte die Strafe auf dem Fuße. Aber das System war nicht auf Rache aufgebaut. Wer achtgab, gewissenhaft war und seine Nase sauberhielt (wenn man so sagen will), der konnte Schwierigkeiten aus dem Wege gehen.

Die Eltern durften ihre Kinder zweimal im Jahr besuchen. Die Beamten, die die Schule von Crookesmoor leiteten, sorgten allerdings absichtlich dafür, daß diese Treffen äußerst peinlich verliefen. Ihr Ziel bestand darin, die Kinder innerhalb von zwei Jahren von ihren Müttern und Vätern abzunabeln. Den Jungen kamen die traurigen und nervösen Eltern, die sie besuchten, wie Gäste aus irgendeinem fernen Land vor. In dem abstoßend sterilen Speisesaal, in dem es nach gekochten Rüben roch und jedes Geräusch widerhallte, konnte sich keine Privatsphäre, kein engerer Kontakt entwickeln. Auf blankgescheuerten Bänken saßen die Jungen auf der einen Seite der langen Tische, ihre Eltern gegenüber. Die Jungen verrenkten Hände und Füße und sahen sonstwo hin, nur nicht auf die Fremden, die extra ihretwegen zu Besuch gekommen waren. Und auch die Eltern saßen mit gelähmter Zunge und verlegen da. Die meisten Eltern brachen die Besuche ab, wenn die Jungen elf Jahre alt waren. Alle, die sich bis dahin noch nicht eingewöhnt hatten, fielen ohnehin durch die Prüfungen und wurden ohne viel Aufhebens von der Schule gewiesen. Sie kamen auf Schulen mit niedrigerem Ausbildungsniveau. Nach und nach fanden sie ihre Nische in irgendeinem Gewerbe. Die

Schlußlichter, die Verträumten, die für nichts, das der Staat als nützlich betrachten konnte, so richtig geeignet waren, landeten schließlich bei Hilfsarbeiten. Sie putzten die öffentlichen Toiletten oder jäteten auf den staatlichen Bauernhöfen Unkraut. Meist wurden sie nicht alt, denn die Arbeit war schwer und der Lohn gleich Null.

Die wirklich unzufriedenen Schüler, diejenigen, in denen das urzeitliche Feuer der Rebellion brannte, wurden schnell zu Lagern in Hibernia und Kaledonien geschickt oder auch ins berühmt-berüchtigte Straf- und Gefangenenlager Caligula verfrachtet, das mitten im Moor nicht weit von Eburacum lag. Dort stießen sie auf andere Jugendliche, die man von verschiedenen Schulen geworfen hatte. Unterschiedliche Schultypen waren über das ganze zivilisierte Britannien verteilt – aber dazu später. Bemerkenswert ist allerdings, daß nur wenige dieser Jugendlichen älter als dreißig Jahre wurden. Noch geringer war die Zahl derjenigen, denen es gelang, ihre Erbanlagen weiterzugeben. So war es schon seit Jahrhunderten.

Im großen und ganzen hatte man eine passive Gesellschaft zufriedener und wohlerzogener Bürger herangezüchtet. Der Preis dieser Sicherheit war Kreativität, denn zwischen dem schöpferischen Akt und der Rebellion besteht eine enge Verbindung. Beides setzt eine neue Sicht dessen voraus, was sein könnte. Trotzdem gab es Leute, die aus der Art schlugen. Man sagt ja ganz richtig, daß es nicht die Armut ist, die zur Rebellion führt, sondern die Wahrnehmung der Armut. Immer noch wurden Männer und Frauen geboren, die unabhängig dachten und sehr grundsätzliche Fragen stellten, Fragen wie »Kommen nicht alle Kinder gleich auf diese Welt?« oder »Ist nicht der Tod das einzig Gewisse, mit dem wir alle konfrontiert sind?« Solche Denker begannen nach und nach, die Grundlage der römischen Herrschaft an sich in Frage zu stellen. »Warum«, fragten sie, »haben wir keine Gesellschaft, die nach dem Wohl aller strebt, anstatt einige wenige zu begünstigen?« »Was macht den Wert eines Menschen aus? Ist es seine Herkunft – oder sind es seine Fähigkeiten?« »Wie können diejenigen, die keine Macht besitzen, das Unrecht, das man ihnen antut, aus der Welt schaffen, wenn sie nicht zum Gewehr greifen?« Natürlich zahlten diejenigen, die solche Fragen aufwarfen, einen hohen Preis für ihre Ideen. Einer von ihnen war ein leise sprechender, weltfremder Lehrer namens Thomas. Dieser Mann – er lebte rund zweihundert Jahre vor Angus – unterrichtete tagsüber Sprachen. Aber er arbeitete auch abends in der Schule, denn er nutzte die Druckmaschine dazu, kurze revolutionäre Texte zu vervielfältigen, die er unter dem Namen ›Ein Freund der Bürger‹ unter die Leute brachte. Eines Abends erwischte ihn eine Zivilstreife der Armee, als er gerade einige seiner Werke auf einen Marktwagen laden wollte, der Waren zum nahen Seehafen bringen sollte. Der Lehrer wurde in Ketten nach Eburacum gebracht, dort in den Bauch eines Stieres aus Messing geworfen und langsam geröstet. Auf diese Weise feierte man seine Überführung. Auf dem Marktplatz der Stadt fand ein großes Fest statt, währenddessen wurde das Feuer unter dem Stier heißer und heißer. Aber bis zuletzt verwehrte der Lehrer Thomas den Römern ihr Vergnügen, denn aus dem Bauch des Stieres war kein Geräusch zu vernehmen.

Trotz solcher Foltermethoden brachte jede Generation ihr bestimmtes Quantum an originellen Denkern hervor. Man warf sie in Straflager und schickte sie von dort aus jedes Jahr in die Kampfdome – denn der Kampfdom von Eburacum war zwar der größte, aber nur einer von vielen, die es in ganz Britannien und in der ganzen zivilisierten Welt gab.

Aber nehmen wir einmal an, daß ein junger Mensch den Status quo ohne Wenn und Aber akzeptierte (was die meisten ja auch taten). Was konnte ein solcher Mensch dann vom Leben erwarten? Die Antwort kann man in einem Wort ausdrücken: Sicherheit. Vielversprechende Jugendliche konnten Lehrerinnen und Lehrer an Bildungsanstalten oder Wissenschaftlerinnen und Wissenschaftler in Forschungseinrichtungen werden. Allerdings war diese Forschung keine uneigennützige Suche nach Wahrheit, sie war auf sehr unmittelbare und sehr praktische Ziele ausgerichtet. Zwar gab es Maschinen, die Sonnenenergie und magnetische Kraftfelder nutzten. Auch bei der Gartenarbeit wurden bis zu bestimmten Grenzen technische Hilfsmittel genutzt. Die Medizin hatte große Fortschritte darin erzielt, normale Erkältungen mittels einer Kombination aus Knoblauch und heißem Dampf zu besiegen. Aber für all diese Aktivitäten gab es eigentlich keinerlei theoretische Grundlage. Quarks waren ebenso wenig bekannt wie Viren.

Wie kann es Wissenschaft ohne jede Theorie geben? Richtig, es kann sie gar nicht geben, und die Menschen dieser Welt hatten auch nicht das, was wir unter ›Naturwissenschaft‹ verstehen. Ganz allgemein gesprochen, dachten sie nicht über zugrundeliegende Ursachen nach. Falls doch, führten ihre Überlegungen sie zum Mystizismus. Wenn irgend etwas klappte, reichte es ihnen schon. Forschung bestand darin, Logik auf das allgemein Bekannte anzuwenden. Folglich ergab sich aus dem Rad die Straße. Aus dem Flaschenzug die Architektur. Und so weiter ... Allerdings hatte diese Welt einen Vorzug: die einzigartige Konvergenz des Denkens. So führte die Dampfmaschine des alten Dunstan zum elektrischen Generator, der Generator wiederum zur Anwendung des Magnetismus und der Magnetismus zu dem Verkehrssystem, das wir schon kennengelernt haben. Die Untersuchung der landwirtschaftlichen Kultivierungsmöglichkeiten brachte hoch entwickelte Windmühlen und die wichtigste Errungenschaft überhaupt, die Solarzelle hervor. Man fand heraus, daß bestimmte Lilienarten – in unserer Welt leider ausgerottet –, Sonnenlicht in elektrische Energie verwandeln konnten. Die Knötchen an den Wurzeln verhielten sich wie Kondensatoren. Alles übrige war nur eine Sache der Anwendung. Hätten diese Entwicklungen nicht stattgefunden, dann hätte man womöglich die ganze Erdkugel ihres Baumbestandes beraubt, um die Schornsteine zum Rauchen zu bringen, die Welt wäre an ihrem eigenen Rauch erstickt. Aber es kam anders, die großen Wälder blieben der Welt erhalten. Vor allem, wie man erwähnen muß, in Britannien, aber auch in jenen Teilen Europas, die sich nicht ausschließlich der Schaf- und Viehzucht widmeten.

Die Männer und Frauen dieser Welt nahmen die Naturerscheinungen auf dieselbe Weise hin wie sich selbst. Wenn es tatsächlich einmal vorkam, daß sie sich über eine tiefer greifende Ursache Gedanken machten und sorgten, konnte man diese Ursache stets im Willen der Götter sehen, die über dem Himmel und unter der Erde wohnten. Ein unerwartetes Ereignis war höhere Gewalt, basta. Natürlich bringt ein solches Denken die große Gefahr mit sich, daß sich ein Geist des Bewahrens und Fügens ausbreitet. Wenn man glaubt, daß die Dinge vom Schicksal vorherbestimmt sind, dann tut man nichts, um sie zu ändern... und welche unendliche Fülle von Entdeckungen geht dabei verloren!

In der Gesellschaft, in der der junge Angus aufwuchs, gab es eigentlich keine materielle Not. Seit Jahrhunderten bedeutete gleiche Arbeit auch gleichen Lohn. Allerdings maß man dem Lohn nicht dieselbe Bedeutung zu wie in unserer Welt. Man hatte ganz bestimmte Vorstellungen davon, welche Arbeiten ein Mann und welche Arbeiten eine Frau verrichten sollte: Männer wurden Techniker, Frauen Krankenschwestern, Männer fuhren zum Fischen hinaus aufs Meer, Frauen blieben zu Hause und nähten die Kleidung. Niemand stellte diese Dinge ernsthaft in Frage. Es gab, wie man einräumen muß, sogar eine gewisse gesellschaftliche Mobilität und Durchlässigkeit, auch wenn am gesellschaftlichen

Grundprinzip – an der Spaltung in drei Klassen – nicht gerüttelt wurde. Die Römer herrschten, die Bürger und Soldaten dienten.

Unterhalb der Ebene der Militäraristokratie gab es relative Chancengleichheit. Nahrungsmittel kosteten so gut wie nichts. Wenn es wirklich einmal knapp wurde und beispielsweise an Frischfleisch mangelte, dann waren alle davon betroffen. Für die Ausbildung (so eingeschränkt sie auch sein mochte) brauchte man überhaupt nichts zu bezahlen, auch die gesundheitliche Versorgung erfolgte kostenlos. Es gab eine Reihe von Sport- und Freizeiteinrichtungen, in denen man einen kostenfreien Urlaub verbringen konnte. Reiseverkehr zwischen den einzelnen Landesteilen Britanniens gab es kaum, die einzigen, die reisten, waren die Römer. Wenn Bürger reisen wollten, mußten sie das viele Monate im voraus sorgfältig planen und genehmigen lassen. Dort, wo man arbeitete, lebte man auch, und Arbeitsstellen wurden kaum gewechselt. Folglich waren die geographischen und topographischen Kenntnisse über Britannien begrenzt. Kaledonien war ›irgendwo da oben‹. Die Pennine-Kette existierte nur für diejenigen, die in der Nähe lebten. Und die Moore und Mendips waren nichts als geheimnisvolle Namen.

Grob geschätzt, betrug die Gesamteinwohnerzahl im zivilisierten Britannien kaum mehr als sieben Millionen, das bedeutete, es gab sehr viele nicht erschlossene Regionen. Niemand wußte, wie viele Waldbewohner es eigentlich gab, es wollte auch niemand wissen. Die Waldbewohner fielen nicht unangenehm auf, sie fielen überhaupt kaum auf, da man sie, außer an Markttagen, nur selten zu Gesicht bekam. Manchmal, im Frühjahr und im Herbst, waren ihre Feuer oben auf den Hügeln zu sehen und ihr Singen und Trommeln zu vernehmen. Nach Ansicht der Bürger gehörten die Waldbewohner einer minderwertigen Rasse an.

Aber zurück zu Angus: In der Schule von Crookesmoor machte der Junge sich gut, er bekam für seine sorgfältig ausgeführten Arbeiten, seine Pünktlichkeit und sein gründliches Verständnis mechanischer und elektrischer Zusammenhänge stets gute Noten. Außerdem war er ein guter Sportler und vertrat seine Schule bei Wettkämpfen, die unserem Rugby oder Cricket verwandt waren. In beiden Sportarten bewies er Angriffslust, aber eine kontrollierte Angriffslust, wie seine Lehrer erfreut registrierten. Keiner von ihnen konnte vorhersehen, zu welchen Taten die *un*kontrollierte Angriffslust diesen rothaarigen, grobknochigen jungen Mann eines Tages noch treiben würde.

Noch keine achtzehn Jahre alt, machte er seinen Abschluß mit *magna cum laude* und wurde zur Ausbildung in den Kampfdom von Eburacum geschickt. Zu seiner besonderen Betreuung wurde Wallace, der Dritte Chefmechaniker, abgestellt. Wallace ist uns bereits begegnet: Er war der humpelnde Mann im Kampfdom.

Wallace war ein guter Meister und Ausbilder. Er hatte viel Humor, oft pfiff er vor sich hin, wenn er sich mit einem technischen Problem befassen mußte, das Einfallsreichtum erforderte. Selbst ein Schwerarbeiter, erwartete er von anderen das gleiche Engagement. Nach seiner Philosophie war derjenige ein guter Mechaniker, von dem man nur die Füße unter einer Maschine herausragen sah und der nach Arbeitsschluß zehn Minuten brauchte, um das Öl und Fett von den Händen herunterzuschrubben.

Angus konnte sein Glück gar nicht fassen. Er stürzte sich in seine neuen Aufgaben und widmete sich eingehend den Schaltsystemen und mechanischen Anordnungen der dreihundertsiebenundzwanzig technischen Wunderwerke, die im Kampfdom untergebracht waren. Die ersten Tage verbrachte er damit, in die Maschinen hinein- und wieder herauszuklettern und jedes Teilchen ihres Aufbaus unter die Lupe zu nehmen. Die stählernen Kugelgelenke polierte er, bis sie wie Spiegel glänzten. Er säuberte die Ölleitungen und Filter, entdeckte einen Defekt in einer Ölpumpe und reparierte sie. Wallace schloß den jungen Angus, dem offensichtlich genauso viel wie ihm selbst an der Arbeit im Kampfdom lag, fest ins Herz.

Seinerseits schloß der junge Angus Wallaces Tochter Miranda fest ins Herz. Als Auszubildender war Angus in einem Anbau der Doppelhaushälfte untergebracht, in der Wallace, seine Frau Eve und ihre Tochter Miranda wohnten. Dieses Arrangement hatte ganz praktische Gründe: Man ging davon aus, daß Angus, den man Wallace persönlich zur Ausbildung zugeteilt hatte, eines Tages wohl die Stellung des dritten Chefmechanikers übernehmen würde. Das Arrangement bedeutete jedoch, daß Angus beim Abendessen und an den Wochenenden neben der lebhaften Miranda zu sitzen kam und sich mit ihr unterhalten konnte. Angus kannte sich mit Mädchen überhaupt nicht aus – von Sex ganz zu schweigen. Was er an der Jungenschule erfahren hatte, ging völlig in die falsche Richtung. Darüber hinaus hatte er nur vage Erinnerungen an seine Mutter.

Die explosiven Veränderungen, die in ihm selbst aufgrund seiner erwachenden Männlichkeit vorgingen, waren ihm kaum bewußt. Tagsüber arbeitete er. Abends lernte er. Nachts wälzte er sich in seinem Bett, dachte an die reizende Miranda mit dem strahlenden Lächeln und sehnte sich danach, sie zu berühren und die Wärme ihrer Hände und ihres Lächelns zu spüren. Am liebsten malte er sich aus, wie sie eines Tages in sein Bett schlüpfen und ihn bitten würde, mit ihr zu schmusen.

Die Gefühle, die Angus für sie hegte, waren Miranda keineswegs entgangen. Sie waren auch ihrer Mutter nicht entgangen, die sich ihre eigenen Gedanken darüber machte. Aber in dieser Zeit war die Liebe zu einem Mann oder das Bedürfnis danach kein Teil von Mirandas Welt, und sie fand es leicht, sich zurückzuhalten. Angus' träumerische Zuwendung schmeichelte ihr. Sie war welterfahren genug zu merken, daß Angus auf bestimmte, grobe Weise gut aussah. Tiefer in ihrem Innern war ihr auch seine sexuelle Energie bewußt. Manchmal wurde sie davon fast magnetisch angezogen, vor allem, wenn Angus mit seinen Gedanken ganz woanders war und nachdachte, etwa wenn er einen Elektrostecker reparierte oder eine Glasscheibe im Treibhaus ihres Vaters ersetzte. Bei solchen Gelegenheiten musterte sie ihn eingehend, nahm seine lockere Eleganz und jugendliche Anmut in sich auf und wünschte sich halb, sie selbst wäre der Stecker oder die Glasscheibe. Und das brachte sie zum Erröten ... Aber sie hielt ihre Zuneigung sorgfältig unter Verschluß. Angus wäre nie auf die Idee gekommen, daß ...

Man kann also verstehen, welche komplexen Gefühle Angus an diesem besonderen Abend hegte, als die Kämpfe im Dom ausgetragen wurden. Hier und heute mußte er zum ersten Mal seine Geschicklichkeit, sein berufliches Können wirklich unter Beweis stellen. Schulkameraden, die man zu niedrigeren Arbeiten im Kampfdom abgeordnet hatte, beobachteten ihn mit Neidgefühlen. Zweifellos hofften manche, er werde versagen und ein rechtes Chaos anrichten. Auch ältere Mechaniker schauten ihm auf die Finger, weil sie sehen wollten, ob der Lehrling wirklich so stark und kompetent war, wie er aussah. Wallace behielt ihn im Auge, um zu sehen, ob er dem jungen Mann zu früh allzuviel Verantwortung aufgebürdet hatte. Und natürlich sah ihm auch Miranda vom Chalet hoch oben aus zu.

Er wurde zum Einsatz gerufen, als der Drache seinen Schwanz auf den Krebs niederschmetterte. Die Mechaniker in der Werkstatt unten im Hügel hatten den Vorfall durch ein großes Fernglas beobachtet. Das Fernglas war in einer künstlichen Fichte oben auf dem Hügel verborgen und sorgte dafür, daß die Mechaniker fast alles, das sich im Kampfdom abspielte, mitbekamen. Sie hatten entspannt auf den großrädrigen Abschleppwagen gesessen, als sie plötzlich sahen, wie der Krebsrücken zerschellte. Sie schrien auf, denn sie alle hatten bei ihrer Arbeit auf die eine oder andere Weise mit dieser Maschine zu tun gehabt und wußten, wie robust sie war. Offensichtlich stand der Kampf kurz vor seinem Abschluß, sie ließen ihre Fahrzeuge anlaufen.

Dann schrillte ein Alarm. Ein rotes Licht blinkte und zeigte ihnen, daß der Kampf vorbei war, es würde nur noch eine kurze Siegerehrung folgen. Sie sahen, wie der Drache noch eine Runde drehte und dann stehenblieb und den Kopf senkte. Oben auf seinem Rücken öffnete sich eine Luke, ein stattlicher Mann in weißem Schutzanzug kletterte steif heraus, richtete sich auf und winkte der Menschenmenge zu. In diesem Augenblick wurde das rote Licht grün, und ein ganzer Wandabschnitt glitt auf hydraulischen Kolben nach oben. Die Mechaniker legten die Gänge ihrer Fahrzeuge ein und starrten auf die Rampe, die ins Innere des Kampfdoms führte. Nach den strahlenden Bogenlampen, der dumpfen Wärme und den dicken Mauern der Werkstatt wirkte der Kampfdom jetzt riesengroß, neblig und kühl.

Als das Tor im Hügel weit genug geöffnet war, fuhren sie hindurch. In seiner Aufregung ließ Angus die Kupplung seines Fahrzeuges schleifen, und es schlingerte, aber der Motor wurde nicht abgewürgt. Wallace, der neben ihm fuhr, drehte sich nach ihm um, zwinkerte ihm zu, wies mit beiden Daumen nach oben und gab ihm das Zeichen, sich zu beruhigen. Angus startete das Fahrzeug. Der Augenblick der Nervosität war ausgestanden. Das Fahrzeug glitt auf seinen Schwebekissen sanft über die Furchen und Löcher, die die technischen Wunderwerke bei ihrem Kampf aufgerissen hatten.

Neben Angus saß eine ältere Frau im Fahrzeug. Sie trug das weißblaue Abzeichen, das sie als Mitglied der Sanitätertruppe auswies. Falls der Lenker des Drachen irgendwelche Schnitte oder Blutergüsse davongetragen hätte, würde sie ihn an Ort und Stelle medizinisch versorgen. »Bist du zum ersten Mal dabei?« fragte sie.

Angus nickte nur, weil er sich völlig auf das vor ihm liegende Gelände konzentrierte. Er wollte sichergehen, daß er seinen Kollegen, insbesondere Wallace, nicht zu sehr ins Gehege kam.

»Wir fahren um das Ding herum, auf der rechten Seite können wir am besten halten.« Sie deutete in die Dunkelheit der Kuppel, in der sich zwei grüne Lichter abzeichneten, die sich nach und nach dem Boden näherten. »Sieh mal«, sagte sie, »das ist eines der Ulysses-Flugzeuge. Es will hier landen.«

Angus warf Wallace einen Blick zu. Er nickte, und Angus tat, was man ihm aufgetragen hatte. Das Fahrzeug beschrieb eine scharfe Kurve um den gesenkten Drachenkopf herum und fuhr langsam an dessen Seite heran. Gegen die riesigen Schenkel des Ungeheuers und die hoch aufragenden schuppigen Seitenteile wirkte das Fahrzeug winzig. »Warte jetzt, bis ich Ulysses herausgeholt habe«, sagte die Krankenschwester. »Mach langsam. Das gehört alles zur Show dazu. Jeder hier« – sie wies auf die Zuschauerränge und aufs Chalet – »will sehen, wie schwer er verletzt ist und ob er allein laufen kann. Der Krebs hätte ihn fast zerquetscht. Die Zuschauer wollen von dir nicht abgelenkt werden. Kapiert?«

Angus nickte.

»Wenn ich ihn erst mal sicher im Flugzeug habe, kannst du hier weitermachen.« Sie lächelte, da sie merkte, wie nervös Angus war. Das Fahrzeug hielt an. Die Krankenschwester erinnerte Angus vage an seine Mutter: Vor vielen Jahren hatte sie auf dieselbe freundlich-bestimmte Art mit ihm geredet.

Die Krankenschwester trat von der Plattform des Transportfahrzeuges direkt auf den Rücken des Drachen hinüber und kletterte zu der Stelle, an der der weißgekleidete Ulysses stand. Er hielt sich an einem

Rettungsseil fest und schwankte leicht hin und her. Angus konnte erkennen, daß sein Gesicht aschfahl war und daß er sich hatte übergeben müssen, wie die Spuren vorne auf seinem Schutzanzug verrieten. Die Krankenschwester untersuchte ihn flüchtig und prüfte mit Hilfe eines kleinen elektrischen Geräts, das Ulysses an der Seite trug, seinen Puls, die Körpertemperatur, den Blutdruck und die Sekrete. Mit ein paar sanften Berührungen überzeugte sie sich davon, daß bei ihm nichts gebrochen war, dann half sie ihm die schmalen Stufen hinunter und führte ihn zum Flugzeug. Während Ulysses hineinkletterte, nickte die Krankenschwester Angus zu und kniff kurz ein Auge zusammen. Jetzt war er dran.

Wallace und die anderen Mechaniker, die auf dem Transportwagen mitgefahren waren, waren schon dabei, die Öllecks zu untersuchen. Sie prüften den Ölstand mit einem mechanischen Meßgerät, das sich unter einer der dunklen Schuppen nahe am Schwanzteil befand. Im großen und ganzen war der Öldruck in Ordnung. Allerdings war die Karosserie selbst stark beschädigt, außerdem war das elektrische System, das die Bewegung der Drachenaugen und der Vorderklauen steuerte, völlig zerstört. Der Drache hatte viele Schuppen verloren, und manche der inneren Kolben, die die Hinterbeine mit Energie versorgten, waren zertrümmert. Aber der Drache konnte sich immer noch aus eigener Kraft bewegen und das Kampffeld im Triumph räumen – nur darauf kam es an.

»Bring ihn weg, Sohn«, sagte Wallace, während er zum Transportwagen zurückhumpelte, sich hinauf- und dann hineinschwang. »Geh's vorsichtig an. Die Steuerung ist vielleicht ein bißchen lädiert. Benutz am besten die Zugmaschine. Der Drache wird rasseln und klappern wie eine Dose loser Schrauben, aber er wird's schon packen. Park ihn hinten auf dem Platz. Morgen nehmen wir ihm den Schwanz ab und demontieren ihn bis zum Schwungrad.« Wallace legte den Gang des Transportwagens ein und bereitete seine Abfahrt zur Inspektion des Krebses vor. Angus blieb stehen und nickte. »Also steh hier nicht wie angewurzelt rum, Junge, mach dich dran. Wir haben heute abend 'ne Menge Arbeit vor uns. Und was du auch tust: Mach ihn nicht kaputt«, sagte Wallace und blinzelte ihm zu.

Angus kam zu sich. Die Situation hatte ihn eingeschüchtert und beinahe gelähmt. »Klar«, antwortete er und fügte hinzu: »Möchten Sie, daß ich zurückkomme, wenn ich den Drachen abgestellt habe?«

»Nein«, sagte Wallace. »Ich denke, wir kommen schon klar. Viel Glück.«

Angus machte einen Schritt über den kleinen Zwischenraum zwischen den Fahrzeugen hinweg, Wallace brauste davon. Angus stand auf dem Drachen. Er fühlte sich ziemlich allein und auf sich gestellt, als er die schmalen Stufen zur Einstiegsluke hinaufkletterte. Er bemerkte die Dellen und die verbogenen Schuppen. »Morgen werden wir auch jede Menge auszubeulen haben«, dachte er. Dann war er oben und stand auf der kleinen Plattform, die schuppigen Seitenteile fielen steil davon ab. Er fühlte sich allen Blicken ausgesetzt. Bei allen früheren Gelegenheiten, bei denen er an Bord des Drachen gewesen war, hatte er sich innerhalb der vertrauten, schützenden Räumlichkeiten der Werkstatt bewegt oder Probeläufe durchgeführt, bei denen ihn nur Mechaniker begleitet hatten. Hier und jetzt konnte er das aufgerissene Gras sehen und das ausgelaufene heiße Öl riechen, die Musikkapelle spielen hören und das Gemurmel einer riesigen Menschenmenge wahrnehmen, die aufgeregt miteinander tuschelte. Die Atmosphäre elektrisierte ihn.

Angus bummelte nicht, auch wenn seine Bewegungen sehr bedächtig wirkten. Er kletterte ins Cockpit hinunter und merkte, wie sich der pneumatische Sitz seiner Körperform anpaßte und einrastete. Er sah die Stelle an den Steuerungen, wo Marcus Ulysses sich übergeben hatte, und seine Nase sagte ihm, daß Ulysses sich in seiner Angst auch in die Hosen gemacht hatte. Angus nahm einen Bausch Putzwolle und machte damit die Steuerungen sauber. Am Geruch konnte er nichts ändern.

Egal. Zu seiner Linken war ins Steuerpult ein aus Holz geschnitzter Behälter eingelassen, die der Form nach einer Zigarrenkiste ähnelte, aber tiefer war. Der Deckel stand offen und gab den Blick auf einen schwarzen Gegenstand frei. Angus wußte, daß es sich um den getrockneten Phallus eines Opferstiers handelte, das alte *fascinum* der Familie Ulysses, ein Talisman, der vor dem bösen Blick bewahren und Flüche gegen die Böswilligen wenden sollte, die sie ausgesprochen hatten. So wie die römischen Generale solche Glücksbringer unter ihren Streitwagen befestigt hatten, so hatte der alte Ulysses seinen Talisman mit in den Drachen genommen. Der Mann war also abergläubisch, und die Tatsache, daß das Etui offen stand, bedeutete, daß er zu irgendwelchen Göttern gebetet hatte. Am Ende des Kampfes mußte er so fix und fertig gewesen sein, daß er vergessen hatte, dieses Ding, seinen wirksamsten Glücksbringer, wegzuschließen. Angus sah den Talisman zum ersten Mal, normalerweise war der Behälter, der den heiligen Gegenstand enthielt, fest verschlossen, nur der alte Ulysses besaß den Schlüssel. Als Wallace Angus die Funktionsweise des Drachens erklärt hatte, hatte er ihn gewarnt, die Finger ja von diesem Etui zu lassen. Sorgfältig verschloß Angus den Behälter, drehte den Schlüssel herum und hörte, wie die Magnetschlösser einrasteten. Er steckte den Schlüssel in die Tasche. Wenn er wieder in der Werkstatt war, würde er ihn Wallace geben.

Angus überprüfte die Anzeigen und stellte fest, daß das Schwungrad nur elf Prozent seiner Energie eingebüßt hatte. Er konnte es summen hören und die Harmonien seiner Vibration spüren. Obwohl er den Drachen schon oft bei Probeläufen gelenkt und Wallace und den anderen Mechanikern geholfen hatte, den Zustand des Schwungrads zu überprüfen, war er von dem Gefühl, roher Gewalt und so viel mechanischer Energie in einem so kleinen Raum so nahe zu sein, immer noch wie elektrisiert. Die kampfbereiten technischen Wunderwerke waren für ihn das Größte überhaupt.

Die Teile des Steuerungssystems, die in der Schlacht beschädigt worden waren, hatte man inzwischen vom hydraulischen Hauptsystem abgekoppelt. Die Servo-Kontrolle war intakt. Angus berührte den Hauptschalter und hörte, wie die elektrischen Generatoren, die die Hydraulik versorgten, das Schwungrad anwarfen. Einen Augenblick lang bebte der Drache. Mit einem Ruck liefen die Systeme an. Die Luft knisterte, die Anzeige vor ihm tanzte auf und ab und zeigte Druck und Umdrehungszahl an. Auf den verschiedenen Schirmen, die ihn umgaben, stabilisierten sich die Bilder. Sie waren für direkte Sicht und Infrarot-Sicht ausgelegt und erfaßten das ganze Umfeld des Drachen. Die Kameras waren in einem Stahlgürtel direkt unterhalb seines Sitzes installiert.

Angus stülpte sich den Kommandohelm über den Kopf, er saß leicht auf den Schultern auf, eine weiche Kappe schloß sich um die obere Schädelhälfte. Sensoren, die mit Haftschalen ausgestattet waren, saugten sich sanft an seinen Schläfen und an der Halsbeuge fest. Er legte sich den Sicherheitsgurt über die Brust und machte ihn in der Taille fest, jetzt fühlte er sich gewappnet. Dasselbe Gefühl mußte ein römischer Krieger gehabt haben, wenn er sich die Gurte seines Brustpanzers umlegte und so fest anzog, daß die Muskeln hervortraten. Als letztes schlüpfte Angus mit den Fingern in die Steuerungshandschuhe. Sie waren unangenehm feucht, als sie sich um seine Handgelenke schlossen. Unterhalb seiner Fingerspitzen fühlte er das Knistern und

Knacken der stählernen Antriebskolben. Weiche Korkpuffer drückten gegen seine Daumen. Unter seinen Füßen befanden sich Pedale.

Das war's. DAS WAR'S. Er drückte seine Daumen herunter und zog gleichzeitig die Hände auf sich zu. Er spürte die schlingernde Bewegung, als die Vorderbeine des Drachens sich streckten und Hals und Kopf sich aufrichteten. Er ließ die Hebel los, der Drache hielt in der Bewegung inne. Angus dankte Vulkan und allen anderen Göttern, die ihre Hand über junge Mechaniker halten mochten. Wenn er weiter beschleunigt hätte, wäre der Drache womöglich nach vorne geschossen und aus dem Gleichgewicht geraten. Er hätte sich vielleicht sogar überschlagen, und das wäre eine gräßliche Schande für Angus gewesen.

Sein Blickfeld hatte sich verändert. Er sah das Innere des Doms jetzt aus einer Höhe von gut sechs Metern. Er konnte die Zuschauerränge und das Chalet hoch oben erkennen. Er hoffte – oh, wie sehr er das hoffte –, daß Miranda ihm zusah. Er spürte, wie das Ungetüm summte und bebte und sein eigenes Herz hämmerte.

Er drückte alle Finger nieder, schob seine Hände nach vorn und bediente mit den Zehen die Pedale. Der Drache hob die Hinterbeine, sie rasteten im Leerlauf ein. Als nächstes ließ er die Zugmaschine an. Er hörte das Klappern der Relaisschalter, als die Ventile sich öffneten und schlossen und die Kolben aktiviert wurden. Er verringerte leicht den Druck seiner linken Hand, kurz darauf wandte sich der Drache leicht nach rechts. Er verstärkte den Druck der linken Hand wieder, und bald darauf lief der Drache wieder in gerader Spur. Die kleine Verzögerung lag an der Mechanik. In seinen Bewegungen reagierte der Drache auf die geringsten Veränderungen der Steuerung.

Auf dem Sicht-Display konnte Angus direkt vor sich den Eingang zum Hangar erkennen, in dem die Reparaturwerkstatt untergebracht war. Er drückte etwas stärker auf die Pedale, der Drache beschleunigte ein wenig. Angus lauschte auf das Rasseln der Maschine und korrigierte ganz leicht den Kurs, damit der Drache nicht nach links ausbrach.

Plötzlich war der Hangar direkt vor ihm. Er bremste ab und ließ den Drachenkopf so weit wie möglich herunter. Der Drache hatte jetzt die Rampe erreicht und machte sich vorsichtig auf den Weg nach unten, plötzlich hallten seine Tritte laut auf der geriffelten Stahlrampe wider. Vielleicht war es reiner Übermut nach ausgestandener Angst, vielleicht auch die bereits erwähnte kontrollierte Angriffslust: Jedenfalls krümmte Angus die kleinen Finger, so daß der Drache seinen Schwanz wie eine Peitsche hochschnellen ließ, als er Richtung Werkstatt verschwand.

Die Geschichte von Viti Ulysses, dem angehenden Krieger

Viti war der dritte Sohn der Familie Ulysses und hatte als einziger Sohn der Familie überlebt.

Sein ältester Bruder, Quintus, war bei einem Flugzeugunglück in der Nähe eines kaledonischen Sees ums Leben gekommen. Man munkelte, er sei betrunken gewesen, als er das Flugzeug steuerte, und habe versucht, inmitten eines Fichtenwaldes zu landen. Das Flugzeug war an den Bäumen in tausend Stücke zerschellt und in den See gestürzt, der Leichnam wurde nie geborgen. Quintus hatte ebenso gut wie sein Vater ausgesehen und war in vielfacher Hinsicht eine glänzende Persönlichkeit gewesen, hatte aber auch solche Charakterschwächen wie Sprunghaftigkeit und Jähzorn. Er hatte vorausgesagt, daß er nicht lange leben würde, und dafür gesorgt, daß seine Prophezeiung auch eintraf.

Vitis zweiter Bruder, Felix, war von Terroristen ermordet worden, kurz nachdem man ihn zum Gouverneur einer der entlegenen Regionen des neuen westlichen Reiches ernannt hatte. Felix war ein hochbegabter Sprachwissenschaftler und Diplomat gewesen. Seine Fertigkeit mit dem Degen ließ zwar einiges zu wünschen übrig, aber wenn er das Wort ergriff, hörten sogar die Graubärte zu. Eine Ironie seines Todes lag darin, daß die Terroristengruppe, die die Verantwortung für das Attentat übernahm, genau die Gruppe war, für deren Rechte sich Felix eingesetzt hatte. Energisch hatte er ihr Recht auf freie Meinungsäußerung verteidigt. Zwar wäre es falsch, ihn als Liberalen in unserem Sinne zu bezeichnen, aber immerhin lagen ihm Angelegenheiten wie Bürgerrechte sehr am Herzen.

Felix konnte singen, Cello und Klavier spielen. Er komponierte und verfaßte Singspiele. Das Reich betrachtete seinen Tod als großen Verlust und entsandte drei Legionen, um Vergeltungsmaßnahmen durchzuführen. Als die Legionen abzogen, hatten die Geier für ein Jahr ausgesorgt, wie man sich erzählte. Eine weitere Ironie seines Todes lag darin, daß Felix selbst nie und nimmer die zügellosen Repressalien gebilligt hätte, die die Legionen bei ihrem Rachefeldzug über die Bevölkerung ergehen ließen.

Vitis älteste Schwester, Florea, hatte einen afrikanischen König geheiratet und lebte jetzt in einem prächtigen Palast südlich von Tunis am wunderschönen Golf von Hammamet. Zu jedem *Lupercalia*-Fest schickte sie Zuckerbonbons und Schmuck aus schwarzem Ebenholz nach Hause. Florea vertraute die Geschenke Dienern an, die Mischlinge waren und schwarze und weiße Elternteile hatten. Sie nahmen die Geschenke mit aufs Schiff, lieferten sie ab und blieben selbst als Angestellte da, um der Familie Ulysses auf einer ihrer Ländereien zu dienen.

Vitis jüngste Schwester, Thalia, war erst sechs Jahre alt, als sich die hier geschilderten Dinge ereigneten. Sie verbrachte die meiste Zeit auf dem Rücken ihres Lieblingsponys auf dem Familienanwesen westlich von Aquae Sulis.

Jedes der drei Kinder hatte eine andere Mutter, da ihr Vater Marcus Augustus Ulysses häusliches Glück nie kennengelernt hatte: ein Mangel, den man ihm selbst anlasten mußte. So treulos er in seinen eigenen Beziehungen auch war, seinen Nachwuchs liebte er abgöttisch, wenn er auch nicht fähig war, dieser Liebe Ausdruck zu verleihen. Viti war der letzte in der männlichen Erblinie. Das erklärt, warum der alte Marcus sich, sofern er es schaffte, gern junge Frauen aussuchte und sie so oft er dazu imstande war, beschlief. Aber schließlich hatte er sich eingestehen müssen, daß er impotent wurde.

Warum wurde der Junge Viti genannt? In einer Familie wie der Familie Ulysses konnten selbst triviale Ereignisse mythische Dimensionen annehmen. Nach einer Version stammte der Name aus der Zeit, als der junge Victor Ulysses vier Jahre alt war und seine Familie das *Lupercalia*-Fest auf ihrem Anwesen im kaledonischen Farland Head feierte. Zu den Geschenken, die der kleine Victor erhalten hatte, zählten auch ein Umhang, ein Brustpanzer und ein Schwert, allesamt winzige Imitate der Sachen, die der große Julius Caesar getragen hatte, als er Britannien befriedete.

Der Kleine rannte durch die Gänge und Zimmer und brüllte: »Veni, viti, vici.« Er war einfach nicht dazu zu bewegen, ›vidi‹ zu sagen. Also wurde Victor zu ›Viti‹. Die Familie mochte den Namen, weil darin Stärke mitschwang. Es gab allerdings auch eine andere Version: Danach war der Name ›Viti‹ nur eine kindliche Vereinfachung des Namens Victor. Aber das war natürlich längst nicht so romantisch.

Victor Ulysses ist Erbe einer der reichsten und deshalb auch mächtigsten Familien in Britannien. Von Kindheit an hat er außer Jagen, Fischen, Kämpfen und der Lektüre von einigen Büchern wenig gelernt. Wenn sein Vater stirbt, werden mehr als zwanzig verschiedene Anwesen in seinen Besitz übergehen, das kleinste umfaßt rund dreißig Quadratkilometer, das größte tausende.

Viti kann seine Erblinie direkt bis zu Julius Caesars Einfall in Britannien am 26. August des Jahres 55 vor Christus zurückverfolgen. Damals diente der Centurio Junius Parventius, allgemein als Ulysses bekannt, als einer der Soldaten, denen Caesar am meisten vertraute. Ursprünglich war Ulysses ein Spitzname. Während der Überfahrt wurde das Schiff des Junius Parventius vom Rest der Flotte Caesars getrennt und trieb weit nach Norden ab. Es stand, wie der griechische Odysseus, viele seltsame Abenteuer durch, einschließlich der nach Überlieferung ersten vollständigen Umrundung der Britannischen Inseln. Diese Abenteuer sind alle in den umfangreichen Bänden der Familiengeschichte festgehalten, die Originalmanuskripte werden im Familienmuseum aufbewahrt. Als Junius Parventius und seine Soldaten während des Jahres 54 vor Christus wieder zur Hauptarmee stießen, kamen sie gerade rechtzeitig zu den entscheidenden Schlachten. Der Krieger Ulysses tat sich besonders darin hervor, Köpfe und Knochen zu spalten. Außerdem war er ein ausgefuchster Spieler, deshalb hatte er auch den Beinamen ›der Fuchs‹. Aus all diesen Gründen nannte man ihn ›Ulysses‹.

Bei allen Feldzügen, an denen er beteiligt war, hielt er sich einen Harem von zwanzig eingeborenen Frauen, seiner Kriegsbeute. Vor jeder wichtigen Schlacht zog er sein Schwert und opferte seinen Harem dem Kriegsgott. Nach jeder Schlacht legte er sich einen neuen zu. Man munkelte, er esse je nach Lust und Laune das Fleisch seiner Opfer. Selbst der große Caesar, dem man nicht gerade feine Manieren nachsagte, hatte einen gewissen vorsichtigen Respekt vor ihm. Die Barbaren sahen ihn als ihresgleichen an. Wenn Caesar einen Sieg für nötig hielt, schickte er ›Ulysses‹ Parventius, um den Widerstand zu brechen.

Seltsames Blut, das da in den Adern des jungen Viti fließt. Einschüchternde Anforderungen, denen er genügen muß, wenn er sich des Namens ›Ulysses‹ als würdig erweisen will.

Vitis Vater, Marcus Augustus Ulysses, wird allgemein als Rückfall in eine frühere Epoche angesehen. Seine Blutrünstigkeit kann man dulden, da er populär ist und Macht hat. Der Sohn ist anders, und der Vater weiß es. Viti ist von Natur aus keiner, der andere töten will, auch wenn er schon Menschen ins Jenseits befördert hat. Ohne die Tradition und all die Erwartungen, die damit einhergehen, stünde Viti als ein junger Mann da, der den umsichtigen Verstand eines künftigen Gelehrten, die Anmut eines Tänzers und die Seele eines Sängers in sich vereinigt. Aber diese Eigenschaften liegen tief verborgen, und Viti bemüht sich nach Kräften, sie gar nicht zu beachten. Viti hat die Muskeln eines Kriegers und das Gesicht eines Sportchampions, aber ihm fehlt der kämpferische Wille. Mit allem, was er tut, zielt er darauf ab, den Vorstellungen seines Vaters und der Tradition zu genügen. Aber das ist ihm gar nicht bewußt. Er tut sein Möglichstes, seine wahre schöpferische Natur zu verleugnen, er will dem Tiger nacheifern.

Für Vitis erste schulische Ausbildung sorgten Tutoren. Er lernte die klassische Sprache so weit, wie es den offiziellen, mit seiner sozialen Stellung verbundenen Anforderungen entsprach. Er zeigte Begabung für Mathematik und Astronomie. Er genoß eine leichte, problemlose Kindheit und verbrachte sie hauptsächlich auf dem Anwesen der Familie im kaledonischen Farland Head. Hin und wieder verlebte er auch auf anderen Familiensitzen ausgedehnte Ferien. Sein traumatischstes Erlebnis hatte er, als er fünf Jahre alt war: Sein Vater erwischte ihn dabei, daß er sich verkleidete und einige Sachen seiner älteren Schwester anzog. Sein Vater brüllte,

Diener wurden ausgepeitscht. Viti wußte gar nicht, was er angestellt haben sollte, aber ihm war klar, daß sein Vater böse auf ihn war. Er fürchtete den Liebesentzug und setzte nach diesem Vorfall alles daran, sich die Zuneigung seines Vaters durch Beweise seiner körperlichen Stärke zu sichern.

Als er sieben war, schickte man ihn auf eine militärische Grundschule in Camboritum. Camboritum lag in den östlichen Sümpfen, die einst von den mächtigen Iceni beherrscht wurden. Dort brachte man ihm Geschichte, Reiten und die Künste bei, die er als künftiges Mitglied der Kriegerkaste beherrschen mußte. Er lernte Sprachen, die Schwertkunst und Anatomie. Außerdem wurde er in einige Geheimnisse des Mithras-Kultes eingeführt und darin unterwiesen, die Augurien zu deuten.

Als er vierzehn war, brach er zusammen mit seinem Vater und einigen Vettern zu einer Reise durch die Alte Welt auf. Er besuchte Rom, Athen, Masada und Alexandria. Er segelte eine kurze Strecke nilaufwärts und staunte beim Anblick der Pyramiden. In Aphroditopolis stieß er auf die große *Via Africana*, die transafrikanische Schnellstraße. Sie verlief eine Zeitlang neben dem Fluß und bog dann nach Südwesten ab. Mit vielen Kehren, Kurven und exotischen Haltepunkten durchschnitt die Straße den ganzen afrikanischen Kontinent und führte dann zu dem befestigten Hafen Portus Tutus, nahe bei der Stadt, die wir als Abidjan kennen. Dort wartete ein Schiff, auf dem Seeweg kehrte Viti schließlich nach Britannien zurück. Die ganze Reise hatte zwei Jahre gedauert. Als er aufgebrochen war, hatte er blaß und ein bißchen erschöpft ausgesehen. Als er zurückkam, war er straff und braungebrannt. Er konnte fluchen und ringen, aber unter der Maske weltmännischen Getues steckte immer noch ein Junge. Mit Frauen hatte Viti überhaupt noch keine Erfahrung, denn zwei riesige diensteifrige Nubier hatten ihn Tag und Nacht keinen

Moment aus den Augen gelassen. Die einzige Moral dahinter war die Moral des Überlebens: Überall in der Alten Welt grassierten Geschlechtskrankheiten, sie trafen Reiche und Arme ohne Ansehen der Person. Der alte Marcus Ulysses wollte nicht mitansehen, daß sich sein jüngster (und letzter) Sohn auf einer Trage, umgeben vom Gesumm der Schmeißfliegen, zu Tode schwitzte. Obwohl die Freuden des Fleisches sich Vitis Blick geradezu aufdrängten, zeigte er kein großes Interesse an Mädchen oder sexuellen Dingen. »Aber das wird sich ändern«, dachte Vater Ulysses, während er mit seinen Lieblingshouris Wein trank und sich dabei an seine eigene hochexplosive Jugendzeit erinnerte.

Viti kehrte ins kühle, feuchte grüne Britannien zurück, als der Sommer in den Herbst überging, gerade rechtzeitig, daß er noch in die Militärakademie von Eburacum aufgenommen wurde. Seine letzte Ferienwoche verbrachte er auf dem Anwesen in Kaledonien, und dort beraubten ihn drei Frauen seines Vaters seiner Unschuld. »Nehmt ihn an die Hand«, sagte Marcus Ulysses augenzwinkernd, und genau das (und noch mehr) taten sie. Was Viti davon hielt, ist nicht überliefert. Jedenfalls hörte man von ihm auch keine Klagen, so daß anzunehmen ist, daß er ein lernwilliger Schüler war. Das war aber auch das einzige Gebiet, auf dem er sich als echter Sohn seines Vaters erwies.

Und so fand sich Viti mit sechzehn auf dem Steuerdeck des Flaggschiffes *Ithaca* wieder, das seinem Vater gehörte. Vom Aussichtspunkt aus starrte er auf den Stadtrand von Eburacum herunter. Das Luftschiff beherrschte die Himmelsstraße aus dem Norden und zwang andere, ihm auszuweichen. Allmählich bremste es ab, und der Navigator suchte und fand die Himmelsstraße, die zur Militärakademie Eburacum führte.

Die Stadt, die sich so großartig entwickeln sollte, war anfangs, in den frühen Tagen des Reiches, nur eine Legionärsfestung von ein paar tausend Quadratmetern gewesen. Petillius Cerialis hatte sie errichten lassen. Und sie hätte sehr wohl ein feuchtes, zugiges Feldlager bleiben können, hätte nicht das Schicksal seine Hand im Spiel gehabt. Kurz nachdem die Besetzung Brianniens und Hiberniens abgeschlossen war, konkurrierten mehrere Städte in Britannien um den Titel der Hauptstadt. Im Südwesten lag Aquae Sulis mit seinen warmen Bädern und seinem milden Klima, im Süden Londinium, das sich als Handelszentrum bereits einen Namen gemacht hatte, im Osten Lindum, ein großer Schul- und Studienort.

Nun geschah es eines Nachts, daß der Kaiser Lucius Septimus Severus, der Eburacum als seine Militärbasis benutzte, in seinem Traum vom großen Gaius Julius Caesar höchstpersönlich aufgesucht wurde. Caesar besuchte ihn, er trug eine Toga aus goldenem Tuch, einen silbernen Helm, Schild und Schwert. Caesar hielt Severus das silberne Schwert vor die erschrockenen Augen, es blitzte auf und glänzte. »Dort, wo du das Schwert das nächste Mal aufblitzen siehst«, sagte Caesar, »da gründe deine größte Stadt. Nenne sie zur Ehre der Eiben Eburacum. Sie wird Rom Konkurrenz machen und große Führer hervorbringen.« Dann verschwand er.

Etwa drei Wochen später geschah es, daß Severus eine Strafexpedition gegen einige Parisi anführte. Sie waren Waldbewohner, die sich als Piraten an der Flußmündung in der Nähe von Petuaria niedergelassen hatten. Es war ein bewölkter Tag, ein Nordwind trieb Regen über das Land. Severus kam zu der Brücke in der Nähe des Ortes, an dem sich der Fluß Foss mit dem Fluß Ouse verbindet. Genau in dem Moment, als er sein Pferd zum Überqueren der Brücke antreiben wollte, brach plötzlich die Sonne durch die Wolken und tauchte den Fluß in strahlendes silberiges Licht. Im Wasser spiegelte sich unverkennbar der Umriß eines Schwertes.

Severus zügelte sein Pferd und kletterte aus dem Sattel. Er befahl seine Untergebenen zu sich, deutete rings um sich und erklärte, hier werde er eine große Stadt bauen.

Und so geschah es. Aus dem Feldlager wurde eine Hauptstadt. Von Anfang an blühte Eburacum. Die Flüsse wurden mit Steinmauern eingedämmt, die Sümpfe trockengelegt. Rings um die Stadt wurden Wälle hochgezogen, wieder niedergerissen und weiter nach außen versetzt, als sich die Stadt zum geschäftigen Warenumschlagplatz entwickelte. Severus begann mit dem Bau eines Palastes, den seine Nachfolger fortsetzten. Nach und nach wurde dort die Provinzverwaltung untergebracht. Neue Straßen streckten sich von Eburacum aus und verbanden die Stadt mit den Städten im Süden und den Inseln im Norden. Eine Straße wurde zur riesigen Brücke, die den Nordwesten Britanniens mit der Insel Manavia und die Insel Manavia mit dem Festland von Hibernia verband.

Diese schöne neue Stadt wurde von vielen Menschen besucht, manche kamen sogar aus ganz entlegenen Regionen des Reiches. Viele blieben und siedelten sich in Eburacum an, denn das Klima war milde, der Boden fruchtbar, Sklavenarbeit leicht zu haben und der Komfort vom Allerfeinsten. Stattliche römische Villen schossen an Ouse und Foss und in sorgfältig angelegten Parks und Gärten aus dem Boden. Der leichte Zugang zum Meer und zu den Schnellstraßen, die die dichten Wälder durchschnitten, sorgte für regelmäßigen Nachschub von frischem Fisch, Wein, Fleisch und Luxusgütern vom kontinentalen Festland. Es mangelte den Menschen an nichts. Eburacum entwickelte sich zu einer friedlichen, anmutigen Stadt, die etwas von ihren ländlichen Ursprüngen bewahrte. In den Straßen roch es wie auf dem Lande. Man traf dort genauso leicht auf mit Äpfeln beladene Pferdefuhrwerke wie auf protzige Kutschen, die auf den Magnetstraßen dahinglitten. Und abends, wenn der Nebel vom Fluß heraufzog, versammelten sich Fischer wie pensionierte römische Offiziere in den zahlreichen Wirtshäusern und Kneipen an den Ufern der Foss und erzählten sich, was sie am Tage erlebt hatten.

Jenseits der römischen Villen schmiegten sich die Häuser der Bürger an die Stadtmauern. Die Behausungen waren eng, aber mit eigenen kleinen Grundstücken ausgestattet. Manche Häuser standen auch rings um einen privaten Innenhof. In der Stadt gab es keine Schwerindustrie, deshalb waren die meisten hier lebenden Bürger im Dienstleistungsgewerbe beschäftigt. Sie arbeiteten im Transportwesen, das Fluß- wie Straßenverkehr umfaßte, in den Sekretariaten oder Verwaltungen der Behörden und stellten den großen Villen ein ganzes Heer von Putzfrauen, Gärtnern, Köchen und Hausmädchen. Außerdem gab es natürlich noch das Personal, das den Kampfdom wartete, und die Angestellten, die sich um die Tiere und die Sportanlagen der Militärakadmie kümmerten.

Als Viti aus dem Fenster sah, merkte er, wie die letzten Strahlen der Herbstsonne den Schatten der *Ithaca* verlängerten, so daß ihr Umriß wie ein Ei aussah. Der Schatten wanderte über die geraden, ordentlichen Straßen, an denen die Häuser der Bürger lagen, und über die uralten, blaßgelben Steinmauern des Stadtwalls. Inzwischen standen diese Mauern und die Tore, die sie durchbrachen, unter Denkmalschutz. Der Schatten glitt weiter, über den Ort hinweg, an dem das erste römische Feldlager errichtet worden war, danach über Parkanlagen und Seen.

Schließlich überflog die *Ithaca* eine hohe Ziegelsteinmauer, die oben mit Wehrtürmen und Stacheldraht gespickt war. Innerhalb der Mauern lagen gepflegte Rasenflächen, Sportplätze und Laubbäume, die gerade ihre Blätter verloren. Die *Ithaca* beschrieb eine Kurve und bereitete die Landung im Innenhof eines alten Gebäudes vor. Der Bau bestand aus massiven Steinmauern und trug ein Ziegeldach. Dies war die berühmte Militärakademie, hier sollte Viti die nächsten drei Lebensjahre verbringen, hier sollte er lernen, wie man ein richtiger Krieger wird, wie man große sportliche Leistungen erbringt, wie man seine gesellschaftliche Position als führendes Mitglied einer der wichtigsten Familien Britanniens angemessen ausfüllt.

Die Akademie nahm eine ausgedehnte Fläche am östlichen Ufer der Ouse ein und lag unmittelbar südlich der Altstadt. Das schulische Reglement sah für die Zöglinge eine merkwürdige Mischung aus Askese und Luxus vor. Die Jungen und Mädchen, die diese Schule besuchten, wurden abwechselnd geschurigelt und verwöhnt. Immerhin stellten sie ja die Elite ihrer Generation dar, also mußte für sie ein gut austariertes Gleichgewicht aus Unterdrückung und Nachgiebigkeit gefunden werden.

Im ersten Jahr brachte man ihnen die traditionellen Fertigkeiten bei. Viti tat sich beim Ringen, Boxen, Kampf mit Netz und Dreizack, Reiten, Studium der Landkarten, Orientierungsmarsch und in der Ballistik hervor. Er erwarb sich den Ruf eines erbarmungslosen Kämpfers und herz- und treulosen Liebhabers. Die Gleichaltrigen behandelten ihn als einen, dem man eine Führernatur in die Wiege gelegt hatte. Und so merkte er, daß das, was er selbst als seine dickköpfige und halsstarrige Verbohrtheit ansah, von anderen Leuten durchaus als Stärke und Entschlossenheit bewundert wurde. Er entdeckte, daß er Verachtung für Menschen empfand, die er manipulieren konnte und daß das Manipulieren ganz einfach war, wenn man es darauf anlegte.

Im zweiten Jahr hatte er seine volle Körpergröße erreicht und arbeitete daran, seine akrobatischen Fähigkeiten zu verbessern. Er begann mit dem Studium von Strategie und Militärgeschichte. Er lernte, die Panzer zu fliegen, die eine Magnetspur vor sich legen und dadurch offenes Gelände überqueren konnten. Er lernte Erste Hilfe, Mathematik, ausgewählte Sprachen und wie man eine Debatte richtig führt. Darüber hinaus lernte er auch Etikette, die Kunst des Trinkens und nach welchen Kriterien man einen guten Wein und gutes Bier beurteilt. Aber der Junge blieb im Grunde ein Einzelgänger, wie auch die Fertigkeiten, auf die er sich spezialisiert hatte, bewiesen. Mit öffentlichem Reden tat er sich schwer, und seine Versuche, witzig zu sein, gingen oft daneben. Er schloß keine engeren Freundschaften und hielt Abstand zu seinen Tutoren, die seine Isolation mit einiger Sorge betrachteten. Der Junge war ein Widerspruch in sich selbst. Mit all den Vorzügen von Reichtum, gutem Aussehen und natürlicher Begabung hätte er eigentlich beliebt und glücklich sein müssen. Aber er wirkte mürrisch und eigenbrötlerisch, und anscheinend hatte er nicht einmal Freude an dem, was er erreichte. Zeitweise experimentierte er mit homosexuellen Beziehungen herum, er gab der verführerischen Heldenverehrung eines Kadetten nach. Dann verliebte er sich zum ersten Mal, in die Ehefrau eines seiner Tutoren, und als sie sich ihm endlich hingab, merkte er, daß er gar nicht mehr verliebt war und nur noch flüchten wollte. Seine Emotionen waren stürmisch und wechselhaft. Er begann seinen eigenen Gefühlen zu mißtrauen. Was vielleicht noch schlimmer war: Allmählich setzte sich in ihm der Gedanke fest, daß er gar keine natürlichen Empfindungen entwickeln konnte. War die zeitweilige Befriedigung alles, was er empfinden konnte? Er nahm weibliche Schönheit und Anmut durchaus wahr, aber er empfand sie nicht als wesentlich für sein Sexualleben. Er wollte lieben, aber konnte es nicht. Manchmal lag er nachts im Bett und sehnte sich danach, von einer fordernden Frau genommen, verletzt und in Stücke gerissen zu werden. Aber trotz seiner vielen Abenteuer fand er sich in der Morgendämmerung unweigerlich gleichgültig und unbefriedigt wieder. Nach und nach war ihm am wohlsten, wenn er mit sich allein war, und wenn er trainierte, kämpfte er stets gegen einen gesichtslosen Gegner, den wir – in Ermangelung eines besseren Begriffs – Perfektion nennen wollen.

Und so kommen wir zu dem Abend im Kampfdom. Viti hatte mehr als alle anderen trainiert. Zu siegen war alles. Trotzdem gab es keine Garantie dafür, daß er siegen würde. Ein junger Mann namens Alexander war genauso gut wie er.

In den Umkleideräumen unterhalb des Kampfdoms gab Viti sich selbst letzte Anweisungen, während er seinen Körper einölte und das einfache Akrobatentrikot überstreifte. Alexander suchte ihn auf und legte ihm den Arm um die Schultern. »Denk daran, daß du keinen umbringst«, murmelte er. »Tritt zu, aber nicht mit aller Gewalt. Pack den Hals, aber dreh anderen nicht den Hals um. Schlag zu, aber halte dich dabei ein bißchen zurück. Auf diese Weise haben wir alle was davon. Denk daran. Ich werde dasselbe für dich tun. Wenn das alles vorbei ist, will ich immer noch dein Kumpel sein, egal, wer von uns beiden Sieger wird. Einverstanden? Oh, und paß auf Diana auf. Wie ich gehört habe, hat sie in letzter Zeit nachts den Mond angebetet und ist tagsüber auf den Rücken von Stieren herumgetanzt. Sie möchte die Frauenlegion anführen, und nichts würde ihr besser zustatten kommen, als daß sie einen von uns beiden besiegt. Denk daran.« Alexander kniff ein Auge zusammen, berührte seine Lippen und ging weg, um sich Lederriemen um die Knöchel zu binden.

Viti hatte keine Antwort gegeben. Aber als Alexander gegangen war, lächelte er in sich hinein. Der Feind hatte sich offenbart, und er wußte, vor wem er sich in acht nehmen und wen er jagen mußte.

Viti lud sich mit Adrenalin auf, indem er einen Sack, der mit feuchtem Roßhaar gestopft war, mit Kopf und Fäusten traktierte. Sein Tutor kam für ein paar Minuten herüber und zielte mit Fußtritten nach ihm, während

Viti auswich und auf ihn einschlug. Dann kam das Signal, das besagte, daß die Kadetten gerade ihre letzte Reitvorführung darboten und alle Studenten des zweiten Studienjahres sofort ihre Plätze einnehmen sollten. Viti eilte an seinen Platz. Das Leder war eng um seine Handgelenke geschnürt. Bänder schnitten in seinen Bizeps. Der Gürtel saß so fest, daß sein Bauch wie zu einer Kugel gepreßt war. Scharf sog er die Luft durch die zusammengebissenen Zähne ein. Die Kampfeslust hatte ihn schon fast gepackt. Er war bereit.

Sobald das Zeichen kam, stürmte Viti die Rampe hoch und in den Kampfdom hinein. Er hörte das Gebrüll der Menge, es hätte auch ein Fluß sein können, der über seinen Kopf hinwegströmte. Er kniete nieder und leistete den Eid. Er sah, wie die Streitwagen Aufstellung nahmen, ihre Lenker die Peitschen ergriffen und dann, auf Kommando, auf die Wagen sprangen und ihre Peitschen knallen ließen.

Viti ließ den ersten und zweiten Streitwagen vorüberfahren, denn beide wackelten und schwankten zwischen Kanter und Galopp. Den dritten Wagen lenkte ein Tutor namens Hapalus, der Viti nicht mochte und vielleicht herumschwenken würde, wenn er sah, wer da zu ihm hereinklettern wollte. Da bot sich keine Chance. Vitis Gefährten schnappten schon nach den Zügeln oder nach dem Geschirr der vorbeirasenden Streitwagen, die immer schneller wurden. Der vierte Streitwagen war schon besetzt, wurde aber von Vitis Lieblingstutor Servius gelenkt, also entschloß sich Viti zum Angriff. Er paßte seinen Lauf der Geschwindigkeit des Pferdes an, warf sich gegen die reliefgeschmückte Wagenseite und wich den Rädern aus. Ein Tritt, er schwang sich über das Geländer und landete im Wagen. Der andere Junge hatte sich bei der Erstürmung des Wagens die rechte Körperseite am Wagenrand aufgeschürft, an Oberschenkel und Unterarm klafften tiefe Schnitte. Viti hielt nicht inne. Mit der Faust zielte er auf die Nase, mit dem

Knie auf die Geschlechtsteile. Mit einem Hieb auf den Hinterkopf schickte er den Jungen, der sich vor Schmerzen krümmte, auf den dunklen, aufgewühlten Rasen.

Viti klammerte sich mit der linken Hand fest, während er mit der rechten ein Fähnchen auswählte und in dem Lederbeutel an seiner Taille verstaute. Jetzt nichts wie weg hier. Sein Tutor drängte mit dem Streitwagen in die Bahnmitte, so daß er parallel zu zwei anderen zu fahren kam. Viti traf seine Wahl und sprang los, wobei er kurz vom Boden abfederte, um zusätzliche Sprungkraft zu haben. Zu seinem Glück sprang genau in dem Moment, als Viti den Streitwagen eroberte, dessen früherer Okkupant ab und angelte nach den Zügeln eines heranpreschenden Streitrosses. Viti dankte Juno, Mars und Mithras, die er am Vorabend in Gebeten um Glück angefleht hatte. Gemächlich suchte er sein Fähnchen aus und blickte sich um. Es lagen nicht mehr so viele Streitwagen im Rennen.

Einer kam nahe heran, seine Räder wirbelten Staub auf. Hinten im Wagen kämpften zwei Männer miteinander. Viti drängte seinen Wagenführer zum Überholen, dann sprang er vom hinteren Wagenteil aus los, prallte einmal ab und warf sich auf die Pferde. Er kletterte nach hinten und schaffte es, die beiden Männer mitten in ihrem Kampf zu überraschen und beide hinauszustoßen. Wieder suchte er ein Fähnchen aus. Er kam gut voran. Er war unversehrt. Er war guten Mutes.

Er hörte, wie der Wagenführer aufschrie. Der Mann deutete auf einen Streitwagen, der auf sie lossteuerte. Sein Okkupant war offensichtlich drauf und dran, auf Vitis Wagen aufzuspringen. Viti duckte sich an der Seite nieder. Er hörte, wie sich die Streitwagen ineinander verkeilten. Als der gegnerische Krieger in Vitis Wagen sprang, gab er ihm eine gut gezielte Kopfnuß, so daß er den Halt verlor und nach hinten fiel. Als nächstes schwang sich Viti zum leeren Streitwagen hinüber und griff sich ein Fähnchen. Es war Zeit, Bilanz zu ziehen und Umschau zu halten. Er hatte keine Ahnung, wie viele Runden schon geschafft waren. Da jetzt weniger Streitwagen unterwegs waren, wurden sie inzwischen mit ausgefeilter Taktik gelenkt. Die Wagenführer beschleunigten mitunter ganz plötzlich und rammten andere.

Viti sah gerade nach vorn, als er plötzlich einen kreischenden Aufprall spürte. Ein Streitwagen war von hinten auf seinen Wagen aufgefahren, so daß er jetzt seitlich wegrutschte und die Räder blockierten. Viti landete auf den Knien und schlug mit dem Kopf auf das Seitengeländer. Halb betäubt, war er sich der Gefahr bewußt. Eine große goldene Gestalt trat fast lässig in seinen Wagen und suchte sich ein Fähnchen aus. Es war Alexander.

Dann spürte Viti Hände an seinem Kopf und Finger, die nach der weichen Membrane seines Trommelfells tasteten. Instinktiv wandte er den Kopf und streckte die Hände nach oben aus, suchte nach Augen, Nase oder irgend etwas Weichem, in das er hineinstoßen oder an dem er herumzerren konnte. »Denk an unsere Abmachung«, murmelte Alexander, veränderte seinen Griff, zog Vitis Kopf an seine Brust und begann, ihn herumzudrehen.

Viti, immer noch zusammengekrümmt, trat mit seinen Beinen nach ihm aus, so daß sie beide seitlich gegen das Geländer des Streitwagens knallten. Der Stoß wirbelte Alexander herum, einen Moment lang mußte er seinen Griff lockern. Das reichte Viti schon. Er strampelte sich frei, drehte sich herum, landete einen schnellen Schlag in Alexanders Gesicht und legte gleich nach, indem er auf sein Herz zielte.

Aber Alexander hatte einen Vorteil, und das war seine Reichweite. Er nutzte ihn, indem er Viti weiterhin festhielt und so alle potentiellen Schläge verhinderte, während er selbst verschnaufen konnte. Und dann begann er damit, Viti mit schnellen, harten Kopfschlägen einzudecken. Er wollte Viti dahin bringen, sich zu ducken, denn dann hätte er ihn mit einem von rechter Hand ausgeteilten betäubenden, lähmenden K.O.-Schlag niederstrecken können.

Das war Viti klar. Er hielt Deckung und nahm den Moment wahr, in dem ihm der Streitwagen bei der Umrundung der Monolithen die größte Chance bot. Die Zentrifugalkraft schleuderte Alexander nach hinten, im selben Augenblick durchbrach Viti Alexanders Abwehr. Anstatt dem Solarplexus einen harten Schlag zu verpassen, zielte er mit dem Kopf nach oben und zwang Alexander, zurückzuweichen. Dann wich er selbst zur Seite aus und schlug ihm, so fest er konnte, mit der Faust auf die Gurgel.

Vielleicht hatte ihm das Schlingern des Streitwagens geholfen, jedenfalls traf der Schlag ins Schwarze und preßte Alexanders Adamsapfel hinten in die Gurgel, so daß er würgen mußte.

Alexander bekam keine Luft mehr. Seine Augen nahmen einen erschrockenen, fassungslosen Ausdruck an, als seine Muskeln pumpten und sich abmühten, ohne daß Luft in seine Kehle gelangte. Viti schlug noch einmal zu, diesmal ins Gesicht, und fühlte, wie Alexanders Nase brach. Er holte aus und streckte Alexander mit einem Rückhandschlag auf die Knie. Ein letzter Stoß mit dem Fuß schickte den schmerzgepeinigten Körper aus dem Streitwagen hinaus, auf den Boden.

Vage wurde sich Viti dessen bewußt, daß die Menschenmenge brüllte. Der Kampf näherte sich seinem Höhepunkt. Es war nur noch ein weiterer Streitwagen im Rennen.

Viti war ganz und gar nicht in Form, um weiterzukämpfen. Seine Sicht war getrübt, es kam ihm so vor, als rasten zwei Streitwagen auf ihn zu. Er griff nach dem Sicherheitsseil und zwinkerte mit den Augen, versuchte, einen klaren Kopf zu bekommen. Er sah, wie eine Gestalt durch den Staub hetzte, das Sicherheitsseil seines Streitwagens packte und sich auf den Wagen schwang. Natürlich war es Diana, und sie holte sich das letzte Fähnchen. Sie nahm sich Zeit dafür, die Angriffsstrategie auszuarbeiten. Sie sah, daß Vitis Augen durch Alexanders Schläge fast zugeschwollen waren, deshalb zielte sie auf den Kopf. Das war ihr Fehler, denn Viti stieß und schlug blindlings um sich, mit all der verzweifelten Leidenschaft eines *andabata*. Ein Schlag traf ins Schwarze und zwang Diana in die Knie, als sie wieder aufstand, trat er nach ihr. Es war nicht der wohlberechnete Stoß eines Kämpfers, der genau weiß, worauf er zielt, sondern eher der Stoß eines Rugbyspielers, der einen Ball abschlägt. Trotzdem hatte der Stoß Wirkung, er erwischte Dianas ungeschütztes Zwerchfell, so daß sie kopfüber nach hinten fiel.

Viti drang ins Bewußtsein, daß er gesiegt hatte. Sein Streitwagen drehte eine Ehrenrunde, während der er wieder zur Besinnung kam. Er sah Diana aufstehen und freute sich. Er sah den Fleischklumpen, der Alexander gewesen war und der sich nicht mehr bewegte, aber es berührte ihn nicht weiter.

Dann drangen die Jubelrufe und der strenge, berauschende Geruch von Pferden und Blut auf ihn ein, und er fühlte sich wieder wild und stark.

Sein Streitwagen hielt neben Diana an, und sie streckte die Hände nach ihm aus. In der Hand hielt sie fünf Fähnchen. Viti merkte, wie ihm das Herz schwer wurde, denn er konnte nur vier Fähnchen vorweisen. Trotzdem erklärte der Kampfrichter, nachdem er sich mit der Jury beraten hatte, Viti zum Sieger, da er den letzten Streitwagen behauptet und alle Angreifer zurückgeschlagen hatte. Das Ergebnis wurde über Lautsprecher im Dom bekanntgegeben. Als Viti es hörte, ergriff er Dianas ausgestreckte Hand und trat mit all der Arroganz des Alten Agamemnon vom Wagen auf den Boden.

Sie bedankten sich beim Publikum, dann liefen sie zu

einer Stelle in der Nähe des Monolithenringes, von der aus Rampen hinunter zu den Bädern, Saunen und den Expertendiensten von Masseuren führten.

»Wir sehen uns dann später, oben im Chalet«, sagte Viti.

»Besorg mir schon mal was zu trinken«, sagte Diana. »Was Gemixtes. Stark, bitter und mit viel Eis.«

»Mach ich«, sagte Viti und verschwand auf der Rampe, die zu den Räumen der Männer hinunterführte.

Etwas später, als Viti Dusche und Dampfbad hinter sich hatte und auf dem Massagetisch lag, verflüchtigte sich sein Adrenalinrausch nach und nach, er begann, unkontrolliert zu zittern. Sein Masseur, einer der Nubier, die ihn schon in Afrika betreut hatten, musterte ihn mit Expertenaugen. Er wußte, daß er den Körper des jungen Mannes schon wieder in Form bringen würde. Aber an das, was Viti tief drinnen zu schaffen machte, würde er nicht herankommen. Das war zu tief verborgen. Das würde Viti selbst irgendwann bewältigen müssen.

Der Nubier ging systematisch vor, löste die verspannten Muskelknoten und sprach dabei. »Wein ruhig, wenn dir danach ist«, sagte er. »Das hilft. Hat mir jedenfalls schon oft geholfen. Hab so geheult, daß das Haus fast eingestürzt wär. Weinen ist ganz normal. Nicht weinen ist nicht normal. Denk drüber nach.« Aber Viti lag stumm da.

Der Masseur verarztete die Hautabschürfungen mit lindernden Salben und mit Balsam. Schließlich wischte er sich die Hände ab und holte tief Luft. Plötzlich packte er Viti bei den Knöcheln und Handgelenken und dehnte ihn wie einen Bogen nach hinten, indem er den Körper über den Massagetisch hob. Er drückte fest zu. »Kämpf gegen mich und heul«, befahl der Sklave.

Viti wehrte sich, versuchte, sich umzudrehen, fühlte sich schockiert und machtlos. Und dann, ganz plötzlich, schüttelten ihn Schluchzer, unkontrollierbare Tränen, die stoßweise kamen. Der riesige Masseur hielt ihn fest und ließ nicht locker, während Viti schluckte und hustete. Und nach einigen Minuten fühlte Viti sich besser, der Masseur gab ihn frei. Viti ließ sich auf den Massagetisch fallen, setzte sich auf und war peinlich berührt, als er merkte, daß sein Schwanz steif und erigiert war, ohne daß er einen Grund dafür sah. Sein nubischer Diener schaute sich diesen Stand der Dinge mit gespieltem, großäugigen Entsetzen an. »Meine Güte«, stellte er fest, ohne jemand bestimmten damit anzusprechen, »diese einäugige Schlange hat einen ganz eigenen Kopf. Jetzt geh schon, und beglück heut nacht ein Mädchen damit. Einverstanden? He, und beglück dich auch selbst. Das sagt der alte Buddha, vergiß das bloß nicht.«

Viti grinste. Der Schock, einen Augenblick so machtlos und ausgeliefert dazuliegen, war anscheinend nötig gewesen, um ihn auf- und wachzurütteln. »Nein, das vergesse ich nicht«, sagte er.

In ein riesiges weißes Handtuch gewickelt – er sah aus wie ein alter Senator in seiner Toga –, verschwand er, um sich umzuziehen.

Allerdings fand Viti es gar nicht leicht, abzuschalten. Er hatte Alexander getötet. Hätte Alexander die Chance gehabt, dann hätte er seinerseits Viti getötet, dessen war er sich sicher. Aber dieses Wissen änderte nichts. Die Sache machte ihm trotzdem ziemlich zu schaffen.

Er war ein viel beachteter Held, etliche Leute wollten von ihm Einzelheiten über seinen Kampf gegen Alexander hören. Sie waren enttäuscht, als er sagte: »Es ist alles ganz verschwommen. Ich kann mich eigentlich an gar nichts erinnern.« Bei der ersten Gelegenheit machte Viti sich davon und fand eine stille Ecke im Chalet, von der aus er auf das Schlachtfeld hinunterblicken konnte. Dem Kampf seines Vaters sah er mit gemischten Gefühlen zu. Mit schlechtem Gewissen ertappte er sich dabei, wie er halb und halb hoffte, daß sein Vater getötet würde. Aber das trat nicht ein. »Wie der Vater so der

Sohn«, dachte Viti, als der Drache den Krebs mit seinem Schwanz zerschmetterte.

Er sah, wie Angus in den Drachen kletterte und sich das Ungeheuer aufrichtete. »Nächstes Jahr«, dachte er. »Nächstes Jahr werde ich das Ungeheuer lenken. Ich werde es zum Tanzen bringen.«

Jemand hakte ihn unter und führte ihn vom Balkon weg. »Komm schon. Mach dir nicht zu viele Gedanken«, sagte eine weiche Stimme. Es war Diana. Ihre Verwandlung sprang ins Auge. Verschwunden war die muskelbepackte Kriegerin. An ihre Stelle war eine Frau getreten, die so biegsam wie eine Schlange war und nach Ägypten roch. Viti staunte und freute sich. Besonders freute er sich darüber, daß er von sich selbst erlöst war. »Du wirst mit mir tanzen«, sagte sie, »und ich werde keine Entschuldigungen wie verschobene Wirbel und verzerrte Muskeln gelten lassen. Trag's also mit Fassung! Du hast heute abend noch viel Arbeit vor dir, mein Junge.«

Viti hoffte, daß es das bedeutete, was er an Bedeutung hineinlas.

Später in der Nacht, lange nach dem Treffen mit seinem Vater im Chalet und nach dem Festmahl, war Viti endlich mit Diana allein. Sie befanden sich außerhalb des Kampfdoms und gingen aufs Geratewohl auf ein fliegendes Taxi zu, das man aus Eburacum hatte kommen lassen und das hier geduldig wartete. Über den Bäumen dämmerte mit rosa Farben schon der Morgen, die Äste hoben sich dagegen wie schwarze Laubsägearbeiten ab. Die Frau war müde, zerzaust und liebebedürftig. Beim Tanzen hatte sie ihre Schuhe lädiert, jetzt trug sie die Schuhe in der Hand. Sie hatte die andere Hand um Vitis Nacken geschlungen und küßte ihn voll auf die Lippen, so als trinke sie. Sie bedauerte nichts, das an diesem Abend im Kampfdom geschehen war. Sie hatte keine Schuldgefühle, sie lebte und genoß jeden Moment ihres Lebens, ohne groß über Ursache und

Wirkung nachzudenken. Jetzt stellte sie sich innerlich darauf ein, den Abend mit einem letzten Anflug von Leidenschaft zu beschließen. Sie war bereit (falls nötig), das Feuer des Mannes zu schüren. Sie sehnte sich schmerzlich danach, daß seine Hände sie berührten. Sie sehnte sich schmerzlich danach, sein drängendes Gewicht auf sich zu spüren.

Viti beneidete Diana um ihre Direktheit und versuchte, die Melancholie, die ihn fest im Griff hatte, beiseite zu schieben. Wenn er ehrlich war, mußte er zugeben, daß er sich selbst anwiderte. Hier war er nun, endlich allein mit der Frau, auf die er schon das ganze Jahr über scharf gewesen war, und sie war willig und bereit, wollte ihn ... genauso, wie sein Körper sie begehrte. Und was tat er? Er grübelte. Ließ zu, daß seine Gedanken ihm alles vermasselten. Vielleicht hatte er ja auch zu viel getrunken ... Ihm fielen die Worte seines Masseurs ein. Das setzte irgend etwas in ihm frei, oder vielleicht war das auch das Werk von Dianas Händen, was auch immer ... Jedenfalls hatte sich irgend etwas in ihm gelöst, endlich begannen seine Körpersäfte zu fließen. Er vergaß seinen Vater. Er vergaß den eigenen Anspruch, sich wie ein Held der alten Schule zu verhalten. Er vergaß die Akademie. Er vergaß sich selbst ...

»Trag mich«, flüsterte Diana, und er schwang sie hoch und lief los. Er lief in den jetzt lichteren Wald und strauchelte dort über die Wurzeln einer alten Eibe. Lachend purzelten sie zu Boden. Nichts konnte ihnen etwas anhaben. Der Eibenstamm war gespalten, und der Boden innen war weich und duftete süß. Sie war Tiger und Pferd, er war Löwe und Hirsch. Auf der Stelle waren sie mit der alten wilden Umarmung der Gegensätze ineinander verkeilt, brüllten, warfen sich hin und her und wollten einander beißen. Morgen würden sie ihren Spaß daran haben, die neuen blauen Flecken zu zählen.

Einige hundert Meter weiter saß auf einem niedergestürzten Eichenstamm eine in Weiß gehüllte Gestalt: Lyf. Er schaute zu ihnen herüber, und in seinem Blick lagen weder Neid noch Lüsternheit, lediglich Verständnis. Er beobachtete die Energiemuster, die so alt waren wie die Zeit selbst und die sich wie Weihrauch in der klaren Luft der Morgendämmerung kräuselten. Und als die Energie an ihren höchsten Punkt gelangte, zog er sich die Kapuze seines Umhangs über die Augen und überließ die beiden ihrer Privatheit.

DIE GESCHICHTE VON MIRANDA, DER ANGEHENDEN HAUSHÄLTERIN, AUSZUBILDENDE AN DER POLYTECHNISCHEN FRAUENFACHSCHULE VON EBURACUM

Miranda ist das einzige Kind von Wallace und Eve Duff.

Es war eine schwierige Geburt gewesen, und eine Folge davon war, daß Eve, eine äußerst sanfte und natürliche Mutter, keine weiteren Kinder bekommen konnte. Das war für beide Elternteile eine große Enttäuschung, denn sie hatten sich eigentlich drei Kinder gewünscht. Aber wenigstens hatten sie Miranda. Sie lebten in einem der kleinen Häuser am Rande des Bezirks Severus in Eburacum.

Miranda wuchs wohlbehütet auf. Sie war der Mittelpunkt elterlicher Liebe. Von frühester Kindheit an machten sich zwei besondere Eigenschaften bei ihr bemerkbar. Sie hatte ein instinktives Gespür für die Gefühle anderer Menschen. Sie war die erste, die die Tränen zum Versiegen brachte, wenn ein Nachbarkind ein Spielzeug zerbrochen oder sich das Knie aufgeschürft hatte. Ihre Sensibilität machte sie zu einer Art Heilerin, sie konnte Kopfweh wegzaubern und Niedergeschlagenheit aufheben. Sie war intelligent und fröhlich. Hin und wieder ließ sie sich auf eine braune Couch fallen, auf der sie dann lächelnd saß, so als lausche sie einer nur ihr zugänglichen Musik. Die zweite Eigenschaft war damit verbunden: Das war Unschuld. Nun sind ja in bestimmter Hinsicht alle Kinder unschuldig, aber es gibt zwei Arten von Unschuld. Es gibt die Unschuld, die von Unwissenheit rührt. Und diese Unschuld blättert nach und nach wie die Vergoldung einer Statue ab, wenn Zeit und Erfahrung auf uns einwirken. So kann aus dem unwissenden Kind ein gewiefter Erwachsener werden. Aber es gibt auch eine andere Art von Unschuld. Sie beruht darauf, daß man die Welt nicht so annimmt, wie sie ist, sondern stets darüber hinausblickt oder auch eine tiefere Wirklichkeit als den bloßen Anschein in Betracht zieht. Für diese Art von Unschuld ist die Welt eine Quelle nie versiegender Überraschungen, und der Fall eines Sperlings wird als mindestens genauso wichtig erachtet wie der Tod von Politikern oder Prinzen. Von dieser Art war Mirandas Unschuld.

Haltet sie nicht für so etwas wie eine gute Fee, eine Wohltäterin, in deren Adern Milch statt Blut fließt und die nach dem Heiligenschein strebt. Ihr Blut war rot. Ihre Tränen waren naß. Ihr Lachen war laut. Ihre Monatsblutungen machten ihr zu schaffen. Und sie träumte von Pferden. Ihr Herz lag im Hier und Jetzt. Und für diejenigen, die sehen konnten, waren ihre heftigen Empfindungen offensichtlich. Miranda stand mit beiden Beinen fest auf der Erde, aber sie war nicht *von* dieser Erde. Sie war eine Frau der Luft und des Feuers.

Miranda kam darin ganz nach ihrer Mutter, daß sie eine große Vorliebe für Hausarbeiten zeigte. Nähen und Kochen machten ihr Spaß. Sie half ihrer Mutter bei der Bestellung des kleinen Gartens hinter dem Haus, in dem Blumen, Gemüse und ein vielgelobter Wein wuchsen, dessen Reben süße schwarze Trauben trugen.

Eve hatte Schneiderin gelernt und in einer der Fabriken am Stadtrand von Eburacum Kleidung gefertigt, die zu den Grenzen des Reiches geschickt wurde. Allerdings hatte sie dort aufgehört, als eine Arthritis ihr die

Arbeit an den Maschinen zur Qual zu machen begann. Sie blieb zu Hause und war glücklich darüber, daß sie Miranda jetzt auch tagsüber versorgen konnte. Das paßte auch deshalb gut, da ungefähr zur selben Zeit, als Eve mit ihrer Arbeit aufhören mußte, Wallace zum Dritten Mechaniker des Kampfdoms ernannt wurde. Dadurch wurde das Leben im Haushalt der Duffs etwas komplizierter. Schon deswegen, weil jetzt mehr Leute das kleine Haus mit ihren Besuchen füllten, aber auch, weil Vater Duff jetzt mehr Zeit auswärts verbringen mußte.

In Mirandas Kindheit und Jugend waren ihr die schmierigen Overalls, die man jeden Abend waschen mußte, damit sich die Flecken nicht festsetzten, ein vertrauter Anblick. Sie kannte das Lachen von Männern, die sich am Feierabend bei einem Bier entspannen und einander die Abenteuer des Tages erzählen. Sie sah die Munterkeit ihrer Mutter, die den Haushalt mit Fingerspitzengefühl und Humor lenkte. Miranda nahm ihr eine kleine Aufgabe ab, sie richtete das Mittagessen für ihren Vater. Sie lernte, Bier zu brauen, sie lernte die Lieder und Gesänge, die man morgens und abends vor oder nach den kurzen Gebeten an die verschiedenen Göttern richtete.

Damit sie auch ihren Spaß hatte, nahm ihr Vater sie oft zum Kampfdom mit, wo sie zuschaute, wie die Ungeheuer aufeinanderprallten. Gelegentlich, vielleicht einmal im Jahr, gingen sie ins Staatstheater, wenn dort ein spezielles Kinderstück gegeben wurde. Ansonsten wuchs Miranda – wie die meisten Kinder der bürgerlichen Klasse – in einer ruhigen Welt auf. In dieser Welt erwartete man von ihr, daß sie sich selbst beschäftigte und allmählich, Schritt für Schritt, innerhalb der traditionellen Bindungen ihres Zuhauses und der Arbeit zu ihrer eigenen Persönlichkeit fand. Im Haus gab es weder Fernsehen noch Rundfunk. Eine bestimmte Art dieser Technik war zwar vorhanden, aber ihre Nutzung war ausschließlich der römischen Militäraristokratie oder der Arbeit vorbehalten. So war es nun einmal, und nur wenige Menschen kamen auf die Idee, die Dinge in Frage zu stellen. Jeden Abend kam eine Zeitung heraus, aber sie brachte nur Lokalnachrichten. Fast alles in Mirandas Leben drehte sich um das Hier und Jetzt.

Wenn Miranda krank wurde, ging sie zum Arzt, und der Arzt behandelte sie: Entweder wurde sie wieder gesund, oder es half nicht, denn bis auf das Einrenken von Knochen, das die Ärzte vorzüglich beherrschen, war die Medizin ein komplexer Mischmasch aus Alchimie, Astrologie, Kräuterkunde und Glück. Bezahlung stand gar nicht zur Debatte. Die Ärzte wurden ebenso wie die Leichenbestatter vom Staat versorgt. Auch der Tod hatte für Miranda nichts Überraschendes. Sie machte im Kampfdom Bekanntschaft mit dem Tod, und innerhalb der bürgerlichen Klasse war der Tod in Folge von Arbeitsunfällen oder aufgrund von Krankheit zu Hause etwas ganz Normales. Der Staat veranlaßte auch bei Todesfällen alles weitere. Der Leichnam wurde ins städtische Krematorium überführt und dort, nach ein paar an die jeweiligen Götter oder Göttinnen gerichteten Worten, verbrannt. Die Asche wurde zu einem der großen staatlichen Bauernhöfe gebracht und dort untergegraben. Und die Trauerfamilie kümmerte sich darum, daß der Name ihres lieben Verstorbenen in eine städtische Tafel geritzt wurde. Das Leben ging weiter.

Als sie fünf Jahre alt war, erlebte Miranda, wie ihre Tante an einem Hirntumor starb, und hatte das Gefühl, es sei ihre Schuld. Als sie sieben war, kamen zwei ihrer Spielkameradinnen ums Leben. Eine ertrank in der Foss. Die andere war außerhalb ihrer kleinen Gemeinde umherspaziert und wurde von einem Militärfahrzeug überrollt. Niemand kam auf die Idee, Zäune anzubringen.

Das jeweilige Kommen und Gehen der Römer bedeutete Miranda nichts. Die Römer waren anderswo. Sie gehorchten ihren eigenen Gesetzen. Sie kamen ihr nicht in die Quere. Sie waren Teil dessen, was existierte. Sie bewunderte sie auf unbestimmte Weise. Einmal statteten zwei jüngere Römer, die mit der Verwaltung des Kampfdoms zu tun hatten, ihrem Heim einen Besuch ab. Zu diesem Anlaß nahmen ihre Mutter und sie sich den ganzen Tag lang Zeit, das Haus zu putzen und aufzuräumen. Und als die Römer endlich da waren, versteckte sich Miranda – zu schüchtern, die Besucher zu begrüßen – im Schrank unter der Treppe.

Sie sah die Römer vor allem durch die Brille ihres Vaters. Und der teilte die Welt in zwei Gruppen ein: in diejenigen, die sorgfältig mit Maschinen umgingen, und in diejenigen, denen Maschinen egal waren.

Mit vierzehn Jahren entschied sich Miranda dafür, auf das Polytech von Eburacum zu gehen und sich dort zur Haushälterin ausbilden zu lassen. Die schulische Ausbildung dauerte fünf Jahre, danach folgte eine praktische Lehrzeit von drei Jahren an irgendeinem Ort in Britannien. Haushälterinnen waren in den Häusern der römischen Aristokraten stets sehr gefragt.

Das Polytech lag außerhalb der alten Stadtmauern genau hinter dem Platz, den wir als ›Walmgate Bar‹ kennen. Miranda ging tagsüber zur Schule und fuhr jeden Morgen mit der U-Bahn von ihrem Zuhause im nördlichen Bezirk Severus bis zur Station Foss-Insel.

Im dritten Schuljahr war sie bereits als vielversprechende Schülerin bekannt, deshalb zeichnete man sie damit aus, daß sie am Abend der Abschlußkämpfe im Kampfdom bedienen durfte. Ihre Mutter und ihr Vater freuten sich ebenso wie Angus, der seit ungefähr sieben Monaten den Haushalt der Duffs vervollständigte.

Am Kampftag war Miranda ganz schwindelig vor lauter Freude. Sie war schon vor der Morgendämmerung auf den Beinen und verbrachte Stunden damit, ihre Schuluniform zu bügeln und sich selbst so schön wie möglich herauszuputzen. Aus vielen Gründen wollte sie möglichst attraktiv wirken. Sie legte die sorgfältig gebügelte Uniform in einen Koffer. Dann fügte sie noch Ohrringe hinzu, außerdem eine Kameebrosche, die ihre Großmutter ihr geschenkt hatte, eine unauffällige Kette und, eingewickelt in Papier, ein Paar nicht ganz so vernünftiger Schuhe – nur für den Fall, daß man die Bedienungen nach getaner Arbeit zum Tanz des Personals einlud, wie es manchmal vorkam.

Die ganze Familie mitsamt Angus fuhr an diesem Tag zusammen zum Kampfdom. Die Station lag am äußersten Punkt des U-Bahn-Netzes. Jenseits des Kampfdoms fuhren die Schnellzüge oberirdisch weiter und rasten zum Marktflecken Derventio, der Endstation. Wenn man noch weiter fahren wollte, zu den Fischerstädtchen an der Ostküste, mußte man die Straße benutzen.

Die beiden Männer gingen durch einen U-Bahn-Tunnel, der von der Bahnstation direkt zu den wichtigsten Werkstätten führte. Als sie ankamen, beendete das Sicherheitspersonal der Nachtschicht gerade seinen Dienst. Einige Wachleute der Tagschicht drehten schon ihre Runden. Andere prüften den Wasserstand in der Teemaschine und den Zuckervorrat.

»Alles ruhig?« fragte Wallace, während er sich auswies und die Werkstatt betrat, in der die Kampfmaschinen untergebracht und gewartet wurden.

»Mäuschenstill«, sagte der Wachmann, und beide Männer lachten. Angus sah sie fragend an. Als er zusammen mit Wallace die Hauptwerkstatt betrat, lieferte Wallace die Erklärung nach.

»Ich nehme an, du fragst dich, warum ich hier überall Mäusefallen aufgestellt habe. Also, das hat schon seinen Grund, ich sag's dir: Früher – lange vor meiner Zeit ... Mitte des letzten Jahrhunderts – fand hier einmal ein Kampf statt, und das Ungeheuer, das kämpfen sollte, war ein großer Stier aus Messing. Ich hab Bilder davon gesehen. Ein Meisterstück. Wegen der Stabilität hatten sie ihm sechs Beine verpasst, und die Hörner konnten sich drehen. Jedenfalls ist in der Nacht vor der Schlacht irgendwie eine Maus ins Getriebe geraten und hat ein paar Kabel angeknabbert. Also gut, der Kampf soll losgehen, der Stier stampft heraus, der Dampf zischt ihm aus den Ohren, bumm, und der Fahrer – ich glaube, einer von den Valentinern – hält voll drauf, und ab geht der Stier, mitten durch den Kampfdom, wird immer schneller und bricht mitten durch die verdammte Wand. Hinterließ ein irre großes Loch, da hätte man mit dem Zug durchfahren können. Jawoll, und damit noch lange nicht genug. Das Ding fährt auch noch über die Lichtung, da, wo jetzt der neue Parkplatz ist, und durch die Haselnußbüsche und runter in den kleinen verschlammten Teich. Angeblich konnte man das Zischen sogar von hier aus hören. Jawoll, und sie dachten, so wie das Ding abgegangen war, hätte es wohl auch nicht angehalten, bis es auf die Stadtmauern von Eburacum geprallt wäre. Jedenfalls torkelte Minuten später der Fahrer durchs Mauerloch in den Kampfdom, er war klitschnaß und spuckte Entengrütze und fluchte, man habe einen Sabotageakt an ihm verübt. Dann kam dieser Riesenknall, als beim Stier die Dampfmaschine in die Luft flog. Angeblich ist das eine Bein in Deva gelandet und ein anderes in Derventio. Der Schwanz flog halbwegs bis nach Londinium, und der Kopf kam genau hier runter, durchs Dach. Diese Schande hat der Fahrer nie verwunden ... besiegt von einer Maus, eh ...«

»Sie wollen mich wohl auf den Arm nehmen«, sagte Angus, der gerade alle Lampen und die Belüftung in der Werkstatt einschaltete. »Das ist nie und nimmer eine wahre Geschichte.«

Jetzt sah man erst, wie riesig der Hangar war. In ihren separaten Nischen waren alle Ungetüme festgezurrt, die am Abend kämpfen sollten. Man hatte sie alle schon vor einer Woche gründlich inspiziert, alle waren durchgeölt, hatten frisch aufgeladene Batterien und waren kampfbereit.

Wallace sah sich um. »So wahr ich hier stehe«, sagte er. »Jedenfalls haben wir genau deswegen das ganze Rattengift ausgestreut und die Fallen aufgestellt. Und genau deswegen machen wir auch alle Maschinen dicht, ehe wir abends gehen. Um die Mäuse fernzuhalten.«

Angus war nicht weiter beeindruckt. »Veräppeln Sie sich doch selbst. Ich nehm an, wenn eine Maus wirklich in eines dieser stinkigen Ungetüme rein und Kabel kauen möchte, muß sie schon ganz schön verzweifelt sein. Und eine verzweifelte Maus findet ihren Weg sowieso.«

Wallace seufzte. »Jawoll, Angus, sag ich ja. Deshalb stell ich die Fallen doch überall hier auf. Und deshalb schließen wir die Ungetüme auch ab.«

»Aber ich hab noch nie 'ne Maus in irgendeiner Falle gesehen, ganz zu schweigen von Mäuseköteln ...«

»Das liegt daran, daß wir so aufpassen.«

»Nein, worauf ich hinauswill, ist ...«

An dieser Stelle überlassen wir die beiden ihrem freundschaftlichen, zu nichts führendem Geplänkel. Denn inzwischen kommen andere Mechaniker an und bedienen ihre Stechuhren. Das Gebäude wird vom Leben fröhlichen Stimmengewirrs erfüllt. Jeder ist deswegen so gut drauf, weil es – bis auf die Durchführung der Testläufe und vielleicht ein bißchen Aufpolieren der Maschinen – nicht viel zu tun gibt. Und nach jeder Kampfnacht werden Belohnungen in Form von Wein und Geflügel ausgegeben.

Wallace führt die Werkstatt äußerst penibel. So mag er es: Er will so wenig wie möglich dem Zufall überlassen. Die Mäusefallen, die er überall in der Werkstatt aufgestellt hat, erfüllen in gewisser Hinsicht dieselbe Funktion, wie wenn man nach Versuchung des Schicksals auf Holz klopft oder sich nach einem Sturz Salz über die linke Schulter wirft, um den Teufel zu blenden: Es ist schlicht und einfach eine Vorsichtsmaßnahme.

Auch wenn sich die Männer einen leichten Tag machen können, haben die Frauen viel Arbeit. Eve Duff hatte man für den Morgen dazu engagiert, beim Putzen zu helfen. Eve, Miranda und das übrige Bedienungspersonal verbrachten den Morgen oben auf dem Chalet damit, Besteck abzuzählen, Servietten zu falten, Silber zu polieren, Gläser auszuwischen und sicherzustellen, daß sich die persönlichen Bierhumpen am korrekten Platz befanden.

Die meisten der Frauen, die bedienten, hatten schon früher ein Kampf-Bankett mit ausgerichtet, aber für Miranda war alles neu. Sie verbrachte viel Zeit damit, nur die Durchgänge und Wege kennenzulernen, die jenseits der dunkelgrünen Schwingtüren am Hintereingang des Chalet lagen. Miranda steckte den Kopf in jedes Zimmer, das ihre Phantasie anregte, und wenn jemand darin war, sagte sie: »Ups, Entschuldigung, falsches Zimmer.« Und zog sich dann nach einem schönen langen Blick zurück. Hier gab es Küchen und Kühlräume, Vorratskammern und Weinkeller, dort einen kleinen, aber gut ausgestatteten Sanitätsraum. Der stand bereit, falls einem Römer von zu ausgiebigem Schlemmen schlecht wurde oder falls einem beim Tanzen eine frisch genähte Wunde wieder aufplatzen und bluten sollte.

Außerdem gab es auch diverse prächtige Schlafzimmer, die man stundenweise buchen konnte.

Ganz hinten am Chalet liefen Rolltreppen hinauf und hinunter. Miranda brauchte sie nicht zu benutzen, da sich ihre Arbeit auf das Eßzimmer und den Ballsaal beschränkte. Nur die Gepäckträger benutzten die Rolltreppen.

Um zwei Uhr mittags blökte eine Sirene durch den ganzen Kampfdom. Sie kündigte den Beginn der Ruhepause an. Alle, deren Arbeit getan war, hatten jetzt ein paar Stunden frei, die anderen arbeiteten weiter. Alles, was Miranda und Eve vorbereiten mußten, war erledigt, Eve verabschiedete sich von ihrer Tochter. Das tat sie sehr umständlich, offensichtlich machte sie sich Sorgen, weil es das erste Mal war, daß ihre Tochter auswärts arbeitete. Eve machte sich nichts vor. Sie wußte, daß die Kampf-Bankette normalerweise mit Ausschweifungen verbunden waren und daß eine siebzehnjährige Jungfrau, die auf sich allein gestellt und ein bißchen leichtsinnig war, eine leichte Beute geiler Schürzenjäger werden konnte. »Also gut, hältst du auch bestimmt Ausschau nach deinem Vater und Angus?«

»Ja, Mama.« Das beteuerte Miranda wohl schon zum hundertsten Mal.

»Und falls irgend jemand anfängt, mit dir zu ... reden – du weißt schon, was ich mit reden meine –, dann mach auf jeden Fall klar, daß du eine Schülerin vom Polytech bist und daß dein Vater da unten der Dritte Mechaniker ist und dich abholt.«

»Ja. Mama.«

»Und paß auf, falls dich irgend jemand zum Trinken einlädt.«

»Ja, Mama.«

»Und daß du nicht ...«

»Nein, tu ich nicht.«

»Jedenfalls hab ich auch Sandy Parkin, die bedient, einen Wink gegeben. Wir sind zusammen zur Schule gegangen. Sie wird dich im Auge behalten.«

»Mama!«

»In Ordnung. Ich geh jetzt. Ich seh dich dann, wenn du nach Hause kommst. Ruh dich schön aus, und amüsier dich gut.«

»Ja, Mama.«

Eve ging davon, und Miranda war zum ersten Mal allein in der kleinen Kammer, die man ihr für ihre Ruhepause zugewiesen hatte. Sie öffnete den Koffer, holte ihre Uniform heraus und hängte sie auf.

Sie war zu aufgeregt, um sich auszuruhen, deshalb machte sie einen Spaziergang durchs Chalet. Sie schlenderte durch das Eßzimmer mit seinem weichen Teppich und dem gestärkten weißen Tafelleinen, danach in die langgestreckte Bar, in der sie einen angehenden Weinkellner traf, der genauso jung war wie sie selbst. Verzweifelt versuchte er sich die Liste der Weine einzuprägen. Mit lautem Flüsterton sprach er die Namen und Jahrgänge der Weine vor sich hin. Verlegen schaute er hoch, als er merkte, daß Miranda ganz in der Nähe war und ihn gehört hatte, aber sie lächelte nur, streckte den Daumen nach oben und bummelte weiter.

Mit der Bohnermaschine war man einmal über den Tanzboden gegangen, so daß er glänzte, aber es waren Körnchen von Putzmitteln darüber verteilt, die später zusammengefegt werden sollten. Die Körnchen knirschten unter ihren Füßen. Miranda machte ein paar Tanzschritte, tauchte herunter und streckte die Arme aus, als tanze sie mit einem Partner. Den Tanz hatte sie in der Schule gelernt. Tanzend und mit einer letzten Drehung überquerte sie den Tanzboden und kam zu den Schiebetüren, die auf den Balkon führten. Sie spazierte nach draußen.

Miranda stützte ihre Ellbogen auf das Geländer, das die Plattform umgab, blickte um sich und herunter in das weitläufige Amphitheater. Die Geräusche, die ihr ans Ohr drangen, waren so gedämpft, als höre man sie durch Nebel: Männer, die irgend etwas riefen, das Knacken von Sprechfunkgeräten, das Dröhnen von Lautsprechern, die ausgesteuert wurden, und irgendwo ein einsamer Trompeter, der ein *Glissando* übte und sich so auf die lebhafte Marschmusik des Abends einstimmte. In der technischen Kontrollkabine, die hoch oben in die Kuppelwand eingelassen war, überprüfte einer der Techniker die Beleuchtungssysteme und ließ alle Deckenlampen aufblitzen, um sich zu vergewissern, daß keine der Birnen kaputt war und die Stromkreise funktionierten. Die Anordnungen der Beleuchtung wirkten wie zufällig, aber als die Lampen eine nach der anderen aufleuchteten, wurden die jeweiligen Abschnitte der Arena lebendig, so als leuchteten sie von innen heraus. Miranda kam die Wirkung wie magisch vor. Unten auf dem Kampffeld strich ein Bühnenbildner-Assistent einen der Monolithen an, die Farbtöpfe standen zu seinen Füßen am Boden. Gärtner waren im Gebirge an der Arbeit und steckten Büsche in den Boden. Andere befanden sich unten auf der Ebene und zogen gerade eine Falte glatt, die sich in dem weichen grünen Bodenbelag aufgeworfen hatte. Aufgeregte Stimmen, dünn und von weither, drangen von dem gefliesten Abschnitt nahe beim Eingang des Kampfdoms herüber. Dort waren gerade die bulligen Bierfässer aus Calcaria angeliefert worden. Sie wurden von einem Lastwagen abgeladen und auf ihre Böcke verfrachtet.

Daß alles so zielgerichtet und geschäftig vor sich ging, gab Miranda ein starkes Gefühl von Sicherheit. Sie gähnte und merkte, daß sie trotz ihrer aufgeregten Stimmung müde war. Deshalb trat sie den Rückweg in ihre kleine Kammer an und legte sich auf das Feldbett nieder.

Sie erwachte von einer Sirene. Einen Augenblick lang wußte sie gar nicht, wo sie sich befand. Doch dann fiel es ihr wieder ein, und schlagartig wurde ihr klar, daß sie zu spät kommen würde, wenn sie sich nicht beeilte. Während sie hastig in ihre so sorgsam gebügelte Uniform schlüpfte, war sie böse auf sich selbst. Sie hatte fest vorgehabt, sich in aller Ruhe fertigzumachen, sorgfältig und ohne Hektik, und jetzt stand sie da und mußte sich abhetzen. Sie strich ihre Uniform an Hüften und Schenkeln glatt und warf einen Blick in den Spiegel. Sie zog die Haarnadeln aus ihrem Haar und schüttelte den Kopf, so daß sich ihre dunklen Locken lösten und lang herunterfielen. Mit ihren Haaren hatte sie heute abend etwas Besonderes vor.

Angeblich floß – ein Erbe mütterlicherseits – römisches Blut in ihren Adern. Deshalb bürstete sie sich das Haar hoch und steckte es hinten fest, so daß ihr Profil richtig zur Geltung kam. Die Wirkung war verblüffend. Hätte sie anstelle der rosagrünen Schuluniform ein römisches Gewand getragen, hätte sie ihren Platz bei jedem alten kaiserlichen Gastmahl einnehmen können. Überall in der Stadt waren solche Szenen in Marmor zu sehen.

Sie steckte sich die Ohrringe und die Kameebrosche von ihrer Großmutter an, ging kurz mit sich zu Rate und entschied, die Halskette wegzulassen. Sie schlüpfte in ihre ›vernünftigen‹ Schuhe, schließlich wußte sie ja, daß es an diesem Abend viel Gerenne geben würde, besonders nach Ende der ersten Vorführung, wenn die Kadetten eintrafen. Nach einem letzten Blick in den Spiegel und einer letzten Ordnung ihres Haars trat sie aus der Kammer und eilte zur Bar hinunter.

Bis auf den angehenden Kellner, der auch gerade erst hereingehastet kam, war niemand da. Er hatte sein Haar mit Wasser an den Kopf geklatscht. Leicht verlegen lächelte er, und Miranda, glücklich, hier nicht ganz allein zu sein, erwiderte sein Lächeln mit einem Grinsen.

Aber es tat sich bereits etwas. Unten am Eingang des Kampfdoms kamen gerade recht rüpelhafte Römer an, und das Bier begann in Strömen zu fließen.

Ein Flugzeug ging auf der Landeplattform des Chalets nieder. Der Vizerektor der Akademie und der ganze Lehrkörper kletterten heraus, sieben alte Männer und zwei alte Frauen. Die meisten brauchten Stöcke zum Gehen, ein paar hatten auch Krücken. Alle waren ungeduldig und verlangten einen schnellen harten Drink. Plötzlich hatte Miranda viel zu tun.

Ein zweites, sehr offiziell aussehendes Flugzeug landete. Als erster stieg ein junger schwarzer Diener aus, der einen roten, mit Goldquasten gesäumten Teppich entrollte. Ihm folgten Männer und Frauen in traditionellen Togen und langen Gewändern. Sie formierten sich zu einer Ehrengarde und blieben abwartend stehen. Schließlich kletterte ein sehr dicker Mann in weißer Toga und mit einem aus goldenen Blättern geflochtenen Stirnreif heraus, zwei kleine Jungen halfen ihm dabei. Es handelte sich um den *Praefectus Urbi*, den Senatspräsidenten der Stadt Eburacum.

Von jetzt an trafen die Gäste in schneller Folge ein. Während Miranda Getränke und kleine Happen anbot, konnte sie gerade mal einen kurzen Blick auf die Eröffnungsnummer und später auf die abschließende Vorführung der Kadetten werfen. Dann landeten noch mehr Flugzeuge am Chalet, sie hatten ältere Römer an Bord, die ein Bankett in Eburacum besucht hatten. Miranda mußte rennen, ihnen Getränke und Zigarren bringen, die Aschenbecher ausleeren und einmal eine der älteren Damen zur Toilette geleiten.

Niemand trank während des Wagenrennens, deshalb konnte Miranda hinten vom Balkon aus zuschauen. Der Kampf an sich gefiel ihr nicht, aber Viti fiel ihr als der schönste Mann auf, den sie je gesehen hatte. Später, als er allein auf dem Balkon saß, brachte sie ihm einen Imbiß aus Oliven, Tomaten und Pepperoni. Sie sah, wie viele Blutergüsse er im Gesicht hatte, und war überrascht, daß seine Hand zitterte, als er sein Glas hob. Seinerseits nahm Viti sie gar nicht als eigenständiges Wesen wahr, für ihn war sie nur irgendeine Kellnerin.

Miranda bekam auch das Ende des Kampfes zwischen dem Drachen und dem Krebs mit und sah, wie Angus hochkletterte und in den Drachen hineinstieg. Sie wußte, wie nervös er war, und schickte ihm einen lieben Gedanken hinüber. Danach hatte sie keine Gelegenheit mehr, dem Treiben im Kampfdom zuzusehen.

Bei Miranda ging eigentlich alles recht glatt. Einmal ließ sie ein Glas fallen. Und als sie sich einmal gerade über einen Tisch beugte, um einen benutzten Teller abzuräumen, spürte sie, wie eine Hand zwischen ihre

Beine glitt und die Innenseite ihrer Schenkel streichelte. Sie war so überrascht, daß sie aufschrie und damit Grinsen und böse Blicke zu ihrem Tisch hinüber erntete.

Später traf ein jugendliches Tanzorchester ein. Gern hätte Miranda sich in einem Sessel nahe an der Bühne zusammengerollt und einfach zugesehen, aber der große, traurige Mann, der Vater Ulysses, nahm ihre Aufmerksamkeit in Beschlag. Er sprach über Afrika und erzählte ihr Dinge, die sie nicht verstand, ihm aber wichtig schienen. Sie spürte seine tiefe Traurigkeit und sein schmerzliches Bedürfnis, mit jemandem zu reden, also hörte sie so aufmerksam wie möglich zu, nickte und verfolgte die Musik nur ganz nebenbei.

Marcus Ulysses bestand darauf, daß sie etwas mit ihm trinken müsse. Miranda schaffte es, sich anstelle des von ihm angebotenen steifen Gin einen Fruchtsaft einzuverleiben. Der alte Ulysses redete und redete, und je mehr er trank, desto rührseliger wurde er. Er fing an, nach Komplimenten zu fischen, seine Hand ließ er kurz auf ihrer Schulter ruhen, seine Finger berührten ihre Lippen. »Du erinnerst mich«, sagte er, »an eine Frau, die ich einst in Taschkent gekannt habe.«

»Ja, wirklich?« erwiderte Miranda erstaunt. Sie hatte keine Ahnung, wo Taschkent überhaupt lag.

Erst durch die Ankunft von Calpurnia Gallica wurde sie erlöst. Die erfahrene Dame schätzte die Situation gleich richtig ein, bestand darauf, daß der alte Ulysses mit ihr tanzen müsse und brachte ihn auf die Beine. Er war so benommen wie ein Bär, der im Frühling gerade aus dem Winterschlaf erwacht ist.

»Ich komm wieder«, lallte er, zu Miranda gewandt. »Geh nicht weg.«

»Sie kann tun, was sie möchte«, sagte Calpurnia nachdrücklich und gab Miranda mit einem Nicken zu verstehen, sie könne jetzt gehen. Leise und nur an den alten Ulysses gerichtet, sagte sie: »Siehst du denn nicht, daß sie noch ein Schulkind ist? Bewahre wenigstens ein bißchen Würde. Wahrscheinlich war es für sie sowieso Zeit zu gehen – ihre Arbeitszeit ist längst überschritten.« Sie gingen davon.

Miranda stand auf. Da der alte Ulysses sie ganz und gar in Beschlag genommen hatte, war sie von niemandem aufgefordert worden, etwas zu holen oder zu bringen. Auch jetzt tat es niemand. In gewisser Hinsicht war sie jetzt abgestempelt, allerdings wußte sie das nicht.

Die Party lief jetzt anders. An die Stelle der professionellen Kellnerinnen, die Familie hatten und schon erwartet wurden, traten jetzt Frauen der Nachtschicht, die frisch, parfümiert und zu jeder Schandtat bereit waren. Aber wenn Miranda hätte dableiben wollen, hätte keiner der Römer etwas dagegen gehabt. Es war allgemein akzeptiert, daß eine attraktive Frau mit Hilfe ihres guten Aussehens ihren Weg machen konnte.

Calpurnia Gallica dachte moralischer als die meisten ihrer Kollegen. Sie hatte Unschuld in Miranda erkannt und wollte nicht, daß diese Unschuld von einem betrunkenen alten Mann leichtfertig zerstört wurde – einem Mann zudem, der sich auf jeden Fall daneben benehmen würde. Hätte der junge Viti Miranda den Hof gemacht, hätte Calpurnia wohl Gleichmut bewahrt.

Eine von Mirandas älteren Kolleginnen, Sandy Parkin, die dralle Blonde, die ihre Mutter erwähnt hatte, kam zu ihr herüber und sagte, ihre Schicht sei vorbei, ihr Vater und Angus warteten schon seit mehr als einer halben Stunde in den hinteren Räumen. Sandy gab ihr unmißverständlich das Zeichen, unverzüglich zu gehen. Miranda eilte hinaus. Sie hatte gar nicht bemerkt, daß es schon so spät war. Sie hatte immer noch viel Energie.

Ihr Vater ließ sich ein Bier schmecken, Angus verzehrte einen Kuchen. Beide waren entspannt und gut gelaunt, schließlich hatten sie ja Feierabend.

»Bist du soweit, daß wir gehen können?« fragte Wallace.

»Ist es schon nach eins?« fragte Miranda. »Bis eins habe ich Dienst.«

»Es ist viertel vor zwei«, sagte Angus.

»Ich glaube, wir dürfen noch ein bißchen tanzen«, wandte Miranda kühn ein. »Ich würde gerne noch ein paar Minuten bleiben. Und morgen brauch ich nicht so früh raus. Keiner von uns.«

Und das besiegelte die Sache. Sie blieben noch eine halbe Stunde.

Während sich vorne im Chalet eine Orgie entwickelte, feierten die Bedienungen und das übrige Personal eine Party in den hinteren Räumen. Es mangelte weder an Speisen, noch an Getränken oder guter Musik. Angus tanzte mit Miranda, Wallace ließ sich noch zwei Biere schmecken und drehte mit Sandy ein paar Runden durch das Zimmer.

Irgend etwas wurde in dieser Nacht in Miranda freigesetzt, irgendeine warme Quelle von Weiblichkeit begann zu sprudeln. Die Ausdünstungen potenter geiler Männer, die Musik und die Jahreszeit hatten daran gewiß ebenso Anteil wie ihre eigene erwachende Sinnlichkeit. Sie tanzte wie eine ausgehungerte Frau, und das war sie in gewisser Weise ja auch.

Angus spürte es, ohne daß er es benennen konnte. Und als sein starker Mechanikerarm sie halb zu sich emporzog, ließ sie sich darauf ein. Sie küßten sich zwar nicht richtig, da Küssen beim Tanzen schwierig ist und außerdem zu viele Leute im Raum waren. Aber sie hätten sich geküßt, wenn sie allein gewesen wären. Jetzt fehlte ihnen nur noch die Gelegenheit.

Wallace warf einen Blick auf seine Taschenuhr. Er gähnte. Es war Zeit zum Aufbruch, das war ihnen allen klar. Sie riefen ihren Kollegen einen Abschiedsgruß zu und bahnten sich dann ihren Weg zum Aufzug, der sie ins Erdgeschoß und weiter bis zur Untergrundstation des Kampfdoms befördern würde. Sandy begleitete sie, da sie ganz in der Nähe der Duffs wohnte und so spät nachts nicht gern alleine mit der U-Bahn fuhr. Während Wallace und Sandy vorausmarschierten und sich über die Kämpfe des Abends unterhielten, blieben Angus und Miranda ein wenig zurück. Beim Gehen berührten sich ihre Arme. Schließlich war es Miranda, die die Initiative ergriff und die Situation dadurch entspannte, daß sie Angus einhakte. Um zu zeigen, daß er ihr diese Kühnheit dankte, zog Angus ihren Arm eng an sich und drückte ihre Hand. Sie sprachen über die Musik.

In der U-Bahn saßen sie beieinander, Mirandas Kopf lehnte leicht an seiner Schulter. Angus konnte ihren Atem auf seiner Wange spüren. Wallace, der dachte, Miranda sei am Einschlafen, blinzelte und nickte seinem Lehrling zu, als bemitleide er ihn. Frauen, ha! Er gab einen lauten künstlichen Schnarcher von sich und tat so, als schmiege er seinen Kopf an Sandy Parkins Schulter. Die wehrte ihn mit einem Lachen ab: »Ach, davon bekomm ich schon zu Hause genug ab«, sagte sie und schob ihn von sich.

Einige hundert Meter hinter der Station sagten sie Sandy Gutenacht und hörten, wie ihre Eingangstür zuschlug. Ein Licht war in ihrem Haus noch an, also war ihr Mann ihr zuliebe anscheinend aufgeblieben.

Im Haus der Duffs freute sich Eve, daß sie endlich zurück waren. Sie machte die Tür auf und stand in Hausschuhen und Morgenmantel da, als sie ihre Leute kommen hörte. »Habt ihr einen schönen Abend gehabt?« wollte sie wissen.

Alle drei nickten. Nur wenige Minuten später gingen die Duffs zu Bett. Angus tat so, als suche er im Wohnzimmer nach einer Zeitschrift, Miranda holte sich ein Glas Wasser. In der Küchentür trafen sie sich kurz. Miranda hielt ein Glas in der Hand.

Angus handelte ohne nachzudenken. Er nahm sie in die Arme. Er küßte ihren Hals. Er zog sie an sich, bis er ihre Brüste an seinem Körper spürte. Miranda erwiderte die Umarmung, mit der Folge, daß sie einen Teil des

Glasinhalts auf seinem Hemdkragen verschüttete. Das fanden sie beide komisch, sie lachten und versuchten, dabei kein Geräusch zu machen. Und dann, ehe das Lachen erstarb, hob Miranda Angus ihre Lippen entgegen und küßte ihn offen und ehrlich. Er erwiderte den Kuß, und für ein paar Augenblicke waren sie beide ganz still. Dann lösten sie sich voneinander, um Luft zu holen. Für beide war das ein wichtiger Augenblick. Es war ihr allererster Kuß und das allererste Mal, daß sie einen Anflug von Hingabe verspürten.

Dann machte sich Miranda aus der Umarmung frei, füllte ihr Glas noch einmal auf und rannte mit einem Lächeln und einem ihm zugehauchten Kuß die Treppe hinauf. Innerhalb von fünf Minuten war sie eingeschlafen.

Nicht so Angus. Er verbrachte eine unruhige, aber glückliche Nacht ganz allein mit seiner Phantasie.

5

Beschreibung eines Jahres

*D*er Frühling ging in den Sommer über, das war in dieser Welt nicht anders als in der unsrigen. Aber einen Unterschied gab es doch: Die Allgegenwart des Waldes brachte es mit sich, daß es dort viel mehr Tiere gab, die in der freien Natur lebten – weit mehr, als wir es je erlebt haben. Von den Stadtmauern Eburacums aus konnte man abends Rotwild dabei beobachten, wie es sich auf den Weg zum Fluß hinuntermachte, um dort zu trinken. Eichhörnchen mit rotem Fell bevölkerten zu Tausenden die Bäume, bewegten sich ruckartig in den Zweigen und schlüpften in die Löcher, die heruntergestürzte Äste hinterlassen hatten. Füchse kamen und gingen bei Tag wie bei Nacht, lautlos wie Schatten, und es gab so viele Vögel, daß der Chor der Morgendämmerung lautstark den Morgenglocken der Stadt Konkurrenz machte.

Die Geräusche des Waldes änderten sich mit dem Wechsel der Jahreszeiten. Im Winter war das Knirschen und Knacken der Zweige zu hören, während der Wind durch die kahlästigen Baumgruppen heulte und ächzte und den Schnee wie ein Gespenst vom Hochmoor vor sich hertrieb. Im Frühling war das Wachstum der neuen Blätter von leiseren Tönen begleitet. Der Wind, vom Wald gedämpft, änderte seine Tonlage. Wenn der Regen auf die Blätter niederprasselte, klang es wie ein sanftes Flüstern. Im Sommer rauschten und seufzten die Bäume miteinander und knackten in der Hitze der Sonne. Im Herbst raschelten die sterbenden Blätter, die sich jetzt von den Bäumen lösten und überall den Waldboden bedeckten, die Samenhülsen platzten auf, und die reifen Nüsse und Früchte fielen mit einem Plumps zu Boden. Die Geräusche des Waldes waren wie die Geräusche des Meeres, sie waren stets da, stets anders und in ständigem Wandel begriffen. Sie wurden als solch normaler Bestandteil der Alltagswelt angesehen, daß man sich das Leben ohne sie gar nicht vorstellen konnte.

Und so ...

An einem Sonntagmorgen Anfang Juni nahm Angus Miranda zum Segeln auf der Ouse mit. Außer den Rudern hatte das von ihnen angemietete Boot auch ein Hauptsegel, das Angus von seinem Sitz backbord an der Ruderpinne aus steuern konnte. Ein Südostwind ließ das kleine Boot gegen die Strömung schnellen. Es dauerte nicht lange, bis sie die letzten der prächtigen römischen Villen am linken Ufer hinter sich gelassen hatten und in ein schattiges Gebiet vordrangen, in dem die Weiden niedrig über dem Wasser und in den Fluß hineinhingen. Sie waren an die Stelle gekommen, an der der Fluß durch eine Landenge des wilden Waldgebietes fließt.

Obwohl es Sonntag war, herrschte auf dem Fluß reges Treiben. Kleine Dampfer tuckerten auf dem Strom, beladen mit frühen Aprikosen, Bucheckernöl, Lederwaren und getrockneten Aalen, die sie von den kleinen Städten flußabwärts auf die Montagsmärkte von Eburacum bringen wollten.

Zwischen den Weiden gab es viele einsame Stellen, Orte, an denen der Fluß eine Kehre machte, unter den Trauerweiden gemächlich dahinstrudelte und einen natürlichen Hafen abseits vom Hauptstrom bildete.

An einer solchen verborgenen Stelle landete Angus das Boot und machte es an einer jungen Erle fest. Er und Miranda kletterten ans Ufer, den Picknickkorb trugen sie zwischen sich. Sie gelangten an eine Lichtung oberhalb des Wassers, an der das Gras warm duftete und der Schlehdorn und ältere Büsche den Wind abhielten.

Insekten schossen durch die unbewegte Luft, während Vögel mit ihrem Gesang streitlustig ihr Territorium behaupteten.

In der kurzen Zeit seit der Nacht der Abschlußkämpfe im Dom waren Angus und Miranda in jeder Hinsicht – bis auf den tatsächlichen Akt – zu Liebenden geworden. Erfreulich war für sie beide die Tatsache, daß Mirandas Eltern über ihr häufiges Zusammensein offensichtlich nicht unglücklich waren. Angus hatte sich als guter und einfallsreicher Mechaniker erwiesen. Miranda hatte beschlossen, sich auf das Kochen zu spezialisieren. Beide machten sich in ihren jeweiligen Berufen sehr gut, beide schienen ohne allzu viel Getue und Probleme zu Erwachsenen heranzureifen. Allerdings gingen Wallace und Eve dem nicht allzu tief auf den Grund, da sie dem gesunden Menschenverstand ihrer Tochter vertrauten und sich an ihre eigene – ebenso heftige wie heimliche – Verliebtheit erinnerten.

Abends machten Angus und Miranda Spaziergänge. Sie verbrachten Stunden damit, sich nacheinander zu sehnen und dennoch zurückzuhalten, einander zu berühren und zu seufzen, und dabei versuchten sie zu begreifen, was mit ihnen beiden überhaupt geschah. Sie küßten sich und alberten herum. Sie schmusten, aber sie schliefen nicht miteinander.

Hätte er die Gelegenheit gehabt, dann hätte sich Angus wohl mit der Finesse eines Nilpferdes, das in einen Fluß taucht, in den Liebesakt gestürzt. Miranda war es, die Schüchternheit bewahrte, und ihre Schüchternheit war Folge ihrer heftigen Leidenschaft. Miranda machten die Kräfte, die sie in sich selbst wirken spürte, angst. Einmal verlor sie fast das Bewußtsein, als Angus seine Hand an ihrem Körper herunter und zwischen ihre Beine gleiten ließ. Der Schrei, der aus ihrem geöffneten Mund drang, erschreckte Angus, er dachte, er habe sie auf irgendeine Weise, die er nicht verstehen konnte, verletzt. Hundert Mal und mehr dachte Miranda über ihre Leidenschaft nach und versuchte, sich darüber klar zu werden. Sie dachte an Babies und daran, was es wohl für ein Gefühl wäre, wenn Angus sie ›danach‹ fallenließe. Sie fragte sich, ob die Liebe sie wohl um den Verstand bringen würde, und fürchtete, es könne so sein. Was Angus betraf, so konnte er weder seine Gedanken steuern noch seine Erektionen unterdrücken. Sie kamen ungewollt, manchmal bei der Arbeit, manchmal beim Essen, und das war peinlich. Nur nachts konnte er seiner Phantasie freien Lauf lassen und seiner erhitzten Sinnlichkeit buchstäblich ein Ventil verschaffen.

Aber es kam der Tag, an dem dieses Rätselraten einfach nicht mehr zu ertragen war. Das Leben gab sich in seiner Unmittelbarkeit nicht dazu her, alles nach Plan laufen zu lassen. Bei Tageslicht betrachtet, verloren die Träume ihre Substanz. Die Frustration wuchs und wuchs und wirkte allmählich wie eine Verachtung des Lebens selbst. Diese beiden total verliebten Menschen, die einander so schmerzlich begehrten, brauchten nur noch einen Ort, an dem sie allein und einander nah sein konnten.

Zufällig war genau dieser schöne Frühsommertag *der* Tag, und der Ort lag an einem grasbewachsenen Ufer nahe an einem Nesselgestrüpp unter einer hohen Ulme. Es hätte sehr viel schlechter kommen können.

Sie setzten den Picknickkorb auf dem Boden ab. Miranda breitete die Decke aus. Angus zog sie glatt und kniete sich dazu nieder, Miranda schlang die Arme um ihn. Er küßte sie, und plötzlich war bei beiden das Begehren so stark, daß es schon weh tat.

Einige Minuten später, als sie ineinander verschlungen dalagen und keuchten, schoß Angus plötzlich der Gedanke durch den Kopf, wieviel schöner es wäre, wenn sie ein bequemes Bett und die ganze Nacht vor sich hätten. Irgendwie hatte er es geschafft, die Brennesseln mit seinem Arm wegzudrücken. Schamlos wie ein

Hund lag er auf dem Rücken, Miranda lag neben ihm, umspülte ihn wie Wasser und hielt ihn zärtlich an sich gepresst. Dieses erste Mal, daß sie miteinander geschlafen hatten, war ohne Finesse gewesen, ungeschickt und ganz schön schmerzhaft für sie beide. Wenn das schon alles ist, dachten beide, warum dann das ganze Getue drumherum? Aber das sprachen sie natürlich nicht aus. Nein, sie versicherten einander, wie toll es gewesen sei.

Nach Butterbroten und vielen Küssen waren sie unbefangener und weniger ungeschickt und ließen ihrer Erregung freien Lauf. Bald waren sie so laut bei ihrem Liebesspiel, daß sie die Vögel in der Ulme aufscheuchten.

Später an diesem einschläfernd warmen Nachmittag dösten sie erschöpft, und als sie erwachten, hatten sie beide verspannte Muskeln. Miranda lag lange in Angus' Armen, ohne zu reden. Angus wußte nicht, was ihr durch den Kopf ging, aber sie schien ganz zufrieden damit, einfach nur in seinen Armen zu liegen und ihn zu halten, und für den Augenblick war das auch genug. Aber dann merkte Angus widerstrebend, daß seine Aufmerksamkeit sich allmählich dem kommenden Abend, der Heimfahrt und der Notwendigkeit, das Boot zurückzubringen, zuwandte. Schließlich küßte er sie, löste ihre Arme von seiner Mitte und war ehrlich überrascht, als er feststellte, daß sie geweint hatte.

»Warum weinst du? Tut es dir leid, daß ...?« Seine Stimme schwankte, so drängend war die Bitte, die in dieser Frage lag.

»Ich weine einfach, weil ich glücklich bin. Und nein, es tut mir nicht leid, ich bin froh. Es war wunderbar. Du bist so schön.«

Diese Worte versetzten Angus in ziemliches Erstaunen, und ihm fiel nichts ein, was er darauf hätte sagen können. Aber er fühlte sich wie ein junger Gott. Miranda ihrerseits fühlte sich wie ein See.

Schnell und nur von Küssen unterbrochen, zogen sie

sich an. Eine plötzliche Brise aus nördlicher Richtung kündigte einen Wetterumschwung an. Der Abend kam schnell. Als sie das Boot von seinem Platz unter den Weiden ins Wasser stießen, standen schon die ersten Sterne am Himmel.

Angus übernahm die Ruder, bald glitt das kleine Boot schnell flußabwärts. Trotzdem dauerte die Fahrt länger als erwartet. Endlich kamen sie unter einer Brücke hindurch, auf der eine der großen Schnellstraßen in ostwestlicher Richtung verlief. Die Lichter der Straße leuchteten auf den Fluß und den kleinen Anlegesteg, an dem die Boote vertäut wurden, hinunter. Bei Sternenlicht schlug das Boot gegen das Ufer, eine dunkle Gestalt löste sich aus dem Schatten des Bootshauses, griff nach dem Tau und zog das Boot mit einem Ruck an die Stelle, an der es festgemacht wurde. Miranda, die gerade aufrecht stand, plumpste auf ihren Sitz.

»Ihr hättet schon vor Sonnenuntergang zurück sein sollen«, grummelte der Bootsverleiher mißgelaunt. »Das berechne ich euch extra.«

Angus wußte nicht, ob er den Mann wegen seiner Knauserigkeit in den Fluß stoßen oder ihm ein schönes Trinkgeld anbieten sollte. Schließlich siegte seine gute Laune, er bezahlte den Mann, dankte ihm und half Miranda mit liebevoller und umständlicher Höflichkeit vom Boot.

Zu Hause waren sie gerade rechtzeitig zum Abendessen, das aus Schinken, Salat und den ersten Tomaten des Jahres bestand. »Habt ihr einen schönen Tag gehabt?« wollte Eve wissen. »Ich hab gerade angefangen, mir Sorgen zu machen.«

»Toll«, sagte Angus. »Großartig«, sagte Miranda. Beide sprachen gleichzeitig.

»Na, dann ist es ja gut«, sagte Eve nachdenklich.

Wallace hob den Blick von der Abendzeitung. »Seht mal, gestern abend hat's irgendwelche Scherereien gegeben«, sagte er. »Dieser junge Ulysses, der das Wagenrennen gewonnen hat, war in eine Schlägerei verwickelt. Die Polizei hat ihn festgenommen. Anscheinend sind zwei Jugendliche tot. Wer, schreiben sie nicht.«

Angus, der gerade Schinken verdrückte, hielt im Essen inne. »Ich kenn ihn«, sagte er. »Noch gestern abend hab ich ihm Nachhilfe gegeben. Er kommt oft in den Dom, er trainiert dort mit dem Fahrzeug, das seinem Vater gehört. Ich hab ihn zu einem Übungslauf mit rausgenommen. Er ist ziemlich ungeschickt. Allerdings überschätzt er sich selbst ein bißchen, glaub ich.«

Wallace, der bei Übungsläufen selten dabei war, verzog das Gesicht, als versuche er, sich das Gesicht des jungen Ulysses ins Gedächtnis zu rufen.

»Sie werden sich an ihn erinnern«, sagte Angus. »Er ist ein kleiner Bursche mit kurzgeschorenem Haar. Großer Brustkorb. Dicke Arme. Sieht ein bißchen wie ein Otter aus. Seine Kameraden nennen ihn Viti. Er hat letzten Mittwoch was am Drachen kaputtgemacht, wir mußten ein spezielles Ersatzteil aus Danum besorgen.«

Jetzt dämmerte es Wallace. »Ach *der*«, sagte er. »Hat die Welle am Rücken überstrapaziert, als er das letzte Mal den Drachen draußen hatte.«

»Der ist es. Hat versucht, den Drachen zu wenden, während der gerade mit angezogenen Knien einen Kanter vollführte.«

Beide Männer lachten. »Ich erinnere mich«, sagte Wallace. »Na ja, jetzt sitzt er. Klingt ernst.«

Und das war es auch.

Die Schereien hatten Mitte April kurz nach Beginn des Frühjahrsemesters angefangen. Viti Ulysses war im dritten Studienjahr, und das hieß, daß er ein eigenes, privates Quartier beziehen konnte. Wie alle Kommilitonen seines Studienjahres verfügte er außerdem über zwei Studenten aus dem ersten Studienjahr, die ihn bedienen mußten. Wie es der Zufall wollte, war einer der beiden mit Julius Caesar XIX. verwandt, den Vitis Vater umgebracht hatte. Dieser junge Mann – sein Name war, Ironie des Schicksals, Brutus – suchte nur nach einer Gelegenheit, Viti eins auszuwischen, und er fand sie bei der ersten Parade, die ›in vollem Wichs‹ im Mai durchgeführt wurde. Unmittelbar vor der Parade hatte er Vitis Pferd mit Fenchel und halbgaren Bohnen gefüttert, so daß das arme Tier während der ganzen Zeremonie furzen mußte. Viti konnte nichts anderes tun, als schrecklich verlegen auf seinem Streitroß auszuharren, während das Pferd lautstark seine Gedärme entleerte und die Exkremente auf das Paradefeld klatschen ließ.

Das hätte man ja noch durchgehen lassen können. Streiche waren nicht ungewöhnlich, und der ungeschriebene Ehrencodex, der damit einherging, besagte, daß Viti jede ihm auferlegte Strafe akzeptieren mußte, ohne den wahren Missetäter preiszugeben – selbst wenn er ihn kannte. Genauso legitim war es nach diesem ungeschriebenen Gesetz, daß Viti sich jetzt an die Verfolgung des Täters machen durfte. Falls es ihm gelang, seinen Peiniger dingfest zu machen, dann konnte er es ihm mit gleicher Münze heimzahlen.

Man muß an dieser Stelle erwähnen, daß der junge Brutus weder intelligent noch besonders einfallsreich war. Bei seinen nächsten Streichen offenbarte er eine Begeisterung für Exkremente, die sich bei den meisten Menschen in später Jugend längst ausgewachsen hat.

Er steckte Hundescheiße in Vitis gepanzerte Reitstiefel und in dessen leder- und stahlverstärkte Turnierhandschuhe. Das bewerkstelligte er während der Eröffnungszeremonie, die ein Turnier gegen die Militärakademie Camboritum einleitete. Da Stiefel und Handschuhe zur schweren Ausrüstung gehörten, wurden sie üblicherweise erst im allerletzten Moment ausgegeben.

Die Trompeten schallten zum ersten Turniergang, Viti stieg in seine Stiefel. Er hatte das unbestimmte Gefühl, daß irgend etwas nicht ganz stimmte. Er saß schon auf seinem Streitroß und befand sich auf dem Weg zur Startbarriere, als er seine Hände in die Handschuhe gleiten ließ. Schlagartig stieg ihm Gestank in die Nase. Zum Umziehen war es zu spät. Da dieses Turnier keine Pausen vorsah, mußte Viti weiterreiten, bis er aus dem Feld geschlagen war.

Das geschah dann auch: Als der halbe Morgen überstanden war, wurde Viti von einem Camboritum-Studenten des zweiten Studienjahres vom Pferd gestoßen, so daß er kopfüber hinschlug. Als sein Gegner davonritt, fächelte er sich seine Nase. Später erzählte er dann herum, Viti habe sich in die Hosen geschissen. Viti war vor Zorn ganz weiß im Gesicht. Er stürmte vom Turnierplatz, einige der jungen Krieger aus Camboritum riefen ihm hämisch nach, er sei ein schlechter Verlierer. Das machte seine Wut noch heftiger. Später, unter der heißen, dampfenden Dusche, schwor er sich, seinen Quälgeist – wer immer es auch sein mochte – umzubringen.

Viti war kein Dummkopf. Da ihm klar war, daß er einen Feind hatte, grenzte er den Kreis der Verdächtigen ein und stellte eine Falle. Gerechterweise muß man erwähnen, daß er den jungen Brutus bereits im Verdacht hatte, und wenn es nur deshalb war, weil der Junge ihm in den Arsch kroch, aber auf asexuelle, kalte und humorlose Art. Im Gegensatz dazu ließ sein anderer Diener, ein schlampiger, aber gut aussehender junger Grieche namens Aristogeiton, keinen Zweifel daran, daß er den Boden, auf dem Viti wandelte, für heilig hielt. Aristogeiton wäre zu jedem sexuellen Abenteuer mit Viti bereit gewesen. Aber Viti war es nicht.

Und so kündigte Viti eines Tages an, er werde bei sich zu Hause eine Abendgesellschaft geben und einige der älteren Studenten aus dem dritten Studienjahr, einschließlich der tollen Diana, dazu einladen. Am Abend des Festmahls versteckte er sich in einem Besenschrank in seinem Eßzimmer und sah zu, wie seine Diener den

Tisch deckten. Er konnte nichts Unrechtes entdecken und war gerade drauf und dran aufzugeben, als Brutus schnell ins Zimmer trat und die Tür schloß. Dann holte er eine Flasche feinen kaledonischen Whisky aus Vitis Vitrinenschrank und ersetzte sie durch eine Flasche, die er, unter einem Tuch auf dem Servierwagen versteckt, hereingeschmuggelt hatte. Er wischte die Flasche ab und stellte sie an ihren Platz. Dann machte er sich wieder an die Arbeit.

Als das Zimmer leer war, trat Viti aus seinem Versteck. Er untersuchte die Flasche und fand seine schlimmsten Befürchtungen bestätigt. Er ließ eine halbe Stunde verstreichen, dann forderte er seine beiden Diener auf, ihm Gesellschaft zu leisten.

»Da heute abend eine ganz besondere Feier stattfindet«, sagte er, »bei der ich beabsichtige, mich von bestimmten Belastungen zu befreien, schlage ich vor, daß wir gemeinsam mit einem Schluck auf die Zukunft anstoßen. Was dich betrifft, Aristogeiton, so weiß ich, daß du die Weinlagen des Po-Tales magst, du kannst also jede Flasche aufmachen, auf die du Lust hast. Du, Brutus, schätzt wie so viele von uns reinblütigen Römern den herben Whisky des Nordens. Dies ist deine Flasche.«

Nach umständlichem Hin und Her und sorgfältigem Abwägen griff Viti nach der Flasche, die der Unglücksrabe Brutus in den Schrank gestellt hatte.

»Ich glaube, Sir, heute würde ich lieber einen Weißwein trinken. Mir brummt der Kopf.«

»Keineswegs«, sagte Viti und drehte den Verschluß auf. »Für einen Brummschädel gibt es kein besseres Heilmittel als alten kaledonischen Whisky. Du wärst der erste Römer, der das harte Zeug ablehnt, wenn es ihm angeboten wird.«

»Nehmen Sie denn auch einen Schluck davon?« fragte Brutus.

»Nein. Ich will nur ein Mineralwasser. Ich möchte für heute abend einen klaren Kopf behalten.«

Und so schluckte Brutus mannhaft sein erstes Glas Urin hinunter, während Aristogeiton sein Glas alten römischen Weins genoß. Viti schenkte Brutus sofort nach. »Trink«, befahl er.

Erst da dämmerte es Brutus, daß Viti die Vertauschung der Flaschen auf irgendeine Weise durchschaut haben mußte. Er wich zurück, aber Viti war schneller. Er packte den jungen Mann vorne am Hemd und nahm seinen Kopf in die Zange. »Du wirst jetzt die ganze Flasche austrinken«, sagte Viti. »Oder bei dem Versuch draufgehen. Kein Mann schlägt meine Gastfreundschaft aus.« Er kippte Brutus' Kopf nach hinten und drückte ihm den Flaschenhals gewaltsam in den Mund. Aristogeiton sah verwundert zu. Die Flasche gab ein gurgelndes Geräusch von sich, Brutus schluckte und würgte, und der Flascheninhalt strömte über sein Gesicht und auf die Kleidung. Viti drückte noch fester zu, bis Brutus' Gesicht rot anlief. »Was trinkst du da eigentlich?« fragte er.

»Pferdepisse.«

Viti schlug ihm mit dem Handrücken ins Gesicht. Ein Ring, der auf seinem Zeigefinger saß, hinterließ eine offene Wunde auf Brutus' Wange. »Und was sonst noch?«

»Das ist alles.«

»Warum?«

»Ich hasse dich.«

»Warum?«

Brutus spuckte nach oben, in Vitis Gesicht. »Darum«, sagte er.

Der darauf folgende Kampf dauerte nicht lange. Viti, der sich in unserer Welt vielleicht als Straßenkämpfer in New York ausgezeichnet hätte, schlug den jungen Brutus drei- oder viermal ins Gesicht, so daß er aus Nase, Mund und Ohr blutete. Dann leerte er den Rest des Flascheninhalts über den hingestreckten Körper und spazierte hinaus. Es blieb dem fassungslosen Aristogeiton überlassen, den Schlamassel wieder in Ordnung zu bringen.

Der junge Brutus wurde später ins Krankenhaus der Akademie aufgenommen, wo sein Magen ausgepumpt und seine Verletzungen verarztet wurden.

Als Viti an diesem Abend während seiner Dinnerparty gefragt wurde, wo denn sein anderer Diener sei, erzählte er die ganze Geschichte. Nie hätte er gedacht, es könne eine Verbindung zwischen Brutus und dem verstorbenen Julius geben. Aber Diana sah die Verbindung sofort. Als sie hörte, der junge Brutus sei verletzt und mit gebrochenem Kiefer und eingeschlagener Nase ins Krankenhaus eingeliefert worden, legte sie ihre Serviette beiseite und stand vom Essen auf. »Du hättest zweimal überlegen sollen«, sagte sie, »ehe du daran gingst, ein weiteres Mitglied meiner Familie anzugreifen. Und dann mußt du auch noch damit angeben... Mußtest du den Jungen wegen eines Schulbubenstreichs gleich so verletzen? Na ja, diesmal wird deine Familie dafür bezahlen.« Und damit verließ sie die Party. Mit ihr gingen auch drei der übrigen Gäste, Angehörige von Familien, die eng mit der Familie Caesar verbunden waren.

Diese Spaltung vertiefte sich innerhalb der Militärakademie, insbesondere unter den Studenten des dritten Studienjahres. Erblinien wurden zu Kampffronten: Diejenigen, die die Familie Caesar unterstützten, standen denjenigen gegenüber, die mit der Familie Ulysses sympathisierten. Längst ging es dabei nicht mehr um eine so kindische Angelegenheit wie Hundescheiße. Der Kampf war ernst, ob er mit dem Schwert oder mit lederbandagierten Handknöcheln ausgetragen wurde.

Viti tat sein Bestes, die Dinge im Lot zu halten. Aber er hatte nicht die Macht, das Geplänkel zu beenden. Außerdem fehlte es der Familie Ulysses auch nicht an Freunden, die diese Gelegenheit beim Schopfe ergreifen wollten, um dem Caesar-Clan eins auszuwischen. Die Lehrer an der Akademie versuchten, Ruhe in die Angelegenheiten zu bringen, aber sie waren merkwürdig hilflos. Die Feindschaft wurde von Kräften außerhalb der Akademie noch geschürt, in bestimmter Hinsicht war die Akademie lediglich eine Schachfigur in einer tiefer greifenden und schon lange währenden Fehde.

Eines Abends, es war schon recht spät, schlenderte Viti durch die Straßen Eburacums nach Hause, da lauerten ihm drei Angreifer auf. Früher am Abend hatte Viti im Kampfdom trainiert – wie es der Zufall wollte, mit Angus. Nach seiner Rückkehr zur Stadt hatte er eine Stunde (und eine beträchtliche Geldsumme) in einem der Hafenbordelle verplempert. Vor sich hin pfeifend und von der Nachtluft belebt, schlenderte er zurück zur Akademie, da stürzten sich die Angreifer auf ihn. Sie versuchten nicht, ihn umzubringen, sie wollten ihn kidnappen.

Sie warfen ihm ein Netz über die Schultern und traten ihm die Beine weg. Viti schrie, so laut er konnte. Als er zu Boden ging, wälzte er sich herum, es gelang ihm, sein Messer aus der Scheide am Handgelenk zu ziehen. Er konnte das Netz so weit aufschneiden, daß er einen Arm freibekam. Während einer der Angreifer einen kurzen, biegsamen Totschläger schwang und auf ihn niedersausen lassen wollte, stieß Viti zu.

Mit einem Gurgeln fiel der Angreifer zu Boden. Ein zweiter trat an seine Stelle. Viti schaffte es, ihn in das Netz zu verstricken und dann mit einem Schlag in die Hüfte und einem Fußtritt kampfunfähig zu machen. Der Dritte wollte weglaufen, Viti, vom Netz befreit, setzte ihm nach. Sie rannten durch enge Straßen voller Verkaufsbüdchen und Müllkübel, die man zur abendlichen Abfuhr nach draußen gestellt hatte. Es waren nur wenig Menschen unterwegs, ihr Rennen und Keuchen war in der Nacht laut zu hören. Auch anderes Geschrei war zu vernehmen, die Rufe der Polizei, und irgendwo heulte eine Sirene auf.

Viti erwischte seinen Angreifer genau innerhalb des alten Stadttores an der Stelle, die wir Bootham Bar nennen. Sie kämpften heftig und ohne Pardon. Aber Viti war stärker. Er richtete den größeren Schaden an. Als er sich daran machte, seinem Gegner den Todesstoß zu versetzen, erfaßte ihn von oben das grelle Licht eines Suchscheinwerfers. Trotzdem ließ sich Viti nicht aufhalten. Das Messer blitzte auf und versank bis zum Griff zwischen den Rippen seines Feindes. Es schnitt ihm ins Herz und in die Lungen, der Mann starb schnell. Als er zusammensackte, löste sich die Klinge aus seinem Brustkorb. Dann stieß die Polizei auf sie herunter. Das Flugzeug landete mit heulender Sirene, der Motorenlärm grollte wie Donner zwischen den Häuserzeilen. Lichter blitzten in Schlafzimmerfenstern auf, Fenster wurden laut geöffnet, denn dieser Teil der Stadt war ein Bürgerviertel.

Straßenfahrzeuge näherten sich aus verschiedenen Richtungen, außerdem eine Ambulanz mit grünem Blinklicht. Viti wurde festgenommen, aber als man festgestellt hatte, um wen es sich handelte, war niemand da, der gewagt hätte, Hand an ihn zu legen. Man gab ihm allerdings den Rat, in seinem eigenen Interesse ohne Widerstand mitzugehen. Bis zu einem gewissen Grad schützte ihn eine schon vor langer Zeit getroffene Vereinbarung zwischen der Akademie und der Stadt. Danach übernahm die Akademie selbst die Bestrafung ihrer Studenten, wenn die städtischen Behörden ihr die Studenten überstellten. Diese Vereinbarung wurde nur dadurch kompliziert, daß die jungen Männer, die Viti erstochen hatte, beide Söhne von Stadtpräfekten waren. Ihre Väter unterstützen den Caesar-Clan, zweifellos würden sie die Höchststrafe fordern. Der junge Viti hätte beim besten Willen nichts Schlimmeres anstellen können.

Die Tatsache, daß Viti der letzte Sprößling des alternden Ulysses war, machte ihn zur geeigneten Zielscheibe für diejenigen, die der Familie Ulysses schaden und sie vernichten wollten. Für alle Beteiligten stand viel auf dem Spiel, und die Nebenfiguren hielten sich wohlweislich aus diesem Spiel heraus.

Dies alles geschah an einem Samstag im Juni, genau am Vortag von Angus' und Mirandas Segeltour auf der Ouse.

Über Viti wurde zwei Wochen Zimmerarrest in seinen Räumen an der Akademie verhängt, während dieser Zeit erwog man das Für und Wider seines Falles. Die Todesstrafe lag durchaus im Bereich des Möglichen, denn das römische Recht enthielt Elemente der ›Auge um Auge, Zahn um Zahn‹-Philosophie. Der alte Ulysses verbreitete, er werde, falls ein solches Urteil über Viti verhängt werde, Legionen im Norden ausheben und die Armeen und Städte Britanniens zerstören. Er persönlich werde jeden umbringen, der ihm Widerstand entgegensetze. Seine Gegner kündigten an, sie hätten vor, Armeen in Gallien auszuheben und ebenso wie Ulysses zu verfahren, falls die Höchststrafe *nicht* verhängt werde.

Eine Pattsituation. Und dann ergriff der alte Marcus Ulysses die Initiative und löste das Problem mit einem solchen Geniestreich, wie er nur bei Römern klappen konnte.

Eines Nachts ließ er heimlich eine massive goldene Statue aufstellen, eine Statue zur Erinnerung an Julius Caesar XIX., den er getötet hatte. Die Statue zeigte Caesar in einem von Stieren gezogenen Streitwagen. Dieses Denkmal wurde auf einem kleinen Hügel etwas außerhalb der Stadt Eburacum an der Straße nach Calcaria errichtet. Die umstehenden Bäume wurden gestutzt, so daß die Statue in der Morgensonne schimmerte. Eine einfache Gedenktafel verkündete: »*Marcus Augustus Ulysses grüßt den Kampfgenossen des Afrika-Feldzuges, Gaius Julius Caesar XIX. Mögen die Götter in ihrer unendlichen Weisheit auf uns schwache Sterbliche herablächeln.*«

Als das Gerücht von der Statue in der Stadt die Runde machte, strömten die Menschen durch die Stadttore, um sich das Denkmal anzusehen. Auch die Stadtväter kamen, ihre Gesichter strahlten, da sie die Lösung ihres Dilemmas vor sich sahen. Diese großmütige Geste war ein Angebot zum Waffenstillstand. Niemand konnte vom alten Ulysses erwarten, daß er sich entschuldigte (denn das war, soweit bekannt, sein ganzes Leben lang nicht vorgekommen), aber diese noble Geste kam dem schon sehr nahe. Auf diese Weise erwies Ulysses einem edlen Blutsbruder eine Ehre, und niemand konnte behaupten, es sei an Kosten gespart worden. Schließlich steckten mehrere Tonnen Gold in der Statue. Natürlich war es eine sehr alte Skulptur, und diejenigen, die sich damit befaßt hatten, identifizierten sie als Statue des Marcus Aurelius. Das Haupt des Kaisers war entfernt und durch einen neuen Kopf ersetzt worden, der dem Kopf des jüngst verstorbenen Caesar recht ähnlich sah. So etwas war bei den Römern durchaus üblich, denn die politischen Geschicke änderten sich oft so schnell, daß die Bildhauer mit ihren Werken gar nicht nachkamen. Die meisten Statuen hatten abnehmbare Köpfe, und niemand nahm daran Anstoß.

Noch am selben Tag wurde Vitis Einzelhaft aufgehoben. Zwar war die Situation, wenn er Angehörigen der Familie Caesar begegnete, immer noch gespannt, aber es herrschte immerhin Einverständnis darüber, daß jeder, der Streit anfing, von keiner Seite Sympathie erwarten konnte. Der junge Brutus war so vernünftig gewesen, sich für dieses Jahr von der Akademie beurlauben zu lassen. Er würde sein Studium nächstes Jahr, wenn Viti nicht mehr da war, wieder aufnehmen.

An diesem Abend aß Viti in der Stadt, in einem Restaurant am Fluß. Er saß draußen in der warmen Sommerluft. Für alle Augen sichtbar, gesellte sich später Diana zu ihm und nahm mit ihm zusammen einen ausgedehnten Nachtisch ein. Danach gingen sie zusammen weg, um sich gemeinsam die in Flutlicht getauchte Statue anzusehen. Der Stadtarchivar hielt auf Photos fest, wie sie zur Statue hochblickten. Die Bilder sollten den

Tageszeitungen übermittelt werden. Alles schien gut zu sein...

... Aber das war es nicht. Diese ganze Serie von Ereignissen hatte Viti arg zugesetzt. Er wurde kälter und berechnender. Er legte sich einen Panzer aus Zynismus zu, um seinen weicheren Wesenskern zu schützen. Aber es war nicht nur ein Panzer: Er war wirklich härter und unnachgiebiger geworden.

Er intensivierte sein Training. Er erwarb Kompetenz darin, den Drachen seines Vaters zu lenken. Er übte sich so eifrig im unbewaffneten Kampf, daß seine Tutoren staunten und man ihn fürchtete. Wut und Groll brannten wie ein Feuer in ihm, er konnte nicht vergeben und vergessen und zurück zu seiner früher nicht beirrbaren Unschuld finden. Aber seine Wut war nicht auf ein bestimmtes Ziel gerichtet, deshalb konnte er ihr auch nicht Luft machen. Über was war er denn überhaupt so wütend? Darüber, daß man seinen Namen in den Schmutz gezogen hatte? Daß man ihn eingesperrt hatte? Daß er Angst vor einem Todesurteil gehabt hatte? War er deprimiert darüber, daß sein Vater ihn nie besucht hatte? Daß diejenigen, die er für Freunde gehalten hatte, sich als wankelmütig erwiesen hatten? Deprimiert darüber, daß sowieso nirgendwo Freundschaft regierte, sondern nur politisches Kalkül? All dies und mehr. Viel mehr. Er war wütend auf sich selbst. Er war wütend auf die Unvollkommenheit der Welt. Kurz gesagt: Er war auf alles und jeden wütend.

Als ihm im Herbst zur Vorbereitung des Abschlußkampfes im Dom seine vierzig Infanteriesoldaten zugeteilt wurden, begann Viti mit einem gründlichen Trainingsprogramm. Er hatte sich mit früheren Schlachten befaßt und eine neue Kriegslist ersonnen, die auf dem Kampf in Dreier-Formationen basierte. Sein Ziel lag darin, eine flexible Streitmacht zu schaffen, die, wenn sie erst einmal die Oberhand hatte, unschlagbar war.

Außerdem führte er heimlich eine neue Waffe ein: den Wurfstern. Es war eine Waffe, die auf den Inseln in einer der entlegenen Ostprovinzen sehr beliebt war. Sie bestand aus einem Metallstern, der rasiermesserscharfe Seiten mit Nadelspitzen hatte. Aus unmittelbarer Nähe geworfen, konnte er Beinverletzungen bewirken oder sich in dem ungeschützten Zwischenraum zwischen Helm und Schulterpanzerung festhaken. Einem fliehenden Gegner, dessen Rücken nicht gedeckt war, konnte die Waffe tödliche Verletzungen beibringen. Viti hatte fest vor, den Titel *Victor Ludorum* zu erringen, und die Hartnäckigkeit, mit der er dieses Ziel verfolgte, offenbarte die Größe seiner Wut.

Natürlich wurden alle Vorbereitungen heimlich und zu ganz bestimmten Zeiten im Kampfdom getroffen, diesbezüglich hatte die Akademie sehr strenge Regeln aufgestellt. Jeder Student, der beim Spionieren oder bei einem Bestechungsversuch des Dompersonals erwischt wurde, konnte auf der Stelle von der Akademie gewiesen und in seinen Rechten erheblich beschnitten werden. Deshalb versuchten nur wenige ein unlauteres Spiel. Und normalerweise waren es ja sowieso die Soldaten, die einander in Stücke schlugen und dabei ihr Leben ließen. Sie wurden aus den Gefängnissen Nordbritanniens ausgewählt, und niemand sah ihren Tod als großen Verlust an. Die römischen Offiziere wurden an ihren Führungsqualitäten gemessen.

Das Jahr zog sich dahin und kam langsam an sein Ende. Die Herbsttage wurden kürzer, ein kühler Hauch lag in der Luft. Viti trainierte. Angus vollendete sein erstes Lehrjahr und erklomm die nächste Stufe seiner Ausbildung. Miranda vertiefte sich in die schöne Kunst des Kochens und dachte an den Sommer zurück.

Mit Schnee in Kaledonien und Nordoststürmen rund um die Nordküste Britanniens hielt der Winter Einzug. Die Meere türmten sich in Grau- und Weißtönen wie Berge auf, die Wolken hingen tief und dunkel darüber.

Die Luft roch nach Schnee. Eines Nachts wandelte sich der Regen, der den ganzen Tag über niedergeprasselt war, zu Schnee. Am Morgen war die Welt mit Weiß überzogen. Es war erst Mitte Dezember.

Als Wallace und Angus am Dom ankamen, bildete ihr Atem weiße Wolken in der Morgenluft. Aus dem Dom schallte Gebrüll. Viti und seine Krieger waren schon beim Training, sie übten sich in einer Kampftechnik, die darauf abzielte, den Gegner vor dem *coup de grace* aufzuspalten. Angus sah eine Weile zu. Nichts von dem, was sie da trieben, kam ihm besonders sinnvoll vor. Es sah so aus, als vollführten die Infanteristen einen Tanz.

Dieser Tag war für die Wartung in der Maschinenwerkstatt vorgesehen. Die Aufgabe von Angus bestand darin, jedes technische Wunderwerk anzuwerfen und seine jeweiligen Funktionskreise zu überprüfen. Mit einigen Maschinen, denjenigen, die jüngst repariert worden waren, würde er einen Probelauf machen. Alle Maschinen hingen zur Wartung von ihren Gerüsten herab, der weitläufige Hangar sah aus wie das Leichenschauhaus eines Zoos. Aus jedem Geschöpf ragte eine dicke schwarze Röhre, die durch Hochdruckklemmen mit einer zentralen Röhre verbunden war. Die zentrale Röhre verlief an der Deckenmitte und zog sich über die ganze Länge des Hangars. Sie führte die Druckluft, die dafür sorgte, daß sich die Schwungräder der Kampfmaschinen drehten. Diese Druckluft lieferte ein künstlicher Wasserfall in den nahen Bergen. Das System war sehr einfach und ursprünglich im elften Jahrhundert für die Hochöfen von Danum in den Penninen entwickelt worden. Eine Wassersäule fiel auf einen Kolben und preßte dadurch Luft von der nach innen liegenden Seite des Kolbens nach oben, in mehrere Luftschichten. Wenn erst einmal Druck im System aufgebaut war, wurde die Druckluft zu jedem der zahlreichen Druckventile geleitet. Im Kampfdom wurde die Druckluft dazu benutzt, das Wasser für die dekorativen Wasserfälle hochsteigen zu lassen, außerdem sorgte sie bei den Kampfmaschinen dafür, daß eine Hochgeschwindigkeitsdüse die Schwungräder antrieb. Allerdings wurden für Routine-Inspektionen wie diejenige, die Angus gerade durchführte, die Schwungräder gar nicht angeworfen. Jede Kampfmaschine hatte innen Batterien, die die mechanischen Systeme mit Energie versorgen konnten.

Angus stand auf dem Boden der Werkstatt, ließ über Fernbedienung die erste Maschine an und musterte sie kritisch, als ihre Beine in der Luft zappelten. Dieses Ungeheuer war ein neues, erst kürzlich ausgeliefertes Modell des Krebses, in dem Julius Caesar XIX. gestorben war. Angus legte einen Gang nach dem anderen ein, die Beine bewegten sich erst vor, dann zurück und leiteten dann ein Wendemanöver ein. Das Ungeheuer wirkte auf unheimliche Weise lebendig, besonders wenn Angus den Kopf auf- und niederschwenken und den hornigen Kiefer vor- und zurückschnappen ließ.

Angus ging besonders achtsam vor, da die Reparaturwerkstatt mit dieser Maschine von der ersten Auslieferung an viele Probleme gehabt hatte. Irgend etwas stimmte nicht mit dem Relaissystem, das die komplexen Beinbewegungen steuerte. Neunundneunzig Prozent der Zeit funktionierte die Maschine perfekt. Bei maximaler Beschleunigung konnte der Krebs auf ebener Strecke eine Geschwindigkeit von rund neunzig Stundenkilometern erreichen. Das waren fast fünfundzwanzig Stundenkilometer mehr, als das Ungeheuer, in dem Julius gestorben war, geschafft hatte. Aber da war dieses eine Prozent Fehlsteuerung. Und das bedeutete, daß manchmal zwei der Beine blockierten und sich festfraßen oder, noch schlimmer, nicht synchron liefen, so daß der Krebs humpelte und unweigerlich auf den Rücken fiel. Die Werkstattmechaniker hatten das ganze Relaiskontrollsystem ausgetauscht, aber der Fehler trat immer noch auf. Also lag er wohl bei einem von Tausenden kleiner Rückkoppelungsschalter, die dem zentralen Kontrollsystem die zur Steuerung eines reibungslosen Gesamtablaufs nötigen Informationen lieferten.

Im Augenblick befand sich der Krebs im Leerlauf, und alles schien in Ordnung, aber sobald Angus den Vorwärtsgang einlegte, rasteten zwei der Beine aus und reagierten eine halbe Sekunde lang phasenverschoben. Dann sprangen sie mit einem Knirschen des Getriebes zurück in die Synchronisation. Angus beobachtete den riesigen Krebs, seine Augen glänzten. Eines Tages würde er das Problem mit dessen Beinbewegungen lösen – und wenn er das ganze elektrische Schaltsystem des Ungetüms von Hand auseinandernehmen mußte.

Ehe er den Krebs abschaltete und an anderer Stelle weitermachte, stellte er fest, daß Plus- und Minuspol der Relaisbatterie wieder Anzeichen von Korrosion aufwiesen und etwas Öl aus dem hinteren Stachel-Mechanismus leckte. Das wunderte ihn, da er das Schmiersystem erst vor einer Woche gründlich überholt und mehrere der Gummidichtungen ausgetauscht hatte.

Dieser Stachel war eine nette Entwicklung, die man sich in einem der Labors für Gestaltung ausgedacht hatte. Er war eigentlich nichts anderes als eine große Elektrode, die man an einem ausziehbaren Arm ausfahren konnte. Die zentrifugale Lichtmaschine, die tief unten im Rückenschild des Krebses saß, versorgte sie mit Energie. Wenn der Krebs auf eine andere Kampfmaschine stieß, konnte er den Stachel ausfahren, der bei Berührung mit dem Gegner viel Strom abgab. Damit war die Hoffnung verbunden, daß der plötzliche Stromschlag einige elektrische Schaltkreise des Gegners außer Gefecht setzen würde. Wäre der Krebs des alten Gaius Julius Caesar mit einem Stachel ausgerüstet gewesen, dann hätte er den Drachen des Ulysses vermutlich lange genug neutralisieren können, um ihm den Kopf abzutrennen.

Angus fand die Ursache des Öllecks. Es war nichts Ernstes: nur überschüssiges Öl, das unter der Gummiummantelung, die den Ausziehmechanismus schützte, heraussickerte. Er wischte es mit einem Lumpen weg. Angus musterte den bloßliegenden schwarzen Stachel und dachte nach. Wenn die Lichtmaschine hin und wieder irrtümlich Strom zieht und dadurch einen Spannungsstoß verursacht ... hmm ... oder wenn der Kondensator versagt und sich der Strom nach innen entlädt ... Angus wurde ganz aufgeregt, als er diesen Gedanken weiterverfolgte. Dann wäre es so ... als hätte sich das Ungeheuer selbst gestochen. Das könnte zwei der Beine aus der Synchronisation werfen. Teufel noch mal. Lohnt sich schon, das mal zu überprüfen. Teufel noch mal, ja, das ist die Sache wert. Einige Minuten lang mühte sich Angus damit ab, seine Gedanken ins Berichtsheft zu schreiben, schließlich fertigte er noch eine kleine, exakte Skizze an. Das würde reichen, um ihn später an die Sache zu erinnern. Er würde seine Ideen weiterverfolgen, wenn er das nächste Mal Gelegenheit hatte, sich den Krebs vorzunehmen. Er schaltete den Krebs in den Leerlauf und schließlich aus. Er sah zu, wie sich die Beine erst in Zeitlupe bewegten und dann stillstanden.

Manche Maschinen brauchten keine Inspektion, da sie sowieso kaputt waren und generell überholt werden mußten. Eine davon war eine uralte Maschine, die so konstruiert war, daß sie einer Hydra ähnelte. Vor siebzig Jahren hatte man ihr den Namen ›Jesse‹ gegeben.

Zu ihrer Zeit war Jesse ein Gipfel der Ingenieurskunst gewesen. Das Ungetüm bestand aus einer zentralen mobilen Kabine, die schwer gepanzert war und sich auf Raupenketten vorwärtsbewegte. Vom Kabinendach ragten sechs lange, bewegliche Arme, vier davon waren ausziehbar, und zwei funktionierten nach dem Prinzip eines Storchenschnabels. Alle Arme waren mit elektromagnetischen Haken versehen, die jeweils mit einem Stahlkabel verbunden waren. Die Kabel waren in Trommeln unter der Karosserie verstaut. Wenn Jesse in einen

Kampf verwickelt war, sandte sie ihre Arme aus, schlang sie um den Gegner und löste dabei ein paar Haken aus, die sich im Gegner festkrallten. Als nächstes rollten die Kabel aus und wickelten sich um den Gegner. Wenn er schließlich bewegungsunfähig war, holte Jesse einen Schneidbrenner heraus. Barbarisch, aber wirksam. Wenn der Gegner nicht aufgab, fraß sich Jesse einfach in ihn hinein, bis die lebenswichtigen Systeme durchtrennt waren. So funktionierte es jedenfalls nach der Theorie. Jesse verfügte über eine eindrucksvolle Liste von Siegen, die bezeugten, daß sich Theorie und Praxis gut miteinander verbinden ließen.

Wallace hatte sich Jesse vorgenommen. Er hatte alle Arme gelöst und ausgebreitet, saß jetzt in einer Grube mittendrin und lötete einige Klemmen fest, um die Verbindungsstücke der Stahltrossen zu verstärken. Ein anderer Mechaniker lag unter Jesse und tauschte die Bremsbacken auf den miteinander verzahnten Druckscheiben aus. Die Scheiben steuerten die Geschwindigkeit, mit der die Kabel abrollten, wenn sich ein Haken erst einmal festgekrallt hatte. Ein dritter Mechaniker, dessen Gesicht schwarz vor Öl und schweißüberströmt war, reparierte den Servo-Mechanismus, der die Raupenketten antrieb. Jesse mußte in zwei Tagen für eine Ausstellungs-Tournee hergerichtet sein, deshalb wurde die Arbeit zügig, wenn auch nicht im Eiltempo, vorangetrieben. Angus winkte nur kurz und erkundigte sich, wie sie mit der Reparatur vorankämen, dann ging er weiter.

Bis zum Mittag hatte Angus die Hälfte seiner Inspektionen erledigt, thronte hoch oben in einer Maschine, die man das Stachelschwein nannte, und aß sein Butterbrot. Er hörte, wie jemand seinen Namen rief, streckte seinen Kopf durch die offene Luke des Cockpits und sah hinunter. Es war Miranda, in ihrer adretten Schulkleidung wirkte sie schick und munter. Daß sie während der Arbeitszeit im Kampfdom auftauchte, war so außergewöhnlich, daß Angus sich fragte, was wohl los sei. Sie lächelte, also bedeutete ihr Besuch nichts Schlimmes.

Da sie inzwischen regelmäßig – wann immer sie konnten – miteinander schliefen und nie Verhütungsmittel nahmen, war es nach Meinung von Angus nur eine Frage der Zeit, wann die Natur sich ihr Recht verschaffen und ihn zum Vater in spe machen würde. Mit Recht nahm er an, daß Miranda ihre Situation genauso einschätzte. Auf unkomplizierte Weise freute er sich auf das Ereignis, das sein Leben in eine neue Richtung drängen würde.

Angus winkte und gab ihr ein Zeichen. »Kletter herauf«, rief er. »Benutz die Leiter. Sie ist festgeschraubt.« Er deutete auf eine schmale Leiter, die vom Boden bis zu einer Luke im Bauch des Ungeheuers, zwischen den sechs Beinen, lag. Miranda kletterte hinauf, allerdings verrieten ihre Bewegungen und die Art, wie sie die Seitenholme der Leiter umklammerte, deutlich, daß sie nicht schwindelfrei war und den wackelig wirkenden Sprossen nicht traute. Als sie erst einmal durch die Luke gestiegen war, kletterte sie auf einem schmalen Steg an den großen Luftdruckkolben vorbei, die die Panzer durchdringenden Stacheln antrieben. Am Ende des Stegs kam sie zu einer zweiten Leiter. Sie bestand aus flexiblen Stahlgliedern und war schwer zu erklimmen. Sie führte zu der Steuerkabine, in der Angus saß. Der junge Mann beugte sich herunter, sie ergriff seinen Arm, und er half ihr die Schwingleiter hinauf. Sie stieg zu ihm in die enge Kabine, ließ sich auf einen federnden Sitz nieder und die Beine baumeln.

»Was ist los?« fragte er und bot ihr ein Butterbrot an. »Ich dachte, du wärst den ganzen Tag in der Schule. Schneit es immer noch?«

Sie nahm das Butterbrot und zog die Nase kraus. »Was ist das für ein Geruch?« fragte sie.

Angus schnupperte und begann herumzualbern. Erst

beschnupperte er seine eigenen Achselhöhlen, dann die Wände, und schließlich schnüffelte er so, wie ein Hund seinen Artgenossen beschnuppert. Offensichtlich konnte er nichts Ungewöhnliches riechen. Sie stieß ihn weg. »Ganz im Ernst.«

»Wahrscheinlich hydraulisches Öl. Irgendwelche Öllecks gibt's hier immer. Oder es ist Druckluft, die riecht immer gräßlich. Ich hab die Hauptzylinder am Kompressor vorhin gelüftet. Ist nichts Schlimmes. Wieso bist du überhaupt hier?«

»Sie haben mir den halben Tag freigegeben.«

»Wie kommt's? Du Glückliche.« Er biß in sein Brot. »Ich hätte auch gern einen halben Tag frei. Dann könnten wir hinaus in den Schnee.«

Miranda verzog bei diesen Worten das Gesicht. »Der Schnee ist sowieso schon fast weggetaut«, sagte sie.

»Na, komm schon, spuck's aus.«

»Ich hab alle Hausarbeiten abgegeben, und heute nachmittag sind die Besprechungen mit den Lehrern, aber meine war schon morgens. Also ... bin ich hier.«

»Und?« Angus sprach und kaute gleichzeitig.

»Und was?«

»Wie war sie denn? Deine Besprechung.«

»Na ja, rausschmeißen tun sie mich nicht.« Sie hielt inne, er wartete ab. »Ich bin jetzt die Beste in meinem Kurs.«

»Da haben sie sich bestimmt versehen«, sagte er.

»Was ...?« Miranda tat so, als wolle sie ihn schlagen, er beugte sich schnell hinüber und gab ihr einen ziemlich krümeligen Kuß. Sie machte sich los.

»Und was sonst noch?« fragte er.

»Sie wollen, daß ich wieder im Kampfdom bediene ...«

Bei diesen Worten erhellte sich Angus' Gesicht. »He, vielleicht können wir diesmal länger bleiben und wirklich mal schön tanzen ...«

»Das hab ich auch gedacht. Und im nächsten Semester arbeite ich teilweise auswärts. In der Akademie. Ich werde der Chefköchin, die die Bankette unter sich hat, als Assistentin zugeteilt. Sie ist die Beste in ganz Britannien. Das ist bestimmt 'ne gute Sache.« Miranda freute sich ganz offensichtlich und strahlte ihn an.

Angus gab ihr Strahlen zurück, obwohl er, ehrlich gesagt, mit dieser letzten Neuigkeit nicht viel anfangen konnte. Er dachte bei sich, die Sache mit der Akademie klinge eigentlich recht langweilig, aber schließlich interessierte er sich ja auch nicht für Hauswirtschaftsführung. Ihm war bewußt, daß er davon keine Ahnung hatte, und er heuchelte auch kein künstliches Interesse. So weit es ihn betraf, reichte es ihm schon, wenn Miranda glücklich war. So gut er es vermochte, teilte er ihre Freude. Er wollte ihr etwas Liebes tun.

»Komm«, sagte er. »Zur Feier des Tages drehe ich eine Ehrenrunde mit dir. Ich bring dieses Ding zum Tanzen. Du kannst dich an deinem Butterbrot festhalten.«

Angus verstaute die Reste seines Mittagessens in einem Schränkchen und verschloß es. Dann half er Miranda, einen Helm aufzusetzen, legte ihr Sicherheitsgurte über die Schultern und den Schoß und führte einen weiteren Gurt zwischen ihren Beinen hindurch.

»Was machst du da?« fragte Miranda leicht anzüglich.

»Ich schnall dich fest. Ich will nicht, daß du mich ablenkst. Du wirst schon sehen, warum. Dieses Ungeheuer kann sich überschlagen.« Als er sich davon überzeugt hatte, daß sie sicher saß, kletterte er in den unteren Bereich und verband den Hochdruck-Luftschlauch mit der Schutzkammer, in der das Schwungrad und seine Generatoren untergebracht waren. Angus benutzte die für Notfälle vorgesehenen Batterien dazu, das Rad anzuwerfen, da er es eilig hatte. Als das Schwungrad fast hundert Umdrehungen pro Minute machte, führte er einen Hochgeschwindigkeits-Luftstrom in die Radkammer. Alle Schwungräder, die

Kampfmaschinen mit Energie versorgten, waren mit Propellern ausgerüstet, die die Luft beim Start aufwirbelten und später, sobald eine bestimmte Geschwindigkeit erreicht war, flach herunterhingen. Das Rad wurde in seinen Umdrehungen nach und nach schneller, bis es schließlich die optimale Laufgeschwindigkeit von sechshundert Umdrehungen pro Minute erreicht hatte. Bei dieser Geschwindigkeit löste Angus den Luftschlauch und schob ihn heraus. Zugkabel hoben den Schlauch wie eine Girlande empor und brachten ihn aus der Gefahrenzone des Ungeheuers. Angus schloß die Tür zum unteren Bereich und drehte das Rad herum, mit dem sie fest versperrt wurde. Dann kletterte er wieder zur Kabine hoch, gab Miranda einen flüchtigen Kuß und schnallte sich im Kontrollsitz fest. Er überzeugte sich davon, daß alle Systeme reibungslos funktionierten, und spitzte sein geübtes Ohr, um die Vibrationen des Schwungrades zu hören und zu spüren. Dann stülpte er sich den Kommunikationshelm über den Kopf und schlüpfte mit den Händen in die Führungshandschuhe.

Vorsichtig lenkte Angus die Energie von den Generatoren des Schwungrades zu den Beinen. So langsam wie ein Geschöpf, das gerade aus dem Schlaf erwacht, stand das Stachelschwein auf. Alle Skalen vor Angus leuchteten auf, bis auf diejenige, die den Öldruck in den Hauptzylindern der Stacheln anzeige. Angus klopfte mit dem Fingerknöchel dagegen, plötzlich wurde die Skala lebendig. »Das klappt immer«, sagte er zu Miranda. »Zauberknöchel. Frag deinen Vater.«

Zwei jüngere Mechaniker, die an einer der umstehenden Maschinen gerade etwas schweißten, räumten ihr Werkzeug aus dem Weg und winkten. Die Macht der Maschinen erregte sie genau wie Angus, und sie freuten sich auf den Tag, an dem sie mit diesen technischen Wunderwerken eine Spritztour machen konnten.

Über Sprechfunk hatte Angus Kontakt mit der Sicherheitsbeauftragten, die für die Tore zuständig war, welche die tiefer gelegenen Werkstätten mit dem Schlachtfeld verbanden. Er bat sie, Tor Drei zu öffnen. Wenig später glitt ein Wandabschnitt zu ihrer Rechten nach oben.

Alle Systeme des Stachelschweins waren inzwischen warmgelaufen und hatten den nötigen Druck aufgebaut, einschließlich der Druckluftzylinder, die die Stacheln wie Pfeile aus einer Armbrust verschossen. Nachdenklich schaltete Angus dieses System aus. Er wollte keinen Unfall riskieren. Die Stacheln des Stachelschweins konnten Löcher in die Wand des Domes reißen. Das Stachelschwein war eine der gefährlichsten und gefürchtetsten Bestien im ganzen Kampf-Zoo und wurde nur gegen Maschinen eingesetzt, die durch eine spezielle Panzerung verstärkt waren. Angus gab der Steuerung einen leichten Stoß, und das Stachelschwein begann zu laufen. Sechs Beine sorgten dafür, daß es reibungslos lief und im Gleichgewicht blieb. Grundsätzlich konnte es drei verschiedene Beinbewegungen vollführen, und jede Bewegung hatte ihr eigenes Tempo. Im Kampfdom gehörte es zu den besonderen Freuden, wenn man sah, wie sich das Stachelschwein (oder auch jeder andere Sechsfüßer) vom schnellen Gang über den Kanter bis zum Galopp steigerte, denn dann durchliefen die Beinbewegungen ganz verschiedene Phasen. Das Geräusch änderte sich, der Rhythmus änderte sich, das Tempo änderte sich, und das ganze Erscheinungsbild der Bestie änderte sich in dem Maße, wie sich ihr Schwerpunkt verlagerte.

Das Kontrollbord vor Angus hatte etwa auf Augenhöhe Fernsehschirme, die ihm einen Rundblick von 360 Grad boten. Unterhalb der Schirme ähnelte das Kontrollbord mit seinen Tasten, Klaviaturen und Pedalen einer Windorgel, von der die Idee auch tatsächlich abgeguckt war. Jede Taste und Pedale steuerte einen anderen Stachel. Auf Tastendruck schoß der entsprechende Stachel in voller Länge mit Panzer brechender Kraft heraus. Wenn man weiter auf die Taste drückte, blieb der Stachel ausgefahren und verharrte in dieser Stellung, bis man die Taste erneut drückte. Ein leichter Anstoß bewirkte, daß der Stachel bei vollem Tempo ausfahren, sich dann aber langsam zurückziehen würde, während seine Druckzylinder nachluden. Manche Stacheln, diejenigen, die von Fußpedalen gesteuert wurden, konnte man schleudern, und es war dieses System, das Angus heruntergefahren hatte. Das Stachelschwein hatte eine harte, spitze Nase, mit der es seinen Gegner rammen konnte. Und es konnte sich auch, wie Angus Miranda erklärt hatte, in einer Rolle herumwälzen, wieder hochkommen und weiterlaufen.

Das Stachelschwein spazierte gemächlich aus der Werkstatt hinaus, die Rampe hinauf und auf das weitläufige Schlachtfeld des Kampfdoms.

Einen Teil der Fläche innerhalb des Doms hatte man mit weißen Fähnchen als Übungsfeld für die Studenten des dritten Studienjahres an der Akademie Eburacum markiert. Viti war immer noch da und nahm seine Truppen hart heran. Ansonsten befand sich der Dom mitten in einer Verwandlung. Er ähnelte einer riesigen Baustelle. Baugerüste erhoben sich ringsum an den Wänden, sie würden die Stützpfeiler für die neuen Hügel abgeben – Kulissen der Schlachten des kommenden Jahres. Einige Abschnitte des Schlachtfeldes hatte man ganz und gar angehoben und den synthetischen Grasboden zurückgerollt, damit Hydrauliker hier spezielle Hochdruckrohre installieren konnten. Die Rohre würden dafür sorgen, daß mitten im Dom Fontänen hoch in die Luft schießen konnten.

Angus ließ das Stachelschwein zwischen den weißen Fähnchen hindurch und nach draußen auf freies Gelände spazieren. Als es sicheren Abstand zu den Baukolonnen erreicht hatte, stieß er die Steuerung leicht an. Das Stachelschwein durchlief das erste Muster von Bewegungen. Erst fiel es in einen kurzen Galopp, dann wurde es allmählich schneller. Nach einem weiteren kurzen Ruck beschleunigte es zu vollem Galopp. Dabei verlagerte es seinen Schwerpunkt. »Halt dich fest«, rief Angus, »ich laß es ein paar Kunststückchen machen.«

Der Boden sauste schemenhaft vorbei, als die Maschine losstürmte. Plötzlich fuhr Angus auf einer Seite alle Stacheln aus, während er die Maschine eine scharfe Drehung vollführen ließ. Die Stacheln funktionierten wie Ausleger. Die Kehre war so scharf, daß Miranda das Butterbrot, das sie gerade aß, aus der Hand flog. Als nächstes ließ Angus das Stachelschwein sich in Gegenrichtung drehen, dabei grub es seine ausgefahrenen Stacheln in den Boden und schwenkte auf ihnen herum. Gleichzeitig schlugen seine sechs Beine aus. »Jetzt paß auf«, rief Angus, während er beschleunigte. Wieder ließ er die Maschine in eine scharfe Kurve schwingen und nutzte die Stacheln dazu, ihren Schwerpunkt zu verlagern. Das Stachelschwein wälzte sich herum. Der Lärm, den die Stacheln verursachten, als sie während der Drehung in der Maschine einrasteten, machte Miranda taub, sie schrie auf. Nach der Rolle rannte das Stachelschwein gleich wieder los, wendete wieder und wieder und wälzte sich erneut herum. Diesmal wechselte es in der Rolle selbst die Richtung, so daß es, als es mit einem durch Mark und Bein gehenden Kreischen wieder auf seine sechs Beine kam, in Gegenrichtung wies.

»Feuer«, rief Angus und tat so, als trete er auf die Fußpedalen.

»Damit löst man die vorderen Stacheln aus, sie fliegen mit etwa halber Schallgeschwindigkeit«, sagte er, in seiner lebhaften Stimme schwang Kampfesneid mit. »Wenn da vorne eine Maschine gewesen wäre, hätte ich sie erledigt. Das Stachelschwein ist für schnelles Töten konstruiert. Aber man muß aufpassen. Einer der Stacheln könnte ein Loch in den Dom schlagen oder den

Bereich des Restaurants treffen, wenn man Mist baut. Es hängt alles von der Wahl des richtigen Zeitpunkts ab. Und vom Überraschungseffekt. Phantastisch, nicht?«

Miranda gab keine Antwort. Er warf ihr einen Blick zu, während er das Stachelschwein automatisch auf einen langsamen Kanter zurückfuhr. »He, was ist denn los, Liebes?«

»Mir ist schlecht«, sagte sie mit schwacher Stimme. »Können wir zurückfahren?« Ihr Gesicht sah grünlich aus. Angus hielt die Maschine schnell an. »Ich glaube, es liegt an dem Gestank und all dem ...« Sie wedelte mit den Händen. »Ich versteh nicht, wie du diese Dinger fahren kannst.«

»Setz dich aufrecht hin und orientier dich«, sagte Angus. »Hier.« Er griff nach vorn und berührte einen Knopf. Vor ihr öffnete sich ein Fach. Darin lagen Papierbeutel, Papiertaschentücher, ein verschlossener Behälter mit frischem Eiswasser und ein kleines Fläschchen, das weiße Pillen enthielt. »Nimm eine davon«, sagte er und reichte ihr eine Pille und das Wasser. »Sie wirken sehr schnell. Den Fahrern wird oft schlecht.«

Sie schluckte die Pille und wischte sich die Lippen ab. Mit geschlossenen Augen saß sie ganz still da und atmete tief durch. Angus sah sie besorgt an, er wußte nicht, was er als nächstes tun sollte.

Innerhalb weniger Minuten fühlte Miranda sich besser. Als sie ihre Augen aufmachte, war sie fast schon wieder die alte Miranda. »Die Gefahr ist überstanden«, erklärte sie, »ich brauche den Beutel gar nicht. Aber auf dem Rückweg keine tollen Manöver mehr. Einverstanden? Ich sag ja gar nicht, daß ich mich mit der Zeit nicht daran gewöhnen könnte. Aber für einen Tag reicht es. Irgendwann komm ich wieder mit dir mit.« Sie sah Angus an, und Angus war tief geknickt.

»Tut mir leid«, sagte er. »Ich hätte daran denken müssen. Blöd von mir, so anzugeben, wo du das erste Mal mitfährst. Es ist nicht schlimm, wenn man selbst steuert ... aber ich nehme an, wenn man nur so dabeisitzt, ist es ...« Angus Stimme wurde brüchig.

Miranda beugte sich herüber und küßte ihn. Offensichtlich hatte sie wieder Oberwasser. »Ich finde, du bist ein sehr guter Fahrer«, sagte sie. »Ich hab mich sehr sicher mit dir gefühlt. Im Steuern von diesem Ding bist du fast so gut wie mit mir im Bett.« Das kam für Angus völlig unerwartet, ein plötzliches Glücksgefühl trieb ihm die Röte ins Gesicht. »Aber für einen Tag reicht es jetzt. Einverstanden?«

Er ließ die Maschine gemächlich zurück zum Hangar mit den Werkstätten laufen. Er wollte das Ende dieser Fahrt möglichst lange hinauszögern, außerdem bemühte er sich, jede stärkere Erschütterung zu vermeiden. Auf dem Rückweg zeigte er ihr, wie die Stacheln durch Luftdruck gesteuert wurden. Sie berührte einige der Kontrolltasten und hörte das Zischen und Pressen, als die Stacheln ausfuhren, einrasteten und sich dann mit einem Geräusch, als schlügen Wellen auf Strandkies, wieder zurückzogen.

Als sie zurück in der Werkstatt des Doms waren, fanden sie dort Viti Ulysses vor, der auf sie gewartet hatte. Er trug einen Kampfanzug und war offensichtlich nicht gerade erfreut darüber, daß man ihn so lange hatte warten lassen. Da er seine Manöver für diesen Tag abgeschlossen und immer noch ein bißchen Energie übrig hatte, hatte Viti sich erkundigt, ob der Drache seines Vaters fahrbereit sei. Die jüngeren Mechaniker hatten ihm erklärt, Angus mache draußen einen Testlauf mit dem Stachelschwein und werde bald zurück sein. Da sie Taktgefühl hatten und Angus mochten, hatten sie aus Gründen, die auf der Hand lagen, Wallace nicht benachrichtigt.

Angus sah, daß Viti wartete, und erriet den Grund, ließ sich davon allerdings nicht hetzen. Er brachte das Stachelschwein an seinen Platz in der Werkstatt und sicherte es mit Seilen. Methodisch schaltete er alle Systeme der Maschine nacheinander ab und das Schwungrad in den Leerlauf. Die gespeicherte Energie nutzte er dazu, die Batterien des Stachelschweins und alle Batterien im Kampfdom wiederaufzuladen.

»Alles klar. Wir klettern jetzt wohl besser herunter und sehen nach, was seine Hoheit wünschen«, sagte er augenzwinkernd. Er machte sich daran, Miranda aus den Sicherheitsgurten zu helfen.

»Er ist einer der besten Kämpfer, nicht wahr?« fragte sie. »Ich erinnere mich noch ans letzte Jahr, als er bei dem Wagenrennen mitmachte. Er sah so groß und stark aus. Aber als ich ihn dann später neben seinem Vater stehen sah, wirkte er wie ein Bübchen. Er ist auch nicht älter als wir, oder?«

Angus brummelte und löste den letzten Sicherheitsgurt. »Na ja, ich glaube, im Moment stimmt irgend etwas nicht mit ihm«, antwortete er. »Wenn er nicht gerade kämpft oder sich auf einen Kampf vorbereitet, weiß er nichts mit sich anzufangen. Die ganze Zeit ist er wütend. Er läßt es an seiner Truppe aus, er läßt es am Drachen aus. Ich mußte ihn neulich schon darauf hinweisen, daß er ihn überstrapaziert. Ich glaube, diese Sache mit den Caesars hat ihn wirklich bitter gemacht.«

»Bah! Dummheit«, sagte Miranda. »Sie nehmen ihre Kabbeleien zu wichtig.« Sie gab Angus einen flüchtigen Kuß und machte sich dann an den Abstieg. »Er kann dir doch keinen Ärger machen, oder?« fragte sie.

»Weswegen?«

»Weil du nicht hier gewesen bist, als er nach dir gefragt hat. Und weil ich bei dir war.«

Angus lachte. »Das soll er nur versuchen, da hätte ich meinen Spaß. Aber dazu ist er zu vernünftig. Er weiß, wie sehr er von meinem sachverständigen Köpfchen abhängt. Nein, er wird keinen Ärger machen. Er wird nur ein bißchen patzig sein, damit kommen wir schon klar. Also gut. Geh du zuerst runter, ich komme dir nach. Da sind noch zwei Sicherheitsrelais, die ich abschalten muß.«

Miranda, die sich inzwischen völlig erholt hatte, bahnte sich ihren Weg an den Reihen der Luftdruckzylinder vorbei, die die Stacheln antrieben, und machte sich daran, die Ausstiegsleiter des Stachelschweins nach unten zu klettern.

Und so kam es, daß das erste, was Viti von Miranda wirklich wahrnahm, ihre Beine waren, als sie vorsichtig hinunterstieg. Die Schulkleidung war nicht so beschaffen, daß sie eine Frau, die eine Leiter herunterkletterte, dezent verhüllte. Viti konnte seine Augen nicht von ihr wenden. Die sexuelle Erregung, die er spürte, als er sie ansah, war ebenso überwältigend wie unerwartet.

Er starrte, bis er merkte, daß Miranda ihn mit erhitztem und bestürztem Gesicht musterte. Da schoß ihm selbst das Blut in die Wangen, und er blickte zu Boden. Auch Miranda wurde rot. Sie kletterte die letzten Sprossen hinunter und zog sich zurück. Keiner sprach.

Miranda war einerseits ärgerlich, andererseits auch traurig: ärgerlich über ihre eigene Verlegenheit, traurig, da ein junger Mann, den sie bewundert hatte, in ihrer Achtung so sehr gesunken war. Er war nicht viel besser als irgendein Spanner. Aber sie wußte, daß sie Angus gegenüber nichts erwähnen würde.

Angus schwang sich behende die Leiter hinunter und sprang auf den Boden. Er verbeugte sich förmlich vor Viti, der den Gruß kaum zur Kenntnis nahm.

»Ich nehme an, Sie haben eine angenehme Fahrt gehabt«, sagte Viti lässig.

»Ja, danke, Sir. Ich kann erfreulicherweise melden, daß das Stachelschwein ausgezeichnet läuft. Eine der besten Maschinen hier.«

»Gut. Ich hatte gehofft, ich könnte den Drachen meines Vaters fahren, falls er ebenfalls startbereit ist.«

»Er wurde vor einer Woche inspiziert. Am Kühlsystem mußten wir ein paar kleinere Reparaturen vornehmen. Ich habe sie selbst durchgeführt. Er müßte startbereit sein.«

»Können wir nachsehen?«

»Selbstverständlich.« Angus warf einen Blick auf Miranda, die abseits stand und keinen von beiden ansah. »Ich bin in zehn Minuten wieder da«, sagte Angus und zwinkerte ihr so zu, daß es nicht zu übersehen war. Miranda nickte.

Die beiden Männer machten sich auf den Weg durch die Werkstatt, Miranda sah ihnen nach. Der hochgewachsene, schlanke, rotblonde Angus durchmaß die Welt der Werkstatt, in der er sich zu Hause fühlte, mit selbstbewußten, großen Schritten. Neben ihm ging der dunkelhaarige, olivenhäutige Viti. Er war kleiner als Angus, hatte jedoch ebenso breite Schultern. Sein federnder, wiegender Gang verriet seine Stärke und war trotzdem erdverbunden. Sie merkte, wie ihr Zorn sich verflüchtigte. Sie ertappte sich dabei, wie sie auf die knackigen Hintern der beiden Männer blickte, und lächelte unwillkürlich in sich hinein.

Der Frühling löste den Winter ab, der Abend des jährlichen Abschlußkampfes rückte näher. Im Kampfdom liefen die Vorbereitungen auf Hochtouren. Praktische Übungsstunden und Privatkämpfe zwischen einzelnen Kriegern fanden jetzt nicht mehr statt. Die Gärtner und Architekten übernahmen den Dom, ihre Hilfsstäbe arbeiteten rund um die Uhr.

Während des Winters hatte man die erhöhten Ränge mit den Sitzplätzen und das Chalet um mehr als neunzig Grad verlegt. Jetzt boten sie den Blick auf eine Szenerie, die offenbar ein leicht bewaldetes Tal zwischen hohen Berggipfeln darstellen sollte. Am Rande des Blickfelds, ganz hinten im Tal, stürzte ein Wasserfall in Kaskaden über Felsen in ein breites Becken. Oberhalb der Felsen befand sich ein Kranz steinerner Gipfel. In diesem Jahr hatte man sich etwas ganz Besonderes einfallen lassen: Sprudelnde heiße Quellen, aus denen laut zischend Dampf aufstieg, nahmen einen Teil des unteren Talhangs ein. Der Dampf, der ins Tal hinuntertrieb, bot die ideale Tarnung für heimliche Attacken. Hin und wieder schoß ein Geysir mit Getöse aus den heißen Quellen empor, wobei eine Wasserschwade steil in die Luft geschleudert wurde.

Wie es die Tradition verlangte, begann die Nacht der Kämpfe damit, daß der Gott Mithras eine Runde durch den Dom flog und der Stier geopfert wurde. Sobald das erledigt war, konnten die abendlichen Festivitäten ihren Lauf nehmen.

Die Zuschauer auf den Rängen spürten, daß die Atmosphäre in diesem Jahr irgendwie gedämpfter war. Niemand erwartete so blutrünstige Kämpfe wie im Vorjahr.

Im Eröffnungsturnier der mechanischen Ungeheuer wurde niemand getötet, obwohl es nicht an Kampfgeist fehlte. Das Stachelschwein, das Angus' Manöver nahezu imitierte, hätte einen tödlichen Vernichtungsschlag gegen einen riesigen Hornkäfer führen können, aber es hielt sich zurück. In einem späteren Kampf fuchtelte die alte Jesse wild mit ihren Haken herum, war aber einem Ungeheuer, das man den *Goldenen Skorpion* nannte, keineswegs gewachsen. Der Skorpion durchtrennte Jesses Kabel und deutete dann das Tötungsritual nur dadurch an, daß er mit seinem Stachel voller Widerhaken ganz leicht auf Jesses Steuerkabine klopfte.

Auch die Gästeschar war nicht so bunt wie sonst. Der alte Marcus Ulysses litt unter Gicht und traf erst spät ein. Er kam in Begleitung einer hochgewachsenen, schwarzhäutigen Frau, die Stammeszeichen im Gesicht hatte. Anscheinend war sie seine Krankenschwester. Er nannte sie Julia. Außerdem gehörten zwei Leibwächter zu seinem Troß. Sie hatten undurchdringliche Gesichter und bemühten sich keineswegs, ihre Waffen zu verbergen. Der alte Marcus war unausstehlich. Sein Arzt hatte ihm das Trinken verboten. Also verbrachte er den ganzen Abend damit, von einer Gruppe zur anderen zu wechseln und nach irgend jemandem zu suchen, der ihm sagen sollte, ein Schlückchen in Ehren könne niemand verwehren. Aber kein Mensch tat ihm den Gefallen.

Der neue *Praefectus Comitum*, er hieß Tripontifex Britannicus, traf ebenfalls erst zu später Stunde ein. Er zwängte sich aus seinem Flieger und lächelte entschuldigend. Seine Speichellecker und offiziellen Leibwächter scharten sich um ihn. Tripontifex war ein blasser Bürokrat: Als Kompromißkandidat war er nur deshalb gewählt worden, weil er den Frieden zwischen den Familien Caesar und Ulysses erhalten sollte. Bis auf ihn selbst wußten wohl alle, daß ihn die mächtigen Sippen seines Amtes entheben würden, sobald sich die Lage entspannt hatte.

Die vornehme Calpurnia Gallica fehlte in der Versammlung. Sie befand sich mit einer ihrer Töchter auf Forschungsexpedition durch das Amazonasbecken.

Ein Mann, dessen Gegenwart Bemerkungen auslöste, war Marmellius Caesar. Er war jüngst von einem Verwaltungsposten im Westen des Reiches nach Hause zurückgekehrt und stellte jetzt – nach dem Tod von Julius XIX. – das Oberhaupt der caesarischen Sippe dar.

Alle Gäste hatten den Zusammenstoß zwischen Viti und den jüngeren Mitgliedern der Familie Caesar Mitte des Jahres noch in lebhafter Erinnerung. Jeder bemühte sich um Höflichkeit. Der Waffenstillstand war immer noch eine recht wackelige Angelegenheit.

Zwar nahm man die frühabendlichen Kämpfe hie und da zum Anlaß, Wetten abzuschließen, aber das größte Interesse konzentrierte sich auf die Schlachten zwischen den Truppen, die von den Kadetten des dritten Studienjahres gestellt wurden. Auch in diesem Jahr traten sechzehn Truppen gegeneinander an. Die Abfolge war so festgelegt worden, daß die aussichtsreichsten Kandidaten erst bei der letzten Schlacht aufeinandertreffen würden. Überall grassierten Gerüchte. Auf den Straßen munkelte man, Diana habe eine Amazonentruppe ausgebildet, und der junge Viti sei noch für mancherlei Überraschungen gut.

Was nicht übertrieben war. Als Viti vor Kampfbeginn zum ersten Mal in der Parade auftauchte, zogen die Zuschauer hörbar den Atem ein. Viti erschien in einer traditionellen Rüstung. Sein Helmbusch zeigte die Familienfarben Grün und Schwarz. Sein Brustpanzer und der Beinschutz waren golden. Über Tradition und Götter setzte er sich dadurch hinweg, daß er einen purpurroten Umhang um seine Schultern trug. Seine Schwertklinge schimmerte in silberigem Blau. Viti hatte diesen Aufzug mit voller Absicht gewählt, er war wie eine Absichtserklärung. Zum einen gab er sich damit größere Blößen als nötig, und das bedeutete an sich schon eine offene Herausforderung aller anderen Befehlshaber. Zum anderen – und das war noch wichtiger – bekannte sich Viti durch die traditionelle Rüstung, die an die frühen Centurionen und den großen Mark Anton selbst erinnerte, zu den uralten Tugenden. Er sagte damit: »Ich glaube, daß ich unseren großen Helden ebenbürtig bin. Wenn ich heute geschlagen werde, sterbe ich entweder im Kampf oder aber durch mein eigenes Schwert.« Er sah einfach großartig aus. Einer der alten Waffenschmiede im Süden Eburacums hatte die Rüstung speziell für ihn geschaffen. Brustpanzer und Beinschutz, die seine Muskeln hervorhoben, waren perfekt auf seinen Körper abgestimmt.

Solche Dinge taten auch die Römer nur selten. Und wenn sie es taten, dann bestimmte ein solcher Moment ihr ganzes Sein und begründete entweder lebenslangen Ruhm oder eine Grabinschrift. Die Römer hatten ein unnachahmliches Gespür für Theatralik.

Auch Dianas Kampftracht stach ins Auge. Sie schillerte wie eine Schlange. Abgesehen von einem federgeschmücktem Helm, trug sie einen leichten Panzer aus dachziegelartig übereinandergeschichteten blutroten und blauen Kohlefaserplatten. Schwertspitzen oder Klingen konnten diese Platten nicht durchdringen. Sie waren so angeordnet, daß sie die gewaltsame Einwirkung eines Schlages dämpften und verteilten. Außerdem trug Diana einen leichten Schild, der so groß war wie sie selbst und in Erinnerung an den verstorbenen Julius das Zeichen der Caesars aufwies. Anstelle eines Schwertes hielt sie einen Stab in der Hand, der mit einer elektrischen Batterie verbunden war. Mit diesem Stab konnte sie Stromschläge austeilen, die das Nervensystem eines Gegners lähmten.

Die ersten beiden Abteilungen nahmen Aufstellung und stürzten sich nach einer Trompetenfanfare aufeinander. Sie boten ein angemessen blutiges Schauspiel. Wenn eine Truppe zum Sieger erklärt worden war, traten die nächsten beiden Truppen gegeneinander an, bis sich die sechzehn Truppen auf acht verringert hatten und der Kampfplatz in eine dunkelrote Schlammsuhle verwandelt worden war.

Während dieser ersten Kampfrunde wurde klar, daß Dianas und Vitis Truppen die mit Abstand am besten ausgebildeten Soldaten stellten. Sie fügten ihren Gegnern schwere Schläge zu, ohne dabei zu besonderen Listen zu greifen, und gingen selbst recht unversehrt aus den Kämpfen hervor.

In der zweiten und dritten Runde schnitten sie wie Bandsägen durch Holz in die Reihen ihrer Gegner und splitterten sie auf. Zwangsläufig waren es ihre Truppen, die sich in der vierten Runde miteinander maßen. Viti und Diana mochten privat ein Verhältnis miteinander haben, auf dem Schlachtfeld kämpften sie ohne Pardon. Immer noch hatte keine der Truppen besondere Fertigkeiten oder Überraschungen an den Tag gelegt. Sie hatten bislang nur deshalb gesiegt, weil sie am besten vorbereitet waren und am besten geführt wurden.

Die letzte Schlacht würde über den *Victor Ludorum* des Jahres entscheiden und wurde mit großer Feierlichkeit eingeleitet. Während die Wunden verarztet wurden, spielte man Militärmärsche, aus goldenen Gefäßen stieg blauer Weihrauch auf. Die Zuschauer wollten Blut sehen. Die Messer waren gezückt, die Augen glänzten. Der Abend näherte sich seinem Höhepunkt. Nach diesem Kampf stand das gemeinsame Abschlachten der zum Tod Verurteilten auf dem Programm.

Schließlich rief man die beiden kleinen Truppen auf. Sie nahmen einander gegenüber, zu beiden Seiten der Talmitte, Aufstellung. Obwohl auf beiden Seiten manche der Kämpfer verletzt waren und bluteten, waren die Truppen vollständig angetreten. Nach einem kurzen Gebet und der Trompetenfanfare riefen Viti und Diana ihre Befehle, ihre Truppen rückten vor.

Obwohl sie gut trainiert waren, setzte bald die Erschöpfung ein. Manche der Soldaten waren so sehr von ihrem eigenen Adrenalin berauscht, daß ihre Kampfeswut fast einem Selbstmord gleichkam. Die Kernfrage der Zuschauer bestand darin, ob sich die Krieger im Nahkampf miteinander messen würden oder ob sie nach einem Geplänkel das Weite suchen und probieren würden, den höher liegenden Boden zu behaupten.

Viti schickte seine Soldaten in gemächlichem Marschtempo und mit gezückten Schwertern vor. Diana teilte ihre Amazonen in zwei Trupps auf, die rechts und links in Stellung gingen, und zog sich dann zurück. Der rechte Flügel wich als nächstes bis zu der Hochebene zurück, auf der aus den heißen Quellen der Dampf zischte. Als Viti sah, daß Dianas Streitmacht aufgespalten war, schlug er los und ließ drei Viertel seiner Truppe Dianas rechten Flügel angreifen.

Er konnte sein Glück kaum fassen. Von dem ersten Geplänkel erhoffte er sich den kleinen zahlenmäßigen Vorteil, der es ihm erlauben würde, seine drei-zu-eins-Strategie anzuwenden. Ein Viertel seiner Soldaten hielt er in Reserve. Der Menschenmenge auf den Rängen kam es so vor, als habe sich Diana einen für sie ganz untypischen Fehler geleistet. Diejenigen, die auf sie gesetzt hatten, brüllten vor Wut. Was die Sache noch schlimmer machte, war der Eindruck, daß der zurückweichende rechte Flügel ins Taumeln geriet und im Schlamm steckenblieb, als die Amazonen den Rückzug zu den heißen Quellen am Hügel antraten. Viti war mißtrauisch. Er versuchte, die Dinge mit Dianas Augen zu betrachten. Warum hatte sie ihre Streitkräfte aufgeteilt? Vielleicht hatte sie ihn in die Zange nehmen wollen. Vielleicht hatte sie auch darauf gesetzt, daß er ihrem Beispiel folgen und seine Soldaten ebenfalls in zwei Hälften aufspalten werde. Na ja, diese Rechnung war jedenfalls nicht aufgegangen. Er befand sich in der Angriffssituation. Er verfügte über dreißig Krieger, die es mit zwanzig Amazonen zu tun hatten. Vielleicht hatte die Schnelligkeit seiner Soldaten Dianas Kriegerinnen überrumpelt. Wie man es auch drehte und wendete: Viti wußte, daß er im Vorteil war.

Viti sah sich bereits als Sieger. Mit einem klaren Befehl schickte er seine Soldaten vor, sie stürmten mit Mordsgebrüll nach vorn, im selben Augenblick war von Diana deutlich ein hohes Pfeifen zu hören. Sofort steckten die Amazonen, die auf der Ebene verblieben waren – Dianas linker Flügel –, die Stäbe in die Scheiden und schlangen sich die Schilde über den Rücken. Nachdem sie so ihre Hände frei gemacht hatten, zogen sie Schnüre aus dem Gürtel: weiße Seile, an deren Enden runde Gewichte befestigt waren. Sie ließen beidhändig Seile wirbeln wie Propeller. Auf einen Pfiff hin ließen alle die Seile los. Sie wirbelten über den Boden, schienen darüber zu schweben. Als sie auf die Beine von Vitis vorstürmenden Soldaten trafen, wickelten sie sich wie Fesseln um die Glieder. Die Gewichte zerrten an Hand- und Fußgelenken und verhedderten sich an den Schildrändern.

Jetzt wurde Dianas Kriegslist offenbar: Ihr rechter Flügel hielt in seinem schwankenden Rückzug inne und begann plötzlich, im Eilschritt den Hügel hinunterzustürmen. Dabei brüllten die Amazonen, und als sie dort ankamen, wo sich Vitis Soldaten in den Seilen verfangen hatten, stießen sie mit ihren elektrisch geladenen Stäben auf sie ein, daß die Männer sich vor Schmerz gelähmt zusammenkrümmten.

Viti gab zwei Befehle aus: Jenen Soldaten, denen es gelungen war, den stürmischen Angriff zu überstehen, befahl er den Rückzug entlang des Hügels. Gleichzeitig befahl er dem kleinen Reservetrupp, Wurfsterne gegen jene Amazonen einzusetzen, die *Bolas* geschleudert hatten. Diese Amazonen hatten den verhängnisvollen Fehler gemacht anzuhalten, um die Wirkung ihrer Waffe abzuwarten. Sie hatten nicht sofort wieder Deckung hinter ihren Schilden bezogen. Vitis dezimierte Truppe schleuderte die kleinen, sich drehenden Klingen durch die Luft, sie blitzten wie ein Schwarm glänzender Silberfische auf. Die Wirkung war verheerend. Dort, wo das Metall auf Fleisch stieß, drang es tief ein und schlug tiefe Wunden. Die Wurfsterne durchtrennten die elektrischen Kabel und verfingen sich in der Rüstung. Und Viti beschränkte sich auch nicht auf eine einzige Angriffswelle. Jeder seiner Krieger verfügte über zwanzig Wurfsterne. Der zweite Angriff, der sorgfältiger ausgeführt wurde und Einzelzielen galt, setzte mehr und mehr Amazonen außer Gefecht und hatte zum Teil tödliche Wirkung.

Das Publikum auf den Rängen wußte nicht, was es davon halten sollte, es saß zu weit weg und konnte nicht sehen, was da geworfen wurde. Aber als es merkte, daß die Amazonen nach und nach zu Boden gingen, erhob sich ein ohrenbetäubendes Brüllen und Schreien.

Währenddessen war der rechte Flügel von Dianas Streitkräften am Fuße des Hügels angekommen und zwang Viti, sich mit einem sichelförmigen Manöver zurückzuziehen. Das bedeutete, daß er den Rest seiner aufgespaltenen Soldaten sammeln konnte. Das einzige, was ihm zum Vorteil gereichte, war die Tatsache, daß er jetzt die Hochebene hielt. Er führte seine Soldaten im Eilschritt auf den obersten Kamm des Hügels, wo die heißen Quellen sprudelten. Von den ursprünglich vierzig Soldaten waren ihm jetzt nur noch fünfzehn kampffähige geblieben. Als er hinuntersah, konnte er Dianas Streitkräfte zählen. Sie hatte noch siebenundzwanzig Amazonen. Viti hatte keine Möglichkeit mehr, die erhoffte zahlenmäßige Überlegenheit herzustellen. Die Schlacht würde jetzt die Form eines Nahkampfes – Mann gegen Mann beziehungsweise Mann gegen Frau – annehmen. Vielleicht würde er einen leichten Vorteil erringen, wenn er die Wurfsterne aus nächster Nähe einsetzte, allerdings würden die Amazonen diesmal darauf vorbereitet sein. Er fragte sich, ob Diana noch mehr Tricks im Ärmel hatte, mit denen sie ihn verblüffen konnte. Er hoffte, sie werde sich von jetzt an auf gute militärische Führung und traditionelle Tugenden wie Mut und Schwertkunst verlassen.

Viti sprach zu seinen Männern. »Wir werden den Hügel halten«, sagte er, »und sie zum Angriff zwingen. Wenn einer von euch die Möglichkeit sieht, den Wurfstern einzusetzen, dann wartet keinen Befehl ab, sondern werft. Erinnert euch an eure Ausbildung. Kämpft für euch selbst, und kämpft für den Kameraden zu eurer Linken. Ich werde in der Mitte sein. Kämpft für mich. Erinnert euch an eure Ausbildung. Wenn wir das hier durchziehen, dann schreiben wir ein neues Kapitel Kampfesgeschichte. Nehmt eure Stellungen ein. Sie kommen.«

Diese kleine Ansprache gab seinen Männern ein wenig neuen Kampfgeist. Mit gezückten Schwertern duckten sie sich hinter ihre Schilde.

Dianas Streitkräfte spalteten sich in vier Trupps auf. Zwei davon rückten langsam auf den Hügel vor. Ihre Schilde berührten sich und bildeten eine undurchlässige Mauer. Die anderen beiden bewegten sich nach links und nach rechts und hatten offensichtlich die Absicht, Vitis Truppe in die Zange zu nehmen.

Diejenigen, die von der Mitte her vorrückten – auch Diana befand sich unter ihnen –, begannen mit ihren Stäben auf die Innenseite ihrer Schilde einzuschlagen. Es war ein monotoner, betäubender Rhythmus, der etwas Unerbittliches hatte und jeden Widerstand zwecklos zu machen schien. Als sie nur noch vier Meter von Vitis Verteidigungslinie entfernt waren, blieben sie stehen, aber das Trommeln ging weiter. Die an den Flanken fielen in Eilschritt. Während sie rannten, entrollten sie die Seile weiterer *Bolas* und begannen sie zu wirbeln. Die Luft war plötzlich voll schrillem Pfeifen und dem Sirren wirbelnder Seile und Gewichte. Dann warfen sie die *Bolas* hoch in die Luft. Für kurze Zeit war die Aufmerksamkeit Vitis und seiner Soldaten durch die Bewegung und den Lärm abgelenkt. Das reichte den Amazonen in der ersten Linie schon, um plötzlich wie eine Wand vorzurücken und auf Vitis Soldaten einzuschlagen. Die Schlacht hatte begonnen. Im Nahkampf waren Vitis Soldaten Dianas Amazonen mehr als ebenbürtig. Aber die Amazonen hatten den Überraschungseffekt auf ihrer Seite. Ihre Stäbe schossen vor und zurück. Die betäubten Männer konnten nicht weiterkämpfen, sie saßen mit heraushängenden Zungen, offenen Augen und halb-ohnmächtig da. Dagegen konnten die meisten Amazonen, selbst wenn sie bluteten, noch parieren und mit dem Stab zustechen.

Unerbittlich verrieten die Zahlen, wie der Kampf ausgehen würde. Viti sah das Ende nahen, auch wenn er gerade eine der Amazonen in der Mangel hatte. Er zog sich vom Kampf in das nebelige Gebiet zurück, in dem die heißen Quellen sprudelten und Dampf aufstieg. Während er seinen Brustpanzer lockerte und sich darauf vorbereitete, sich selbst das Leben zu nehmen, spürte er eine Mischung aus Kummer und Zorn. Er hatte sich so viel erhofft, jetzt waren all seine Hoffnungen mit einem Mal zerstoben.

In diesen letzten Momenten dachte er, er halluziniere. In den Geistererscheinungen aus Dampf glaubte er Gestalten zu erblicken. Im sprudelnden Wasser vernahm er Stimmen. Die Stimmen seiner Vorfahren? Waren es die Vorfahren, denen er hatte nacheifern wollen? Versammelten sie sich jetzt, um ihn in diesem Augenblick der Demütigung zu verhöhnen? Viti knurrte vor sich hin, es war der Laut eines Tieres. Oder das Grollen der Erde selbst, wenn sie sich erhebt. Er riß den letzten der Verschlüsse auf und warf den goldenen Brustpanzer zur Seite.

»Viti.«

Es *war* eine Stimme, und der Ruf galt unmißverständlich ihm. Tatsächlich war im Dampf ein tanzender Schatten auszumachen. Als Viti die Schwertspitze an einer Stelle unterhalb seines Herzens ansetzte und sich auf seinen Tod vorbereitete, erblickte er vor sich eine staubige, blutende und wütende Gestalt. Diana. Sie stieß ihren Betäubungsstab nach unten und berührte seinen Arm. Um Viti wurde es Nacht. Selbst als er fallen wollte, verwandelten sich seine Muskeln in Pudding. Der Schrei erstarb ihm auf den Lippen. Er brach zusammen, das Schwert glitt ihm aus der Hand und fiel neben ihm flach auf den Boden.

Diana gab einen Seufzer der Erleichterung von sich. Ihr Gesicht verriet die Anspannung, als sie sich hinkauerte und seinen Puls fühlte. Sie lächelte erschöpft, zog eine kleine Pfeife aus dem Gewand und blies hinein. Ihre Amazonen, die immer noch gegen

Vitis restliche Männer kämpften, hörten das Signal, ließen von ihren Gegnern ab und eilten mit langen Schritten den Hügel hinab. Ihre Waffen hielten sie im Anschlag.

Vitis Krieger begriffen. Sie kauerten sich ins Gras. Manche weinten aus purer Erschöpfung und begannen zu zittern. Andere stießen ihre Schwerter in den Boden, entblößten ihre Kehlen und hofften auf einen gnädigen, schnellen Abgang. Einer durchschnitt sich selbst die Kehle und starb mit einem gräßlichen, gurgelnden Laut.

Diana tauchte aus den Dampfschwaden auf – mit Viti auf den Armen. Sie setzte ihn sanft ab.

Als das Publikum auf den Rängen das sah, senkte sich fassungsloses, ungläubiges Schweigen über die Menge. Und dann brach ein Tumult los, jeder warnte seinen Nebenmann vor dem Ausbruch eines Bürgerkrieges. Und wieder trat Stille ein, als ein angeschlagener Viti den Kopf schüttelte, sich auf die Knie kämpfte und um sich blickte. Er sah wie ein Sturzbetrunkener aus, der sich mit trüben Augen umsieht und sich fragt, wo der Rest der Party abgeblieben ist.

Und dann erhob sich tosender Beifall.

Später wurde gefeiert. Und es war eine ebenso vielschichtige wie emotionsgeladene Feier. Diana wurde zur *Victrix Ludorum* erklärt. Sie war erst die siebte Frau in der tausendjährigen Geschichte der Militärakademie, der diese Ehre zuteil wurde. Viti, der sich den Arm verstaucht hatte, als er betäubt zu Boden gestürzt war, heizte den Applaus an, indem er mit der unversehrten Hand auf den Tisch schlug. Diese großzügige Haltung rechnete man ihm hoch an. Trotzdem schaffte er es nicht zu lächeln, und die Röte wich nicht aus seinem Gesicht.

Diana war eine würdige Siegerin. Sie dankte ihrer Schutzgöttin. Und sie dankte ihren Amazonen und ehrte namentlich alle Kämpferinnen, die gefallen waren. Als letztes bekundete sie Achtung vor denjenigen, gegen die sie gekämpft hatte.

Der alte Marcus Ulysses saß fast den ganzen Abend über nüchtern und mit stoischer Miene allein da. Er sah dem festlichen Geschehen mit unbewegter Aufmerksamkeit zu. Niemand wußte, was er dachte. Und niemand ging auf ihn zu – bis auf Viti, der sich vor ihn hinstellte. Aber sein Vater wollte nicht mit ihm reden. Ehe Ulysses die Party verließ, wurde beobachtet, wie er ein paar Tränen vergoß, eine Runde mit Diana tanzte und sogar etwas Wein trank und sagte: »Heute nacht werde ich dafür büßen.« Und dann brach er zusammen mit seinen Leibwächtern und der Krankenschwester auf.

Selbst Vitis Feinde mochten so etwas wie Mitleid mit dem noch nicht Zwanzigjährigen empfinden. Er hielt sich tapfer, als sein Vater fortging, aber er war kreidebleich und überaus gereizt. Als Miranda ihn so sah, schmolz angesichts seines Elends irgend etwas in ihr. Sie ergriff die Gelegenheit, ihn zu bedienen, und flüsterte: »Nichts ist jemals so gut oder so schlimm, wie man es sich vorstellt.« Viti fuhr zusammen. Nicht wegen der Worte, die er nicht begriff, sondern weil er so unvermittelt angesprochen wurde, dazu noch von einem Serviermädchen. So etwas war noch nie vorgekommen. Er nickte knapp und wandte sich schroff ab, obwohl er sich sehr wohl an Miranda erinnerte.

Diana hatte die kleine Szene beobachtet. Sie war dabei, sich zu betrinken und Hemmungen jeglicher Art über Bord zu werfen. Vor Monaten hatte irgend jemand sie herausgefordert, nackt auf dem Tisch zu tanzen, falls sie den ersten Preis erringen sollte. Damals hatte sie die Wette angenommen, jetzt brachte sie sich in entsprechende Stimmung. Sie ging zu Viti und streifte sein Gesicht mit ihrem Atem. »Eine der Küchenschlampen ist wohl ganz scharf auf dich, wie? Nur gut, daß ich dir nicht eins auf den Schwanz gegeben habe.«

»Du hättest mich besser sterben lassen«, knurrte Viti.

»Sag mir das morgen früh noch einmal«, erwiderte Diana und blinzelte ihm zu. Sie schlenderte davon und löste eine Spange an ihrer Schulter.

Für diejenigen, die den Römern dienten, waren die Beziehungen weniger kompliziert.

Viele der jungen Männer, die im Kampfdom arbeiteten, hatten ihre Freundinnen mitgebracht. Sie saßen im Dienstbotenzimmer herum, tranken Bier aus Flaschen und stocherten in den Resten des Büffets herum, das man der jungen Elite serviert hatte. Manche hingen an den Türen herum, hörten der Band zu und übten ein paar Tanzschritte. Später würden sie die Tische nach hinten rücken und selbst tanzen.

Als Miranda Feierabend machte, wartete Angus bereits auf sie. Während sie sich aus der Schuluniform schälte und sich umzog, erzählte sie ihm von Dianas ›Tanz der sieben Schleier‹ und wie Diana darauf bestanden hatte, daß die übrigen Studenten der Militärakademie sich, genau wie sie selbst, ihrer Kleidung entledigten. Sie erzählte ihm auch, wie sehr Viti seinem Vater geglichen hatte, als er mit einem Arm in der Schlinge und gesenktem Kopf allein und abseits dagesessen hatte. »Er hat heute versucht, sich das Leben zu nehmen«, sagte sie zum Schluß.

Angus zuckte die Achseln. Ein Römer mehr oder weniger – das spielte für ihn keine Rolle. Er hatte nur mit den Maschinen zu tun.

»Also, du könntest ja mal irgendwas sagen«, forderte Miranda ihn auf.

»Na ja, wenn er hops gegangen wäre«, erwiderte Angus bedächtig, »dann würde er hier nicht in ein paar Tagen wieder aufkreuzen, um die Maschine seines Papas zu Schrott zu fahren.« Er ließ den Verschluß einer Bierflasche knallen. »Reicht das als Mitgefühl für solche Leute?«

Miranda warf ihr Uniformbündel nach ihm.

Sie tanzten, sangen und tranken bis zum frühen Morgen in den Personalräumen. Dann wurde erzählt, die Waldleute veranstalteten eine Party in der Nähe des Bahnhofs, das Zuschauen lohne sich. Es handele sich um eine ihrer *Beltane*-Feiern.

Die Waldleute hatten ein großes Holzfeuer brennen. Männer bliesen Sackpfeifen, während Paare im flakkernden Schein des Feuers tanzten. Hin und wieder wurde etwas gerufen, worauf alles verstummte und die Paare im Tanz innehielten. Dann liefen Männer, die bis auf ein Lendentuch nackt waren und deren Körper mit weißen Streifen bemalt waren, auf das Feuer zu und sprangen mit einer Hechtrolle hinüber. Während Angus und Miranda zuschauten, mißlang einem jungen Mann der Absprung, so daß er in das lodernde Holz stürzte und in der Asche ausrollte. Sofort übergossen ihn seine Mitstreiter mit Kübeln voller Wasser. Dies alles wurde von der geheimnisumwitterten Gestalt des Lyf überwacht. Lyf stand beim Holzstoß und legte regelmäßig Zweige und Äste nach.

»Warum machen sie das?« fragte Miranda.

»Damit beweisen sie ihre Männlichkeit, nehme ich an«, erwiderte Angus. »Sie haben viele solcher primitiven Zeremonien.«

Ein weiterer Mann bereitete sich auf seinen Lauf vor. Er streckte Hände und Arme zum Himmel empor und rief Worte in einer Sprache, die weder Angus noch Miranda verstehen konnten. Dann kauerte er sich nieder und sprintete los. Das Gebet, so es denn ein Gebet gewesen war, wurde erhört, denn er kam im vollen Lauf vom Sprungbrett ab, hechtete nach oben, zog die Knie bis zur Brust an, drehte sich in der Luft um dreihundertundsechzig Grad, wirbelte durch den Rauch, landete sicher und setzte seinen Lauf durch die Asche hindurch fort. Hochrufe wurden laut, der Tanz ging weiter.

»Das war phantastisch«, sagte Angus, er klang ganz begeistert.

»Komm bloß nicht auf dumme Ideen«, antwortete Miranda und schmiegte sich an ihn. »Ich hab dich zwar gern saftig und durch, aber nicht angebrannt.«

Weitere Arbeiter des Kampfdoms trafen ein. Einige der Männer waren stark betrunken und brüllten herum. Als einer der Feuerspringer nach einem gelungenen Überschlag unsicher aufkam, ins Taumeln geriet und auf dem Hintern in den glühenden Kohlen landete, verwandelte sich das Gebrüll in hämischen Spott. Unter Gejohle krabbelte der Unglückliche auf allen vieren aus dem Feuer.

Manche der Waldleute brüllten etwas zurück, während andere ihren Kameraden, der Verbrennungen erlitten hatte, mit Wasser übergossen. Die genaue Bedeutung ihrer Worte war zwar nicht klar, wohl aber, worauf sie abzielten. Als nächstes schlug ein Mann aus dem Kampfdom am Rande der Tanzfläche für alle sichtbar sein Wasser ab, und damit kippte die ganze Situation und wurde häßlich. Plötzlich tauchten viele weitere Waldleute, Männer wie Frauen, auf der Bildfläche auf. Einige hatten Knüttel, manche Pfeil und Bogen, andere hielten brennende Äste in den Händen. Sie umzingelten die kleine Gruppe aus dem Kampfdom, eine Schlägerei lag in der Luft. Angus ließ Miranda los.

In diesem Moment mischte sich der Mann ein, den man Lyf nannte. Er lachte. Mit erhobenem Stab stellte er sich zwischen die beiden Gruppen. »Heute nacht wird es hier keine Schlägerei geben«, sagte er mit schwerem Akzent, den Angus plötzlich als komisch empfand. Auch andere, die das akzentuierte, britannische Latein sprachen, empfanden Lyfs Dialekt als merkwürdig und lachten. Lyf wiederholte seine Worte in der Sprache seines Volkes und unterstrich sie durch einen Tanz, der aus Hopsern, Sprüngen und Schattenboxen bestand. Das löste erneute Heiterkeit aus, die Spannung schwand, und die Gruppen zerstreuten sich.

Mit umeinander geschlungenen Armen machten sich Angus und Miranda schläfrig und verliebt auf den Weg zum Untergrundbahnhof und nach Hause. Hinter ihnen blieben ein loderndes Feuer, tanzende Männer und die seltsam traurigen und gleichzeitig anfeuernden Töne der Sackpfeifen zurück.

So ging das Jahr mit Frühlingsgefühlen, wie sie der Jahreszeit entsprachen, zu Ende.

6

Vitis Bankett

$d$ie Spiele im Kampfdom bedeuteten zwar einen Höhepunkt der Ausbildung an der Militärakademie, aber nicht das abschließende Ereignis des Studentenlebens. Die letzten vier Wochen waren formellen Anlässen vorbehalten.

Zuerst fanden die langen Sitzungen statt, bei denen jeder Student sich älteren Tutoren stellen und seine persönliche Beurteilung von Angesicht zu Angesicht entgegennehmen mußte. Solche Sitzungen konnten sich schwierig gestalten, denn sie umfaßten nicht nur die Bewertung der Fähigkeiten und Fertigkeiten, sondern auch die charakterliche Beurteilung. Die Militärakademie legte besonderes Gewicht auf die Entwicklung solcher Vorzüge wie Führungsqualitäten, Willenskraft und Standfestigkeit. Und wenn es einem Studenten daran mangelte, sagte man es ihm ins Gesicht. Viti wurde für seine Tapferkeit und sein Engagement gelobt, aber ein älterer Tutor fuchtelte ihm mit dem Finger vor der Nase herum und sagte: »Du hast eine romantische Ader in dir, die mir Sorgen macht. Denk nur an deinen Selbstmordversuch. Du hast mehr Phantasie, als gut für dich ist. Und denk bloß nicht, daß immer eine Frau da sein wird, die dich vor deinen Dummheiten bewahrt. Eines Tages wirst du selbst für dich einstehen müssen.«

Viti hörte es sich an und zuckte die Achseln. »Ich bin mein ganzes Leben lang auf mich gestellt gewesen«, murmelte er.

Auf die Tage der Beurteilung folgte die zeremonielle Rückgabe der Ausrüstung. Gegenstände wie Sattel und Schutzschilde, die der Marcus Aurelius-Akademie gehörten und den Studenten bei Eintritt in die Akademie überlassen worden waren, wurden zu einem Waffenschmied gebracht, der den Empfang schriftlich bestätigte, und das schloß auch die Rückgabe der Stammbücher für jeden Ausrüstungsgegenstand ein. Anschließend führte der Waffenschmied alle notwendigen Reparaturen an der Ausrüstung durch und überholte sie so, daß sie für die Studenten des kommenden Studienjahres bereitstand. Dieser Tradition maß man große Bedeutung zu. Die Ausrüstung, über die einst Vitis Vater verfügt hatte, wurde gegenwärtig von einem der Kadetten des ersten Studienjahres benutzt. Manche Gegenstände, etwa die Übungshelme, waren Jahrhunderte alt.

In einem Wäldchen nahe bei den Sportanlagen der Akademie fand ein Gedenkgottesdienst für die Kommilitonen statt, die während der drei Studienjahre gefallen waren. Es war ein langer Gottesdienst. Jene, die für den Tod ihrer Studiengenossen verantwortlich waren, mußten über ihre toten Gegner eine Rede halten. Also fiel Viti die Aufgabe zu, über Alexander zu reden, den er im zweiten Studienjahr während des Streitwagenrennens getötet hatte. Er pries Alexanders Mut, seine Kampfeskunst und Großherzigkeit. Innerlich wand sich Viti angesichts der eigenen Heuchelei. Aber was konnte er machen? Die Akademie hielt sich an die Regel des alten Solon: *De mortuis nil nisi bonum* – ›Über die Toten ausschließlich Gutes‹. Also log Viti.

Jeden Abend gab es Gelegenheit, mit den lebenden Kommilitonen feucht-fröhlich zu feiern und alte Feindseligkeiten zu begraben. Nur diejenigen, die ihren Haß begraben hatten, bekamen den Abschluß zuerkannt – auch das war eine alte Regel der Akademie.

Die letzte förmliche Zeremonie bestand in der Präsentation des Schwertes. Jeder Studienabgänger erhielt sein eigenes, individuell gefertigtes Schwert, es kam einer Abschlußurkunde gleich. Bei dieser Gelegenheit leisteten die Studienabgängerinnen und Studienabgänger den Eid, die Gesetze des Reiches und die Ehre des Kaisers hochzuhalten. Die Schwerter waren nicht zur Zierde da, sondern praktische Kampfwaffen. Der Empfang des Schwertes symbolisierte das Ende des Studentenlebens an der Akademie.

Während dieser letzten vier Wochen widmete man Viti ganz besondere Aufmerksamkeit. Gerade weil er die letzte Schlacht gegen die ungestüme Diana verloren hatte (und daran war nun einmal nicht zu rütteln), wollte man ihm das Gefühl geben, daß er nicht in Ungnade gefallen war. Er hatte sich wacker geschlagen, genau wie seine Soldaten. Es gab auch Stimmen, die fanden, Diana habe eine zu große Schau abgezogen, und die den Einsatz von Betäubungsstäben in Entscheidungsschlachten in Frage stellten. Dagegen galt Vitis Drei-zu-eins-Strategie, die er in einem Seminar nach dem Kampf erläuterte, als beispielhaft und völlig im Einklang mit der Tradition der Wettkämpfe. Wäre Viti gegen irgend jemand anderen als Diana und ihre Amazonen mit ihren *Bolas* angetreten, hätte er fraglos den Sieg davongetragen. Außerdem achtete man Viti auch wegen seines versuchten Freitods.

Unter den männlichen Studienabgängern galt Viti nach wie vor als der stärkste und fähigste Krieger. Warum war er dann nicht glücklicher? Ihm zu Ehren wurde ein besonderes Bankett gegeben. Keine großartige Sache, aber sehr exklusiv. Nur die männlichen Studienabgänger und einige Tutoren waren geladen. Der Wein war der erlesenste, den man hatte auftreiben können, und die Speisen wurden auf goldenen Platten serviert.

Zufällig fand dieses Bankett genau zu dem Zeitpunkt statt, als Miranda ihren Dienst an der Akademie antrat, es war ihr erster größerer Einsatz. Sie kümmerte sich auch um das Unterhaltungsprogramm für die mehrstündige Feier.

Der Abend war ein großer Erfolg.

Ein so großer Erfolg, daß Miranda nach dem Dessert – ein weißer Schwan aus Zuckerguß, der Zitroneneis, Schokoladencreme und Zuckerbällchen mit den feinsten Likören enthielt – in den Bankettsaal gerufen wurde, wo sie den Dank der Versammelten entgegennehmen sollte.

So etwas kam durchaus häufiger vor, man hatte Miranda schon frühzeitig davor gewarnt. Sie trug ihre schlichte Schuluniform und hatte viel Mühe auf Haar und Make-up verwendet. Die Wirkung war umwerfend, denn Miranda besaß, ohne viel dafür zu tun, die beneidenswerte Eigenschaft, die in allen Epochen, Kulturen und Sprachen als ›Sex Appeal‹ bekannt ist. Der Beifall, mit dem die Zigarren paffenden, angetrunkenen Studienabgänger sie bei ihrem Eintritt begrüßten, war selbst jenseits der Mauern der Akademie noch zu hören.

Miranda nahm den Dank mit Haltung entgegen. Für kurze Zeit ließ sie sich neben Viti am vorderen Tisch nieder. Sie akzeptierte ein Glas von dem roten süditalienischen Wein, der nach Rosinen schmeckte, und nippte daran. In diesem Augenblick legte die Band mit Tanzmusik los. Ehe Miranda Einspruch erheben konnte, fand sie sich mitten auf der Tanzfläche wieder, wo einer der gutaussehenden Söhne der Familie Paganini sie herumschwenkte. Sein Gesicht ähnelte dem Gott Pan, er trug Blumen im Haar. Eigentlich tanzte er gar nicht richtig mit *ihr*, sondern spannte sie nur für den Tanz ein, und irgend etwas in Miranda reagierte darauf. Der offizielle Teil des Abends war vorbei. Die Studienabgänger schlüpften aus ihren langen Togen und tanzten in schlichten, kurzen Tuniken, die ihre Muskeln enthüllten und ihnen große Bewegungsfreiheit ließen.

Die Tanzpartner wechselten. Es wurde viel Wein getrunken, viel gelacht, Trinksprüche und Hochrufe lösten einander ab. Nach und nach trafen weitere Mädchen ein, Mädchen aus der Stadt. Miranda wußte zwar, daß sie sich höchstwahrscheinlich außerhalb der Grenzen dessen bewegte, was die Schulaufsicht als noch annehmbar betrachten würde, aber sie empfand die Situation als ungefährlich und beschloß, sich zu amüsieren. Immerhin war das für sie ja ein ganz besonderer Abend. Halb wünschte sie, Angus könnte das alles miterleben. Gleichzeitig war ihr jedoch klar, daß sie sich nicht ganz so unbeschwert gefühlt hätte, wäre Angus dabei gewesen. »Angus kommt morgen wieder zu seinem Recht«, dachte sie. »Dies ist mein Abend, und was macht das schon?«

Die Musik war wunderbar. Der Rhythmus wirkte wie eine Droge, und die Musiker spielten, bis sie vor Schweiß klitschnaß waren. Am Ende eines Stückes vereinten sich Tänzer und Musiker in gemeinsamem Gebrüll. Miranda wußte, daß es an der Zeit war, an den Aufbruch zu denken. Als ein Stück mit klirrenden Beckenschlägen endete, bedankte sie sich bei ihrem Tanzpartner, klatschte der Band Beifall und wandte sich um. Plötzlich stand sie dem dunklen Viti gegenüber. Er war nur einige Zentimeter größer als sie. Er legte ihr den Arm um die Taille, sie spürte die kontrollierte Kraft seiner Muskeln. Den ganzen Abend über war er seltsam zu ihr gewesen: Von einer Minute zur anderen war seine Freundlichkeit in Distanz umgeschlagen. Demonstrativ hatte er in Mirandas Hörweite andere Frauen zum Tanz aufgefordert und dann ganz in ihrer Nähe mit ihnen getanzt, damit sie ihn auch ja bemerkte. Wahrscheinlich wäre das niemandem außer Miranda aufgefallen. Aber sie hatte es registriert, und nur darauf kam es an. Sie hegte für Viti Ulysses keine besonders freundschaftlichen Gefühle, wie gut er auch aussehen und wie einflußreich er auch sein mochte.

Sie wollte gehen und sagte es ihm auch. Aber er bat sie, einen letzten Tanz mit ihm zu tanzen, und schließlich ließ sie sich darauf ein. Wie es der glückliche Zufall wollte, kam als nächstes ein ruhiges Stück. Viti und Miranda glitten über die Tanzfläche, berührten einander, spürten den Rhythmus in sich pulsieren und wie eine Flamme auflodern. Als das nächste Stück begann, ein aufreizender Blues – er handelte von einer Frau, »die einen Mann so liebte wie das Meer sein Ufer« –, waren sie beide in entsprechender Stimmung und bereit weiterzumachen. Viti brauchte sie gar nicht erst zu bitten, noch ›auf einen Tanz‹ dazubleiben.

Miranda tanzte. Sie ließ sich ganz darauf ein und achtete gar nicht auf die wissenden Blicke und Gesten der Männer, die am Rande der Tanzfläche herumstanden. Viti war ein guter, Männlichkeit ausstrahlender Tänzer und der strahlend-lebendigen Miranda ebenbürtig.

Am Ende des Tanzes hob Viti sie hoch und schwenkte sie schnell im Kreis. Rufe und Klatschen wurden laut. Kurz danach merkte Miranda zu ihrer Überraschung, daß sie sich mit Viti in einem der kleinen Räume neben dem Speisesaal befand. Der Raum roch muffig, auf dem Boden lagen Stöße loser Teppichfliesen. Die Fliesen hatte man aus dem großen Saal entfernt, um eine Tanzfläche zu schaffen.

Viti küßte sie, Miranda erwiderte den Kuß. Sie atmete rauh und stoßweise.

Dann trat das Unerwartete ein: Vitis Hände waren auf ihr. Er drückte sie auf den Teppich hinunter, seine Hände zerrten an den Knöpfen ihrer Schuluniform, während seine Lippen ihren Mund suchten. Miranda wußte nicht, wie sie reagieren sollte. Sie versuchte, ihn zu küssen, sie versuchte, mit ihm zu reden, und sie versuchte, ihn abzuwehren. Sie spürte seine Hände auf ihren Brüsten und dann auf ihren Schenkeln, und sie schrie vor Schmerz auf, als er an ihren Kleidern zerrte. Sie versuchte, ihn wegzustoßen, sie versuchte, nach ihm zu treten, und das machte alles nur noch schlimmer.

Sie schien sich in eine ferne Welt zurückzuziehen, als Viti ihre Schenkel auseinanderdrückte und in sie eindrang. Sein Gewicht lastete voll auf ihr, seine Hände waren überall, und sein Glied stieß tiefer und tiefer in sie.

Dann spürte sie, wie er erschauerte, während er seinen Kopf in ihre Schulter vergrub. Sie spürte sein heißes Sperma. Aber es war nicht Miranda, die das spürte. Es war jemand anderes: jemand, der sehr weit weg war.

Eine Weile lag Viti da, ohne sich zu rühren, er keuchte nur. Schließlich tippte sie ihm auf die Schulter und bat ihn, seine Lage zu verändern und sie loszulassen, was er auch tat.

Er lag neben ihr auf dem harten, unbequemen Teppich und schlang seinen Arm um sie. Sie rückte von ihm ab und versuchte, ihre Schuluniform zu ordnen. Sie wollte sich aufsetzen. Als er sie zu küssen versuchte, brach sie in Tränen aus. Aus irgendeinem Grund kam ihr der aufgezwungene Kuß noch schlimmer vor als alles andere. Die spontanen Tränen lösten weitere Tränen aus, plötzlich wurde sie von Schluchzern geschüttelt. Sie krümmte sich zu einer Kugel zusammen und heulte. Außerhalb des kleinen Raums ging der Partylärm weiter.

Viti, der sich inzwischen mehr oder weniger erholt hatte, sah zu und wußte nicht, was er tun sollte. Als er sie berühren wollte, drehte sie sich weg. Als er sie küssen wollte, vergrub sie ihr Gesicht. Er hatte keine Möglichkeit, an sie heranzukommen. Das ging über seinen Horizont. Normalerweise hatten die Mädchen, die er aufgerissen hatte, gestöhnt und noch mehr von ihm gewollt. Er hatte sie mit Goldmünzen bezahlt, und niemand hatte Schaden davongetragen. Was war jetzt anders? Er zog ihr Kleid sanft herunter. »Hab ich dir weh getan?« fragte er. Aber sie gab keine Antwort.

Er stand auf, verstaute sein halb erschlafftes Glied und ordnete seine Tunika. »Soll ich dir was zu trinken holen?« Keine Antwort.

»Also gut, was, zum Teufel, kann ich machen?« fragte

er, plötzlich wütend. »Du wolltest es doch. Du weißt, daß du es selbst wolltest.«

Miranda nahm sich zusammen. »Laß mich einfach nur in Ruhe«, sagte sie. »Laß mich einfach in Ruhe, und geh zurück zu deiner Party.«

Und genau das tat Viti auch, aber der Gedanke an die weinende Frau machte ihm zu schaffen.

Zehn Minuten später kehrte er in den kleinen Raum zurück, aber Miranda war nicht mehr da. Die Abstellkammer wirkte muffig und schäbig.

In dieser Nacht besoff er sich, fiel hin und schnitt sich das Gesicht auf. Später trug man ihn nach Hause, ohne daß er etwas davon mitbekam.

Allein gelassen, richtete sich Miranda, so gut sie konnte, wieder her. Ihre Handtasche war noch im Bankettsaal, aber sie konnte dort nicht hin und sie holen. Sie sammelte ihre Schuhe ein und stellte fest, daß ein Absatz abgebrochen war und wie an einem Scharnier auf- und herunterklappte. Sie verließ den kleinen Abstellraum und fand sich auf dem Hauptkorridor wieder, der zur Küche führte. Gott sei Dank war niemand da. Sie schlich sich in die Küche. Ein alter Mann – einer der Küchenhelfer, der gleichzeitig als Tellerwäscher arbeitete – schrubbte eine große Emaillepfanne. Er beachtete sie gar nicht, so daß sie durch die Küche zur Damentoilette gelangen konnte.

Sie schlug die Tür hinter sich zu und fühlte sich endlich in Sicherheit.

Eines der Stadtmädchen hielt sich ebenfalls dort auf und wechselte von ihrer Tageskleidung in ein kurzes, enges Kleid. Sie musterte Miranda abschätzend. »Ist einer von denen handgreiflich geworden?« fragte sie sachlich. Miranda nickte. »Ich hoffe, er hat dich gut dafür bezahlt. Wer war's denn?« Miranda antwortete nicht. »Na ja, ganz wie du willst. Aber du solltest dich immer danach erkundigen, wie sie heißen. Denn dann kriegst du sie immer dran, und sie müssen zahlen.« Miranda nickte und preßte ihre Stirn gegen das kühle Spiegelglas. Die junge Frau, die nur wenige Jahre älter als Miranda war, betrachtete sie und versuchte kluger- und freundlicherweise nicht, weitere Einzelheiten aus ihr herauszuholen. Sie erriet alles. »Ich bin Marj«, sagte sie. »Falls du darüber reden möchtest ...«

Marj überließ Miranda ihre Haarbürste und einen Reserve-Lippenstift. Sie hatte sogar Nadel und Faden dabei, so daß Miranda den abgerissenen Saum ihrer Schuluniform wieder anheften konnte. Als Marj gegangen war, duschte Miranda. Sie fühlte sich erst sauber, als sie ihr Haar eingeseift hatte und der Schaum auf den Boden spritzte. Sie schrubbte sich und bemerkte Stellen an ihren Armen und Schenkeln, an denen sich bereits blaue Flecken abzuzeichnen begannen. Nach dem Duschen trocknete sie sich ab und zog sich langsam an.

Schließlich fühlte sie sich in der Lage, sich der Heimfahrt zu stellen.

Zu Hause wartete ihre Mutter auf sie, die ebenso wie Angus extra aufgeblieben war. Beide wollten wissen, wie ihr erstes Bankett bei den Gästen angekommen war. Aber Miranda wollte nicht reden. Sie schützte Müdigkeit vor und eilte ins Bett.

Angus, der zur Feier des Tages eine Flasche Wein gekauft und ein stilles, aber leidenschaftliches Gelage unter Bäumen im Sinn gehabt hatte, war enttäuscht. Er spürte, daß etwas nicht stimmte, und nahm in seiner Naivität an, er selbst müsse daran irgendwie schuld sein. Eve *wußte*, daß etwas nicht stimmte. Später in dieser Nacht setzte sie sich ans Bett ihrer Tochter und streichelte ihr dunkles Haar, während Miranda weinte und ihr erzählte, was geschehen war.

Auch Angus hörte es, denn er hatte sich auf Zehenspitzen den Gang zu Mirandas Zimmer heruntergeschlichen, wie er es schon in vielen früheren Nächten getan hatte. Er wollte gerade die Türklinke herunterdrücken, als er die Stimmen der Frauen hörte. Er konnte nicht alles verstehen, was gesprochen wurde, aber er hörte Vitis Namen, und er hörte das Weinen. Und er hörte deutlich, wie Miranda sagte: »Aber das darfst du Angus nicht erzählen!« Also zählte er zwei und zwei zusammen, und das ergab vier.

In dieser Nacht trank er den Wein selbst aus, legte sich nackt auf den Rücken, starrte zur Zimmerdecke und schmiedete Mordpläne.

7

Geächtete

Angus ersann tausend verschiedene Todesarten für Viti, seine Mordpläne reichten von ausgeklügelter Folter bis zur schnellen, blutigen Exekution. Nach und nach war er davon wie besessen. Und es ging noch weiter: Er quälte sich selbst und Miranda, indem er sie mit seinem Wissen konfrontierte und sie dazu brachte, ihm den Vorfall in allen Einzelheiten zu schildern. Mit versteinerter Miene hörte er zu. Miranda hatte ihrerseits Schuldgefühle, sie gab sich selbst die Schuld an dem, was passiert war. »Ich habe ihn provoziert«, sagte sie. »Ich hab mich blöd verhalten. Ich bin zu lange dageblieben. Er war leicht angetrunken. Ich war leicht angetrunken. Es lag an der Musik. Ach, ich weiß es selbst nicht.«

Sie weinte wieder. Als Angus sie berührte, weil er sie gern getröstet hätte, schreckte sie zusammen.

Wenn irgend etwas Vitis Todesurteil besiegelte, dann war es dieser Moment. Angus spürte, wie sein Leben ihm vermiest wurde. Der bis dahin glückliche Mann bestand nur noch aus Zorn, Haß – und Ekel.

Angus konnte es sich selbst zwar nicht eingestehen, aber die Tatsache, daß ein anderer Mann Miranda besessen hatte (selbst wenn es gegen ihren Willen geschehen war), besudelte sie in seinen Augen. Hätte man ihm das unter die Nase gerieben, hätte er es abgestritten. Aber so war es. Und deshalb war er grob zu ihr. Miranda hätte jetzt befreiendes Gelächter und eine geduldige, gelassene Zuwendung gebraucht (gelassen in dem Wissen, daß die Beziehung so tief verankert wie ein Stützpfeiler und so stabil wie eine Scheune war und alles verkraften konnte). Aber Angus war verletzt und gereizt. Er zwang sie zur Nähe, aber er brachte sie nicht zum Lachen. Er brachte sie nur dazu, sich wie eine Verurteilte zu fühlen.

Angus verfolgte einen Plan.

Nach seinem Abschluß an der Militärakademie konnte Viti davon ausgehen, daß man ihn zu irgendeinem der tausend Außenposten des Reiches schicken würde. Es konnte ihm passieren, daß er im Norden Chinas, in Waitangi/Aotearoa oder in den peruanischen Anden landete. Es gab immer irgendwelche Brennpunkte, an denen die einheimische Bevölkerung nicht völlig befriedet worden war oder an denen Unabhängigkeitsbewegungen ihre Häupter erhoben. In dem ungeheuer ausgedehnten Reich, das die Erdkugel wie ein zerschlissenes Tuch umspannte, stand es in Wirklichkeit nicht überall zum Besten.

Angus nahm an, Viti werde sich in der Zeit vor seinem Dienstantritt bestimmt häufiger im Kampfdom blicken lassen, um ein paar Runden mit dem Drachen seines Vaters zu drehen. Wenn Viti sich anmeldete, würde Angus es sofort erfahren, da er für die tägliche Wartung des Maschinenparks zuständig war. Und er würde mit Leichtigkeit einen ›Unfall‹ arrangieren können.

Im Juli war es soweit.

Eines Tages – Angus war gerade damit beschäftigt, das Kolbengestänge an einem alten, dampfbetriebenen Ungeheuer anzubringen, das das Militärmuseum von Eburacum gern als Teil einer historischen Waffensammlung ausstellen wollte – kam die Nachricht, Viti Ulysses wolle den Drachen am kommenden Sonntag um 10 Uhr 30 steuern.

Als Angus es hörte, bekam er eine Gänsehaut. Instinktiv reagierte er darauf so, daß er den Wartungsplan überprüfte. Er bestätigte, die Maschine sei betriebsbereit. So locker wie möglich versicherte er, er stehe an diesem Tag zur Verfügung, er wolle sowieso abschließende Tests am Krebs durchführen. Alles wurde ganz sachlich abgesprochen. Danach ging Angus wieder an die Arbeit, aber sein Herz klopfte wild, und seine Kehle war wie zugeschnürt.

Sein Plan hatte feste Form angenommen. Er wußte genau, wie der ›Unfall‹ vonstatten gehen würde.

Der Sonntag kam. Angus stand wie an jedem Werktag um sechs Uhr morgens auf. Als er in die kleine Küche trat, um sich schnell eine Tasse Tee zu machen und sich sein Mittagsbrot zu schmieren, fand er Miranda zu seiner Überraschung bereits auf. Sie hatte auf ihn gewartet. In ihrem Frühlingskleid und mit dem nach hinten gekämmten, hochgesteckten Haar, das er so gerne an ihr sah, wirkte sie sehr hübsch und frisch.

Miranda tat alles, um den Riß zu kitten, den sie deutlich zwischen Angus und sich spürte. Am Abend war sie mit sich selbst zu Rate gegangen und hatte sich bewußt die eigene Demütigung nochmals von Anfang bis Ende vor Augen geführt, bis sie ihren Stachel verlor. Sie wollte Angus zeigen, daß sie immer noch die Frau war, die sie stets gewesen war. Vielleicht versuchte sie es allzu sehr. Aus anderem Blickwinkel betrachtet, machte sich Miranda möglicherweise nicht klar, daß sie eben nicht mehr die Frau war, die sie früher gewesen war, und auch niemals mehr sein würde.

»Ich hab nicht damit gerechnet, daß du schon auf bist«, sagte Angus.

Miranda kam um den Tisch herum und küßte ihn. »Ich wollte dich überraschen. Ich werde dir dein Brot machen und Tee aufsetzen. Ich möchte heute mit dir mitkommen. So wie früher.«

»Na ja ... äh ...« Angus' Stimme war unsicher. Diese neue Wendung, die seine Tagespläne durchkreuzte, hatte er nicht erwartet. »Es wird recht langweilig werden. Ich muß nur die Treibstoffleitungen und Schaltkreise überprüfen.«

»Ich hatte gehofft, du würdest mich auf eine Fahrt in diesem Ding mitnehmen ... Wie heißt es doch gleich?«

»Stachelschwein.«

»Ja.«

»Es ist kaputt. Die Hydraulik.«

»Ach so. Na ja. Das macht doch nichts. Ich nehme meine Schulbücher mit, und wenn du Feierabend hast, können wir unter den Bäumen spazierengehen.« Miranda versuchte, eine verschmitzte Miene aufzusetzen, so wie früher, aber das war irgendwie peinlich, also lächelte sie nur. Schweigen. Sie wußte nicht, was sie davon halten sollte, daß Angus so unentschlossen dastand und sie gar nicht ansah. »Willst du nicht, daß ich mitkomme?«

»Doch, doch. Das ist es nicht«, beteuerte er hastig. »Es ist nur so, daß ...« Schweigen. Das strahlende Tageslicht schien ihm in die Augen. »Ich hab's dir nicht erzählt, aber dieses junge Arschgesicht, Ulysses, kommt heute in die Werkstatt. Er will den Drachen holen.«

Als Miranda das hörte, stieg ihr das Blut in die Wangen, aber ihre Stimme blieb fest. »Er muß mich ja nicht sehen. Außerdem liegt das alles hinter mir. Ich würde mich sogar freuen, wenn er mich mit dir sähe.« Sie wandte sich ab und machte sich damit zu schaffen, daß sie Brote schmierte und Tee kochte.

Angus holte tief Luft. »Also gut«, sagte er und ließ die Sache auf sich beruhen.

In Wirklichkeit überschlugen sich seine Gedanken. Er fragte sich, ob er seinen Plan fallenlassen oder ihn weiterverfolgen sollte. Er fragte sich, ob er Miranda sagen sollte, was er vorhatte. Zuguterletzt tat er gar nichts. Schweigend saßen sie nebeneinander im Morgenzug zum Kampfdom.

Im Kampfdom entschuldigte Miranda sich und

rannte zur Damentoilette. Sie hatte vorgeschützt, ihre Monatsblutung stehe bevor. Aber das war gelogen. Sie wollte ihre Tränen verbergen. Auf der Zugfahrt hatte sie zum ersten Mal gespürt, daß sie selbst und Angus jetzt getrennte Wege gingen. Sie begann zu akzeptieren, was sie sich vorher zu sehen geweigert hatte. Aber noch war die Zeit der Trennung nicht gekommen, alles konnte noch gut werden. Sie liebte Angus immer noch, trotz seiner Fremdheit, und vielleicht liebte er sie ja auch noch, und deshalb ... Miranda betrachtete sich im Spiegel und erinnerte sich dabei daran, wie sie zu einem früheren Zeitpunkt ihr verweintes Gesicht im Spiegel gemustert hatte. Daraufhin zwang sie sich zu lächeln.

Wenige Minuten später war sie wieder draußen und nahm Angus' Arm. »Es ist alles in Ordnung«, sagte sie, und er wußte nicht, wie er das verstehen sollte.

Angus erfand irgendwelche Arbeiten für sich. Es standen keine dringlichen Reparaturen an. Er hatte nur deswegen die Sonntagsschicht übernommen, weil er den Drachen so präparieren wollte, daß er Viti den Tod brachte. Um halb zehn rauchte er eine und sagte dann: »Ich laß jetzt wohl besser den Drachen für das Arschgesicht warmlaufen.«

»Willst du, daß ich mitkomme? Ich tu's, wenn du möchtest. Ich hab keine Angst.«

Angus schüttelte den Kopf.

»Also, ich möchte, daß du mir eines versprichst. Ich will nicht, daß du dich blöd verhältst und ihn beleidigst oder so. Er gehört nicht zu unserer Welt. Er kann uns erledigen. Gib mir das Versprechen.«

»Ich versprech es«, sagte Angus. »Ich laß nur den Drachen warmlaufen, dann komm ich hierher zurück. Wenn ich Glück hab, werd ich dieses Arschgesicht nicht einmal sehen.«

Angus hastete den langen Hangar hinunter, in dem die Kampfungetüme reihenweise in ihren Halterungen hingen. Beim Drachen angekommen, ließ er ihn auf den Boden herunter. Als nächstes nutzte er die Hilfsbatterien dazu, die Hydraulik des Drachen mit Strom zu versorgen. Er wollte sichergehen, daß es nirgendwo einen Defekt gab. Der Drache stand gebieterisch mit erhobenem Haupt und leicht geöffnetem Maul da. Angus beeilte sich, das Schwungrad anzuwerfen, dann schloß er die Luft-Hochdruckleitung an.

Angus kletterte auf den Rücken des Drachen hinauf und öffnete die Falltür, die zur Steuerkabine führte. Innen schlüpfte er um die Fahrersitze herum bis zu der Stelle, an der sich die Kolben und Verbindungsstangen befanden, welche die Beine, die Klauen und den Schwanz des Drachen bewegten. Er brauchte nur zwanzig Sekunden, um eine Schraubenmutter am Ende eines Kolbenarmes am unteren Schwanzteil zu lösen. Als nächstes versetzte er einen Sicherheitssensor. Schließlich sägte er die Verbindungsstange mit einer gewöhnlichen Bügelsäge an. Er schnitt die Stange zu zwei Dritteln durch, befestigte die Mutter wieder an ihrer alten Stelle und schraubte sie soweit hinein, daß sie sich genau oberhalb des Schnittes befand. Angus wußte, daß Viti den Drachenschwanz gern heftig auf und ab bewegte, daß er wie eine Peitsche knallte.

Na ja, wenn er dieses Manöver jetzt durchführte, würde das Kolbengestänge auseinanderbrechen und sich die spitze Stange wie der Pfeil einer Armbrust direkt in den Rücken des Fahrers bohren. Nach Angus' Berechnungen würde sie die Wirbelsäule etwa auf halber Höhe des Rückens durchtrennen. Wenn das Glück auf seiner Seite war, dachte Angus, dann würde der Bolzen Viti nicht sofort töten, sondern ihn von der Taille abwärts lähmen. Ausgefickt. Die gerechte Strafe für das Arschgesicht.

Danach würden die Inspektoren die Wartungsprotokolle durchgehen. Dabei würde ihnen auffallen, wie oft die Mechaniker, insbesondere Angus, darauf hingewiesen hatten, daß man den Drachen nicht bis zur Grenze seiner Leistungsfähigkeit ausfahren durfte. Bis dahin würde Angus das angesägte Kolbengestänge natürlich repariert haben, so daß es kein Indiz für Sabotage geben würde.

Angus kletterte in den Fahrersitz und überprüfte die Umdrehungszahlen, die das Schwungrad pro Minute machte. Es lief schon fast mit Normalgeschwindigkeit. Er brauchte nur noch ein paar Sekunden, um die Hochdruckleitung abzuklemmen und das gepanzerte Gehäuse zu verschließen. Danach fuhr er den Drachen, indem er nur den Halbkettenantrieb benutzte, mitten durch die Werkstatt zur nächsten Ausfahrbucht. Er ließ das Ungetüm im Leerlauf und den Schwanz in der nach oben gestreckten, offenen Position. Das war die normale Ausgangsposition. Er sorgte dafür, daß der Wachposten den Drachen am Ausgangstor stehen sah. Die Maschine war inzwischen ganz aufgeladen und abgeschmiert. Das große Schwungrad drehte sich reibungslos und summte fröhlich vor sich hin. Der Drache war betriebsbereit.

»Viti Ulysses holt ihn sich zu einer Übungsfahrt«, sagte Angus über den Sprechfunk des Sicherheitspersonals. »Er müßte hier gleich eintreffen. Der Drache ist warmgelaufen und fahrbereit.«

»Alles klar«, erwiderte der Wachposten. »Kämpft er gegen irgend jemanden? Oder fährt er nur so zum Spaß?«

»Nur zum Spaß.«

»Na ja, ich hoffe für dich, daß er ihn nicht zu Schrott fährt. Ihr Jungs habt's bestimmt satt, ihn ständig zusammenzuflicken.«

»Stimmt«, bestätigte Angus und beließ es dabei. Er kehrte zu Miranda zurück. Zehn Minuten später informierte man ihn, Viti habe sich die Maschine geholt und sei auf dem Weg nach draußen, zum Schlachtfeld.

Viti war wütend. Er wußte nicht, warum er wütend war, abgesehen davon, daß er an diesem Morgen mit dickem Kopf und stechendem Kopfweh aufgewacht war – die Folge von zu viel Wein am Vorabend. Das wurde bereits zur Gewohnheit. Außerdem war er enttäuscht. Schon tagelang wartete er darauf, daß er jetzt, nachdem seine Zeit an der Militärakademie um war, endlich erfuhr, wo man ihn hinschicken würde. Aber er hatte noch kein Wort gehört. Manche seiner Kollegen packten schon die Koffer und bereiteten sich darauf vor, in den Osten, nach Asien, zu reisen. Oder in den Süden, nach Afrika. Oder zu irgendeinem anderen der abertausend Militärlager, die über den ganzen Erdball verteilt waren. Deshalb war Viti gar nicht richtig bei der Sache, als er sich auf den Drachen schwang und die Schnappschloßtüren hinter sich zuknallte. Ihm fiel die Bügelsäge gar nicht auf, die Angus in seiner Nervosität nach dem Anschneiden des Kolbengestänges hatte liegenlassen. Aber selbst wenn er sie bemerkt hätte, wäre ihm wohl kaum ein Sabotageakt am Drachen in den Sinn gekommen.

Viti rümpfte die Nase, als er sich festgurtete und den Kontrollhelm über den Kopf stülpte. Der Helm roch nach abgestandenem Schweiß. Viti nahm sich vor, dem großen, bärbeißigen, rothaarigen Mechaniker aufzutragen, den Helm zu reinigen.

Als nächstes rückte er den Sitz zurecht und ließ ihn soweit hinunter, bis seine Füße leicht die Pedale berührten. Er gab seinen Nutzer-Code ein. Der Wachposten erkannte das Signal und entriegelte das Metalltor, das sich langsam öffnete und den Blick auf das graue Licht des Kampfdoms freigab. Viti schlüpfte mit den Händen in die Steuerhandschuhe. Als das Tor weit genug offenstand, bediente er den Halbkettenzug. Der Drache taumelte vorwärts, schaukelte leicht auf seinen hydraulischen Stoßdämpfern hin und her und bewegte sich im Schneckentempo aus dem Hangar.

Kaum war der Schwanz aus dem Hangar heraus, versorgte Viti die riesigen Führungsbeine mit Energie. Das Ungetüm schoß nach vorn. Genau das hatte Viti beabsichtigt. Er liebte das schiere Machtgefühl, das ihm der Drache gab.

Viti steuerte das Ungetüm in die Mitte des Kampfdoms und brachte es dort abrupt zum Stehen. Er sorgte dafür, daß der Drache sich aufrichtete und wieder niederbeugte und die Luft mit seinen Klauen durchschnitt, als wolle er sich mit einem echten Gegner messen. Er ließ ihn losrennen und dann bei vollem Tempo eine Kehre vollführen, indem er den Halbkettenzug mit den mächtigen Hinterbeinen verband. Dabei handelte es sich um ein schwieriges Manöver, das die geschickte Bedienung der Pedale ebenso erforderte wie feine Hand- und Fingerbewegungen. Viti achtete gar nicht auf das Donnern der Relais, als sich das Steuergetriebe auf seinen Befehl hin öffnete und wieder schloß. Als nächstes bereitete er das Ungetüm darauf vor, so loszurennen, daß der massige Drachenschädel nur knapp über dem Boden hing. Wenn er sich auf diese Weise bewegte, konnte der Drache eine enorme Geschwindigkeit erreichen und durch gepanzerte Oberflächen rammen.

Nur zum Spaß drückte Viti auf einen der Kontrollknöpfe, der im Ernstfall bewirkte, daß das Ungeheuer durch eines seiner Hörner Feuer spuckte. Er stellte sich vor, wie die roten Feuerschwaden vor ihm explodierten und der Drache mit seinen rotgoldenen Schuppen durch die Flammen stürmte, während sein Maul weit offenstand und seine Klauen ausgefahren waren. Viti hoffte, daß sein Vater den Drachen irgendwann zu ihrem Besitz in Farland Head mitnehmen würde. Vielleicht konnte er das Ungeheuer dort nach Herzenslust Feuer speien und brandschatzen lassen.

Ohne die Geschwindigkeit zu drosseln, drängte Viti den Drachen in eine große Kehre. Unter ihm huschte der Boden vorbei. Er roch das heiße Öl und hörte das Geratter der gutgeölten Maschinerie und das tiefe Brummen des Energie abgebenden Schwungrads. Viti nahm Kurs auf die Übungshügel, aus denen am Abend der Abschlußkämpfe Geysire hochgeschossen waren und heiße Quellen gesprudelt hatten. Hier war es gewesen, wo Diana und ihre Amazonen ihn besiegt hatten. Die Erinnerung daran war immer noch frisch und schmerzlich.

Viti sah, daß die Hydraulikingenieure am Werk gewesen waren und einen Teil des Hügels abgetragen hatten. Aber das zentrale Feld war nicht abgesperrt, und er beschloß, ein gewisses Risiko einzugehen und darauf zu setzen, daß es immer noch abgesichert war. Viti entschied sich für ein gefährliches Manöver: Er wollte den Drachen den Hügel hochjagen, seinen Schwanz wie einen Ausleger einsetzen und ihn auf dem Gipfel eine Drehung von hundertachtzig Grad vollführen lassen.

Viti gelangte in vollem Tempo zum Hügel, ließ den Schwanz hochschnellen und ihn dann mit leichtem Knopfdruck seines kleinen Fingers zur Seite schwenken. Gleichzeitig nutzte er die Pedale dazu, den Drachen auf einer Seite abzubremsen. Er spürte, wie der ganze Drache erbebte und aufstöhnte, als sein Getriebe auf den enormen Druck entgegengesetzter Kräfte reagierte. Plötzlich explodierte etwas hinter ihm. Viti merkte, wie sich irgend etwas in seinen Rücken bohrte und einen ungeheuren Schmerz auslöste, der immer schlimmer wurde. Er biß sich auf die Zunge. Seine Arme wurden taub. Er spürte, wie der Drache außer Kontrolle und ins Taumeln geriet, schlingerte und ihn in den Sicherheitsgurten hin und her warf. Der Drache schien zu rollen und umzukippen ... Malträtiertes Metall kreischte. Auf den Kontrollschirmen vor ihm tanzten verrückte Muster auf und ab. Irgendwie rammte er sich den Kopf ...

Als es dunkel um Viti wurde, war sein letzter ersterbender Gedanke, wie wütend sein Vater sein würde. Bestimmt hatte er diesmal den Drachen zu Schrott gefahren. Das freute ihn.

In dem Abschnitt des Kampfdoms, in dem die Maschinenwerkstatt untergebracht war, tranken Angus und Miranda zusammen Tee. Angus fiel es schwer, sich auf das zu konzentrieren, was Miranda ihm über die neuen Polytech-Kurse erzählte. Er wartete so angespannt auf das Schrillen der Unfallsirene, daß er, als die Sirene schließlich tatsächlich losging, sofort auf die Füße sprang und dabei seine Tasse umstieß. »Er muß Bruch gemacht haben«, sagte er und versuchte, angesichts Mirandas bestürzten Blickes sachlich zu klingen.
»Bruch?«
»Viti Ulysses. Der Drache. Er fährt ihn im Augenblick. Deswegen die Sirene. Sonst ist niemand dort draußen. Er muß ihn zu Bruch gefahren haben. Ich werde hingehen und nachsehen. Ich nehme den Schlepper mit. Für den Fall, daß das Arschgesicht ihn tatsächlich zu Schrott gefahren hat. Es wird nicht lange dauern.«
»Kann ich mitkommen?«
»*Nein!*« Angus brüllte es fast. Er wandte sich schnell ab, drückte die Sprechfunktaste und kündigte an, er sei auf dem Weg. Kurz danach brach das Schrillen der Sirene ab.
Angus hastete durch die Hallen der Werkstatt und kletterte auf einen der mächtigen Bergungsschlepper. Er klemmte die Aufladegeräte ab und betätigte alle Schalter, die das Betriebssystem des Schleppers mit Energie versorgten. Die Scheinwerfer leuchteten auf. Das Öl wurde mit großem Druck in die Hydraulikkolben gepumpt, die den Rumpf des Schleppers stützten. Langsam hob er sich und begann, sich nach vorne zu schie-

ben. Das Werkstatt-Tor rollte hoch. Sobald die Öffnung groß genug war, zuckelte der Schlepper heraus und auf das erhöhte Mittelfeld des Kampfdoms zu.

Der Schlepper hatte vorne große, weiche Räder und hinten Halbkettenantrieb. Zum Gewicht des Fahrzeugs trugen vor allem riesige Batterien bei, die paarweise in seinem mittleren Abschnitt befestigt waren und die Hauptenergie lieferten. Aber der Schlepper hatte darüber hinaus auch einen Dieselmotor und Öltanks, die im Notfall als Reserve dienten. Alle Betriebssysteme konnte man auch kombiniert einsetzen. Dieser Schlepper war so leistungsfähig, daß er den Drachen, falls nötig, zurück zum Hangar ziehen konnte. Angus saß in der Kabine und jagte die Maschine auf ihre Spitzengeschwindigkeit hoch, die fünfzehn Stundenkilometer betrug. Unaufhaltsam rumpelte sie über den Boden.

Angus fand den Drachen, der seitlich umgekippt war, am Fuß des Hügels. Es war deutlich zu sehen, daß der Drache den Hügel heruntergerollt war, riesige Stücke aus dem Grasboden gerissen und dabei die knallgelben Hochdruckleitungen freigelegt hatte, durch die am Abend der Abschlußkämpfe Dampf und Wasser geflossen waren.

Warum, zum Teufel, mußte der blöde Scheißkerl ausgerechnet hier hochfahren? dachte Angus bei sich, während er auf den Drachen zufuhr. Als er näher herankam, bemerkte er, daß der Schwanz verdreht war, und lächelte vor sich hin. Zweifellos hatte Viti die Maschine voll ausgereizt.

Angus hielt neben den schimmernden Drachenschuppen, sprang vom Schlepper herunter und kletterte auf den Drachenrücken. Er stieß die Klemmen zur Seite, mit denen der Lukendeckel befestigt gewesen war, und klappte ihn auf. Innen sah er Vitis zusammengesackte Gestalt, die von den Sicherheitsgurten gehalten wurde. Er sah aus, als sei er tot. Als Angus sein Bein durch die

Luke schwang, um hinunterzuklettern, übte er schon die Worte ein, mit denen er die Nachricht der zentralen Kommandostelle überbringen wollte. Aber als er schon halb drinnen war, bewegte sich die zusammengesunkene Gestalt, kämpfte sich hoch, versuchte sich aufzusetzen und stützte sich mit blutigen Händen am Steuerpult ab. Viti wandte sich um und blickte hoch. Über seinem Auge war ein Schnitt, und aus seiner Nase strömte immer noch Blut, aber er konnte sich bewegen, schien nicht schwer verletzt zu sein – und schon gar nicht gelähmt.

Angus blickte sich in der Kabine um und stellte fest, daß die Kolbenstange durch das Kopfstück des Fahrersitzes gedrungen, aber abgelenkt worden war, so daß sie jetzt in der Kabinenverkleidung steckte. Sie hatte Vitis Wirbelsäule nur um wenige Zentimeter verfehlt. Wäre Viti so groß wie Angus gewesen, hätte die Stange ihn zweifellos getötet. Angus wurde klar, daß er sich bei seinen Berechnungen vertan hatte. Was ihm am meisten zusetzte, war die Tatsache, daß der losgeschleuderte Bolzen Viti verfehlt hatte. Viti blutete ein bißchen und war benommen, ansonsten jedoch unversehrt. »Hol mich aus dem verdammten Ding raus«, brüllte er. »Diese verdammte blöde Maschine! Baut genau in dem Moment Scheiße, wo sie was leisten soll. Komm schon, hilf mir!«

Angus sprang ihm instinktiv bei, denn während seiner Ausbildung war es ihm in Fleisch und Blut übergegangen, daß ein Bürger zu springen hatte, wenn es ein Römer befahl. Aber dann hielt er inne: Schließlich war dies der Mann, der seine Frau vergewaltigt hatte. Dies war der Mann, den er hatte umbringen wollen. Angus schüttelte den Kopf. Er konnte es kaum fassen. In der Kabine sah er sich nach einer Waffe um. Da ihm nichts ins Auge stach, zerrte er schließlich die schwere Verbindungsstange los, um sie Viti über den Schädel zu ziehen.

Er hätte schnell zuschlagen sollen, aber er hielt einen Augenblick inne, um seine Tat auszukosten. Er ließ die Wut die Oberhand gewinnen. »Du Arschloch. Ich will, daß du *langsam* stirbst. Weißt du überhaupt, wer ich bin? He? Ich bin Angus, und ich bring dich um.«

»Warum?« rief Viti. Selbst während des Schreiens zog er weiter an dem Gurt, der ihn festhielt. Aus seiner Ausbildungszeit wußte Viti, daß man dem Angreifer die Initiative aus der Hand nimmt, wenn man ihn zum Reden bringen kann. »Warum willst du mich umbringen? Ich mag dich doch. Ich bewundere dich. Ich halte dich für sehr geschickt. Du hast das alte Ungetüm wieder zum Laufen gebracht, als ich dachte, ich hätte es zu Schrott gefahren und es sei nicht mehr zu reparieren. Ist es jetzt arg beschädigt?«

Angus schwenkte die schwere Kolbenstange. »Genug geredet. Erinnerst du dich an Miranda?«

»Nein, ich glaube nicht, daß ich...« Die Haltegurte waren gelöst. Viti wußte, daß er sich bewegen konnte.

»Wegen ihr bringe ich dich um.«

»Aber warum denn? Was hab ich denn je getan, daß...«

»Du hast sie ... Du hast sie zu einer ... Du hast sie gezwungen...« Angus fehlten die Worte. Er stemmte die schwere Stange hoch und rammte sie in den Sitz. Aber Viti war nach unten abgetaucht. Wie Angus zu Miranda stand, hatte er sofort erraten, als er ihren Namen hörte. Und er erinnerte sich auch daran, wie er die beiden zusammen im Stachelschwein gesehen hatte.

Viti schlug gegen die Wand neben dem Kontrollschirm. Mit dem geübten Verstand des Kämpfers hatte er sich sofort daran gemacht, die Situation einzuschätzen. Er war darauf vorbereitet, die Initiative zu ergreifen. In der engen Kabine bedeutete die Tatsache, daß er kleiner als Angus war, einen leichten Vorteil.

Ehe Angus sich wieder sammeln konnte, knallte Viti

ihm den Kontrollhelm ins Gesicht. Dann ließ er den Fahrersitz herumschnellen, so daß Angus das Gleichgewicht verlor und hinfiel. Als Angus zurückwich, fand er sich in den Sicherheitsgurten verheddert. »Du Arschloch«, brüllte er. »Ich bring dich, verdammt noch mal, um – und wenn es das Letzte ist, was ich tue.«

Viti hatte seinen Vorteil genutzt. Neben dem Kontrollbord hing ein kleiner Feuerlöscher. Viti kaperte ihn und spritzte Schaum in Angus' Richtung. Den Feuerlöscher vor sich haltend, schlängelte er sich um den Fahrersitz herum, bis er fast hinter Angus stand. Dann trat er ihn. Es war ein hinterhältiger Stoß in die Kniekehlen, Angus geriet ins Taumeln. Er wand sich aus den Sicherheitsgurten und hob erneut die Kolbenstange. Aber ehe er sie heruntersausen lassen konnte, hatte Viti ihn schon im Schwitzkasten, er hatte die Schultern hochgezogen und die Arme vor Angus verschränkt. Angus war von dem Angriff überrascht und verlor das Gleichgewicht. Er fiel nach hinten, gegen das Steuerbord. Als er versuchte, sein Gleichgewicht wiederzugewinnen, indem er sich am Fahrersitz abstützte, schwang der Sitz herum, und er fiel durch die spiralförmige Öffnung, die zum Betriebssystem des Drachen führte. Sein Wutschrei hallte durch die kleine Kabine.

Viti rappelte sich hoch und machte sich davon. Einen Augenblick lang wäre er fast ohnmächtig geworden, als er sich auf den Drachenrücken stellte. Sein Adrenalin hatte es ihm ermöglicht zu kämpfen, aber er war verletzt. Beim Aufprall des Drachen hatte er sich die Rippen angeschlagen, und sein Gesicht fühlte sich an, als habe ihn die Rückseite einer Baggerschaufel getroffen. Ein Bein begann dort, wo die Muskeln eingedrückt worden waren, zu schmerzen, Blut sickerte in seinen Schutzanzug. Er konnte nicht klar denken, sonst hätte er die kleine Tür zum Cockpit zugeschlagen. Aber er tat es nicht. Er humpelte eilig davon.

Er hörte ein Scharren hinter sich. Kopf und Schultern von Angus tauchten aus der Maschine auf. Sein Blick war starr, sein Gesicht sah rot und verzerrt aus. Viti erkannte die Anzeichen: Er hatte einen Mann vor sich, der vom Schlachtfieber und dem Drang zu töten besessen war. So schnell er konnte, humpelte er am Drachenrücken hinunter und hoffte, die freie Fläche zu erreichen. Dann würde er improvisieren.

Angus erkannte ein Ding, das wie ein schwarzer Affe aussah und von ihm weghumpelte. Das Ding schien sich in Zeitlupe zu bewegen. In seinen Händen und Armen juckte es, sich mit ihm herumzuschlagen. In seinen Ohren dröhnte es. Er dachte nicht, er reagierte nur, und der Kampfinstinkt beherrschte ihn. Angus warf sich mit dem ganzen Körper vom Drachen aus direkt auf Vitis Rücken, so daß er ihn umschmiß. Auch Angus stürzte seitlich auf den Boden, aber falls er sich verletzt hatte, spürte er es nicht. Es war, als ob er unten Drogen stünde. Viti hatte sich weggerollt und befand sich hinter einem der eingeknickten Drachenbeine. Er hatte sein Messer gezogen.

Die beiden Männer belauerten einander, jeder wartete auf den Augenblick, der ihm die Gelegenheit bieten würde, den anderen umzubringen. Viti, der Profi-Kämpfer, war Angus an Erfahrung überlegen, aber Angus war groß, stark, voller Leidenschaft und hatte ausgezeichnet entwickelte Instinkte.

Als Viti einen Vorstoß mit dem Messer versuchte, schaffte Angus es, ihn bei der Manschette seines Schutzanzugs zu ergreifen und sein Handgelenk zu packen. Er drückte und verdrehte es und schlug mit seinem Kopf in Vitis Gesicht. Viti hielt das Messer so lange er konnte fest, aber sein Griff war dem des Mechanikers nicht gewachsen. Als er das Messer losließ, drehte er sich um und landete sein Knie direkt in Angus' Lenden, knapp an den Hoden vorbei. Einen Augenblick lang, ehe der

Schmerz einsetzte, spürten beide Männer gar nichts mehr, und sie taumelten auseinander.

Dann war plötzlich eine Gestalt zwischen ihnen, sie zerrte an Angus und baute sich vor Viti auf. Es war Miranda. Sie weinte und schrie: »Ihr Idioten! Ihr Idioten! Wußtet ihr denn nicht, daß euer Funk eingeschaltet ist? Alle haben euch gehört. Steht auf! Steht auf! Die Wachen werden jeden Augenblick hier sein.« Sie zerrte an Angus herum, er rappelte sich hoch und blickte sich um. Jenseits des großrädrigen Schleppers konnte er vier oder fünf Männer in dunklen Uniformen erkennen, die auf sie zurannten. Erst jetzt wurde aus dem Dröhnen in seinen Ohren ein Geräusch, das er identifizieren konnte: Es war die Sirene, die im Kampfdom widerhallte.

»Kletter nach oben. Kletter in das Ding und halt den Kopf unten, wenn sie das Feuer eröffnen.« Angus drängte Miranda auf den verdrehten Drachenrücken hinauf.

»Was ist mit ...?« fing sie an.

»Macht schon!« brüllte Angus. Miranda hatte noch nie eine solch wilde Wut im Gesicht eines Mannes gesehen. Sie eilte den Drachenrücken hinauf und kletterte hinein. Sie hatte mehr Angst vor Angus als vor den anrückenden Wachen.

Und dazu hatte sie auch guten Grund. Die Wachen, die an diesem ruhigen Sonntagmorgen im Kampfdom Dienst taten, waren weder besonders gut ausgebildet, noch besonders geschickt. Eigentlich bestand ihre Arbeit normalerweise nur darin, die Türschlösser zu kontrollieren, Tee für einander zu kochen und die Gänge und Passagen des Doms auf einer Reihe von Bildschirmen zu überwachen. Ihre Arbeit wurde gemeinhin als gut bezahlter Ruheposten betrachtet. Obwohl sie bewaffnet und ausgebildet waren, kannten sie sich mit wüsten Keilereien nicht aus. Sie rechneten nicht mit Schwierigkeiten und waren dafür auch nicht gewappnet.

Angus zog einen Schraubenschlüssel mit langem Griff aus den Magnethaltern an der Seite des Schleppers und schwang ihn wie einen Schläger. Als der erste der Wächter um den Schlepper bog, bekam er den schweren Schraubenschlüssel ins Gesicht. Lautlos sank er zu Boden. Der zweite kletterte über den Schlepper, Angus drehte sich zu ihm um. Dieser Mann hatte in weiser Voraussicht seine Pistole gezogen. Angus schwang seinen Schraubenschlüssel in großem Bogen herum, aber verfehlte die Beine des Wächters. Der Schraubenschlüssel schlug, ohne Schaden anzurichten, auf dem Trittbrett des Schleppers auf. Hätte der Wächter größere Fähigkeiten und bessere Nerven besessen, dann hätte er auf den taumelnden Angus schießen können. Aber der Wächter glotzte nur dumm. Und dann, als er seine fünf Sinne gerade wieder beisammen hatte und seine Pistole hob, um zu schießen, schnitt ihm ein aus nächster Nähe geworfenes Messer in die Kehle, seine Knie gaben nach. Er kippte vom Schlepper weg nach vorn und brach zu Angus' Füßen zusammen.

Angus starrte verwundert auf den Mann. Viti hatte das Messer geworfen. »Warum?« brüllte Angus. »Warum hast du das gemacht, du Arschloch?«

Viti zuckte die Achseln. Er wußte es selbst nicht. Er hätte es nicht erklären können. Es war keine rationale Entscheidung gewesen. Vor wenigen Momenten hatte er Miranda gesehen, die Erinnerung hatte ihn überflutet. Er hatte das Messer aus dem Gras aufgehoben und es in seiner Hand hin und her gewogen, jederzeit bereit, es nach Angus zu werfen. Er hätte den Mann leicht töten können, es gab viele Gelegenheiten, aber etwas hielt ihn zurück. Als er sah, wie die Wachen aufmarschierten, hatte ihn ein großer Ekel erfaßt. Die Wachen schienen für alles zu stehen, was er an sich selbst und an seinem römischen Leben haßte. Als er das Messer warf, tat er es, ohne nachzudenken. Es war ein Akt instinktiver Rebellion.

Die jungen Männer wußten beide, daß der Mord an diesem Wächter sowohl von tiefer persönlicher als auch von öffentlicher Bedeutung war. Die Wächter waren herbeigeeilt, um Viti, den Römer, zu schützen. Alles, was von Viti verlangt wurde, war, sich zurückzulehnen, bis man Angus unschädlich gemacht hatte. Falls Angus es überlebte, würde man ihn in eine Strafanstalt schicken, etwa ins Haft- und Straflager Caligula. Dort würde er bleiben, bis er sich, halbverhungert und geschwächt, der Hinrichtung würde stellen müssen – der Massenexekution, die grölende Römer mit eigenen Händen während des Schlachtfestes im kommenden Jahr durchführen würden. Entweder das, oder Viti hätte Angus selbst nach Lust und Laune umbringen können. Viti wußte es, und trotzdem hatte er Angus das Leben gerettet. Und nicht nur das: Durch den Messerwurf hatte er sich mit den Kräften des Aufruhrs verbündet.

Es war Vitis erster Akt tiefer Rebellion, und wie alle solchen Handlungen wurde sie durch etwas tief in seinem Innern ausgelöst, das seine ganze Existenz betraf und Vernunftgründen nicht zugänglich war.

Ein weiterer Wächter kam hinzu. Viti tötete ihn aus nächster Nähe mit einem Stich in die Kehle. Als nächstes durchsuchten Angus und Viti die toten Wachen auf Waffen. Sie schossen die letzten beiden Wächter nieder, als sie außer Atem am Schlepper ankamen.

Angus und Viti sahen einander an. Beide waren durch die plötzliche Wende der Ereignisse wütend und verwirrt. »Und was jetzt?« fragte Angus schrill. Viti schaute ihn an und ließ seinen Blick dann weiter schweifen, da ihm Bewegungen auf der Ebene aufgefallen waren. »Kannst du den Drachen fahrbereit machen? Kriegst du ihn hin?« fragte er.

»Mit ein bißchen Zeit schaffe ich es«, antwortete Angus. »Das verdammte Ding kann man nicht kaputtkriegen. Aber was willst du damit?«

»Ich meine, daß das die einzige Möglichkeit ist, wenn irgendeiner von uns hier lebend rauskommen will.« Viti deutete auf die andere Seite des Kampfdoms. Angus drehte sich um und starrte nach hinten. Die schwarzen Gestalten des Sicherheitspersonals kamen aus den Werkstätten und Hangars und verteilten sich über das Gelände. Diese Wachen waren anders, wahrscheinlich hatte man sie aus dem benachbarten Bahnhof geholt. Sie rannten geduckt, ihre professionelle Deckungssuche verriet die Ausbildung. Offensichtlich wußten sie, was sie vorhatten. Sie wurden von drei schwarzrot gestrichenen Fahrzeugen mit Speichenrädern begleitet. Auf jedem waren vorne mehrere schwere Geschütze montiert. Man hatte den Kampfdom während des vorigen Jahrhunderts damit ausgestattet, um so, falls nötig, einen Aufstand niederzuschlagen. Bisher hatte man die Geschütze weder gebraucht noch jemals eingesetzt. Sie konnten Kanister mit Tränengas und Blendgranaten abfeuern und gegebenenfalls eine Wand aus Tränengas errichten.

»Kümmer dich nicht um die da«, rief Angus. »Ich werde sie aufhalten. Gib mir nur Deckung.«

Noch während er sprach, ging das Prasseln und Winseln der Geschosse los, die am Panzer des Drachen abprallten. Beide duckten sie sich zu Boden. Während Angus als nächstes zu dem schweren Bergungsschlepper hinüberspurtete, der immer noch im Leerlauf tuckerte, erwiderte Viti das Feuer.

Viti legte ein Sperrfeuer, das zum Ergebnis hatte, daß viele der Wächter kopfüber nach vorne fielen und liegenblieben, ohne sich zu rühren. Andere rannten weg und suchten Deckung. Das Feuer wurde erwidert, allerdings ziellos und unkoordiniert, da die Wachen über eine offene Fläche vorrücken mußten und Viti einen Höhenvorteil hatte. Aber Viti wiegte sich trotzdem nicht in Sicherheit: Er ging davon aus, daß sich Elite-Einheiten der Polizei bestimmt schon im Anflug auf den

Kampfdom befanden, gut ausgebildete, skrupellose Profis, die in großer Zahl und von allen Seiten angreifen würden. Er hoffte, daß Angus wußte, wie die Chancen standen und was er zu tun hatte.

Angus kletterte in die Fahrerkabine des Schleppers und brachte den Motor auf Touren. Er legte den Gang ein und wendete, so daß sie in Richtung der vorrückenden Wachen und der Werkstätten wies. Dann zog er die Bremsen an. Er fuhr die mobilen Kräne auf jeder Seite zu voller Länge aus, so daß sie wie Ausleger wirkten. Schließlich schraubte er den Deckel zum Dieseltank auf und riß ein Stück Putzwolle von einem Ballen ab. Er drehte es zu einem Docht zusammen und steckte ihn mit ganzer Armlänge in den Treibstofftank. Dann zog er den durchnäßten Docht wieder heraus, wrang ihn aus, drehte ihn zusammen und zündete ihn mit einem Streichholz an. Seine letzte Tat bestand darin, daß er die Bremse löste. Der Schlepper schlingerte und rollte auf die entgegenkommenden Fahrzeuge zu. Von diesen Fahrzeugen aus wurden inzwischen die ersten Kanister mit Tränengas abgefeuert, ihre Insassen hatten keine Ahnung von der Zeitbombe, die auf sie zukam.

Angus rannte zum Drachen zurück und kletterte zur Fahrerkabine hinauf. Viti feuerte weiter und trat hinter Angus den Rückzug an. Dann verstummten seine Schüsse plötzlich. Er sprang in die Kabine hinunter und schlug die Luke hinter sich zu.

Im Drachen nahm Angus auf dem Fahrersitz Platz und streifte sich den Kontrollhelm und die Handschuhe über. »Sucht irgendwo Halt«, rief er den anderen zu. »Schließt die Sicherheitsgurte. Haltet euch an irgend etwas fest. Es wird hier gleich ungemütlich werden.«

Dann übernahm er die Steuerung des Drachen. Das Kontrollbord zeigte ihm, welche Teile beschädigt waren. Auf diese Teile mußte er besonders achten. Den

Schwanz, beispielsweise, konnte man zwar noch in die Laufposition heben, aber nicht mehr heruntersausen lassen. Das machte nichts aus. Die meisten der anderen Systeme waren trotz des Aufpralls immer noch betriebsbereit, das Schwungrad hatte kaum Energie eingebüßt. Angus probierte mehrere Bewegungen aus und hatte den Drachen mit der Zeit wieder voll im Griff. »Verdammt erstaunlich«, murmelte er. Er sah Viti an. »Mit dir befasse ich mich später«, erklärte er, während er den Halbkettenzug anwarf und darauf lauschte, wie er knirschte und losruckelte.

In kürzester Zeit schaffte er es, den Drachen, der auf den mittleren Rädern lief, auf Tempo zu bringen. Angus mußte seine ganzen Fahrerkünste einsetzen, um den Drachen zu steuern, da sich manche Teile verzogen hatten, als das Ungetüm den Hügel heruntergerollt war. Sie fuhren auf die Hauptebene hinaus.

Durch das Haupttor des Kampfdoms strömten inzwischen Schutzstaffeln, die mit speziellen Nahkampfwaffen ausgerüstet waren. Plötzlich gab es zu ihrer Rechten eine gewaltige Explosion, riesige Brocken des Kunstrasens und der falschen Felsen wurden in die Luft geschleudert. Der Boden bebte. Der Rumpf des Schleppers explodierte und zersprang in unzählige, auflodernde Schrapnells.

»Brich durch die Wand!« brüllte Viti. »Mach schon! Bring das verdammte Ding auf Touren! Das ist unsere einzige Chance!«

Und Angus tat, wie ihm befohlen.

Er wendete den Drachen, drehte ihn vom Haupttor weg und setzte ihn in Richtung der grauen Steilwand des Kampfdoms in Marsch. Als er sich der Wand näherte, ließ er den Drachen die stählernen Klauen ausfahren.

Als der Drache nur noch ein paar Meter von der Wand entfernt war, reckte er sich zu voller Größe. Die vorderen Klauen schnellten nach vorn, stießen nach unten, und die Wand des Kampfdoms riß wie feuchter Karton entzwei. Der Drache warf Kopf und Hals durch die Öffnung, der übrige Körper torkelte hinterher. Er brach durch die Wand und kam auf der anderen Seite wieder heraus.

Und stand einer Wand von Bäumen gegenüber.

Hier fing die Wildnis an.

Das Abenteuer hatte gerade erst begonnen.

8

Was sich jenseits von Britannien ereignete

Britannien sonnte sich in seiner Sicherheit. Aber in anderen Teilen der Welt ereigneten sich Dinge, die das Schicksal und das Antlitz der dicht bewaldeten Inseln verändern sollten.

In der kleinen Stadt Pons Aeni, nahe bei der großen Stadt, die wir als *München* kennen, stellte man an einem Markttag im Frühling fest, daß manche der zum Verkauf angebotenen Schafe nässende Geschwüre an den Augen hatten. Die Schafe waren apathisch, ihr Fell war stumpf. Der für die Marktorganisation zuständige Beamte ordnete an, die infizierten Schafe vom Rest zu isolieren und zu schlachten, was auch geschah. Nach ein paar Tagen trafen jedoch Berichte ein, die besagten, daß die Seuche eine ganze Herde in den Bergen befallen habe. Die armen Geschöpfe waren in ihrer Qual Amok gelaufen und hatten ihre Köpfe an den Zäunen wundgescheuert, bis sie schließlich den Geist aufgaben. Innerhalb weniger Stunden traf ein ähnlicher Bericht aus dem nördlichen Gallien ein. Man konnte vor diesen ersten Anzeichen für den Ausbruch einer großen Epidemie nicht die Augen verschließen. Das Schlimmste daran war vielleicht die Entdeckung, daß die Seuche auch Menschen befallen konnte. Bei Menschen verlief die Krankheit nicht ganz so bösartig, sie führte nur selten zum Tod, hatte aber meist Blindheit zur Folge.

Innerhalb weniger Tage nach Seuchenausbruch kristallisierte sich ein ganz bestimmtes Muster heraus, die Ursache war gefunden. Bei allen infizierten Herden waren die Futtervorräte für den Winter mit Schrotkörnern ergänzt worden. Dieses Schrot war aus einer Fabrik im Norden Hispanias importiert worden. Überall dort, wo man die Schrotkörner verfüttert hatte, trat nach einer Inkubationszeit von sechs Wochen die Krankheit auf. Wenn sich die Seuche bemerkbar machte, waren die Schafe schon so gut wie tot. Das einzige Gegenmittel lag darin, jedes infizierte Schaf sofort zu schlachten und den Kadaver zu verbrennen. Die Sache entwickelte sich zu einem ernsthaften Problem. Als der Frühling in den Sommer überging, waren die Hochlandfelder des ganzen Kontinents vom schwarzen Rauch brennender Schafskadaver überzogen, in der Luft lag der stechende Geruch brennender Wolle. Auch die Fabrik, aus der die infizierten Schrotkörner stammten, wurde vollständig niedergebrannt und die Erde ein paar tausend Quadratmeter drumherum abgefackelt. Das war römische Gründlichkeit.

Es wurde eine scharfe Quarantäne verhängt. Alle Verschiffungen von aus Europa stammendem Schafsfleisch nach Britannien wurden unterbunden. Alle Kleidungsstücke, die möglicherweise mit der Krankheit in Berührung gekommen waren, wurden verbrannt, alle Schäferhütten und Scherschuppen wurden als Trankopfer für die Götter mit Wein getränkt. Der Ansteckungsvorgang wurde in dieser Welt nur vage verstanden. Die Erfahrung hatte über die Jahrhunderte gezeigt, daß Isolierung und Feuer dazu beitrugen, eine Epidemie in Grenzen zu halten. Die Fabriken, in denen Garn für Teppiche und Strickwolle gesponnen wurde, mußten die Produktion einschränken und arbeiteten nur noch mit halber Kraft.

Unter der heißen Sommersonne wurden die Schafsköttel hart und zersetzten sich, während das Gras lang und üppig emporschoß. Die Scheunen platzten vor Heu aus den Nähten, und das Vieh gedieh. Landwirtschaftsexperten aus Rom rieten, die Weiden so lange wie möglich brachzulegen, und vor der Wiedernutzung sicherzustellen, daß die Seuche ausgerottet war. Sie beteten um einen schweren, trockenen Sommer. In der Zwischenzeit wurden Hammel und Lamm zu teuren Delikatessen, die sich nur die sehr Reichen leisten konnten. Der Schwarzmarkt blühte.

Die Götter müssen die Gebete wohl erhört haben, denn der Hochsommer wurde zu einer Folge sonnendurchtränkter Tage. Die Winzer tanzten vor Freude und sprachen von der Weinernte des Jahrhunderts. Die Hügel, einst mit den weißen, frischgeschorenen Schafen gesprenkelt, knisterten jetzt in der Hitze und trockneten zu einem gefährlichen Goldbraun aus. Vorsichtige Städte und Dörfer in den von der Seuche betroffenen Gebieten schlugen Brandschneisen rund um ihre Stadtmauern.

Im Herbst zündeten Soldatentrupps das Gras an. Der Wind trug die Flammen in orangefarbenen und roten Zickzacklinien über die Hügel, die Asche blieb zurück. Es war eine Aktion, die mit chirurgischer Präzision durchgeführt wurde. Es war die Art von Aktion, die römische Effizienz in ihrer Höchstform offenbarte. Im Spätherbst setzte der Regen ein, und die Hügel erholten sich. Allerdings war die Erosion so groß, daß die Flüsse wie geschmolzene Schokolade dahinströmten. Dann kam der Frost, und die Behörden begannen aufzuatmen. Ihres Erachtens war mit Feuer, Lebensmittelknappheit und Frost genügend Tribut an die Seuche entrichtet worden – welche es auch immer gewesen sein mochte.

Zu Frühlingsanfang wurden die Schafsherden aufgestockt und Schafe aus dem penninischen Hochland von Britannien, aus dem westlichen Reich und von Inseln im Südpazifik importiert. Damit verfügten die europäischen Hügel wieder über Schafsbestand. Als die erste Wärme des neuen Jahres das Gras hochschießen ließ, wurden die Schafe und ihre Lämmer auf die Weide getrieben, das Gras reichte ihnen bis über die Hufe.

Dann kam von der Arktis her eine plötzliche Kältewelle und bedeckte Europa mit einer letzten Schneedecke. Die Lämmer suchten Wärme und kuschelten sich neben ihre Mütter unter Schutzstände, die aus Heuballen bestanden.

Die Bauern warteten ab. Die Landwirtschaftsbehörden warteten ab. Die Gastwirte warteten ab. Sie alle hofften, sie könnten erleichtert aufatmen, die Seuche sei ausgestanden. Aber kurz nachdem die Feuer des reformierten *Lupercalia*-Festes erloschen waren, erkrankte das erste Schaf und starb. In diesem Jahr verlief die Epidemie nach einem anderen Muster. Die am schlimmsten betroffenen Schafsfarmen lagen in Gallien, aber die bösartigen Augengeschwüre tauchten überall auf, bis tief hinein in die russischen Steppen. Widerwillig mußte man sich eingestehen, daß die Seuche zu einer endemischen Krankheit geworden war, zumindest so weit es das kontinentale Festland betraf. Auch im zweiten Seuchenjahr trat die Krankheit nicht in Britannien auf – und das war letztendlich Britanniens Pech.

Wir müssen uns an dieser Stelle jedoch anderen Entwicklungen zuwenden, die sich in dem riesigen römischen Reich vollzogen. In der Provinz Gallien starb der alte *Praefesctus Comitum*, ein ehemals großer Athlet namens Publicus Eudromus Sulpicius. Nachdem er sich an einem Hühnerknochen verschluckt hatte, starb er an einer inneren Blutung. Nach vielen Intrigen nahm Lucius Prometheus Petronius, der sich nach einer Figur im *Satyricon* gern Trimalchio nennen ließ, seinen Platz ein.

Lucius war ein Mann, der nicht nur wegen seines guten Aussehens allseits bekannt war, sondern auch wegen seiner Ausschweifungen. In seinem letzten Studienjahr an der *École Militaire* in Avennio hatte er durch eine Tat von einzigartiger Tapferkeit die Krone des *Victor Ludorum* gewonnen. Er hatte sich dem Pferd seines Gegners vor die Hufe geworfen, so daß sich das Pferd aufgebäumt hatte und gestolpert war. Den Reiter hatte er dadurch ins Jenseits befördert, daß er ihn vom Pferd zog und mit den Zügeln erdrosselte. Auf diese Weise wurde Lucius Petronius Sieger. In den folgenden Jahren hatte er zunächst als Centurio und später als Präfekt in einer der Dschungelprovinzen auf dem Südkontinent des großen westlichen Reiches gedient. Man witzelte gern darüber, daß er die ganze Provinz durch grenzenloses Herumbumsen befriedet habe. Wenn keine Frauen oder Jungen greifbar seien, dann täte man besser daran, die Ställe zu sichern. Man erzählte sich auch, er könne ein ganzes Regiment unter den Tisch saufen und bis zu einem Fenster im zweiten Stock hochpissen.

Während dieser Zeit veröffentlichte Petronius einen kurzen philosophischen Traktat, *Die Spiele der Menschen* betitelt. Darin behauptete er, den sokratischen Frieden könne nur derjenige erringen, der sich selbst erkenne. Und die einzige Möglichkeit, sich selbst zu erkennen, liege darin, sich in gleichem Maße Gefahr wie Ausschweifungen auszusetzen. Er glaubte, der wahrhaft tapfere Mann müsse Hedonist sein. Wenn man auf der Suche nach Vergnügen ein anderes menschliches Wesen verletze, dann sei dieses Wesen selbst daran schuld, da es nicht auf der Hut gewesen sei oder die eigene Gefährdung in Kauf genommen habe. »Wenn das Schicksal allzu hart zuschlägt, dann redet der tapfere Mann mit seiner Geliebten und mit seinem Schwert«, schrieb er. Und weiter: »Man muß das Leben auf dieselbe Weise leben, wie man Wein trinkt ... aber die Bodensätze beider vermeiden.«

Nach zwanzig Jahren im Dschungel kehrte er mit einem enormen Schatz von Gold, Silber, Schiffen und Sklaven in sein Geburtsland zurück. Er brachte vierzehn Ehefrauen mit, außerdem diverse Lustknaben und so viele Kinder, daß man mit ihnen eine Kleinstadt hätte bevölkern können. Er machte eine Villa im Norden von Massilia, am Ufer des Flusses Durance zu seiner Heimstatt und ging als nächstes daran, eine Siedlung zu schaffen, die ganz der Erforschung sinnlicher Genüsse geweiht war. Sein Name Petronius gefiel ihm ganz besonders. Also beschloß er, die Erhabenheit des Alten Rom wiederauferstehen zu lassen, indem er dem Lebensstil des Trimalchio nacheiferte.

Seine Gedanken über Sozialphilosophie faßte er in einem schmalen Band zusammen, den er *Über die Natur* nannte. Es handelte sich um eine Sammlung von Aphorismen, und jede Äußerung war mit irgendeinem öffentlichen Gebäude verknüpft, das er finanziert hatte. Als er ein schönes neues mehrstöckiges Bordell neben den öffentlichen Bädern von Avennio bauen ließ, wurde auf seine Anweisung hin eine Skulptur seiner Mutter über dem Eingangstor angebracht. Denn man sagte ihr nach, sie habe in ihrer besten Zeit selbst Messalina in den Schatten gestellt. »Was waren die größten Errungenschaften der alten Römer?« fragte Lucius Petronius. »Die Architektur und die Hurerei«, beantwortete er die eigene Frage. »Deshalb soll die Architektur diesem kurzen Leben ein würdiges Denkmal setzen und die Hurerei uns daran erinnern, daß wir noch leben.«

Er ließ auch Krankenhäuser bauen: »Um die Schlaffen zu erfrischen und die Erschöpften zu verjüngen.«

Er ließ Tempel bauen: »Der größte Tribut, den du deiner Göttin zahlen kannst, liegt in der Lust, ihr beizuliegen. Die größte Ehre, die du deinem Geliebten erweisen kannst, besteht darin, den Gott aus seinen Augen leuchten zu sehen.«

Er ließ Altersheime bauen: »Wir müssen uns darüber klar sein, daß uns, wenn das Fleisch nicht mehr kann, dennoch die Erinnerung bleibt, die uns wärmt. Und deshalb brauchen wir Tröstungen, die uns den Frieden gewähren, alte Wunden auszukosten.«

Er baute Schulen: »Welche Strafe ist ein ungebildeter Liebhaber. Schließlich möchte ich, daß du mich mit deinem scharfen Verstand begeisterst, solange es Priamus an Schärfe ermangelt.«

Und während all diese Bauarbeiten voranschritten, machte er sich daran, die Gefräßigkeit der Länge und Breite nach zu durchmessen: »Ich will meinen Gaumen befriedigen, bis ich selbst nicht mehr weiß, wo ich bin. Und dann will ich mich zur anderen Seite durchkauen.«

Es geschah etwa zu dieser Zeit, daß der alte Eudromus seinen Hühnerknochen verschluckte und der Posten des *Praefectus Comitum* von Gallien Gegenstand der Rangeleien wurde. Ein privater Bürgerkrieg brach zwischen den rivalisierenden römischen Familien aus, die Gallien beherrschten.

In Britannien sah die römische Aristokratie dem gallischen Chaos mit ironischer Distanz zu. Ein Anwärter auf den Präfektenposten wurde mit von Ohr zu Ohr aufgeschlitzter Kehle in seinem Bad gefunden. Einen anderen entdeckte man tot in einem Bordell: Er steckte kopfüber in der Latrine und war ertrunken. Ein Dritter schaffte es, sich selbst in die Luft zu sprengen. Ein Vierter wurde erdrosselt, als sich sein Schal in einem Skilift verfing, ein Fünfter wurde zu Brei gemahlen, als er ins Getriebe einer Windmühle fiel. Wieder andere stürzten sich offenbar ganz zufällig von hohen Gebäuden oder fanden Geschmack daran, Gift zu schlucken. Solche Vorfälle waren nicht die britische Art, aber sie hatten eine gewisse opernhafte Theatralik. Die Führer der Provinz Britannien hielten nicht mit Beifall zurück.

In den Straßen munkelte man, Lucius Petronius habe bei den meisten dieser Morde seine Hand im Spiel gehabt. Allerdings wurde das niemals öffentlich behauptet, und es konnte auch niemals nachgewiesen werden. Dann gab Lucius eines Tages von seiner Villa am Fluß Durance aus die Erklärung ab, er beabsichtige, sich für das Amt des *Praefectus Comitum* von Gallien zu bewerben, und werde bald eine Wahlkampagne einleiten. Lucius Petronius hatte vor, rund sechs Wochen lang kreuz und quer durch Gallien zu reisen und dem Volk sein Wahlprogramm vorzustellen.

Diejenigen, die miterleben konnten, wie Lucius – oder Trimalchio, wie er sich inzwischen lieber nennen ließ – in einer Sänfte aus schwarzen Bambusstangen, ausgeschmückt mit Stoßzähnen aus Elfenbein und Löwen- und Tigerfellen, von seiner Villa fortgetragen wurde, schwelgen heute noch in der Erinnerung. Trompeten schmetterten und Zimbeln wurden geschlagen, als er von seiner Heimstatt hinwegbefördert wurde.

Lucius' schönes Gesicht, das in seiner Jugend Männer wie Frauen gleichermaßen halb ohnmächtig vor Lust auf die Knie hatte sinken lassen, war immer noch vorhanden. Sein schwarzes Haar war zu straffen Locken gekämmt. Er hatte die trägen erotischen Augen des Pan. Aber unterhalb des gutgeschnittenen Gesichts, der sinnlichen, grausamen Lippen und des scharf ausgeprägten Kinns begann der plumpe Körper eines Ochsen. Der Kopf schien auf einem Meer von Fleisch zu schwimmen.

Vor seiner Sänfte tänzelten Knaben einher, die als Cupidos verkleidet waren. Am Rücken hatten sie flauschige Flügel, auf den Köpfen Lorbeerkränze. Die Kränze hatte man in Zucker und Goldstaub getaucht, so daß sie im Licht funkelten. Die Knaben schossen Pfeile aus purem Gold in die Menge, die Menschen kämpften, fluchten, traten und bissen, um sich die kleinen Trophäen zu sichern.

Auf die Sänfte folgten mehrere Barkassen, die auf Räder montiert und mit Fässern schweren Rotweins beladen waren.

Und tatsächlich bestand darin auch das ganze Wahlprogramm des Lucius Prometheus Petronius: in Wein und Gold.

Wo immer Lucius auftauchte, wurde er von einer jubelnden Menschenmenge begrüßt, die sich rasch zum betrunkenen Mob entwickelte, während sich die mit Alkohol beladenen Barkassen leerten. Die Begeisterung des Mobs wurde nicht einmal dadurch gedämpft, daß man ›Trimalchio‹ sagen hörte: »Sie würden auch meine Scheiße fressen, wenn ich sie in Aspik tauchte.«

Er inszenierte auch öffentliche Shows und schlug ein neues öffentliches Festival vor, das er die ›Bums-Olympiade‹ nannte. Sie sollte viermal im Jahr stattfinden und jeweils sieben Tage dauern.

Wo immer Lucius hinkam, predigte er das Evangelium der Freiheit, Fleischeslust und Freude am *Hier und Jetzt*. Er versprach, er werde gleich nach seiner Ernennung zum *Praefectus Comitum* dafür sorgen, daß es keiner Familie je an Wein fehle.

Natürlich konnte Lucius nicht mit allem im Alleingang einfach so durchkommen. Es gab Angehörige anderer mächtiger Familien, die ihn gar nicht mochten. Einmal wurde er während eines Banketts von einem alten römischen Senator herausgefordert. »Wer soll die Ausschweifungen, die du vorschlägst, eigentlich bezahlen?« fragte er. »Wir können ja kaum die stehenden Heere bezahlen, die unser Reich beschützen. Wer also soll das bezahlen?«

Alle Augen richteten sich auf Lucius Prometheus. Der hob sein Glas Rotwein und hielt es gegen das Licht, so daß die Farbe sein Gesicht in zartem Rosa aufblühen ließ.

»Die Zukunft«, sagte er ganz einfach. »Die Zukunft wird dafür aufkommen. Diejenigen, die nach mir kommen, werden bezahlen. Letztendlich tun sie das doch immer. Nur der von Eitelkeit geblendete Mensch glaubt, er habe die Kraft, die kommende Dunkelheit abzuwehren. Laßt uns also das Tageslicht genießen, solange wir können. *Après moi, les ténèbres.*« Er leerte hastig sein Glas, wie ein Mann, der Gift schluckt, und schleuderte es dann über die ganze Tischlänge, so daß es in tausend glitzernde Scherben zersprang. »Ich trinke auf die Zukunft«, brüllte er.

Das setzte der Debatte ein Ende. Die Anwesenden erinnerten sich später daran, wie alle Gäste ihre Gläser erhoben und gerufen hatten: »Auf die Zukunft!«

Zwangsläufig wurde ›Trimalchio‹ zum *Praefectus Comitum* gewählt. Er wurde selbstverständlich nicht von den Bürgern gewählt, sondern vom Rat der römischen Aristokratie, der – vorsichtig, wie er war – wohlweislich auf die *vox populi* hörte. Schließlich wollten die Aristokraten nicht erleben müssen, wie man ihre Prachthäuser niederbrannte oder sie selbst mit Pferdeäpfeln bewarf. Man muß an dieser Stelle erwähnen, daß die Bürger auf dem europäischen Festland, insgesamt gesehen, aufsässiger waren als ihre britischen Zeitgenossen.

Nachdem Lucius Prometheus Petronius seinen Amtssitz im Palast des Präfekten in Avennio bezogen hatte, erklärte er, er werde jetzt fasten, um seine Jugendlichkeit wiederzuerlangen. Er gab außerdem bekannt, er strebe längerfristig die römische Kaiserkrone an.
    Dieser Ehrgeiz trug zu Britanniens Unglück bei.

Auch im übrigen römischen Reich brodelte es.
    In Wirklichkeit war das Reich einfach zu groß, seit Jahrhunderten viel zu groß. Es war nicht regierbar. Das Zentrum war nicht zu halten. Das Reich ähnelte einem riesigen Schwungrad, das außer Rand und Band gerät, wenn seine gewaltige Energie sich verselbständigt und nicht mehr zu kontrollieren ist.
    Mancherorts wurde prophezeit, der Fall des römischen Reiches werde Kometen zum Absturz bringen. In allen Teilen der Welt gab es Menschen, die besorgt den Himmel beobachteten, je näher das Ende des zweiten Jahrtausends heranrückte. Im allgemeinen wurden Akte der Rebellion vom Staat mit Unterdrückung beantwortet, denn das war alles, was den Herrschenden dazu einfiel. Aber die Unterdrückung schlug letzten

Endes nur gegen die Unterdrücker selbst zurück: in Form von Ressentiment, in Form von einer ›Dienst nach Vorschrift‹-Mentalität, in Form von Zermürbungstaktik und Zynismus.

Im Südpazifik hatte sich an einem Ort, der Aotearoa hieß und auch als ›Land der Langen Weißen Wolke‹ bekannt war, ein kriegerischer Häuptling namens Te Rauparaha erhoben, um den römischen Streitkräften Widerstand entgegenzusetzen. Seine heftige Schmährede, der erstaunliche militärische Fähigkeiten Nachdruck verliehen, veranlaßte die römischen Söldner, die sein Land besetzt hatten, zum Rückzug. Diese Aktion wurde zum Zündfunken des Aufstands, der inzwischen das ganze Reich erfaßt hatte.

Auf der anderen Seite des Meeres, auf dem riesigen flachen Südkontinent, waren mehrere Legionen im dürren Landesinneren schlichtweg abhanden gekommen. Eine Legion wurde von einer plötzlichen Überschwemmung überrascht. Zwei andere Legionen hatten sich offenbar in die Wüste verirrt. Überlebende, die Wochen danach auf allen vieren aus dem Busch krabbelten, sprachen von dunklen Männern mit stockdünnen Beinen, die wie Echsen und Vögel getanzt hätten. Wenn sie tanzten, dröhnten angeblich die Hügel. Mitten am Tag hätten sich aus dem Nirgendwo seltsame Wirbelwinde erhoben und die Feldlager zerstört. Sie erzählten von Blut schwitzender Erde, von sprechenden Felsen und von Luftströmen, die sich wie silberne Schlangen bewegten. Allgemein war man der Ansicht, diese Männer seien aufgrund der Sonne und der trockenen Luft durchgedreht. Aber manche Leute fragten sich dennoch, ob etwas daran sein könne.

In Tibet desertierte eine ganze Legion und bekannte sich zum Pazifismus.

In Afrika gewannen Banditen die Kontrolle über

bestimmte Streckenabschnitte der transafrikanischen Schnellstraße und forderten Wegezoll von allen Reisenden, die das Gebiet durchqueren wollten. Nach vielen Kämpfen wurden die Banditen aufgerieben. Aber der Preis, den das Reich zahlen mußte, um die Straße zu sichern, war ständige Wachsamkeit. Es mußten Truppen vom Einsatz im Osten abgezogen werden, um die zehntausend Meilen lange Schnellstraße zu sichern.

An der Südspitze des großen Westkontinents erklärten die Soldaten einer ganzen Legion ihre Unabhängigkeit von Rom. Um ihre Unabhängigkeit zu demonstrieren, löschten sie die Lichter der Leuchttürme, die die Schiffe bisher sicher durch die tückischen Gewässer geleitet hatten. Rom reagierte mit Gewalt. Expeditionstruppen wurden zum Niederschlagen des Aufstands entsandt. Sie hatten Erfolg. Die erschöpften, hungrigen Meuterer wurden heim ins Reich gebracht und durch die Straßen Roms gezerrt. Dann hackte man sie in Stücke und warf das Fleisch den Tieren im Zoo vor.

Den Bewohnern der britischen Inseln machte das alles nur wenig aus. Dort schien die römische Ordnung noch intakt, zumindest in den Dörfern und Städten. Die Provinz Britannien konnte den Rest der Welt ignorieren, denn in diesen Regionen herrschte noch Frieden und Wohlstand. Die gallische Schafsseuche bedeutete für die britischen Landbesitzer unverhofften Profit. Während die Bauern auf dem Festland über ihre sterbenden Schafe jammerten, rieben sich die Bauern in Britannien die Hände und mästeten ihre Lämmer, um sie später zu schlachten und den Gewinn einzuheimsen.

Hier roch der Wind, der über den tiefen Wald wehte, noch süß und rein. In den Gärten summten die Bienen zwischen Rosenstöcken und Kamille.

Jeder wußte doch, daß hier, in Britannien, das beste Bier der Welt gebraut wurde.

Hier herrschten noch gesunder Menschenverstand und Anstand.

Hier war der Himmel während des langen heißen Sommers noch blau. Und die Schwalben, die sich hinabschwangen, schnappten sich ihren üppigen Anteil von Insekten. Falls irgendwo in der Ferne Donner grollte, dann wurde es von niemandem sonderlich beachtet.

In den Sportanlagen der zahlreichen staatlichen Bauernhöfe traf der Schläger mit solidem, angenehmem *Plopp* den Ball.

9

Flucht in die Wälder

Der Drache brach schwankend durch die Wand des Kampfdoms.

Das Baumaterial des Doms dehnte sich und riß auf, baumelte dem Drachen von Klauen und Hals und schleifte in langen Streifen hinter ihm her, bis es mit einem Geräusch wie Peitschenknall abriß. Da die Bandeisen und Verstrebungen des Doms über ihre Belastungsfähigkeit hinaus gedehnt worden waren, verformten sie sich zu Ringellocken, die zurückfederten. Sie verliehen dem Loch das gräßliche Aussehen eines von einer Lockenperücke umrahmten leeren Gesichts oder einer erstarrten offenen Wunde. Währenddessen verbreitete sich tief im Herzen des Kampfdoms, dort wo das Kunstgras lichterloh brannte, roter Feuerschein. Der Drache war so in Fahrt, daß er fast in den Schutzgraben hinabgestürzt wäre, der den Fuß des Kampfdoms umgab. Angus nahm schnell einige Korrekturen vor, ließ den Schwanz herunter und zog Hals und Kopf des Drachen ein. In dieser fast sprungbereiten Haltung schwankte der Drache am Grabenrand entlang und stabilisierte sich schließlich.

Vor ihnen lag der urwüchsige Wald. Dunkel und geheimnisvoll ragte er etwa fünfzig Meter vor ihnen auf. Im Frühling hatte man die Bäume in nächster Nähe des Doms zurückgeschnitten. Waldleute hatten die Stämme und Äste fortgeschleppt, um damit ihre Feuer zu füttern. Nur eine Reihe von eng nebeneinander stehenden Baumstümpfen war zurückgeblieben. Manche der Stümpfe waren ausgezackt und scharf: Dort waren die

Bäume umgefallen, ehe die Säge den Stamm vollständig durchtrennt hatte.

»Diese Scheißdinger können uns aufschlitzen«, keuchte Angus und wies mit dem Kinn auf die Baumstümpfe. »Dem Drachen den Unterleib aufreißen.«

»Kannst du nicht dafür sorgen, daß der Drache über sie hinweg steigt?« fragte Miranda.

»Ich werd's versuchen«, antwortete er. »Ich benutze den unteren Panzer, um durchzubrechen.«

»Mach bloß schnell«, rief Viti. »Die kommen bestimmt schon durch den äußeren Ring.«

Angus brachte den Drachen auf Touren, drückte den Schwanz nach oben und drängte das Ungetüm vorwärts, bis es über den Rand taumelte und in die Lichtung hinunterglitt.

Als nächstes sorgte er dafür, daß sich der Drache auf die Hinterbeine stellte, allerdings mit vorgerecktem Hals. Das Ungetüm bewegte sich nun mit zierlichen Reiherschritten, verfügte aber gleichzeitig über die bedrohliche Kraft eines Krokodils. Auf diese Weise durchquerte der Drache die Reihe der engstehenden Baumstümpfe, bis er schließlich direkt vor den Bäumen des dichten Waldes stehenblieb.

»Wohin jetzt?« fragte Angus. Wie als eine Antwort auf seine Frage tauchte plötzlich eine Gestalt in einem weißen Pelzumhang zwischen den Baumstümpfen am Waldrand auf und winkte ihnen zu. Angus zog die Bremsen an, damit er die Gestalt nicht zermalmte. Der Mann wies auf eine hohe Eiche und schüttelte beide Fäuste vor seinem Gesicht – eine Geste, die sowohl ›beeilt euch‹ als auch ›nur Mut‹ auszudrücken schien. Er grinste dabei. Es handelte sich natürlich um Lyf.

Angus und Miranda erkannten ihn beide, allerdings wußten sie nicht, wie er hieß. Sie hatten ihn am großen Holzfeuer gesehen, als die jungen Athleten durch die Flammen gesprungen waren. Es war derselbe Mann, der eine gefährliche Situation entschärft hatte. Miranda sah Angus an, Angus zuckte die Achseln. So weit es ihn anging, war sein Leben sowieso aus den Fugen geraten, warum sich also nicht der Führung eines umherziehenden Waldschrats anvertrauen? Was hatte er schon zu verlieren? Miranda empfand das gleiche.

Nur Viti erkannte den Mann in dem weißen Pelzumhang nicht. Er wußte ja nicht, daß sich dieser Mann in jener Morgendämmerung, als Viti unter einer Eibe mit Diana geschlafen hatte, ganz in ihrer Nähe aufgehalten hatte.

Angus brachte die Maschine auf Touren. Obwohl er keinen weiterführenden Weg ausmachen konnte, drängte er den Drachen in Richtung der Eiche. Als sie näher kamen, sahen sie, daß sich ein dicker Ast zu einem Bogen verwachsen hatte, so daß sich darunter ein Durchgang auftat. Angus steuerte darauf zu. Er fuhr den Drachen herunter, so daß sich dessen Kopf noch tiefer am Boden entlangschob, und ließ ihn kriechen.

Als sie unter dem Ast angekommen waren, stellten sie fest, daß vor ihnen eine kleine Lichtung lag. Der Mann tauchte vor ihnen auf, er hatte seinen Umhang hochgezogen und hielt ihn mit einer Hand fest. Mit der anderen winkte er ihnen im Laufen zu.

»Wer, zum Teufel, ist das?« fragte Viti, aber weder Miranda noch Angus gaben eine Antwort.

Angus lenkte den Drachen vorsichtig unter die Bäume. Manchmal schabten die Äste dem Ungetüm über den Rücken, gelegentlich brachen sie auch ab. Die erste Lichtung führte auf eine zweite hinaus, die größer war und in einen Weg mündete. Hier wurden die Bäume von Farn und Büschen abgelöst, die neben einem kleinen Bach wuchsen. Der Drache konnte sich jetzt schneller bewegen, Angus drängte ihn vorwärts. Lyf rannte vor ihnen her. Einmal stolperte er und fiel kopfüber in den Matsch, so daß Angus den Drachen mitten im Lauf anhalten mußte, damit er Lyf nicht zerquetschte. Aber kurz darauf war Lyf schon wieder auf den Beinen, eilte vor ihnen her, schwenkte die Fäuste und boxte mit Begeisterung in die Luft.

Lyf rannte mit leichten, raumgreifenden Schritten. Er sprang über niedergestürzte Baumstämme und tauchte unter den herabhängenden Weidezweigen hindurch, als sei er sein ganzes Leben lang so gerannt. Er führte sie auf Baumgruppen zu, die undurchdringlich wirkten, aber plötzlich einen schmalen Durchgang, gerade breit genug für den Drachen, erkennen ließen.

Im Zickzack bewegten sie sich vor und zurück. Den Himmel sahen sie kaum. Kurz darauf gelangten sie zu einer Bodensenke. Hier wurde ein Wasserlauf, der sich durch eine Lichtung geschlängelt hatte, zum Wasserfall, der über Felsen nach unten stürzte. Lyf drängte zum Abstieg. Angus setzte all seine Fähigkeiten ein, um den Drachen von einem Felsenplateau zum nächsten klettern zu lassen. Zwischen den Beinen des Drachen stürzte das Wasser hinab. Während sie in den Schlund hinabstiegen, wurde das Zwielicht des Waldes nach und nach noch trüber. Der Abgrund offenbarte sich als eingestürzte Decke einer tiefen Höhle. Keiner von ihnen hatte jemals etwas Ähnliches gesehen. Auf dem Grund erkannten sie einen massiven Steinsims und darunter eine gewölbte Öffnung. Der Wasserlauf strömte vor der Öffnung in ein Becken, das bis zur Höhle reichte. Der Eingang wirkte sehr eng.

»Teufel noch mal!« sagte Viti. »Er meint doch wohl nicht im Ernst, daß wir da reinkommen?«

Angus stöhnte nur. Seine ganze Aufmerksamkeit war darauf gerichtet, den schweren Drachen hindurchzumanövrieren.

»Ich glaube, wir haben keine großartige Wahl«, warf Miranda ein.

Je weiter sie hinabstiegen, desto leichter wurde das Manövrieren. Die massigen Felsblöcke gingen in Kieselgestein über. Sie konnten sich jetzt seitlich vom Wasserfall halten. Farne und lange, fahle Gräser wuchsen im Dämmerlicht. Schließlich setzte der Drache Fuß vor Fuß, glitt die letzten paar Meter zum Boden des Abgrunds hinunter und blieb neben dem Wasserbecken stehen. Jetzt lag der Höhleneingang direkt vor ihnen. Angus lenkte den Drachen unter dem schweren Steinsims hindurch in die Dunkelheit. Sie kamen mit Ach und Krach hinein.

Als sich ihre Augen angepaßt hatten, entdeckten sie, daß in der Höhle Lichter brannten. In die Wand waren Lampen eingelassen, die einen grünlichen Schein auf den Boden der Höhle warfen. Sie sahen auch Menschen umherhuschen, die angesichts des plötzlich aufgetauchten Drachens weder verwundert noch ängstlich wirkten.

Sobald der Drache im Innern der Höhle war, gingen die Menschen daran, die Öffnung mit Steinen zu verrammeln und mit Büschen zu tarnen. Manche Büsche wirkten recht gepflegt und sahen so aus, als könnten sie aus dem Kampfdom stiebitzt sein.

»Man könnte meinen, sie hätten geradezu auf uns gewartet«, sagte Miranda.

»Sieht ganz so aus«, bestätigte Angus. »Wenigstens wirken sie nicht feindselig. Komm, wir steigen aus und begrüßen sie.«

Er schaltete den Drachen ab. Die Hydraulikkolben zischten, als der Druck nachließ, das ganze Ungeheuer erbebte. Der riesige Kopf senkte sich, bis er auf dem Boden ruhte. Der Schwanz knackte, während er sich erst reckte, dann teilweise verdrehte, so daß er wie ein Korkenzieher aussah, und schließlich erstarrte. Als der Drache stillstand, tröpfelte etwas Öl von einigen seiner Lendenplatten herunter und bildete kleine Lachen im Sand des Höhlenbodens. Die Kontrollskalen erloschen, nur diejenigen, die Betriebsstörungen anzeigten, leuchteten hin und wieder auf. Sie würden erst ausgehen, wenn die Hauptaggregate am äußeren Kontrollbord nahe am Ausgangspunkt des Schwanzes abgeschaltet waren.

Angus machte die kleine Tür über sich auf und warf sie zurück. Seine Hände zitterten. Er hatte die Lenkung mit großer Anstrengung umklammert. Um die Verkrampfung zu lösen, öffnete und schloß er jetzt abwechselnd beide Hände. Mit bemühter Höflichkeit half er Miranda, aus dem Ungetüm herauszuklettern, dann hangelte er sich hinter ihr nach unten, hielt jedoch inne, um Viti anzusehen. Er stieß mit dem Finger nach ihm. »Du bleibst da«, sagte er. »Ich befaß mich später mit dir. Komm mir bloß nicht in die Quere, verdammt noch mal. Ist das klar?« Viti stand auf. Angus schubste ihn grob zurück. »Ich hab dich gewarnt.«

Viti sagte nichts. Die holperige Fahrt in den Abgrund hatte ihm schwer zugesetzt, aber das wollte er Angus nicht wissen lassen. Er hatte sich erneut den Kopf angeschlagen, und die teilweise getrockneten Schnitte an seinen Armen und am Rücken waren wieder aufgeplatzt. Viti litt jetzt wirklich. Inzwischen hatte sich das Adrenalin, das ihn in Gang gehalten hatte, verflüchtigt. Sein Kopf tat weh. Seine Kleidung war dort, wo Blut hineingesickert und getrocknet war, klebrig und steif. Hätte Angus ihn immer noch umbringen wollen, wäre jetzt der richtige Moment gewesen, denn Vitis Kampfgeist war gelähmt. Aber Angus nutzte die Gelegenheit nicht. Vielleicht hatte auch Angus dies alles reichlich satt. Vielleicht fehlte ihm aber auch einfach die Ausbildung zur Einschätzung der Situation.

Als Angus und Miranda aus dem Drachen herauskamen, stellten sie zu ihrem Erstaunen fest, daß die Leute, die sie herumlaufen gesehen hatten, nicht mehr da waren. Die Höhle war bis auf die Gestalt des Lyf fast menschenleer. Nur ein Kind stand noch am Höhleneingang herum. Der Kleine hatte einen Finger in den Mund gesteckt, mit der anderen Hand fummelte er an seiner Kleidung. Er starrte sie mit unverhohlener Neugier an. Hinter dem Wall aus Steinen und Büschen tauchte eine Frau auf und hob das Kind hastig auf den Arm. Der kleine Junge sprach mit ihr, deutete auf den Drachen und fragte irgend etwas. Die Frau lächelte schnell, antwortete ihm und eilte dann mit dem Kind auf dem Arm nach draußen. Lyf war jetzt allein.

Er kniete auf dem Höhlenboden und blies in ein kleines Feuer, das er entfacht hatte. Die gelbe Flamme flackerte auf, so daß Lyfs Schatten einen Satz machte. Das Holz knackte, Rauch stieg hoch. Neben ihm am Boden lag ein zusammengeschnürtes, in ein rotweiß kariertes Tuch gehülltes Bündel.

Von ihrem Aussichtspunkt oben auf dem Drachen konnten Angus und Miranda die ganze Höhle überblicken. Die grünen Lampen beleuchteten nur einen kleinen Ausschnitt ausgetretener Erde nahe beim Eingang. Jenseits der Lampen, tief in der Höhle, waren Schatten, die in undurchdringliche Dunkelheit übergingen. Die Höhle war hoch. Von der Decke hing verkümmertes Tropfgestein herunter, es war ausgetrocknet. Die Tropfsteinhöhle wirkte tot. Sie hatte ihr Wachstum schon vor vielen Jahrhunderten eingestellt. Der Boden war sandig. Der Wasserlauf – es war derselbe, der bis zum Höhleneingang hinabgestürzt war – schlängelte sich hier zwischen Böschungen dahin, die so aussahen, als habe man sie sorgfältig angelegt. Am Rande des ausgeleuchteten Bereichs floß er in ein Becken, in dem sich das Wasser nicht einmal kräuselte, und von dort aus mit schnellem Lauf in die Dunkelheit.

»Herunterkommen, ihr«, rief Lyf und deutete nach unten. Er sprach in dem drolligen, grammatikalisch nicht korrekten Latein, das Angus und Miranda schon am Abend der Feuersprünge vernommen hatten. Sie stiegen hinab. »Keine Gefahr hier. Der Römertrupp ist weg, in einem anderen Teil vom Wald, jagt eine alte eiserne Kutsche, haben wir mit verrückten Pferden rennen lassen. Gibt lustigen Tanz für sie. Wenn die Nacht kommt, bleiben sie nicht draußen. Römer hat Angst vor Dunkelheit. Uns gehört die Dunkelheit. Wir machen ein großes Feuer in der Dunkelheit und singen ein paar Lieder, über Kopftrophäen. Sie glauben, wir haben euch gegessen.« Lyf leckte sich über die Lippen und lachte. In diesem Augenblick tauchte Vitis Kopf in der oberen Luke des Drachen auf, unter Schmerzen hievte er sich hoch. Lyf sprach jetzt eine Spur lauter. »Lange her, daß ich einen Römer gegessen habe.« Er setzte ein breites künstliches Grinsen auf und fletschte die Zähne. Verwundert sahen Angus und Miranda, daß seine Eckzähne spitz zugefeilt waren.

Viti gab keine Antwort, sondern kletterte vom abschüssigen Rücken des Drachen herunter. Lyf sah enttäuscht aus und wandte seine Aufmerksamkeit wieder dem Feuer und einem eisernen Kessel zu, den er mit Wasser gefüllt hatte. Er setzte den Kessel über die Flammen und öffnete sorgsam das Tuchbündel. Es enthielt mehrere flache Weizenkuchen, etwa ein Dutzend kleiner schwarzgeräucherter Fleischkeulen, etwas Käse, einige grüne, verschrumpelte Äpfel und zwei Weinflaschen. Er breitete den Proviant auf dem Tuch aus und stellte noch vier kleine Steingutbecher dazu.

Viti kam näher, er hinkte leicht. Lyf musterte ihn von Kopf bis Fuß. »Na ja, siehst ein bißchen angeschlagen aus. Übel zugerichtet von den Invasoren, was? Mal sehen, wie schlimm es ist.« Viti setzte zu einer Antwort an, aber ehe er etwas sagen konnte, hatte sich Lyf ihm schon zugewandt und ihm die linke Handfläche auf den Kopf gelegt. »Mund halten, Augen schließen«, befahl er. Viti gehorchte. Für kurze Zeit herrschte Stille. Lyf fuhr mit der Hand über den Kopf des jungen Mannes. Dann prüfte er dessen Puls, indem er zuerst alle Finger seiner rechten Hand seitlich gegen Vitis Kehle drückte und sie danach zu dessen Schultern, in die Achselhöhle, zu den unteren Rippenbögen und schließlich zum Handgelenk gleiten ließ. Lyf ließ seine Finger auf Vitis Unterarm auf- und abtanzen, es sah fast aus, als spiele er Cello. Offensichtlich zufrieden, ließ er von ihm ab. »Du hast Glück. Du hast einen knochigen Kopf und einen Körper aus Eisen. Deine Schnitte werden bald verheilt sein, aber dein Geist ...? Das kann kein Mensch sagen. Auch ich nicht.« Er sah alle drei der Reihe nach an. »Jetzt eßt, ihr alle. Später waschen. Dann neue Kleider für neue Welt.« Er wandte sich wieder dem Feuer zu. Die Flammen leckten am Kessel hoch, das Wasser begann zu sieden.

»Wer bist du?« fragte Miranda. Sie sprach so unvermittelt wie jemand, der gerade aus einem Traum hochschreckt. »Wir haben dich schon mal gesehen, stimmt's?« fügte sie leicht verunsichert hinzu. Fragend drehte sie sich zu Angus um, der bestätigend nickte.

»Nennt mich Lyf«, sagte der Mann, der wieder aufgestanden war und sie musterte. »Das reicht für das Hier und Jetzt. Kann gut sein, daß ihr mich früher schon gesehen habt. Ich bin oft hier oder hier in der Gegend. Halte mein Auge auf den Kampfdom. Und ich kenne euch beide. Du bist Angus, der Maschinenmann, und du bist Miranda, die Jungfrau. Und dies Stück rohes Fleisch ist Viti, der noch nicht weiß, wie man singt. Hab ich recht?«

Miranda zuckte die Achseln und wurde rot. Sie wußte nicht, wie sie die sie betreffende Äußerung des seltsamen Mannes auffassen sollte. Sie hätte sich darüber ärgern können, das war ihr klar, aber gleichzeitig spürte sie, daß Lyf es keineswegs unverschämt gemeint hatte. *Warum* er sie ›Jungfrau‹ genannt hatte, war ihr allerdings ein Rätsel. Sie konnte nicht sagen, ob Lyf ihnen irgendwie drohte, geheime Botschaften zu vermitteln versuchte oder ob seine seltsame Art nur darin begründet war, daß er eine Sprache benutzte, die nicht seine Muttersprache war. Dennoch faßte sie in ihrer unschuldigen, klugen und einfühlsamen Art spontan Vertrauen zu ihm. Sie erkannte in ihm einen Mann, der nichts ohne guten Grund ausspricht oder tut.

Angus reagierte völlig anders. Lyfs Humor und seine versteckten Andeutungen verletzten Angus' Mannesstolz. Angus mochte es gar nicht, wenn sich Menschen über ihn lustig machten. Ihm schoß der Gedanke durch den Kopf, er könne Lyf, wenn er sich über das Feuer beugte, möglicherweise überwältigen. Allerdings wußte er gar nicht, wozu. »Vielleicht bringe ich ihn dazu, offen zu reden. Und ein paar Fragen zu beantworten.« Aber als die Gelegenheit kam, tat Angus nichts dergleichen. Statt dessen kauerte er sich nieder, schob einige verstreute Zweige und Stöcke ins Feuer und fragte schließlich: »Warum hast du uns gerettet?«

»Hab ich euch denn gerettet?« gab Lyf die Frage zurück und sah jeden von ihnen scharf an. Wie ein Vogel, der auf Brotkrumen wartet, hatte er den Kopf zur Seite geneigt. »Das weiß nur Cernunnos. Vielleicht habe ich euch gar nicht gerettet, denkt daran. Vielleicht seid ihr vom Regen in die Traufe gekommen. Werden sehen. Ich hab die Dinge nicht in der Hand. Wißt ihr, es gibt viele Dinge, die müssen einfach geschehen. Nicht zu vermeiden. Aber auf welche Weise sie geschehen ...« Er brach ab. Wieder blickte er sie mit seitlich geneigtem Kopf an. Seine Worte hatten sie offensichtlich verwirrt, er zuckte die Achseln. »Ach was, sind noch früh dran. Ihr seid gerade erst angekommen.« Lyf sah sie unentwegt an. Plötzlich schienen seine Augen zu lächeln, obwohl sein Gesicht ansonsten unbewegt blieb – wie bei Menschen mit trockenem Humor. »Tut mir leid, wenn ich euch verwirre. Wißt ihr, in meiner Welt, in der Welt, zu der ihr jetzt gehört, ergeben zwei und zwei nur selten vier, wie es die römische Art ist. Wir sprechen hier in Rätseln. Wir mögen Mehrdeutigkeit. Wir halten jeden, der eine gerade Straße baut, für bekloppt. Für uns ist sonnenklar, daß das Reisen immer wichtiger ist als das Ankommen. Und überhaupt: Was ist das Ankommen anderes als ein erneutes Aufbrechen? Versteht ihr?«

»Nein«, antwortete Angus. Leichte Aggressivität schwang in seiner Stimme mit.

»Na ja«, sagte Lyf und wandte sich wieder dem Feuer zu. »Vielleicht versteht ihr es eines Tages. Egal. Jetzt gibt's Essen. Für euch.« Er deutete mit dem Daumen auf den Proviant, den er ausgebreitet hatte.

Alle drei waren hungrig und begannen, sich die Speisen, die Lyf herumreichte, zu teilen. Sie rissen sich Brocken vom Brot ab, zerrten mit den Zähnen das Fleisch von den Knochen und ließen sich am Feuer auf dem Boden nieder. »Ißt du mit uns?« fragte Miranda. Lyf schüttelte den Kopf. Er machte eine der Weinflaschen auf und nahm einen großen Schluck, aber erst, nachdem er etwas Wein auf den Boden gegossen hatte. Danach machte er sich am Kessel zu schaffen. Er holte ein kleines Säckchen mit Kräutern aus einer Seitentasche und schüttete sie in das siedende Wasser, das kurz abkühlte und dann wieder genauso heftig sprudelte wie zuvor. Unmittelbar in ihrer Nähe drang ein stechender Geruch in die Luft der Höhle. Es roch irgendwie nach Minze, aber auch nach Ingwer.

Lyf hob den Kessel vom Feuer und stellte ihn an der Seite ab. »Wenn das hier abgekühlt ist, trinkt ihr. Schmeckt nicht allzu übel ... Ein bißchen abgestanden, ein bißchen wie schales Bier. Danach müßt ihr ganz bestimmt rennen, und das ist gut. Scheißen ist gut. Scheißplatz ist draußen.« Er tat so, als grabe er heftig. »Scheiße mit Erde abdecken. Ihr werdet schon sehen. Nicht hineinfallen. Klar?« Er strahlte sie an. Es war nicht zu übersehen, daß er diese Unterhaltung genoß. »Wascht euren Hintern im Bach draußen ab. Nicht in diesem Bach. Klar?« Er spuckte ins Feuer und beschäftigte sich mit dem Kessel. Er nickte Viti zu. »Du trinkst zuerst«, sagte er. »Du brauchst Energie und Schlaf. Jetzt besorg ich euch Kleidung.«

Lyf tauchte ins tiefe Dunkel der Höhle. Er ging zu der Stelle, an der das Wasserrinnsal schneller strömte. Kurze Zeit später kehrte er mit drei Bündeln zurück. »Verkleidungen«, sagte er und warf die Bündel auf den Boden. »Damit seht ihr wie Waldleute aus. Viel besser für den Wald. Hält euch unter den Blättern trocken, wenn ihr von hier aufbrecht. He, ein kleiner Rat, klar? Versucht doch mal, nett zueinander zu sein. Klar? Und jetzt verlaß ich euch. Lebt wohl.«

Er drehte sich unvermittelt um und ging auf den Höhleneingang zu. Miranda stand hastig auf und rannte ihm nach. »Lyf. Laß uns jetzt nicht allein. Wir wissen weder, wo wir sind, noch, was wir tun sollen. Du kannst uns jetzt nicht alleinlassen!«

»Kann ich doch«, antwortete Lyf und warf sich seinen weißen Pelzumhang um die Schultern. »Paß auf.« Und schon hatte er den kleinen Höhleneingang verlassen und war draußen. Miranda eilte ihm hinterher, konnte ihn aber nicht einholen. Der Mann, der in dieser Welt ganz und gar zu Hause war, rannte leichtfüßig die Geröllhalde hinauf, auf der der Drache ins Rutschen gekommen war, und erreichte festen Felsboden. Dort drehte er sich um und warf Miranda zu ihrer großen Überraschung eine Kußhand zu. »Mach dir keine Sorgen«, rief er. »Ihr habt in dieser Welt mehr Freunde, als ihr denkt. Bring als erstes die beiden Dummköpfe zur Vernunft, und dann nimm die Dinge, wie sie kommen. Vertrau deiner Natur.« Mit diesen Worten sprang er die Felsen am Wasserfall hoch und war schnell verschwunden. Das einzige, was seinen Weg verriet, war ein Hagel kleiner Steine, der vor Mirandas Füßen niederfiel.

Das Tageslicht schien schwächer zu werden. Alles wirkte düsterer. Als Miranda ins Tageslicht hinaufsah, konnte sie große Wassertropfen erkennen, die von den

Bäumen hoch oben herabfielen. Offensichtlich hatte es angefangen zu regnen. »Feucht wie ein Grab«, dachte Miranda unwillkürlich, und dabei fuhr ihr ein Schauer über den Rücken. Aber trotz dieses Gedankens und der ganzen Situation fühlte sie sich außerordentlich lebendig. Und aus Lyfs Abschiedsworten holte sie sich allen Trost, den sie daraus ziehen konnte.

Durch den Eingang kehrte sie in die Höhle zurück und tauchte in das tiefe Grün der unterirdischen Kammer, wo sie Viti und Angus mitten in einem Streit fand. Angus kniete am Feuer. »... und ich sage, wir hätten ihn bei der ersten Gelegenheit packen sollen. Offensichtlich weiß er mehr, als er herausläßt. Verdammtes Gewäsch. Wir haben keine Freunde in dieser Welt. Das hier könnte eine Falle sein und ...«

Viti seufzte. »Du verstehst solche Typen nicht. Glaub mir, ich kenne mich im Kämpfen besser aus als du. Die Drahtigen sind die härtesten Gegner. Sobald du sie niederwirfst, sind sie auch schon wieder auf den Beinen. So schnell kannst du gar nicht gucken. Wahrscheinlich ist er auch in Selbstverteidigung ausgebildet und kann mit den Füßen zuschlagen und treten. Er würde dir die Eier zerquetschen, ehe du überhaupt Luft geholt hast.«

»Und was schlägst du Klugscheißer vor? Daß wir hier einfach herumhocken?«

»Ja.«

»Und abwarten, bis sie uns holen? Verdammt glänzende Idee.«

Miranda trat zu ihnen. »He, ihr beiden!« sagte sie. »Ich hab von euch beiden die Nase voll. Hört endlich auf! Wir leben noch. Wir sind satt. Wir sind momentan in Sicherheit. Also haltet die Klappe. Draußen wird es Nacht, und das wird eine lange, kalte Nacht, das kann ich euch versprechen.« Sie blickte Angus an. »Angus, geh nach draußen, und hol noch Holz. Versuch, trockenes Holz zu finden. Wir müssen das Feuer in Gang halten. Ich will nicht, daß hier heute nacht Wölfe oder

Bären oder sonstige Viecher reinkommen!« Angus sah sie verwundert an. Noch nie hatte er Miranda so reden hören. »Also, mach schon«, sagte sie, während Angus immer noch den Mund aufsperrte.

Angus stand linkisch auf und zog die starken Schultern hoch, um besonders imposant zu wirken. Er bewegte sich auf den Höhleneingang zu. Aber ehe er dort ankam, drehte er sich noch einmal um und deutete auf Viti: »Wenn er dir irgendwelche Schwierigkeiten macht, während ich weg bin, mußt du es nur sagen.« Und damit verschwand er.

Diese Bemerkung kam Miranda so komisch vor, daß sie ihre Heiterkeit gerade noch so lange bändigen konnte, bis Angus verschwunden war. Sie konnte sich kaum einen Menschen vorstellen, von dem weniger Bedrohung ausging als von Viti. Der junge Mann hatte sich inzwischen in Seitenlage zusammengekauert. Offensichtlich hatte er einen steifen Hals und einen steifen Rücken. »Hast du etwas von diesem Gebräu getrunken, das der Waldmensch für uns zubereitet hat?« fragte sie Viti. Viti schüttelte den Kopf.

»Na, dann schluck doch was. Er hat gesagt, es werde helfen. Und ich hab den Eindruck, daß er sich mit solchen Sachen auskennt.«

Viti stöhnte. »Ich werde aus dem, was er sagt, nicht schlau«, murmelte er.

Miranda tauchte einen der Steingutbecher in den Kessel und schöpfte etwas Flüssigkeit ab. »Das macht nur seine Art. Manche Menschen sind barsch, wenn sie es nett meinen. Mein Vater war auch so ...« Ihre Stimme erstarb. Seit der Flucht aus dem Kampfdom dachte sie jetzt das erstemal so richtig an ihre Mutter und an ihren Vater. Plötzlich lastete das ganze Gewicht dessen, was geschehen war, auf ihr. Sie stellte sich vor, wie bekümmert das Gesicht ihrer Mutter in diesem Moment bestimmt aussah. Sie würde fragen: Warum? Warum? Warum? Und ihr Vater würde keine

Antwort wissen. Auf seine eigene stille Art würde er genauso bestürzt sein wie seine Frau. Würde sie ihre Eltern je wiedersehen? Würden sie ihretwegen in Schwierigkeiten geraten? Was war geschehen? Warum war sie hier?

»Ist irgend etwas mit dir?« fragte Viti. »Ich weiß, das Licht ist hier drinnen nicht besonders gut, aber du bist so bleich wie ein Gespenst.«

Miranda kam wieder zu sich. »Ich hab plötzlich an zu Hause gedacht«, antwortete sie. »Ich hatte plötzlich Angst.«

Viti brauchte ein wenig, um das zu verdauen. »Hör mal«, sagte er schließlich. »Du hast eigentlich gar nichts damit zu tun... na ja, irgendwie schon, aber...« Der junge Mann verlor den Faden und merkte, daß er Miranda beim Reden nicht ins Gesicht blicken konnte. »Ach, egal... Jedenfalls bist du nicht daran schuld. Hör mal, was ich sagen will, ist: Ich würde dir gern dabei helfen, zurückzukehren. Gegen dich haben sie nichts in der Hand. Den Mechaniker und mich werden sie zum Tode verurteilen, wenn sie uns kriegen. Aber du... du kannst ihnen sagen, wir hätten dich gezwungen, mitzukommen.«

Miranda tauchte den Becher erneut in das Gebräu. »Hier, schluck das runter. Und dann geh und wasch dich in dem Becken, wie Lyf gesagt hat. Du riechst schon ein bißchen.« Und das stimmte. Viti stank nach getrocknetem Blut und saurem Schweiß.

»Probier mal«, sagte er. »Schmeckt nach Pfeffer. Gar nicht übel.«

»Wenn du weg bist.«

»Alles klar. Hab verstanden.« Viti rappelte sich langsam hoch. »Bei Mithras, meine Beine sind wirklich steif.« Er streckte sich und stapfte zum Becken. »He, hier sind Handtücher. Und Pelze. Muß wohl unser Bettzeug sein. Sie haben an alles gedacht.« Im Schatten schlüpfte er aus seinem Overall und steckte die Zehen ins Wasser. »Verdammt kalt«, rief er. »Na ja. Auf geht's.« Erst spritzte es, dann folgte ein Schrei. Erneutes Spritzen: Viti schlug im Wasser um sich, um sein Blut in Wallung zu bringen. »Es ist so tief, daß man schwimmen kann«, rief er keuchend.

Miranda, für kurze Zeit allein, starrte ins Feuer. Sie versuchte, sich selbst zu begreifen. Da war Traurigkeit in ihr, aber auch innere Erregung. Und sie war sich einer Freiheit bewußt, die mit Verantwortung gepaart war. Überall Widersprüche. Wo wird das enden?, fragte sie sich. Gleichzeitig hoffte sie auf ein Wiedersehen, auf ein baldiges Wiedersehen mit Lyf... Nicht, daß er sie auf sexuelle Weise anzog (schon beim bloßen Gedanken daran wurde sie rot. Die Vorstellung hatte sich ihr ungebeten und aus einer unbekannten Tiefe ihres Seins aufgedrängt). Im Alter stand Lyf ihrem Vater bestimmt näher als ihr selbst. Aber Lyf brachte den Hauch einer neuen Welt. Er reizte sie, und sie wußte nicht, warum. Es mußte wohl mit seiner seltsamen Art und seiner Zuversicht zusammenhängen. Miranda seufzte. Sie schöpfte sich einen Becher von dem Gebräu ab und nippte daran. Ihre hauswirtschaftliche Ausbildung machte sich bemerkbar: Sie versuchte, die einzelnen Geschmacksrichtungen einzuordnen. Sie schmeckte Minze und schwarzen Tee heraus, aber auch noch anderes, etwas, das einerseits an Zitrone und andererseits an Pilze erinnerte. Das paßte gar nicht zusammen, es waren gegensätzliche Geschmacksrichtungen. Es schmeckte nicht übel und ganz bestimmt nicht nach Pfeffer, wie Viti behauptet hatte. Sie leerte den Becher und spürte, wie die Flüssigkeit durch ihren Körper strömte. Sie schöpfte mit dem Becher nach, stellte ihn neben sich ab und schürte die glühenden Holzkohlen, bis sie auflodertem. Dann warf sie die letzten Äste in die Flammen. Das Feuer brannte rasch herunter. Hoffentlich war Angus bald mit Holznachschub zurück. Das Feuer gab ihr ein Gefühl von Sicherheit.

»L-l-laß m-mich a-ans F-f-feuer.« Viti zitterte so sehr, daß er kaum sprechen konnte. Er hatte eine große, grell gemusterte Decke um die Schultern geschlungen und hielt sie an der Taille zusammen. »Oh, und da h-hinten in d-der Ecke s-sind H-Holzstapel.« Er deutete mit dem Kinn über die Schulter. »G-genug, um d-das F-f-feuer eine W-woche lang in G-gang zu halten.«

Miranda hielt Viti den Becher mit Kräutertee hin, den sie für sich selbst abgeschöpft hatte. Er schälte eine Hand aus der Decke und nahm ihn. »Trink das, während ich hier richtig einheize«, sagte sie, sprang auf die Füße und ging zu der Stelle, auf die Viti gedeutet hatte. Hinten in der Höhle machte sie sich daran, eine Armladung kleiner trockener Holzscheite und Kieferzapfen aufzusammeln. Als sie zurückkam, kämpfte Viti sich gerade in ein grob genähtes Hemd. Es hatte bauschige Ärmel und wurde an den Handgelenken mit Gummibändern zusammengehalten. Am Hals war eine Kapuze angenäht, die man mit Bändern zusammenziehen konnte. Viti hatte bereits ein Paar Hosen angezogen. Am Bund schlotterten sie, obwohl sie ihm in der Länge nur bis knapp über die Knie reichten. Auch die Hosen hatten vorne ein Schnürband aus Webeleinen.

»Geht's dir jetzt besser?« fragte Miranda.

»Besser.« Er zog sein Hemd herunter. »Wie sehe ich aus?«

»Bekloppt.«

»Na, dann paßt's ja.«

Sie legte Holz nach. Das Feuer loderte auf und tauchte die Höhlenwände in warmes Licht. In diesem Augenblick kehrte Angus zurück. Er ging rückwärts und zerrte etwas hinein, das wie eine halbe Kiefer aussah. Mit verzweifelter Wut zog er die Äste durch den engen Höhleneingang. Angus war klitschnaß, Wasser strömte an ihm herab. »Verdammter Regen«, rief er. »Verdammter Fluß. Ich bin hineingefallen. Und ich hab mir die verdammten Hände aufgeschnitten, als ich versucht hab, Äste abzubrechen.« Er drehte sich um. Als er das Feuer lustig brennen sah, ließ er die Äste, die er trug, zu Boden fallen. »Und da mach ich mir noch Sorgen, ob nicht das verdammte Feuer inzwischen ausgegangen ist.«

»Wir haben hinten noch Holz gefunden«, sagte Miranda leichthin. »Ich hab vorhin einfach nicht daran gedacht, dort nachzusehen. Die Menschen, die bei unserer Ankunft hier waren, müssen es gesammelt haben.«

»Jawoll. Und natürlich ist der schräge Vogel Lyf gar nicht erst auf die Idee gekommen, uns das zu sagen«, erwiderte Angus.

»Wahrscheinlich hat er gedacht, wir hätten so viel Grips, allein darauf zu kommen«, warf Viti ein.

Angus schoß ihm einen Blick zu. »Und wer hat dich überhaupt gefragt?« fuhr er ihn an. Dann musterte er Viti genauer. »Und was hast du so getrieben? Dich in einen Einheimischen verwandelt, was? Du glaubst wohl, du hättest hier eine Zukunft, was? Du siehst wie eine Mißgeburt aus.« Er spuckte auf den Boden.

»Angus«, warnte Miranda.

»Hör mal zu, Miranda«, sagte Angus. Während er seine Aufmerksamkeit Miranda zuwandte, reckte er sich bewußt zu voller Größe und stemmte die Hände in die Hüften, so daß sie neben ihm winzig wirkte. »Du brauchst keine Angst mehr vor ihm zu haben. Du brauchst ihn auch nicht mehr mit ›Herr‹ oder sonstigen feinen Namen anzusprechen. Der ist erledigt. Aber vergiß bloß nie, was er dir angetan hat. Verlier nie deine Wut. Ich hab über bestimmte Dinge nachgedacht, als ich da draußen war und Holz durch die Gegend geschleppt hab. Wahrscheinlich ist auf seinen Kopf schon ein Preis ausgesetzt. Wahrscheinlich sucht schon jeder Soldat diesseits der Deva nach ihm. Für uns ist er eine Gefahr. Und hier draußen, in den Wäldern, mag man ihn und seine Sorte ganz und gar nicht. Morgen schlag ich ihm den Schädel ein, und wir kommen davon. Was sagst du dazu? Du kannst dabei helfen. Ich halte ihn fest, und du kannst ihn windelweich prügeln, wenn du möchtest.«

Miranda konnte es nicht fassen. Das alles sagte ein Mann, den sie zu kennen glaubte. Sie sah ihn an. Dem Körper nach war es Angus – der große, starke, grobschlächtige und schnelle Angus. Aber war er im Kopf noch Angus? Sie wußte es nicht, wie ihr jetzt klar wurde. Sie hörte ihm zu, als höre sie ihn zum erstenmal. Er hatte etwas Häßliches an sich, das sie vorher nie bemerkt hatte. Und sie hatte Angst. Angst vor dem, was sie hörte und das so gar nicht in die Welt passen wollte, in der sie aufgewachsen war. Und auch Angst davor, daß Angus recht haben könnte ... Denn *wenn* er recht hatte, dann befand sie sich jetzt in einer Welt, in der die Werte, die ihr bisheriges Leben bestimmt hatten, keine Geltung mehr hatten. »Wir reden morgen darüber«, sagte sie schließlich. »Komm. Iß und trink und wärm dich auf und leg die nassen Sachen ab ... und deine Wut«, fügte sie hinzu.

Angus grunzte, aber tat, wie ihm befohlen. Bald darauf stieg Dampf von ihm auf, als er nahe ans Feuer rückte und beide Hände um einen warmen Becher legte. Schweigend holte Miranda ihm trockene Sachen aus dem hinteren Teil der Höhle.

Das schwache graue Licht, das durch den Eingang in die Höhle gedrungen war, erstarb, als es draußen dunkel wurde. In der Höhle selbst brannten die grünen Lampen stetig. Alle drei saßen schweigend da. Sie hatten sich um das Feuer gekauert, auf dem Boden lagen die Reste des Essens. Jeder hatte sich in seine eigene Welt verloren. Die Aufregung des Tages war der Müdigkeit gewichen. Zum erstenmal meldeten sich jetzt auch Traurigkeit und Einsamkeit als wirre Gefühle, die kaum einzuordnen waren. Sie spürten die Traurigkeit des Wandels und Loslassenmüssens. Für jeden der drei war diese Erfahrung anders. Miranda litt am meisten unter dem Verlust ihrer Eltern. Angus war klar, daß er eine Arbeitsstelle verloren hatte, die er geliebt hatte. Und einen Platz in der Welt, an dem er es leicht gehabt hatte. Viti hatte seine Macht, sein Prestige, seine komfortablen Lebensumstände verloren – und seinen Vater.

Alle drei starrten in die flackernde Holzkohle und sahen im Geist in die Zukunft – aber jeder sah etwas anderes. Viti sah für sich eine einsame Zukunft voraus, in der er von römischen Todesschwadronen gejagt wurde, bis man ihn schließlich stellte. Irgendein junger Befehlshaber, der sich einen Namen machen wollte, würde ihn umlegen. Er sah, wie sein Blut aus einem Schnitt an der Kehle strömte und das grüne Gras nahe an einem Fluß besudelte. Er verspürte Erleichterung darüber, daß die kurzen Tage seines unglücklichen Lebens damit enden würden.

Angus sah sich selbst allein in dem großen Wald. Es wurde Nacht, er hatte sich verirrt und wußte nicht, welchen Weg er einschlagen sollte. Während die Schatten tiefer wurden und die riesigen Bäume im auffrischenden Wind ächzten, jammerte er nach der Mutter, die er nie gekannt hatte. Und er wußte nicht einmal, daß er aus Sehnsucht nach einer Mutter weinte.

Miranda hatte ihre Ängste schon viele Male durchlebt und ihnen nie einen Namen gegeben, geschweige denn davon gesprochen. Sie hatte Angst vor der Dunkelheit und den seltsamen Panthersilhouetten mit den gelben Augen, die im Dunkel, das kein Mensch je betrat, umherstrichen und ihre Fangzähne bleckten. In Mirandas Träumen hatten die Bestien sie angeknurrt. Und jetzt spürte sie bis ins Mark, daß sie draußen warteten. Geduldig wie der Tod und ihrer Beute sicher. Ihrer sicher.

Schweigen. Miranda schüttelte sich, um den Bann zu brechen, und gähnte. Viti und Angus folgten ihrem Beispiel, sie konnten ihr Gähnen nicht länger zurückhalten. Aber keiner von ihnen sprach.

Viti stand auf, ging in den hinteren Teil der Höhle und machte sich daran, Holzscheite und Kieferzapfen zum Feuer hinüberzuwerfen. Miranda holte Pelze, um damit Nachtlager zu bereiten. Sie rollte sie rund ums Feuer auf dem Boden aus. Angus machte sich am Drachen zu schaffen. Er überzeugte sich davon, daß alle Betriebssysteme richtig abgeschaltet waren. Jedem von ihnen half die Beschäftigung.

»Die Lampen gehen aus«, rief Angus plötzlich. Tatsächlich: Die grünen Lampen wurden eine nach der anderen trüber. Das Licht wurde ständig schwächer, es war kein plötzliches An- und Aufflackern, als gebe eine Batterie den Geist auf. »Ich frage mich, woher die Dinger den Strom beziehen«, murmelte Angus vor sich hin. »Sie müssen ganz schön viel verbrauchen.« Noch während er sprach, ging die letzte grüne Lampe aus. Jetzt war der flackernde Feuerschein die einzige Lichtquelle in der Höhle. Mit Einsetzen der Dunkelheit wirkte jedes Geräusch lauter. Sie konnten das Seufzen des Windes hören, der mit gespenstischem Pfeifen über den Schlund außerhalb der Höhle hinwegstrich. Sie hörten auch das stete Gurgeln des Flusses, der mit schnellem Lauf in die Tiefen der Höhle strömte.

Angus machte sich vorsichtig auf den Rückweg zum Feuer und stellte fest, daß Viti schon unter seine Pelze geschlüpft war und sich gegen einen Felsblock lehnte. In seiner Reichweite lagen trockene Reisigbündel. »Ich übernehme die erste Wache«, bot Viti an. »Ich fühle mich jetzt hellwach.« Angus grunzte als Antwort.

Auf der anderen Seite des Feuers hatte sich Miranda ein Bett gemacht. Sie war inzwischen unter den Überdecken vergraben und legte vorsichtig die hübschen Kleider ab, die sie früh an diesem Morgen angezogen hatte, um Angus zu gefallen. Unter den Sachen, die die Waldleute zur Verfügung gestellt hatten, hatte sie einen langen Wollschal gefunden. Ihr dunkles Haar hing offen herunter. Als sie den Kopf aus den Überdecken steckte, legte sich ihr Haar leicht und fächerförmig über ihre Schultern und funkelte im Feuerschein in der Farbe dunklen Kupfers. Ihre Haut hatte einen fast himmlischen Glanz. »Ich geh mich waschen«, sagte sie.

»Siehst du genug?« fragte Angus. »Soll ich dir ein Scheit vom Feuer holen, damit du was siehst?«

»Ich schaff das schon«, erwiderte Miranda und stand auf.

In den Schal gewickelt, tauchte sie in die Schatten.

Als sie gegangen war, sprach Viti wieder. »Also, was meinst du? Soll ich die erste Wache übernehmen? Einer von uns bleibt besser wach für den Fall, daß ...«

»Ich trau dir nicht«, sagte Angus bedächtig.

»Dann bist du ein noch größerer Dummkopf, als ich gedacht habe«, gab Viti zurück. »Hör mal, wir wissen nicht, was da draußen ist. Aber wir wissen jedenfalls, daß zwei von uns besser kämpfen können als einer allein. Und wenn irgend etwas hereinkommt und nach uns sucht, brauchen wir die beste Verteidigung, die wir liefern können. Nimm doch ein bißchen Vernunft an, Mann! Ich bin verletzt. Glaubst du etwa, ich will dich heute nacht linken? Den Teufel werde ich tun. Vielleicht bin ich morgen auf deine Stärke angewiesen und du auf meine.«

Angus knurrte irgend etwas, während er die Schnüre seiner Tunika löste. »Ich übernehme die erste Wache«, sagte er. »Aber ich muß erst mal scheißen gehen«, fügte er hinzu.

Viti wälzte sich auf die andere Seite. Er lag bewegungslos da und lauschte, wie Angus ein brennendes Scheit aus dem Feuer zog und dann auf den Höhleneingang zustolperte. Aus Richtung des Flusses am Ende der Höhle hörte er ein scharfes Einatmen, als Miranda ins kalte Wasser stieg, aber das war auch schon alles. Er bewunderte ihre Stärke und erriet ganz richtig, daß die Kälte des Wassers ihr irgendwie über die Traurigkeit hinweghalf. Und mit diesem vagen Gedanken an strömendes Wasser und einen schwimmenden Körper trieb er in den Schlaf hinüber.

Als Miranda zurückkam, war Angus im Bett am Feuer. Sie zitterte, kuschelte sich schnell unter die Pelze und rollte sich zu einer Kugel zusammen. Angus berührte sie. Ihre Haut war so fest und kalt wie Elfenbein. Er versuchte sie zu streicheln und seine Lippen an ihren Hals zu drücken, aber sie schob seine Hand weg. »Laß mich in Ruhe«, sagte sie. »Ich hab nichts zu geben.«

Zitternd lag sie neben ihm. Als ihre natürliche Wärme zurückkehrte, wurde sie allmählich ruhiger. Angus spürte, wie eine seltsame Einsamkeit von ihm Besitz ergriff, so sehr hatte er sich daran gewöhnt, daß Miranda ihn brauchte und für die Brocken seiner Zuneigung dankbar war. Er dachte über den Tag und über den merkwürdigen Mann namens Lyf nach. »He«, flüsterte er. »Dieser Typ, der sich Lyf nennt – was hat er eigentlich damit gemeint, als er dich *Miranda die Jungfrau* nannte?«

»Weiß ich nicht«, murmelte sie schon halb im Schlaf. »Vielleicht hat er mich verstanden... Vielleicht hat er gewußt, daß ich mich dort, wo es zählt, wie eine Jungfrau fühle... Hab ich immer schon... Werde ich immer... Selbst wenn ich mal Kinder habe... Selbst wenn – sie gähnte – ich tot bin...«

Angus war verwirrt und hätte gern noch mehr gefragt. Aber Mirandas Seufzen und ihre weichen, regelmäßigen und tiefen Atemzüge verrieten ihm, daß sie eingeschlafen war. Ihnen gegenüber lag Viti und schnarchte. Es war ein Geräusch, wie es eine Katze macht, und klang in der Höhle laut.

Angus nickte ein, obwohl er Wache halten wollte. Er konnte seine Augen nicht mehr offenhalten, so sehr er es auch versuchte. Er starrte zum Feuer, die tanzenden Flammen machten ihn schläfrig. Der nächste Schnarcher, der die Stille durchbrach, kam von Angus, aber das hörte er schon nicht mehr.

10

Die erste Nacht

Das Feuer loderte zuerst auf und brannte dann herunter. Die Flammen erstarben. Zurück blieb glühende Holzkohle, die dort, wo die leichte Brise vom Höhleneingang über sie hinwegstrich, immer wieder aufflackerte.

Draußen, in der Welt der Wildnis, hörte der Regen auf. Ein Wind kam auf und riß die Regenwolken auf. In den Spalten tauchten Sterne auf. Ein buckliger Mond schien nahe über dem Horizont. Sein graues Licht, ein kaltes, stählernes Licht, spielte über Hügel und Bäume.

Wenn man von oberhalb des Waldbaldachins auf die Baumgipfel herabblickte, sahen sie wie träge graue Wellen aus, die im Wind leicht vor- und zurückrollten. Das Regenwasser, das sich in den Kelchen der Blätter gesammelt hatte, floß über und auf den Boden herunter.

Zwischen den Bäumen der mondbeschienenen Lichtungen bewegten sich dunkle Schatten. Die Schnauzen hatten sie wie Speere nach vorn gereckt. Die Geschöpfe bewegten sich lautlos. Hin und wieder blieb eines stehen, hob den Kopf, heulte und lauschte auf ein antwortendes Heulen, das von meilenweit entfernten Hügeln herüberdrang. Die Säbelzahnwölfe waren auf der Jagd. Das Wolfsrudel erreichte den Abgrund, die Stelle, an der die Höhle zusammengefallen war, und versammelte sich rund um den Rand. Der Anführer, ein Tier, das auf zwei Beinen stehend gut und gern anderthalb Meter maß und einen dicken schwarzweißen Pelz hatte, schnüffelte in der Luft herum. Auch der schwächste Hauch von qualmendem Holz entging ihm nicht.

Er wollte das Rudel gerade hinunter in den Abgrund

führen, als aus Richtung der Bäume im Hintergrund ein Trommeln herüberdrang. Es war ein schrilles, rasselndes Geräusch, das zweifellos näher kam, auch wenn die Bäume es dämpften. Die Wölfe sprangen auf, bildeten einen Kreis, starrten in die Richtung des Trommelns und entblößten die Fangzähne.

Am Ende der Lichtung bewegte sich etwas, ein Busch bog sich, als er zur Seite gedrückt wurde. Mit großen Schritten trat ein Riese in die vom fahlen Mondlicht erhellte Lichtung. Der Mann hatte breite Schultern, stämmige, grobschlächtige Beine und maß fast an die drei Meter. Um die Schultern trug er einen Umhang aus Bärenfell. Kopf und Schnauze des Bären bildeten seine Kopfbedeckung. Das ließ ihn noch riesiger erscheinen, da diese Kappe seiner normalen Körpergröße nochmals mindestens dreißig Zentimeter Länge hinzufügte. Die Bärentatzen baumelten ihm vorne über die Schultern und wurden von einer goldenen Schnalle knapp über seinem Bund zusammengehalten. In den Händen hielt der Riese einen langen Stab, mit dessen Ende er in schnellem Rhythmus auf eine kleine Holztrommel einschlug, so daß ihr Echo auf der Lichtung widerhallte.

Als der Riese näher kam, knurrte der Leitwolf, hob eine Pfote, legte die Ohren an und warf den Kopf vor. Der Riese schritt ungerührt weiter und schlug einen lebhaften Trommelwirbel. Der Leitwolf wich ihm knurrend aus, worauf auch alle anderen Wölfe mit zurückgezogenen Lefzen zurückwichen. Am Rande des Abhangs, der hinunter zur Höhle führte, schlug der Riese ein letztes Mal die Trommel und warf sie sich dann über die Schulter, von der sie an einer geflochtenen Schnur herunterbaumelte. Inzwischen hatten sich die Wölfe direkt vor ihm im Halbkreis aufgebaut. Der Riese holte unter seinem Umhang einen Rucksack hervor, dem er einen in Tuch gehüllten Fleischbrocken entnahm. Er schlug das Tuch auseinander und warf den

Braten hoch in die Luft. Dabei zielte er vom Abgrund weg.

»Und jetzt freßt!« brüllte er. Wie auf Kommando umrundeten die Wölfe das Fleisch, fielen darüber her und schlugen ihre Zähne hinein. »... Und hört auf, mich zu nerven!«

Der Riese blickte zum Himmel hinauf, das Mondlicht fiel auf sein Gesicht. Er hatte ein häßlich entstelltes Gesicht. Die prallen Backen wölbten sich ebenso vor wie die dicken Lippen. Seine Augen glänzten wie Murmeln. Sein langes Haar war blond, er trug es zu einem Pferdeschwanz nach hinten gebunden. Er war Anfang Zwanzig, allerdings ließen ihn das lange Haar und die derbe Kleidung älter erscheinen.

Zufrieden, daß die Wölfe fraßen, wandte er sich um und machte sich ohne einen Blick zurück auf den Weg den Abgrund hinunter. Er trat von Felsen zu Felsen und nutzte seinen Stab, um das Gleichgewicht zu halten. Trotz seiner Masse bewegte er sich leicht und behende. Er sprang den letzten Abschnitt hinunter. Am Höhleneingang blieb er stehen, ließ die Hände auf den feuchten Steinen ruhen und neigte den Kopf zur Seite. Als er aus dem Innern der Höhle nur Schnarchtöne vernahm, duckte er sich und trat hinein.

Das Feuer glühte nur noch, die Luft roch süßlich und schwer nach Holzrauch. Schweigend schritt der Riese über die drei schlafenden Gestalten hinweg, die bis auf das Schnarchen so still wie Felsen lagen. Im sanften Feuerschein konnte er ihre Gesichter erkennen. Angus' Gesicht war entspannt und leer, er wirkte auch sanfter als normalerweise. Miranda hatte sich in Bauchlage wie ein Kind zusammengerollt, ihr Gesicht war halb unter den Bettdecken verborgen. Viti träumte. Sein bewegliches Gesicht war zerfurcht, seine Lippen verzogen sich.

Der Riese schob Holz ins Feuer, sah, wie es qualmte und dann von den Flammen erfaßt wurde. Bedächtig und umsichtig legte er weiteres Holz nach und zog sich zurück, als Viti sich rührte. Aber Viti wälzte sich nur auf die andere Seite. Der Riese durchquerte die Höhle, er schien sich mühelos zurechtzufinden. Er ging zum Drachen hinüber, der wie ein schlafendes Untier wirkte. Mit der Hand strich er voller Bewunderung über die glatten Metallplatten und klopfte mit den Knöcheln leicht dagegen. Als er sich vom Drachen abwandte, schlug die Trommel auf seinem Rücken scheppernd gegen die Seite des Ungetüms.

»Wer ist da?« rief eine Stimme. Es war Miranda.

Der Riese glitt zum Höhleneingang und schlüpfte lautlos hindurch. Er kletterte schnell aufwärts. Als er halb oben war, blieb er stehen, kauerte sich nieder und machte sich zwischen den Felsen unsichtbar.

Während er hinunterblickte, konnte er erkennen, daß ein Teil des Höhleneingangs vom Feuer drinnen erhellt wurde. Bald darauf tauchte der Umriß von Angus auf, der argwöhnisch zum Eingang herausspähte. Angus blieb kurz stehen, sah ins Mondlicht und kehrte vor sich hinmurmelnd in die Höhle zurück. Offenbar hatte er nichts Beunruhigendes entdecken können. Leises Stimmengemurmel war zu hören, dann war alles wieder still. Der Riese grinste in sich hinein, machte es sich auf dem Boden bequem und wickelte sich in das schwere Bärenfell. Mit beiden Armen drückte er die Trommel fest an sich und stellte sich innerlich darauf ein, den Rest der Nacht Wache zu halten. In der Ferne hörte er einen Wolf heulen.

11
Ulysses weint

*A*ls man Ulysses mitteilte, sein Sohn sei in irgendeinen strafbaren Vorfall im Kampfdom verwickelt worden, versetzte er jene Streitkräfte, auf deren Loyalität er sich verlassen konnte, sofort in höchste Alarmbereitschaft. Er hatte den Verdacht, es stecke irgendeine Intrige der Caesars dahinter. Die Legionen im Norden standen fest hinter Ulysses. Außerdem hatte Vitis Vater seit Vitis Händel mit dem jungen Verwandten der Caesars namens Brutus die ganze Zeit über schon Gold bezahlt, um sich Loyalitäten zu sichern und Spione anzuheuern. Marcus Ulysses war bereit, jederzeit sofort in Eburacum einzumarschieren.

Aber dann trafen Berichte ein, die Viti mit irgendeinem jungen Ding, einer Kellnerin, und mit einem der jungen Mechaniker des Kampfdoms in Verbindung brachten. Anscheinend hatten sie mit dem Kampfdrachen irgendwelchen Blödsinn getrieben. Nichts deutete auf eine Beteiligung der Caesars hin. Der alte Marcus Ulysses war verwirrt.

Er wartete ab. Später an diesem Abend empfing er einen kaiserlichen Boten, der ihm die Einladung überbrachte, am kommenden Morgen mit dem *Praefectus Comitum* zu frühstücken. Diese Einladung war eine Art Code, der besagte, daß offizielle Angelegenheiten in zwangloser Atmosphäre verhandelt werden sollten. Marcus nahm die Einladung an, ließ aber in seiner Antwort durchblicken, daß er für den Fall, daß man ihm oder Viti etwas antat oder sie bedrohte, den von ihm befehligten Legionen die Anweisung hinterlassen habe,

Eburacum anzugreifen. Es war keine leere Drohung. Marcus' Streitkräfte waren wohlbewaffnet, mobil und das wirksamste Angriffsheer in ganz Britannien. Sie würden mit ihren Panzern die Stadt stürmen und den Reichspalast am Mittag besetzen, falls Marcus Ulysses nicht höchstpersönlich Einhalt gebot.

Und so traf Marcus Ulysses am nächsten Morgen bei Einbruch der Dämmerung in einem gepanzerten Wagen an den Stufen des Reichspalastes ein. Tripontifex Britannicus erwartete ihn schon. Der Mann war offensichtlich nervös, lächelte die ganze Zeit und strich sich über die Lippen. »Ich bin froh, daß du kommen konntest, Marcus. Ein wunderschöner Morgen. Ja, hier entlang. Komm gleich mit rauf.«

»Nimmt noch jemand an dieser Besprechung teil?«

»Ja. Ja. Marmellius Cae ...«

»Caesar.«

»Ja. Er hat ausdrücklich gebeten, teilnehmen zu dürfen. Er hat sich Sorgen gemacht, du könntest annehmen, er oder irgendeiner der Caesars hätte seine Hand im ... Er wollte dir persönlich versichern, daß dem nicht so ist.«

»Verstehe.«

Sie betraten den offiziellen Bankettsaal, den ein dreißig Meter langer Tisch aus glänzender Eiche unter funkelnden Kronleuchtern einnahm. Es wirkte völlig deplaziert, daß nur ein Tischende eingedeckt war – und lediglich für drei Personen. Drei gekochte Eier wurden von drei Hütchen warmgehalten. Außerdem standen eine Silberplatte mit Speck, ein Ständer mit gerösteten Brotscheiben und angewärmter Rotwein bereit.

Marmellius Caesar, der Enkel von Julius Caesar XIX., hatte schon Platz genommen und erwartete sie. Er war ein großer, blonder junger Mann mit intelligentem, gutgeschnittenem Gesicht und blauen Augen. Mangels Alternative hatte Marmellius seit dem Tode seines Großvaters die Geschicke der Familie Caesar in die Hand genommen. Er stand auf, als er Marcus Ulysses hereinkommen sah. Die beiden Männer musterten einander so argwöhnisch wie wilde Tiere an einer Wasserstelle. Schließlich streckte Marmellius seine Hand mit nach oben weisendem Handteller vor. Marcus nahm den Gruß entgegen, beide Männer schüttelten sich die Hand und nahmen einander gegenüber am Tisch Platz.

»Ich habe Tripontifex gebeten, teilnehmen zu dürfen«, eröffnete Marmellius. »Ich wollte verhindern, daß ein völlig unnötiger Bürgerkrieg ausbricht. Ich weiß über Ihre Vorbereitungen sehr wohl Bescheid. Ehe Sie etwas sagen, möchte ich Ihnen versichern, daß die Familie Caesar an dem, was Ihrem Sohn zugestoßen ist – was es auch sein mag –, in keiner Weise beteiligt war. Falls ich dennoch wider Erwarten feststellen sollte, daß eines unserer Familienmitglieder unlauteres Spiel getrieben hat, werde ich ihn – oder sie – Ihnen persönlich ausliefern, damit der Gerechtigkeit Genüge getan wird. Darauf gebe ich Ihnen mein Ehrenwort, bei der Seele meines Großvaters.«

Marcus musterte den jungen Mann eingehend. Er konnte keine Falschheit, kein Zeichen der Lüge ausmachen. Und dennoch ... Er zuckte seine massigen, wohlgepolsterten Schultern. »Sollen wir essen?« fragte er und deutete auf die eingedeckten Plätze. »Die Eier werden kalt.«

Kurze Zeit aßen sie, ohne zu reden. Dann ergriff Marcus das Wort. »Also. Wenn nicht die Caesars dahinterstecken, was ist *dann* passiert? Ich habe wirre Berichte gehört. Was gibt es Neues, Tripontifex?«

Als Antwort öffnete Tripontifex eine rote Mappe, die neben seinem Gedeck gelegen hatte. »Diese Mappe hat man heute um vier Uhr früh für mich zusammengestellt«, sagte er. »Sie enthält Aussagen von Augenzeugen. Sie kommen einem beim Lesen recht merkwürdig vor.«

Marcus nahm den Bericht und begann, die Seiten flüchtig durchzublättern. Es war kein umfangreicher Bericht, er machte sich ans Lesen. Tripontifex und Marmellius wechselten Blicke und beschäftigten sich angelegentlich mit ihrem Frühstück.

Der größte Teil des Berichts befaßte sich mit dem Schaden, der dem Kampfdom entstanden war. Der Abschnitt, der von Vitis Verschwinden handelte, war vergleichsweise kurz. Ein Überlebender, ein Mann, der im ersten Scharmützel verwundet worden war, schilderte, wie er gesehen hatte, daß Viti ein Messer zog, es schleuderte und damit einen Wächter tötete. Ein weiterer Augenzeuge sagte aus, er habe Viti auf die Wächter schießen sehen. Die Zahlen deuteten an, daß Viti wahrscheinlich neun Männer getötet hatte. In einer abschließenden Aussage wurde beschrieben, wie Viti mit Angus in den Drachen gestiegen war. Danach war der Drache davongestürmt, hatte ein Loch in die Wand des Kampfdoms gerissen und war durchgebrochen. Schließlich hatte man den Drachen im tiefen Wald aus den Augen verloren. Der Bericht schloß mit den Worten: »Das bisher vorliegende Beweismaterial deutet darauf hin, daß Victor Ulysses in Tatgemeinschaft mit den Jungbürgern Miranda Duff und Angus Macnamara den Diebstahl des Kampfdrachen planmäßig vorbereitet hat. Des weiteren ist davon auszugehen, daß sie bei ihrer Flucht aus dem Umfeld des Kampfdoms von unbekannten Personen unterstützt wurden. Daraus kann man nur den Schluß ziehen, daß es sich um einen willkürlichen Akt der Sabotage und des Verrats handelt, der gegen die Provinz Britannien und den römischen Staat gerichtet ist.«

Marcus Ulysses war am Ende des Berichtes angekommen und legte das Dokument achtsam nieder.

»Ist das wahr?« fragte er. »Ich meine, gibt der Bericht die Ereignisse richtig wieder? Wer hat ihn verfaßt?«

»Der Senator Ulpianus persönlich«, antwortete Tripontifex. »Und der hat, wie du weißt, keinen Grund, dir oder deiner Familie irgend etwas anzuhängen.«

Marcus grunzte. Tripontifex hatte recht. Der Senator Ulpianus war entfernt mit der Familie Ulysses verwandt. Und außerdem war er als absoluter Ehrenmann bekannt, als furchtloser Verfechter der Wahrheit, als Mann der Alten Schule. »Also gut. Ich hoffe, daß die Suchtrupps, die du nach ihnen ausgeschickt hast, sie finden. Wenn du nichts dagegen hast, würde ich gern auch einige meiner Leute mitschicken.« Er hielt inne, sah Tripontifex und Marmellius an und sagte schließlich bedächtig: »Was mich angeht, so ist mein Sohn für mich gestorben. Wenn man ihn findet, will ich ihn nicht sehen. Falls man ihn lebend faßt, soll man mit ihm härter als mit unseren schlimmsten Verbrechern verfahren. Von jetzt an ist er kein Ulysses mehr. Er ist enterbt. Ich habe es hiermit ausgesprochen.« Marcus Ulysses stand auf. »Ich werde dafür sorgen, daß diese Worte dir in gesetzlich gültiger Form zugeleitet werden. Und jetzt entschuldige mich bitte, ich muß ...« Seine Stimme erstarb. Einen Augenblick lang mahlte sein stählerner Kiefer, als kaue er auf einem zähen Stück Speck herum, aber aus der Kehle drang kein Laut. »Tut nichts zur Sache. Ich muß mich um viele Dinge kümmern. Viele Dinge in Ordnung bringen. Danke.«

Ohne eine Antwort abzuwarten, entfernte sich Marcus Ulysses. Er ging gemessenen Schrittes davon. Diesen Schritt hatte er vor vielen Jahren als junger Offizier an der Militärakademie hier in Eburacum erlernt. Er blieb kurz stehen, blinzelte in die Sonne und eilte dann die Stufen zu dem wartenden Panzerwagen hinab.

Noch am selben Tag verließ Marcus Ulysses Eburacum, um auf sein Landgut Farland Head hoch oben im Norden zu reisen.

Am Abend, als die rötliche Sonne unterging, konnte er von seinem Standort aus über das Meer und auf die Insel Arran blicken. Es war Flut, die Wellen schlugen ans Ufer und schickten ihre Spritzer bis hinauf zur Plattform, auf welcher der einsame Mann stand. Er war klitschnaß, rührte sich jedoch nicht von der Stelle. Seine einzige Bewegung bestand darin, sich die kalte salzige Gischt vom Gesicht zu wischen.

12

Der erste Tag

Es war der Chor der Morgendämmerung, der Miranda weckte. Selbst im Innern der Höhle konnte man ihn hören: ein munteres, ungeduldiges Zwitschern, ein hungriges Rufen, ein lautes Flügelschlagen. Miranda erwachte als erste und streckte sich, um sogleich festzustellen, daß sie steif war. Dort, wo ihr Körper den harten Höhlenboden berührt hatte, war sie regelrecht wund gelegen. Sie stand taumelnd auf, befreite sich von den Pelzen und stieg über Angus hinweg, der sich auf dem Rücken ausgestreckt hatte. Miranda war klar, daß ihre erste Aufgabe darin bestand, das Feuer wieder in Gang zu bringen. Sie holte Holznachschub aus dem hinteren Teil der Höhle. Dabei fiel ihr auf, daß die grünen Lampen wieder an waren und mit stetem, aber schwachem Licht brannten. Man hatte Miranda nicht zur Neugier erzogen, deshalb nahm sie das einfach als Teil der neuen Welt hin, zu der sie jetzt gehörte.

Nachdem Miranda Zweige auf die weißliche Asche gelegt hatte, blies sie auf die Holzkohle. Sie war erleichtert, als blauer Rauch aufkräuselte und kurz darauf eine kleine strahlend gelbe Flamme entbrannte. Zum ersten Mal kam Miranda wirklich zu Bewußtsein, wie kontinuierlich man Nachtwache halten mußte, wenn man auch nur eine so simple Sache wie ein Feuer in Gang halten wollte. Sie wunderte sich, daß das Feuer die ganze Nacht durchgebrannt hatte und dankte ihrem Glücksstern. Sie legte weitere kleine Zweige und Scheite nach und sah zu, wie sie Feuer fingen und auflodertn. Und dabei fiel ihr plötzlich die riesige Gestalt ein, deren

Bewegungen sie im flackernden Schein der Flammen wahrgenommen hatte. Gleichzeitig spürte sie, wie sich ihr Körper plötzlich verkrampfte, und wußte, daß sie – Angst hin oder her – nach draußen gehen und den Ort aufsuchen mußte, an dem sie sich erleichtern konnte.

Außerhalb der Höhle blickte sie nach oben und sah einen klaren blauen Himmel über den Bäumen. Dort, wo die Sonnenstrahlen auf die Blätter gefallen waren, hatten sie eine blaßgrüne oder gelbe Färbung angenommen. Die Luft roch nach dem Regen frisch und süß, und selbst die feuchte Schlucht, in der die Höhle lag, wirkte freundlicher. Überall hüpften Vögel umher, schossen hoch in die Luft und zankten miteinander.

Der Abtritt, von dem Lyf gesprochen hatte, war ein tief ausgehobener Graben, über den man zwei Planken gelegt hatte, auf denen man stehen konnte. Jetzt verstand Miranda die Warnung des Mannes, ja nicht hineinzufallen. Sie kauerte sich nieder und hielt dabei ihre Bekleidung hoch. Sie stellte sich vor, wie aus den Büschen und oben aus den Felsen sie Augen beobachteten und fühlte sich ausgeliefert. Aber alles, was sich rührte, waren Vögel, eine neugierige Hummel und ein Ameisenzug, der Holz- und Blätterstückchen schleppte. Sie spürte, wie die Grashalme sie kitzelten, und sagte sich trotz ihrer Ängste, daß es keine Spinnen waren.

Allerdings reagierte etwas in ihrem Geist auf die helle, lebendige Welt um sie herum, und als sie fertig war, fühlte sie sich sauber und leer. Sie entdeckte die Stelle, an der ein Nebenarm des Baches hinuntersprudelte, ein Wasserlauf, der nicht in die Höhle floß. Sie nahm an, dies müsse die Stelle sein, an der sie sich waschen konnte. Irgend jemand, vielleicht der seltsame Lyf, hatte umsichtig aufrecht stehende, oben abgeflachte Felsbrocken dorthin geschafft.

Auf der losen Erde nahe bei dem Abtritt lag ein abgeflachtes, ausgehöhltes Stück Holz, das offensichtlich als Schippe dienen sollte. Sie hob es auf und ließ es mit einem Aufschrei sofort wieder fallen, da eine große schwarze Spinne unter der Schaufel hervorkroch und eilig den Weg nach oben antrat. Ein Raubvogel, der anscheinend keine Angst vor Miranda hatte, stürzte sich herab, schnappte sich die Spinne und flog davon. Miranda brauchte einige Augenblicke, um wieder Mut zu fassen und das Stück Holz aufzuheben. Als sie es schließlich tat, verteilte sie eine ganze Menge Erde über ihre Hinterlassenschaft. An der Haushaltsschule von Eburacum hatte man ihr nie beigebracht, wieviel Erde man bei Benutzung einer Toilette nachschütten sollte. Als nächstes experimentierte sie damit herum, den kleinen Wasserlauf zum Waschen zu nutzen. Das war die merkwürdigste Erfahrung, die sie je gemacht hatte, so daß sie laut lachen mußte, besonders, als sich ein schwarzer Vogel mit hellgelbem Schnabel auf einem nahen Busch niederließ und ihr ein Liedchen flötete. Aber dann bezwang sie sich gleich wieder. Sie wollte nicht, daß Angus oder Viti sie hörten und hierherkamen, um nachzusehen, was los war.

Die Sorge war unnötig. Als sie zur Höhle zurückkehrte, schliefen beide Männer immer noch fest. Sie stupste Viti mit dem Fuß an.

Viti wachte unvermittelt auf. Jahre der Ausbildung an der Militärakademie hatten bewirkt, daß er fast ohne jeden Übergang vom Schlaf in den Wachzustand gleiten konnte. Allerdings befand er sich geistig immer noch halb im Schlaf. Er tauchte aus einem Traum auf, in dem irgend jemand ihm im trüben Licht der Höhle all seine Haare abrasiert hatte. »Ich bin mit der Wache dran«, flüsterte er fast automatisch und wurde dann vollends wach. Miranda stellte gerade einen mit Wasser gefüllten Kessel aufs Feuer. »Was ist das für ein Lärm?« fragte er. »Klingt wie eine Maschine.«

»Die Vögel«, antwortete Miranda.

Angus ächzte und wälzte sich herüber. »Was für Vögel?« murmelte er.

»Draußen. Der Chor der Morgendämmerung. Erkennst du's nicht?«

Beide Männer setzten sich auf und blinzelten, als ihre Augen sich dem Höhlenlicht anpaßten.

»Laute Kerle«, stellte Angus fest. »Bei Jupiter, ich hab Hunger.« Er sah sich um. »Keine Spur von deinem geheimnisvollen Mann«, sagte er zu Miranda. »Ich hab dir ja gesagt, daß du geträumt hast.«

»Ich hab nicht geträumt«, widersprach Miranda.

Viti sah verwirrt aus. »Was für ein geheimnisvoller Mann?«

»Miranda hat einen Riesen in der Höhle gesehen. Mitten in der Nacht.«

Viti wirkte verdutzt. »Was hat er gemacht?«

»Nichts«, erwiderte Miranda. »Ich weiß es nicht. Ich hab nur irgend etwas gesehen.«

»Also, ich hab nichts gehört«, bemerkte Viti.

»Du hast mit aufgeklapptem Mund gepennt«, sagte Angus. »Wenn da wirklich jemand gewesen wäre, dann wärst du bestimmt eine große Hilfe gewesen.«

Viti zuckte die Achseln. »Na ja. Vielleicht wär ich keine große Hilfe gewesen, aber ich hatte letzte Nacht seltsame Träume. Seltsamere Träume, als ich je gehabt habe. Alle über Feuer. Alles brannte, aber irgendwie kam ich ungeschoren davon. Dann träumte ich, jemand hätte mir den Kopf rasiert.« Er brach verlegen ab. »Ist ja auch egal. Ich hab auch Hunger.«

Das hatten sie alle.

»Ist noch was von gestern abend übrig?« fragte Angus.

Miranda zuckte die Achseln. »Nur ein paar von den Kräutern, glaube ich.«

»Großartig«, sagte Angus in dem Versuch, ironisch zu sein. »Ich kann's kaum erwarten. Gestern abend hab ich davon den Durchmarsch gekriegt.«

Es war noch genug von der Kräutermischung für einen Aufguß da. Und so setzten sie sich neben der erlöschenden Holzkohle ans Feuer, umklammerten ihre Becher mit heißem Kräutertee und starrten einander an, während ihre Bäuche rumorten.

»Also gut, wir sind auf uns selbst gestellt«, sagte Angus. »Hat keinen Zweck, die Augen davor zu verschließen. Wenn wir was essen wollen, müssen wir es selbst beischaffen.« Er warf den Teesatz in die erkaltende Asche.

Er wollte gerade aufstehen, als Viti plötzlich vorschnellte, den nichtsahnenden Angus überraschte, ihn zurückstieß und auf den Boden streckte. Ehe Angus irgend etwas unternehmen konnte, fand er sich unversehens auf dem Gesicht liegend wieder. Sein Arm war dermaßen eingeklemmt, daß er Angst hatte, sich den Ellbogen auszukugeln. »Zuerst müssen wir reden«, sagte Viti. »Gestern wolltest du mir den Schädel einschlagen... Ich will die Dinge zwischen uns jetzt klarstellen.« Angus wand sich, aber Viti hielt ihn mit routinierter Leichtigkeit fest. »Keine Angst. Ich werde dich nicht umbringen. Aber wir werden reden.«

Plötzlich ließ er Angus los, wälzte ihn mit seinem Knie herum und machte einen Schritt zurück. Angus setzte sich auf, rieb sich den Ellbogen und schimpfte: »Ich wünschte, ich hätte dich schon heute nacht fertiggemacht... Glaub nur nicht, daß es mir nicht durch den Kopf gegangen ist. Aber Miranda wollte ihre Ruhe haben.«

»Warum?«

»Warum was?«

»Warum willst du mich umbringen? Warum hast du mir dort im Kampfdom eine Falle gestellt? Ich glaube, ich weiß, warum. Aber ich will es von dir selbst hören.«

Angus suchte nach Worten. Jetzt, wo der Moment gekommen war, wollte er nicht die Worte benutzen, die ihm in den Sinn kamen, sie waren für ihn allzu bitter. »Du hast sie gezwungen...«, sagte er schließlich und starrte Viti an. »In diesem Hinterzimmer... In der

Nacht, als du eine Party hattest, hast du sie ... Du hast sie gefickt ... Sie hat es mir erzählt. Ich hab sie dazu gezwungen, daß sie's mir erzählt.«

Viti, der sich für den Fall, daß Angus ihn anzugreifen versuchte, in der kampfbereiten Haltung eines Ringers niedergekauert hatte, nickte. »Ich weiß«, sagte er. »Ich erinnere mich daran.« Es entstand eine lange Pause, in der keiner von ihnen sprach. »Jetzt hör mir mal zu, Angus, und zeig, daß du nicht Scheiße statt Gehirn zwischen den Ohren hast. Du hast recht mit dem, was du gestern gesagt hast: Ich bin in meiner Welt erledigt. Aber in dieser hier bin ich noch nicht gestorben, und ich hab's auch nicht vor. Was auch immer auf mich zukommt, ich bin eine Kämpfernatur. Also hör zu. Das, was ich Miranda angetan habe, tut mir leid. Aber es ist nun mal geschehen und läßt sich nicht ungeschehen machen. Jedenfalls laß ich euch beide allein, damit ihr wieder miteinander ins reine kommt. Einverstanden? Aber folg mir nicht, Angus. Zieh hiermit einen Schlußstrich unter deinen Rachefeldzug, einverstanden? Ich werde meine Chance in dieser Welt nutzen, und das mußt du auch tun.« Viti stand langsam auf. »Ich wünsch euch alles Gute.«

Als Viti sich langsam umdrehte, kippte ihm Miranda einen ganzen Kessel kaltes Wasser über den Kopf. Ehe Angus sich rühren konnte, trat sie zwischen die beiden. »Jetzt hört mal zu, ihr beiden«, sagte sie und versetzte Viti einen Stoß, so daß er sein Gleichgewicht verlor und auf dem Hintern landete. »Ich bin nicht deswegen in dieser dunklen Höhle, weil ich es so wollte. Ich bin wegen euch beiden hier.« Sie wandte sich Viti zu. »Du und dein alberner Stolz und deine alberne Familie und dein albernes Kämpfen und deine Brutalität!« Ehe Viti antworten konnte, wandte sie sich Angus zu. »Und du. Du bist genauso schlimm! Du und deine albernen Kampfmaschinen und deine Brutalität!« Sie sah beide an. »Wegen euch habe ich eine geliebte Familie aufgeben müssen. Wegen euch hab ich meine Unschuld verloren. Wegen euch hab ich Dinge verloren, die niemals wieder gutzumachen sind. Ich hab euch wirklich satt. Alle beide. Aber keiner von euch wird sich von hier wegschleichen, um edel und unabhängig dazustehen. Ihr seid beide für die Situation verantwortlich und müßt mich jetzt beide beschützen. Keiner von euch bekommt eine Vorzugsbehandlung, mit dem Kämpfen ist ein- für allemal Schluß. Ist das klar?«

Woher waren ihr diese Worte gekommen? Miranda wußte es nicht. Sie ließ sich einfach treiben. In diesen Worten fand ihre ganze Wut, die durch ihre Zwangslage noch genährt wurde, Ausdruck.

Die beiden Männer – der eine naß, der andere trocken – starrten sie mit offenem Mund an.

Eine Stunde später standen sie oberhalb der Schlucht. Alles, was ihnen vielleicht irgendwie nützlich sein konnte, hatten sie aus dem Drachen geholt. Sie besaßen jetzt eine Erste Hilfe-Ausrüstung, ein Fernglas, einige Werkzeuge, die im Notfall auch als Waffen dienen konnten, und eine kleine Axt. Alle drei trugen die einfache, praktische Kleidung der Waldleute. Als Überkleidung dienten die Pelze, in denen sie geschlafen hatten. Angus war der Größte, sein Pelz war schwarz und aus zwei kleineren Fellen zusammengenäht. Viti trug das Fell eines grauschwarz gefleckten Tiers, möglicherweise stammte es von einer riesigen Ziege. Mirandas Pelz war braunweiß gescheckt und hatte einen Kragen aus Rindsleder. In diesen Sachen fühlten sie sich erstaunlich wohl und zu Hause.

Dort, wo die Sonne durch die Bäume aufs Gras herunter schien, stieg bereits Dampf auf. »Das wird ein glühendheißer Tag«, sagte Angus, während er ihre Wasserflaschen am Bach auffüllte.

Viti, dessen Ausbildung auch das Überlebenstraining im Wald umfaßt hatte, musterte den Boden. Er entdeckte die Fährte der Wölfe, die sich hier während der Nacht zusammengerottet hatten, und einen einzigen Fußabdruck, den Fußabdruck des Riesen. An dieser Stelle nahe am Fluß war der Mann stehengeblieben, um den Wölfen das Fleisch vorzuwerfen. Viti erwähnte nichts von seinen Entdeckungen, sondern konzentrierte sich statt dessen auf das zerstampfte, niedergetretene Gras. Es verriet, wo die Menschen, die sich bei ihrer Ankunft in der Höhle aufgehalten hatten, entlang gegangen waren. Viti konnte die Windungen eines alten Pfades ausmachen. Über eine kurze Strecke verlief er parallel zum Flußufer, dann bog er nach rechts ab, führte einen niedrigen Hügel hinauf und mündete in einen Lärchenhain. Viti ging voran. Er schritt vorsichtig aus, da er immer noch etwas steif war und seine Wunden ihn immer noch schmerzten, obwohl sie schnell verheilten. Der Pfad führte durch den Lärchenhain zu einem kleinen, engen Tal. Hier reichte ihnen das Gras bis zu den Armen, so daß der schmale Pfad wie ein Tunnel wirkte. Unten im Tal gelangten sie an ein Sumpfloch, in dem dunkles Wasser gluckerte. Aus der Tiefe stiegen Blasen auf und erfüllten die Luft mit dem durchdringenden Gestank nach Eiern und Jauche. Ein künstlich angelegter Steinpfad führte über das Sumpfloch. Das gab allen Hoffnung, denn die Steine ließen auf einen häufig benutzten Weg schließen. Sie gingen vorsichtig hinüber, da keiner von ihnen eine nähere Bekanntschaft mit dem stinkenden Schlamm riskieren wollte. Über dem sumpfigen Wasser summten Insekten herum, krochen in die Pflanzen hinein und darüber hinweg. Auf einem weitgefächerten Blatt saß eine riesige, rotblau gemusterte Libelle, die im Sonnenschein ihre Flügel spreizte. Miranda bewunderte ihre Schönheit. Selbst auf den Ausflügen, die sie mit Angus auf der Ouse unternommen hatte, war sie nie so nahe an eine Libelle herangekommen.

Jenseits des Tales beschrieb der Pfad einen Zickzackkurs, führte aber stetig bergauf. Nach und nach wich das Gras Bäumen, sie betraten dichten Wald. Wirres Gestrüpp, Büsche und die ausgetrockneten Zweige niedergestürzter Bäume griffen nach ihnen und verhedderten sich in ihrer Kleidung. Der Himmel war kaum zu sehen. Der Waldboden unter ihren Füßen war feucht und weich, ihre Schritte verursachten kein Geräusch, aber ihr Atmen klang laut und schien widerzuhallen. »Pst«, machte Viti und blieb plötzlich stehen. »Hört mal.«

Sie blieben mit angehaltenem Atem stehen und lauschten in die Stille. Die Bäume um sie herum ächzten und knackten in der zunehmenden Hitze, aber das war das einzige Geräusch. »Was hast du gehört?« fragte Angus flüsternd.

»Ich weiß es nicht. Eine Art...«

Viti brauchte seinen Satz gar nicht zu Ende bringen, denn jetzt vernahmen sie alle das regelmäßige Schlagen einer Trommel. Das Geräusch schien von einer Stelle irgendwo hinter ihnen zu kommen.

»Glaubst du, wir werden verfolgt?« fragte Angus.

»Sind es Wachen vom Kampfdom?« fragte Miranda.

»Wenn uns Gefahr drohte, würden sie, glaube ich, kaum auf diese Weise auf sich aufmerksam machen«, erwiderte Viti. »Ich weiß nicht. Klingt es bedrohlich?«

Diese Frage galt Miranda.

»Nein, nicht bedrohlich«, antwortete sie schließlich, als in der Ferne die Trommel wieder anschlug. »Aber selbstbewußt. Sie sagt: Ich bin hier. Gebt acht.«

»Ich schlage vor, wir gehen weiter«, sagte Angus. Viti nickte.

»Ja. Wir wissen nicht, welche Regeln hier gelten. Wir wissen nicht, was, zum Teufel, hier vor sich geht. Wollen hoffen, daß wir bald auf ein Dorf oder Haus stoßen.« Er wandte sich um und ging ihnen auf dem Weg voran, der noch tiefer in den Wald hineinführte.

Während ihres Marsches hörten sie hin und wieder

die Trommel. Manchmal klang sie näher, manchmal weiter entfernt, aber niemals wirklich nah.

Am späten Morgen gelangten sie vom Wald in strahlenden Sonnenschein. Sie waren verschwitzt, erschöpft und zerkratzt. Im Wald hatten sich Spinnenweben in ihren Haaren verfangen. Angus mußte dauernd niesen, die Waldpollen reizten seine Nasenschleimhaut. Viti humpelte, da er über eine Wurzel gestolpert war und sich den Knöchel gezerrt hatte. Mehr als einmal hatte Miranda die Rolle der Anführerin übernommen. Als der Pfad, dem sie folgten, andere Pfade gekreuzt hatte, war sie diejenige gewesen, die entschieden hatte, welcher Weg einzuschlagen war. Viti schien sich jedem ihrer Wünsche fügen zu wollen. Sie verstand es weder noch traute sie dem Frieden.

Jenseits des Waldes entdeckte Miranda einen kleinen Bach mit grasbewachsenen Böschungen, dort führte sie die kleine Gruppe hin. »Hier werden wir uns ein Weilchen ausruhen«, sagte sie. »Du, Viti, kühl dir die Füße. Schwimm, falls du Lust hast. Und du, Angus, steck dein Gesicht rein. Spül dir die Augen und die Nase.« Beide Männer taten, wie geheißen. Beide waren daran gewöhnt, Befehle entgegenzunehmen. Und beide wollten Miranda auf ihre Weise gefallen. Viti streifte seine Stiefel ab und legte sich auf den Rücken. Seine Beine ließ er über den Rand des Baches baumeln und die Füße ins kalt dahinströmende Wasser hängen. Unter dem Schutz der Augenlider starrte er in die Sonne und sah Röte. Angus ging weiter bachaufwärts, tauchte den Kopf unter Wasser und ließ durch Mund und Nase genüßlich Blasen aufsteigen. Das wiederholte er mehrmals, als sei es ein Ritual, das ihm Spaß machte, als spüle er so seinen ganzen Kopf aus. Schließlich nahm er einen Schluck Wasser, gurgelte, spuckte aus und ließ sich keuchend im weichen Gras auf den Rücken fallen.

»Kann man Gras essen?« fragte Angus plötzlich.
»Kühe tun es«, antwortete Viti.

»Na ja, vielleicht müssen wir wirklich Gras essen, falls wir nicht bald auf ein Haus oder ein Dorf stoßen«, warf Miranda ein. »Macht schon! Auf die Beine! Wir müssen ja bald irgendwo ankommen.«

»Vielleicht sind wir im Kreis gegangen«, sagte Angus.

»Nein«, widersprach Viti und zog seine Stiefel an. »Ich hab auf die Sonne geachtet. Wir sind nach Osten gegangen – na ja, mehr oder weniger.«

»Wie spät ist es denn überhaupt?« fragte Angus leicht aggressiv.

»Etwa Mittag.«

»Hm. Hört mal. Ich finde, wir sollten noch zwei Stunden oder so weiterlaufen. Und dann müssen wir uns darum kümmern, etwas zu essen zu besorgen und einen Schutz für die Nacht zu bauen. Wir wollen doch nicht im Dunkeln umhertappen.«

»Stimmt«, sagte Miranda. »Je schneller wir also aufbrechen, desto ...«

»Seht mal«, unterbrach Viti. Seine Stimme war kaum mehr als ein Flüstern. Er deutete auf den Bach. Alle starrten dorthin. Eine große braune Forelle bahnte sich gemächlich ihren Weg stromaufwärts. Wegen der Gegenströmung rührte sie sich nicht vom Fleck, nur ihre Schwanzflossen bewegten sich langsam.

»Fang sie«, sagte Angus. Aber seine Stimme war zu laut. Mit einem Herumwirbeln der Schwanzflossen war der Fisch wie ein Pfeil in den Schatten des gegenüberliegenden Ufers verschwunden.

»Wenn wir sie gefangen hätten«, bemerkte Miranda spitz, »dann bräuchten wir uns jetzt nicht mehr mit Hunger herumzuquälen. Wir müssen noch viel lernen. Kommt weiter.«

Sie folgten dem Wasserlauf etwa dreihundert Meter und gelangten an eine Stelle, an der er sich verbreiterte und über Kiesbänke strömte. Hier überquerten sie den

Bach und schlugen einen Kurs ein, der bergauf führte. Dort wand sich eine Art Pfad durch das farnbewachsene Gelände. An manchen Stellen wuchs der Farn so hoch, daß er einen Bogen über ihren Köpfen bildete. Nach einer Zeitspanne, die ihnen wie eine Stunde voller Mühsal vorkam, erreichten sie oben auf dem Hügel offenes, grasbewachsenes Gelände. Von hier aus konnten sie auf die schwankenden Baumwipfel herunterblicken. »Seht mal dort hinüber«, rief Miranda. Sie deutete auf eine Stelle, an der Rauch aus dem Wald aufstieg. »Das muß eine Siedlung sein.«

»Und seht mal dort hin«, sagte Angus. Er wies auf eine Stelle hinter ihnen. »Erkennt ihr das?«

In weiter Ferne ragte die glatte, fremdartige Silhouette des Kampfdoms aus der dichten Masse von Bäumen. Sie konnten keine Einzelheiten erkennen, aber der Dom war offensichtlich beschädigt. Ein Teil des gewölbten Daches war eingeschwärzt. Durch das Fernglas konnten sie Stellen erkennen, an denen die Oberfläche aufgeplatzt und aufgerissen war. Irgend etwas funkelte im Sonnenschein. Es war ein Flieger, der, von Eburacum kommend, die magnetische Leitbahn entlangglitt.

»Das Feuer muß ein wahres Schauspiel geboten haben«, sagte Viti fast wehmütig.

»Sie werden ihn schnell wieder aufbauen«, erwiderte Angus. Seine Stimme war irgendwie belegt, da er plötzlich traurig geworden war. Wie gern hätte er beim Wiederaufbau mitgemacht.

»Kommt schon, ihr beiden«, forderte Miranda sie auf. »Darüber können wir nachdenken, wenn wir etwas zu essen und einen Ort zum Übernachten gefunden haben.«

Sie stapften den Abhang hinunter, der in Gegenrichtung des Kampfdoms lag, auf den blauen Rauch zu, den Miranda hatte aufsteigen sehen. Bald merkten sie, daß sie sich in labyrinthischem Dickicht verlaufen hatten. Anscheinend war der Pfad irgendwo versandet, oder sie hatten beim Herunterklettern eine Windung verpaßt. In jeder Richtung sah es gleich aus. »Wohin jetzt?« murmelte Viti.

Jeden der drei packte plötzlich ein Gefühl von Panik. Ohne den schwach ausgeprägten Pfad als Wegweiser schien der Wald näher an sie heranzurücken, so daß man Platzangst bekommen konnte. Womöglich würden sie im Kreis gehen. Das wilde Gras reichte ihnen fast bis zum Hals, die Wurzeln waren Stolperfallen, die Dornen zerkratzten ihnen Hände und Gesicht. Niemand würde sie hier je finden. Verzweifelt brach Viti durch Schlehdorn und strauchelte plötzlich. Er rutschte eine Böschung hinunter, krachte durch dorniges Gestrüpp und fand sich auf dem Hinterteil in einer schmalen Schneise wieder, die wie ein Tunnel unter den Bäumen hindurchführte. Vor ihm lag ein Haufen durchdringend riechender frischer Pferdeäpfel, der bereits die Aufmerksamkeit unzähliger Schmeißfliegen erregt hatte. Dieser Weg wurde offenbar häufig benutzt. Über und hinter sich konnte Viti Miranda und Angus nach ihm rufen hören. Sie waren zwar nur ein paar Meter von ihm entfernt, aber das dichte Gestrüpp dämpfte ihre Stimmen.

»Hier unten«, rief er. »Laßt euch Zeit. Ich hab einen Weg entdeckt. Einen richtigen Weg. Ich werde weiter Rufzeichen geben. Arbeitet euch langsam vor. Sucht euch einen leichteren Weg nach unten.«

Minuten später brachen Angus und Miranda an einer Stelle, an der der Schlehdorn weniger dicht wuchs, durch die Büsche. Keuchend und zerkratzt blieben sie auf dem weichen Lehm und Schotter der Schneise stehen und starrten hinauf und hinunter, als könnten sie ihren Augen nicht trauen.

»Hier entlang«, sagte Viti. »Der Rauch, den wir gesehen haben, war in dieser Richtung.« Mit schnellem Schritt preschte er los.

Etwa eine halbe Stunde später hörten die drei aus der Richtung, auf die sie zumarschierten, Kinderstimmen singen. Nach einer Biegung standen sie unvermittelt vor einem hohen Tor, das den Weg abschloß. Das Singen kam von jenseits des Tores.

Das Tor bestand aus robusten Holzplanken, die mit Hanfseilen kreuz und quer zusammengebunden und an dicke Pfosten gezurrt waren. An jeder Seite des Tors reichten dicke Baumstämme tief in die Erde hinein und stützten das schwere Tor ab. In jeden der Stämme waren, wie bei einem Totempfahl, groteske Gesichter geschnitzt. Eine Reihe ineinander greifender Baumschößlinge war mit jedem der Stämme verbunden. Diese Reihen erstreckten sich bis unter die Waldbäume und gingen in eine hohe, dichte Hecke über. Diese Anlage würde zwar keinem Heer und keinem Feuer standhalten, aber sie konnte, wie Viti feststellte, Tiere fernhalten. Das Tor war mit Holzdauben gespickt, die zu scharfen Spitzen geschnitzt und im Feuer gehärtet worden waren. Hoch oben waren zwischen den Holzspitzen in jeweils separaten Nischen menschliche Totenschädel angebracht, die unheilverkündend auf das Trio niederstarrten. Die Schädel waren mit Blumenketten geschmückt.

»Römer«, sagte Angus zu Viti und deutete mit dem Kinn auf die Schädel. »Müssen Römer sein. Komm schon, heb den Riegel an, wir gehen hinein.«

Aber es war Miranda, die die grobe Holzverriegelung löste. Angus stemmte die Schulter gegen das Tor, das mühelos nach innen schwang, und sie gingen hindurch, ins Dorf hinein. Sie stellten fest, daß sie sich neben einem Spielplatz befanden, der offenbar zu einem kleinen Schulhaus gehörte. Das Gebäude kuschelte sich unter die Zweige einer riesigen Buche mit blaßgrünen Blättern, die unmittelbar jenseits der Dorfeinfriedung wuchs. An der Straße, die eine sanfte Kurve beschrieb, standen gepflegte Holzhäuser. Manche hatten Strohdächer, andere Schindeldächer aus dunklem, glänzendem Holz.

Als die Kinder auf dem Spielplatz die drei bemerkten, hörten sie zu singen auf, versammelten sich am Zaun zur Straße und starrten sie an. Viti, der, seitdem er die Schneise entdeckt hatte, eine Art Führungsrolle übernommen hatte, fragte die Kinder, ob es im Dorf ein Gasthaus gebe, in dem sie essen und übernachten könnten. Als die Kinder ihn reden hörten, brachen sie in schallendes Gelächter aus. Einige antworteten ihm in einer weichen, flüssigen Sprache, die sie durch lebhafte Gesten ergänzten. Es war die Sprache der Waldleute. Viti, Angus und Miranda sahen einander verblüfft an. Die Kinder deuteten auf das Schulhaus. Wenig später kam mit eiligen Schritten ein junger Mann heraus und rief die Kinder. Er trug eine Brille, und sein dünnes Haar verriet, daß er vorzeitig einen Kahlkopf bekommen würde. Als er Viti, Miranda und Angus entdeckte, hielt er mitten im Lauf inne. Allerdings schien er die Situation sehr schnell zu erfassen. Als er sich an sie wandte, sprach er in stockendem Latein, aber mit angenehm singendem Tonfall.

»Euch schickt Lyf«, sagte er so, daß die Feststellung wie eine Frage klang. »Ihr müßt zu Madame Bella.« Er wies die Straße hinunter. »Essen« – er tat so, als kaue er. »Trinken« – er schluckte übertrieben. »Schlafen« – ein Schnarcher. »Madame Bella wird helfen.«

»Welches Haus ist ihres?« fragte Angus.

»Ihr könnt Bella nicht verwechseln«, sagte der Lehrer, der die Frage offensichtlich nicht verstanden hatte. »Sie ist ...« Er machte eine Geste, die wohl große Brüste und eine üppige Figur andeuten sollte. Er lächelte. »Tut mir leid. Mir fallen die Worte nicht ein. Sie ist hier in der Gegend die Anführerin. Ihr werdet sie finden. Könnt sie nicht verwechseln.« Er machte sich daran, die Kinder zurück in die Klasse zu treiben. »Geht jetzt. Sie wartet«, rief er, verschwand nach den letzten Kindern im Schulhaus und schloß die Tür.

»Verdammter Spinner«, knurrte Angus.

»Na, zumindest werden wir anscheinend erwartet«, entgegnete Miranda.

»Und woher wußten sie, daß wir hier landen würden?« fragte er. »*Wir* wußten es nicht. Wir hätten in jede Richtung laufen können.«

Miranda zuckte die Achseln. »Vielleicht können sie in die Zukunft sehen«, sagte sie einfach.

Angus rümpfte die Nase. »Na, dann viel Glück. Allerdings braucht man nicht allzu viel Grips, um herauszukriegen, daß wir hungrig und müde sein müssen. Ich schlage vor, wir laufen weiter und suchen diese Belly oder wie sie heißt. Ich könnte ein ganzes Pferd essen, und das werd ich wohl auch tun.«

Sie gingen die Straße in die Richtung hinunter, die von der Schule weg führte. Nach und nach erkannten sie, wie das Dorf im Grundriß angelegt war. Die Siedlung befand sich an Kreuzwegen mitten in einer großen Waldlichtung. Ringsum war sie von riesigen Buchen umgeben, die jenseits der hölzernen Dorfeinfriedung aufragten und den Umkreis der Lichtung markierten. Die Holzhäuser gingen auf die Straße hinaus, jedes hatte vorne einen kleinen, abgeschlossenen Bereich, in dem Gemüse und Blumen wuchsen. Kleine Zäune hielten Hühner, manchmal auch Schweine und Ziegen davon ab, in die Gärten oder auf die Straße zu spazieren. Die meisten Häuser hatten zwei Stockwerke, wobei die unteren Räume in offener Bauweise angelegt waren. Hier schliefen die größeren Tiere.

Darüber, und nur über schmale Treppen oder Leitern zu erreichen, lagen die Wohnräume der Menschen. Als sie am ersten dieser Häuser vorbeigingen, tauchte eine Frau an einem der Fenster auf und sah zu ihnen herunter. Die Köpfe mehrerer kleiner Kinder gesellten sich dazu. Mit dem nüchternen, unbefangenen Blick der zutiefst Neugierigen starrten die Kinder auf die Straße herab. Die Frau rief irgend etwas, aber keiner der drei konnte sie verstehen. Dann legte sie die Finger an den Mund und gab einen durchdringenden Pfiff von sich. Sofort stürzten weiter unten an der Straße Menschen aus den Häusern. Ein verhutzelter, einbeiniger alter Mann humpelte an einer Krücke mitten auf die Straße. Er tanzte um sie herum. Miranda fiel auf, daß er das pfiffigste Gesicht hatte, das ihr je begegnet war. Seine Augen blitzten, seine Gesichtshaut wirkte wie gegerbtes Leder. Unter den Menschen waren große Frauen mit schweren Brüsten und üppigen, kupferfarbenen Haarmähnen, die mit Schildpattkämmen zurückgesteckt waren. Sie lachten frech und kratzten sich unter den Achseln, während Kinder an ihren Beinen hingen und die drei anstarrten. Junge Männer mit rußverschmierten Gesichtern, deren Haare zu Zöpfen geflochten waren, junge Frauen mit Mehl an Händen und Armen, säbelbeinige alte Frauen mit Nußknacker-Kinnladen, ältere Männer mit welligem weißen Haar und grimmigen Gesichtern: Sie alle scharten sich zusammen, starrten sie an, beobachteten sie und riefen irgend etwas, als das Trio die Straße hinunter zu dem kleinen Platz ging, der den Mittelpunkt des Dorfes darstellte. Während sie die Straße entlangmarschierten, stach ihnen der Geruch des Dorfes, eine Mischung aus Rauch, Essensdüften und Tiergestank, in die Nase.

In der Mitte des Platzes stand ein einzelner Block aus rötlichem Stein, in dem kleine Quarzsplitter glitzerten. Es war ein massiger, aber glatter Felsbrocken, dessen Oberfläche tiefe Markierungen aufwies. Er reichte Angus bis zur Schulter. Keiner von ihnen hatte je etwas Ähnliches gesehen. Kein Wunder: Dieser Felsblock hatte schon vor Abertausenden von Jahren seine lange Reise von den Fjorden hoch im Norden nach Britannien angetreten. Er war von einem der Witterung ausgesetzten Felsplateau auf einen der wandernden Gletscher hinuntergestürzt und hatte den ganzen Weg zu diesem Teil des Landes auf dem Rücken des Gletschers zurückgelegt.

Nahe bei dem Stein sprudelte eine Quelle mit glitzerndem, klarem Wasser. An der Erdoberfläche leiteten flache Abflußrinnen das Wasser in einer Spirale um den Felsblock herum und von dort aus durch das Dorf.

Während das Trio in der Nähe des Felsblocks stehenblieb, füllte sich der Dorfplatz mit Menschen. Aus allen Winkeln des Dorfes strömten die Leute herbei, um sie anzustarren. Schließlich ergriff Viti die Initiative. »Wir suchen das Haus von Madame Bella«, sagte er. Dafür erntete er Gelächter. Der alte Mann, der vor ihnen herumgetanzt war, streckte seine Krücke vor und stieß Viti damit in die Magengrube. Er sprach schnell und aufgeregt mit ihnen, aber das einzige Wort, das sie verstehen konnten, war Bella. Der alte Mann verlor die Geduld und sagte irgend etwas in die Menge hinein, das alle jungen Leute zum Lachen brachte und die Frauen dazu veranlaßte, ihren Kindern die Hände über die Ohren zu legen. Schließlich deutete er mit der Krücke auf ein Haus, das abseits von allen anderen an einer Ecke des Platzes stand. Es war größer als alle anderen. Als sie sich umwandten und hinüberblickten, öffnete sich die große obere Tür. Eine kurz geratene Frau mit feuerrotem Haar trat heraus. Sie trug ein grünes Kleid, das oben von einer goldenen Schärpe zusammengehalten wurde, und an den Füßen blaue Sandalen. Ihr Gesicht wirkte fröhlich und keck. Sie winkte sie heran und breitete weit die Arme aus – eine freundliche Geste, deren Bedeutung auf der Hand lag, die aber auch etwas von einem Ritual hatte. Sie rief einige Worte. Die Menge teilte sich, viele Hände schoben die drei zum niedrigen Außentor des Hauses.

»Das ist ein Bumslokal«, murmelte Angus.

»Pst«, machte Miranda. »Sie wird dich hören.«

»Pah. Und wenn schon. Sie spricht bestimmt nicht unsere Sprache.«

Die Frau lachte zu ihnen herunter und sagte in fehlerlosem akzentfreiem Latein: »Willkommen im Haus Bella. Und es tut mir leid, das ist kein Bumslokal, jedenfalls nicht offiziell, sondern ein Gasthaus. Ich hoffe, ihr bleibt trotzdem.«

»Sie sprechen Latein«, sagte Viti, der es kaum fassen konnte.

»Natürlich. Eine Wirtin muß viele Sprachen sprechen. Aber kommt herein. Hier könnt ihr euch waschen, an einen gedeckten Tisch setzen und in weichen Betten schlafen.«

»Und was kostet das?« fragte Angus.

»Ist schon alles bezahlt. Lyf hat's bezahlt. Hat er euch das nicht gesagt?« Sie schüttelten den Kopf. »Also das ist doch mal wieder typisch für den Mann. Nie läßt er die linke Hand wissen, was die rechte tut. Egal. Kommt jetzt herein, ihr seht aus wie etwas, das ein Hund im Maul gehabt hat.«

Die drei gingen auf das Tor zu, das in den kleinen Garten vor Bellas Gasthaus führte. Plötzlich geriet die Menge hinter ihnen in Bewegung. Ein einfältig wirkender junger Mann mit dichten, rotbraunen Locken hatte sich an die Spitze der Meute gedrängt und schlug gerade die Krücke zur Seite, die der alte Mann vor ihm ausgestreckt hatte, um ihn am Weitergehen zu hindern. Der junge Mann deutete auf Angus und sagte irgend etwas, das offensichtlich beleidigend gemeint war.

»Was hat er gesagt?« fragte Angus und reckte die Schultern zu voller Breite. Madame Bella rief etwas zu dem jungen Mann hinunter, aber er spuckte nur auf dem Boden aus und richtete seine Frage erneut an Angus.

»Er will wissen, was du vom Dorf hältst«, rief Bella. »Er mag es nicht, wie du dich hier umgesehen hast.«

»Sagen Sie ihm, er kann mich mal!« erwiderte Angus, den plötzlich der Zorn packte.

Und wirklich war der Zorn inzwischen Angus' ständiger Begleiter. Seit seinem Aufbruch vom Kampfdom waren die Schranken gefallen, die ihn zur Selbstbeherrschung und Freundlichkeit angehalten hatten. Die Wildnis des Waldes hatte in ihm einen ungestümen Geist freigesetzt, einen jähzornigen, kampfeslustigen Geist. »Sagen Sie ihm, er soll sich um seinen eigenen Dreck kümmern.«

Bella zuckte die Achseln und machte sich mit einem mitleidigen Blick auf Miranda ans Übersetzen. Manche Leute in der Menge, die eher spürten als verstanden, was sich da zusammenbraute, zogen sich zurück. Aber ehe Bella sich auch nur räuspern konnte, trat Viti vor und hob beschwichtigend die Hände. »Sagen Sie ihm, wir sind müde und hungrig und Freunde von Lyf. Sagen Sie ihm, wir wissen Freundschaft zu erwidern. Wir werden nicht schnell zornig, aber wenn wir wirklich wütend sind, dann werden wir ungemütlich. Sagen Sie ihm, wir lieben Wein und wissen ein schönes weiches Bett zu schätzen. Sagen Sie ihm, daß er später gerne mit uns ›reden‹ kann. Vielleicht möchte er was mit uns trinken. Allerdings muß er dann womöglich zuhören, wie wir schnarchen.«

Bella lachte und übersetzte, sie sprach die Worte genauso nachdrücklich wie Viti aus. Die Meute lachte und sah zu dem jungen Lockenkopf mit der grimmigen Miene herüber, denn jetzt war er dran. Er sah einen Augenblick wütend aus, dann verwirrt, schließlich lachte er. Er rief einige Worte, die Bella folgendermaßen übersetzte: »Er sagt, er und seine Kumpel saufen euch ein andermal unter den Tisch.« Sie brach ab und schwenkte ihre Arme wie eine Frau, die Hühner von einem Futternapf wegscheucht. Die Menge begann sich zu zerstreuen. Die Leute redeten laut miteinander und warfen häufig Blicke zurück, während sie zu ihren Beschäftigungen zurückkehrten. »Und jetzt kommt herein«, sagte Bella. »Kommt die Treppe herauf. Kümmert euch nicht um die Schweine und Ziegen, die tun euch nichts.«

Bellas Gasthaus war erstaunlich groß. Es erstreckte sich von dem kleinen Garten an der Straße fast bis zur Dorfeinfriedung. Als Miranda, Viti und Angus durch die vordere Holztür eingetreten waren, tat sich vor ihnen ein großer offener Raum mit Tischen und Stühlen auf. »Hier essen alle Gäste«, erklärte Bella. »Ihr nehmt euch selbst von dem, was gerade da ist.« Sie deutete auf das andere Ende des Raums, wo eine große schwere Metallplatte an vier Ketten von der Decke hing. Darauf standen schwarze Kochtöpfe und dampften vor sich hin. Ein Junge von vielleicht zehn Jahren thronte auf einem Hocker und rührte in einem der Töpfe. Angus blieb stehen. Sein Mechanikerherz wehrte sich gegen das, was er da sah. »Woher kommt die Wärme?« fragte er. »Wo ist das Feuer? Wie halten Sie diese Töpfe warm?«

Bella runzelte die Stirn. »So wie üblich«, antwortete sie. »Mit Elektrizität. Wir zapfen den Wald an. Genau wie für die Beleuchtung. Was denkst du denn, was wir sind? Wilde? Du mußt noch eine Menge lernen, mein Junge.«

Versuchsweise tippte Angus mit der Fingerspitze gegen den Herd und zog die Hand sofort zurück. Der kleine Junge sah verwundert zu. Dann spuckte er vorsichtig auf die Herdplatte, der Speichel schäumte auf. Er sagte: »Heiß!« und drohte Angus mit dem Finger, als wolle er ein Kind ermahnen. Dabei war der Kleine so ernsthaft, daß alle lachten, sogar Angus.

»Zufrieden?« fragte Bella. »Jetzt kommt. Essen könnt ihr später. Ich zeige euch eure Zimmer.«

Am Ende des Gastraums befanden sich hinter dem Kochherd drei Türen. »Diese Tür«, sagte Bella und zeigte auf die Tür zu ihrer Linken, »führt zum Kuhstall hinunter. Tut mir leid, daß es stinkt, aber ihr werdet euch daran gewöhnen. Soll gut sein, wenn man einen Kater hat, hat man mir erzählt. Und das gibt einem in Winternächten ein warmes, sicheres Gefühl. Und diese Tür«, sie deutete nach rechts, »führt hinunter zum Backhaus, zur Wäscherei und zum Gemeinschaftsbad. Sollte mich nicht wundern, wenn ihr drei bald hinuntersteigt. Und hier«, sie öffnete die mittlere Tür, »geht's hinauf zu den Schlafräumen. Ich nehme an, es macht euch beiden Männern nichts aus, wenn ihr euch ein Zimmer teilen müßt. Ihr könnt euch ja Kopf an Fuß breitmachen, wenn ihr wollt. Entweder das – oder einer von euch kann unten in einer Hängematte schlafen.« Sie wandte sich Miranda zu. »Du hast ein eigenes Zimmer«, sagte sie und sah sie freundlich an. »Das heißt, wenn dir das am liebsten ist. Lyf hat keine Anweisungen gegeben. Ich kann deine Gedanken lesen.«

Das kam so unvermittelt, daß Miranda nicht wußte, ob sie es wörtlich nehmen sollte. »Mir ist ein eigenes Zimmer lieber«, erwiderte Miranda hastig.

»Recht so. Folgt mir.« Bella führte sie durch die mittlere Tür und eine kurze Stiege hinauf. Sie gelangten in ein Gewirr von Gängen. In den dunklen Winkeln glühten grüne Lampen. Das Gebäude war offensichtlich erst einmal behelfsmäßig errichtet worden, neue Räumlichkeiten hatte man nach Bedarf angefügt. »Dies ist das Zimmer, das ich für euch beide vorgesehen habe«, sagte Bella zu Angus und Viti und stieß eine der Türen auf. »Es ist das Zimmer meines Sohnes Gwydion, aber er ist zur Zeit nicht hier, und es wird ihm nichts ausmachen.«

Das Zimmer war einfach und ohne jeden Schmuck. Die Wände waren weiß gekalkt. Das einzige Fenster ging auf eine Ecke des Schweinestalls hinaus. Dort thronte ein Hahn auf einem Zaun und sah mit schräg gelegtem Kopf zu ihnen herauf. Das Schlafzimmer hatte ein einziges großes Doppelbett, das mit einer farbenfrohen gewebten Tagesdecke überzogen war. »Hier ist alles gut durchgelüftet, ihr müßtet eigentlich klarkommen. Ihr könnt selbst entscheiden, wie ihr schlafen wollt.«

Angus warf seinen Sack auf eine Seite des Bettes. »Das hier reicht mir völlig aus. Ich schätze, ich könnte sogar auf einem Seil schlafen, falls ich müßte.« Viti zuckte die Achseln und ging um das Bett herum auf die andere Seite. »Das Schicksal verhilft einem zu seltsamen Bettgenossen«, sagte er. »Oder so ähnlich.« Er wandte sich Bella zu. »Sie sind sehr freundlich. Wir sind Ihnen dankbar. Machen Sie sich keine Sorgen. Wir kommen schon miteinander klar.« Angus sah zur Decke hinauf, sagte aber nichts.

»Also gut. Wenn ihr euch erst einmal eingerichtet und gewaschen habt, kommt herunter und trinkt und eßt etwas. Heute abend erwarte ich nicht allzu viele Gäste.«

Sie schloß die Tür. »Wir lassen sie sich erst einmal aneinander gewöhnen«, flüsterte sie Miranda augenzwinkernd zu. »Jetzt hier lang.« Sie führte Miranda weitere Stufen hinauf, einen langen Korridor entlang und schließlich rechts um die Ecke. Sie stieß eine kleine Tür auf. »Da sind wir, dies ist dein Zimmer.«

Miranda trat ein und spürte sofort, wie ihr die Kehle eng wurde. Sie hätte am liebsten geweint. Das Zimmer war hell und freundlich. In einer Vase standen Blumen, deren Duft sich mit dem anheimelnden Geruch von in der Sonne geblichenem Leinen mischte. An einer Seite befand sich ein Alkoven mit einer einfachen Badewanne, einem Wasserhahn und einem großen Duschkopf. Gegenüber schmiegte sich ein Einzelbett in die Ecke unter der Dachschräge. Neben dem Kopfkissen war ein Strauß getrockneter Kräuter an die Wand geheftet. Auf dem Fußboden lag eine grobe Matte, und die Spätnachmittagssonne strömte durch das halboffene Fenster herein. Miranda hörte das Tschilpen von

Spatzen, die um Brotkrumen kabbelten, und das tiefe Muhen von Kühen, die sich zusammengeschart hatten, da sie wußten, daß es bald Zeit zum Melken war. Irgendwo bellte ein Hund, und eine Katze zeterte los, aber diese Geräusche schienen aus weiter Ferne zu kommen. Die plötzliche Sicherheit nach der Ungewißheit der Reise und der seltsamen Art von Männern brachte Miranda zum Weinen. Sie schluchzte. Feste Arme legten sich um sie und hielten sie. »Mir fehlt nichts«, murmelte Miranda.

»Natürlich fehlt dir nichts. Aber ich dachte, daß dir ein Platz für dich allein gefallen würde, ein Ort, an dem du dich erholen kannst.«

»Sie können Gedanken lesen. Das hier hat so viel Ähnlichkeit mit meinem eigenen Zimmer zu Hause.« Sie setzte sich aufs Bett, strich über die Flickendecke und untersuchte die unterschiedlichen Stoffarten. »Alles ist so fremd und doch ...« Sie brach ab, sie sah sich im Zimmer um und nahm seine Schlichtheit und seinen Trost in sich auf. »Ich fühle mich zu Hause.« Bei dem Gedanken, wie kindisch und unpassend ihre Worte wirken mußten, wurde sie rot. »Das ist albern, nicht? Vielleicht bin ich einfach müde.«

Bella stand so unerschütterlich wie ein Torpfosten da und fingerte an ihrer goldenen Schärpe herum. »Einmal hat mich ein Gewitter hoch oben in den Mooren erwischt. Es war so dunkel wie am Abend, obwohl es erst elf Uhr in der Frühe war. Die Blitze tanzten über die Hügel, die Regentropfen prasselten wie gläserne Pfeile herunter. Ich hatte so etwas noch nie erlebt und war ganz allein. Na ja, ich hab in einer Böschung unter Farnkräutern eine Kuhle gefunden und mich dort hineingekuschelt. In dieser Kuhle hab ich mich zu Hause gefühlt. Ich habe das Unwetter kommen und vorüberziehen sehen. Zu Hause ist einfach dort, wo man sich geborgen gefühlt. Daran ist nichts Geheimnisvolles.«

Miranda sah Bella an. »Wissen Sie, was uns zugestoßen ist?«

»Ich weiß einiges. Genug. Ich weiß, was es bedeutet, wenn Menschen etwas hinter sich lassen müssen.«

»Wußten Sie denn, daß wir hierher kommen würden?«

»Ich wußte, daß es hier oder sonstwo oder nirgendwo sein würde. Es ist mir eine Ehre, daß mein Gasthaus erwählt wurde.«

»Sie reden wie Lyf.«

»Ist das schlimm?«

»Das weiß ich nicht. Ich weiß überhaupt nichts. Ich habe Angst und doch keine Angst.«

Bella kam herüber und ließ sich neben Miranda auf dem Bett nieder. »Weißt du, in diesem Dorf nennt man mich eine der weisen Frauen. Ich kann Warzen besprechen und solche Dinge. Ich kann Knochen wieder einrenken und Schmerzen wegreiben. Ich kann mit Vögeln und Spinnen reden, und mein Haus ist ein Haus des Friedens. Und das liegt daran, daß ich den Weg zum Grab schon so weit zurückgelegt habe. Ich habe durch die Pforte des Todes geblickt.« Miranda machte große Augen und wollte etwas sagen, aber Bella brachte sie zum Schweigen und nahm ihre Hände. »Hör zu, Kind. Laß die Vergangenheit los. Vergiß die Zukunft. Weine, wenn dir danach ist, aber SEI. Sei gesegnet. Gesegnet seist du.« Bella befeuchtete den Mittelfinger ihrer linken Hand mit Spucke und berührte Mirandas Augenlider und die Mitte der Stirn. »Da. Ein bißchen Hexenkunst, damit du dich entspannst. Dir stehen viele Prüfungen bevor, aber du wirst niemals mehr Leid aufgeladen bekommen, als du tragen kannst. Und falls es deine Eltern sind, an die du gerade denkst: Ich kann ihnen eine Nachricht zukommen lassen, damit sie beruhigt sind.«

Bei diesen Worten lächelte Miranda und nickte. »Das wäre schön«, sagte sie und sah sich mit einem Seufzen im Zimmer um. »Ich fühle mich jetzt besser. Danke, daß Sie sich mit mir unterhalten haben. Dies ist ein Zimmer, in dem ich mich ausruhen kann.« Ihr Blick wanderte an den kahlen weißen Wänden entlang. »Warum hängen hier keine Bilder?« Dann fiel ihr irgend etwas oberhalb des Türsturzes auf. Es war ein Verschlag, der wie ein Schränkchen aussah, aber viel zu hoch hing und zu klein war, um einem praktischen Zweck zu dienen. »Was ist das?« fragte sie und deutete darauf.

Bella stand auf, durchquerte das Zimmer und stellte sich auf die Zehenspitzen, so daß sie gerade in die Nische oberhalb der Tür greifen konnte. »Hier wohnt diejenige, die über dieses Zimmer wacht«, sagte sie und holte einen menschlichen Totenschädel heraus. Der Unterkiefer war mit einem Draht festgemacht, alle Zähne waren noch erhalten. »Deshalb fühlst du dich hier zu Hause. Das ist der Totenschädel meiner Urgroßmutter. Sie hieß Polly und war zu ihrer Zeit eine Hexe mit viel Macht. Solange sie über dieses Zimmer wacht, kann hier nichts eindringen, das dir weh tun könnte. Hier, halt sie mal kurz.« Bella reichte ihr den Schädel, Miranda nahm ihn behutsam und vorsichtig entgegen. »Komm schon, faß den Schädel richtig an. Er wird dich nicht beißen und auch nicht zerbrechen. Aber laß ihn trotzdem nicht fallen.«

Miranda hielt den Schädel fest, blickte in seine leeren Augenhöhlen und die Einbuchtung, die einst das weiche Hautgewebe der Nase enthalten hatte. Mit dem Daumen rieb sie über den festen Knochen, der einst die Kinnpartie gebildet hatte. Sie versuchte sich vorzustellen, wie das Gesicht zu Lebzeiten ausgesehen haben mochte – wie es vielleicht über einen Scherz gelacht hatte oder bei einer Totenwache ernst geworden war. Aber es gelang ihr nicht. »Wie sah sie aus?« fragte sie.

»Ein bißchen so wie ich, allerdings insgesamt größer und stattlicher. Aber sie hatte mein Haar. Sie war eine richtige Tyrannin und hatte ein Naturell, das jeden Lack zum Abblättern bringen konnte. Ich kann mich noch genau an sie erinnern. Sie starb, als ich sieben war.«

»Haben Sie noch alle Köpfe Ihrer Familie?«

»Nein, nicht alle, aber doch recht viele. Manche sind in den Grundmauern, manche in den Wänden. Einige dienen als Wächter, wenn es ihr Wille war. Polly wollte es so.« Bella nahm den Schädel wieder an sich und strich mit der Hand liebevoll über die Schädeldecke. »Jetzt weißt du, warum du dich hier geborgen fühlst.« Sie durchquerte das Zimmer, langte nach oben und verstaute den Kopf wieder in seiner Nische. »Jetzt ruh dich aus. Ich bin sicher, daß du noch viele weitere Fragen hast, aber all das kann warten. Alles wird gut, du wirst schon sehen.«

Und damit machte Bella die Tür hinter sich zu. Nach einer Zeit, die Miranda wie eine halbe Ewigkeit vorkam, war sie jetzt zum ersten Mal sich selbst überlassen. Kurz darauf ging sie zum Fenster hinüber und stieß es weit auf. Der Sims bestand aus einem soliden Holzbalken, auf dem sich Miranda ohne Mühe niederlassen konnte, um hinauszuschauen.

Ihr Zimmer befand sich im hintersten Teil des Hauses und lag in einem Seitentrakt des Hauptgebäudes. Wenn sie nach unten blickte, konnte sie unter dem Haus den Stall sehen, in dem die Kühe und Schweine untergebracht waren. Der rückwärtige Teil des Gasthauses ruhte weitgehend auf Pfählen, Miranda konnte die Pfeiler und Balken erkennen, die das Gebäude stützten. Sie bestanden aus dickem Eichenholz. Dort, wo sich die Tiere mit dem Fell an den Balken gescheuert hatten, war das Holz zu glänzendem Haselnußbraun poliert. Wenn Miranda in die andere Richtung blickte, konnte sie über die Dorfeinfriedung hinaus auf den Wald sehen. Eine Bewegung erregte ihre Aufmerksamkeit. Unter den Bäumen tauchte ein Geschöpf auf, wie Miranda es noch nie gesehen hatte. Es hatte den Kopf eines Hahns, aber den Körper einer Eidechse. Den Körper nachziehend, schleppte es sich bis zum Zaun der Dorfeinfriedung und begann, auf das lose Blattwerk zwischen den miteinander verflochtenen Stöcken einzuhacken. Miranda wagte kaum zu atmen. Im sanften Licht unterhalb des Waldbaldachins schimmerten die Federn an Hals und Schädel des Geschöpfes türkisblau und flaschengrün. Einmal hob es den Kopf, öffnete den Schnabel und gab einen klaren, hohen Ton von sich. Schließlich machte sich das Geschöpf, ohne daß es Miranda bemerkt hätte, davon und verschwand mit einem letzten Rascheln seines schuppigen Schwanzes unter den Bäumen.

Miranda fuhr zusammen und kam wieder zu sich. Sie merkte, daß sie wohl geträumt haben mußte. Vergeblich suchte sie nach irgendeiner Spur des seltsamen Wesens, allerdings wurden die Schatten unter den Bäumen im vorrückenden Abend schon recht dunkel. Männer und Frauen machten sich im Stall unterhalb des Wohnhauses zu schaffen. Die Schweine und Ferkel hatte man zurück in ihre Verschläge getrieben, die vier Kühe standen alle beisammen im Gehege, in dem sie gemolken wurden. Miranda hörte, wie der Milchstrahl in den Eimer schoß und dort aufschäumte. Sie musterte ihre Hände: Sie waren schmutzig, die Fingernägel hatten Trauerränder. »Ein Bad«, dachte sie kurz entschlossen und entledigte sich ihrer Kleider.

Als sie, umgeben von warmem Wasser, in der Badewanne saß, klopfte es an ihre Tür. Ein Mädchen von etwa sieben Jahren steckte den Kopf ins Zimmer und kam dann herein. Sie trug Kleidungsstücke in den Händen und legte sie mit großer Sorgfalt auf dem Bett ab, als könnten sie Schaden nehmen. Es war ein ernsthaftes Kind, das Miranda mit einer Redeflut überschüttete. Miranda reagierte mit einem Nicken, obwohl sie kein Wort verstanden hatte. Offensichtlich zufrieden, zog das Kind wieder ab.

Etwas später verließ Miranda ihr Zimmer und machte sich auf den Weg zum Eßzimmer. Sie fühlte sich erfrischt und hatte die strahlend blaue Bluse, den dazu passenden Rock und einen roten Schal angelegt. Und sie hatte einen Bärenhunger.

Als die Tür zuschnappte, starrten die beiden Männer einander unwillkürlich an.

»Komm bloß nicht auf komische Ideen«, knurrte Angus. »Ich lege ein Kissen in die Mitte des Bettes, und falls du es auch nur anfaßt, erwürg ich dich, verdammt noch mal.«

»Wovor hast du Angst?«

»Vor nichts.«

Sie fixierten einander.

»Und ich will auch keinen Schnarcher hören.«

»Ich schnarche nicht, zum Teufel.«

»Doch, du schnarchst.«

»Tu ich nicht, verdammt. Du schnarchst!«

Sie sahen einander noch wütender an.

»Ach, zum Teufel, das ist doch lächerlich«, sagte Viti schließlich. »Ich gehe mich unten waschen.« Er stapfte aus dem Zimmer.

Wenige Minuten später stand er unter einem warmen Wasserstrahl, der aus einem hölzernen Rohr strömte. Er befand sich in einem Gemeinschaftsbad, das offenbar nach römischem Vorbild gebaut war. Es waren weitere Männer da. Viti nahm an, daß es gerade angekommene Gäste des Wirtshauses waren. Nach kurzer Zeit gesellte sich Angus zu ihm.

»Riechst du das Essen?« fragte er. »Mein Gott, ich hab mein Lebtag noch nicht solchen Hunger gehabt.«

Als sie in ihr Zimmer zurückkehrten, fanden sie dort frische Kleidungsstücke vor. Sie zogen sie an und machten sich – ein bißchen verlegen, weil die Sachen nicht besonders gut paßten – auf den Weg nach unten ins Eßzimmer. Dort nahmen sie sich vom Eintopf und tranken Wein. Als sie ihre Teller mit einem letzten Stück Brot auswischten, kam Miranda herein.

Sie war so schön, daß sie fast zu leuchten schien. Unbeholfen, da sie beide galant sein wollten, machten die Männer ihr Platz.

Aber es war kein fröhliches Essen. Die Erschöpfung lastete schwer auf allen, und als Miranda gegessen hatte, nickten sie, gähnten und traten in stillschweigendem Einvernehmen den Weg ins Bett an.

In dieser Nacht lag Miranda bewegungslos in der Dunkelheit und lauschte auf die Stille. Ihr Fenster stand offen. Gelegentlich konnte sie eine Kuh stampfen und schnauben hören. Irgendwo in der Ferne sang ein Mann, der leichte Wind trug ihr hin und wieder den Ton seiner Stimme zu. Sie hörte die Bäume ächzen und rauschen. Sie schienen leise mit ihr zu reden und ihr zuzuraunen: Schlaf ein. In ihren Träumen war sie wieder ein Kind. Eine Frau mit energischem Kinn und feuerrotem Haar erzählte ihr eine Geschichte. Sie handelte von einem magischen Wasserfall.

Im Zimmer der Männer lagen zwei Gestalten Rücken an Rücken im Dunkeln. Sie schnarchten fast unisono, allerdings in unterschiedlicher Tonlage. Es klang harmonisch. Keiner von beiden rührte sich.

So endete der erste Tag.

13

Was sich in den ersten Monaten im Gasthaus zutrug

*I*nnerhalb weniger Tage wurde das Leben in Bellas Gasthaus zur Routine. Jedem der drei wurde eine bestimmte Arbeit zugeteilt, und das gab ihnen das Gefühl, etwas Sinnvolles zu tun und dazu zu gehören. Sie begannen auch, zwei Tage in der Woche die kleine Schule zu besuchen, auf die sie bei ihrer Ankunft im Dorf gestoßen waren, und die Sprache des Dorfes zu lernen. Diese Sprache war ganz anders als das Latein, das sie als Teil der römischen Welt gelernt hatten. Nicht nur die Aussprache war ganz anders, sie mußten auch neue Buchstaben lernen. Vieles lernten sie auch von den Kindern, die nicht müde wurden, ihnen umgangssprachliche und unanständige Ausdrücke, die Namen von Bäumen und Liedertexte beizubringen.

Sie machten Fortschritte. Keiner von ihnen war sonderlich sprachbegabt, aber allmählich begannen sie, ihre Umgebung zu erfassen und sich immer weniger auf Bellas Übersetzungen zu stützen. Sie paßten sich nach und nach in das Leben der kleinen Gemeinschaft ein und entdeckten neue Seiten an sich.

MIRANDA IN DER KÜCHE

Miranda wandte ihre Fertigkeiten als Haushälterin nutzbringend an: Bald schon brachten süße und würzige Saucen und Garnierungen Vielfalt in die Hausmannskost des Gasthauses, die im wesentlichen aus

Rinderbraten, Kochfisch, Eintöpfen und Suppen bestand. Miranda gewöhnte sich auch an die freizügige Sexualität der Waldleute. Die Frauen, die in der Küche arbeiteten, redeten die ganze Zeit über Liebe und Sex. Sie tauschten freimütig Einzelheiten darüber aus, wie gut ihre Männer im Bett waren, wer ein Auge auf wen geworfen hatte oder wie oft hintereinander sich bestimmte Paare unter den Bäumen verausgabt hatten. Unter den Frauen herrschte auch lockere Konkurrenz. Sie zogen Miranda mit Angus und Viti auf und neckten sie mit Fragen nach deren Qualitäten als Liebhaber. Als Miranda sagte, sie habe mit keinem von beiden etwas, wandten die Frauen in der Küche ihre Augen zum Himmel, als wollten sie sagen: Welche Verschwendung! Manche gaben ihr Ratschläge, die die Männer des Dorfes betrafen. Sie sagten ihr, vor wem sie sich in acht nehmen oder wem sie aus dem Wege gehen sollte und wer scharf auf sie war. Manchmal wurde es ihr lästig, aber im großen und ganzen bewahrte Miranda ihren Humor. Allerdings zog sie sich, wenn möglich, für gewisse Zeit auf ihr Zimmer zurück, ging unter den Bäumen spazieren oder unterhielt sich mit Bella, die ein Auge auf sie hatte.

Bella sorgte dafür, daß Mirandas Eltern eine Nachricht überbracht wurde, die besagte, daß es Miranda gut ging und sie hoffe, irgendwann werde die Gelegenheit zu einem Wiedersehen kommen. Allerdings war damit ein gewisses Täuschungsmanöver verbunden: Bella behauptete, die Nachricht sei abgeliefert worden, Mirandas Eltern übermittelten ihr liebevolle, zärtliche Grüße. Zu Hause bei Miranda sei alles in Ordnung. In Wirklichkeit hatte die Nachricht die Mutter und den Vater nie erreicht, denn sie waren gar nicht mehr in Eburacum.

Schon wenige Stunden nach der Flucht aus dem Kampfdom hatte man Mirandas Eltern verhaftet und sie beschuldigt, das Verbrechen begünstigt zu haben.

Sie mußten ihr Haus räumen, ihr Besitz wurde versteigert. Etwa zu der Zeit, als Miranda, Viti und Angus im Dorf ankamen, befanden sich Eve und Wallace, angekettet an die Wände eines Gefangenenwagens, auf dem Weg ins Untersuchungsgefängnis von Caligula. Das römische Gesetz schlug schnell und unerbittlich zu.

Bella hatte sich folgendes überlegt: Was nützt es Miranda gegenwärtig, wenn sie weiß, was mit ihren Eltern geschehen ist? Sie kann nichts tun als trauern. Später, wenn sie stärker ist, kann sie der Wahrheit ins Auge sehen. Vielleicht können es ihr weisere Köpfe als ich beibringen.

In der frohen Gewißheit, daß es ihren Eltern in Eburacum gut ging, entspannte Miranda sich und schwatzte mit Bella, als sei sie eine Mischung aus älterer Schwester und Großmutter. Bella fand das reizend, fühlte sich geschmeichelt und tat ihr Bestes, der quirligen jungen Frau zu helfen. Als Miranda ihr erzählte, sie habe von einer hahnenköpfigen Echse geträumt, wurde sie nachdenklich. Sie wußte sehr wohl, daß solche Geschöpfe existierten, auch wenn man sie selten zu Gesicht bekam. Nur Menschen mit einer besonderen Sehergabe, einer inneren Sicht, einer spirituellen Sicht, konnten sie wahrnehmen: Menschen mit Augen, die sich nicht täuschen ließen. Sie beobachtete Miranda aufmerksam. Abends und am Morgen betete sie zu der großen Mutter, die in allen Dingen lebt, und bat sie, Miranda zu beschützen, sie zu leiten und zu verhüten, daß sie Schaden an Leib oder Seele nehme.

VITI IM STALL

Viti arbeitete im Stall unter dem Haus, mistete bei den Schweinen und Rindern aus, sammelte die Eier im Hühnerhaus und hielt alles sauber. Der Stall war ein warmer Ort, an dem es kräftig stank und nach tierischen Ausdünstungen roch. Zuerst reagierte er auf den Gestank mit Würgreiz, aber nach und nach wurde er Teil seines Lebens. Um den Stall vor Übel zu bewahren, hatte man Ebereschenzweige am Balken über dem Eingang aufgehängt.

Morgens trieb Viti die vier Kühe, die zum Gasthaus gehörten, durch ein Tor in der Dorfeinfriedung auf eine Lichtung hinaus. Unter den Bäumen war das Gras hoch und saftig, die Kühe konnten nach Herzenslust umherstreifen und ihr Fell an den Waldbäumen scheuern. Abends brachte er sie zum Melken zurück. Vitis letzte Tagesaufgabe bestand darin, den Stall auszufegen, frisches Stroh auszustreuen und den Mist auf ein Grundstück zu karren, wo ein verhutzelter alter Mann ihn untergrub.

Insbesondere war Viti dafür verantwortlich, die Schweine zu füttern und sauberzuhalten. Langsam merkte er zu seinem eigenen Erstaunen, daß er ein Händchen für Tiere und vor allem für Schweine hatte. Am besten beweist das die folgende Geschichte: Eines Nachts wälzte sich die Sau im Schlaf herum und erdrückte dabei ein Ferkel ihres Wurfs. Als Viti ihr am Morgen Futter brachte, war das riesige Tier vor Kummer außer sich und stupste den kleinen Kadaver immer wieder mit dem Rüssel an. Es bestand die Gefahr, daß die Sau, wenn sie sich so sehr mit dem toten Ferkel befaßte, die anderen vernachlässigen würde. Und das trat auch wirklich ein. Die überlebenden Ferkel ihres Wurfs rannten um sie herum, schrien und quiekten nach der Zitze, nach Futter. Aber sie beachtete sie gar nicht oder trat nach ihnen aus. Viti wußte, daß man das tote Ferkel aus dem Schweinestall holen mußte. Da kein anderer zur Stelle war, der helfen konnte, fiel das Los auf Viti, seine Beine über die klobige Absperrung zu schwingen und auf die ausgerastete Ferkelmama zuzugehen. Sie beäugte ihn mit starrem Blick. Sie senkte den Kopf und wiegte sich drohend von einer Seite auf die andere. Und Viti sang ihr etwas vor. Er wußte selbst nicht, was ihn dazu veranlaßte. Sein Lied war ein ganz natürliches Summen, eine Mischung aus leisen Tönen und Wiederholungen, ähnlich wie ein Schlaflied. Die Sau hörte auf, sich zu wiegen, wich mit einer Reihe kurzer, scharfer Grunzlaute zurück und rannte schnell und zuammengeduckt ums Gehege herum. Viti dachte, sie werde vielleicht angreifen. Statt dessen kehrte die Sau zu dem toten Ferkel zurück und stieß es mit dem Rüssel an, als dränge sie es, endlich aufzuwachen. Viti rückte vor, bis ihn nur noch eine Armlänge von der Sau trennte. Sie musterte ihn mit glitzernden Augen. In diesem Augenblick war der Mann am leichtesten verwundbar. Hätte sich die Sau zum Angriff entschlossen, dann hätte sie Viti wie einen Kegel umstoßen und dann aufspießen können. Aber sie blieb ruhig, grunzte nur vor sich hin. Langsam beugte sich Viti nach unten und griff, ohne den Blick von der Sau zu wenden, nach dem kleinen Kadaver. Er hob ihn hoch und bettete ihn an seine Brust. Dann trat er, rückwärts gehend, den Rückzug an. Dabei summte er die ganze Zeit, bis er schließlich den roh gezimmerten Zaun im Rücken spürte. Mit einem Arm hielt er das tote Ferkel fest, mit dem anderen faßte er nach oben und packte eine der Zaunverstrebungen. Jetzt nutzte er die Muskeln, die er sich an der Militärakademie antrainiert hatte, zog sich hoch und schaffte es, sich hinüberzuschwingen und in Sicherheit zu bringen. Keine Sekunde zu früh: Als er auf der anderen Seite hinuntersprang, quiekte die Sau in höchsten Tönen und stürmte los. Das zentnerschwere Gewicht von Muskeln und Kummer krachte genau an der Stelle gegen den Zaun, an der Viti Sekunden früher gestanden hatte.

Es war niemand da, der beobachtet hätte, was geschehen war. Viti saß mehrere Minuten lang mit dem Rücken an den Zaun gelehnt einfach nur da und dachte darüber nach, wie dumm er gewesen war, ein solches

Risiko einzugehen. Aber dann hörte er vom Stall her ein Quieken. Als er hinüberblickte, sah er, wie alle kleinen Ferkel an den Zitzen nuckelten. Die Sau stand bewegungslos da und kaute vor sich hin. Er dachte später nicht weiter darüber nach – außer, daß er auf der Kuhweide ein kleines Plätzchen aussuchte, an dem er den kleinen Kadaver begraben konnte.

Wenn Viti sich im Stall zu schaffen machte, sah er hin und wieder Miranda an ihrem Fenster stehen. Manchmal beobachtete er sie auch, wenn sie spazierenging. Ihre früheren Leben schienen weit hinter ihnen zu liegen. Fast war es so, als gehörten sie zu anderen Menschen. Viti hätte gern etwas zu Miranda gesagt, aber er wußte nicht, wie er es anfangen sollte, ja nicht einmal, was er überhaupt sagen wollte. Also ließ er es. Was ihn anging, so war die Vergangenheit ein schlafender Hund, den man bekanntlich ...

Eines Tages stattete ein Mann dem Gasthaus einen Besuch ab und ließ Viti einen gefalteten Zettel da. Es war ein Flugblatt, das Vitis Gesicht mit einer großgedruckten Bildunterschrift zeigte: GESUCHT. Darunter stand die Bekanntmachung, daß Marcus Ulysses senior seinen Sohn öffentlich verstoßen und enterbt habe. Fortan gelte Viti als geächtet, auf seinen Kopf sei ein Preis ausgesetzt. »Du läßt dir jetzt wohl besser auch am Hinterkopf Augen wachsen«, sagte der Mann mit einem Lächeln und ging seiner Wege.

Angus in den grossen Bäumen

Angus wurde Holzfäller und ›Mann für alles‹. Sein natürliches Geschick mit Maschinen kam nicht nur dem Gasthaus, sondern auch dem Dorf zustatten. Er reparierte und verbesserte eine Windmühle, die eine Wasserpumpe nahe am Dorfplatz antrieb. In der Küche des Gasthauses baute er einen behelfsmäßigen Rheostat zur besseren Temperaturregelung ein, der das Kochen, insbesondere das Brotbacken, leichter machte. Tatsächlich brachte dieser Rheostat so viele Vorteile, daß im Dorf die Nachfrage nach dem kleinen Gerät wuchs. Schließlich brachte Angus einen Teil seiner Zeit damit zu, Regelwiderstände im Dutzend herzustellen. Aus seiner Zusammenarbeit mit einem örtlichen Handwerker namens Damon entwickelte sich eine Freundschaft. Angus stellte fest, daß er sich in Gesellschaft des Dorfelektrikers Damon wohl fühlte.

So sehr er sich auch bemühte: Angus konnte weder ergründen noch erraten, wie die Stromversorgung des Dorfes funktionierte. Auch die merkwürdigen Schwankungen, die in Bellas Gasthaus bei Beleuchtung und Heizung auftraten, konnte er sich nicht erklären. Die römische Erziehung hatte ihm nie dazu verholfen, auf theoretische Weise zu denken. Wenn eine Sache in der Praxis klappte, dann konnte er dieses Wissen durch logische Überlegung auch auf viele andere Fälle anwenden, aber jenseits einer solchen Gewißheit stocherte er, was die Theorie betraf, im Nebel. Und das war frustrierend. Der Aufbruch aus der sicheren Welt des Kampfdoms hatte auf Angus nicht zuletzt die Wirkung, daß er anfing, Fragen zu stellen. Sein Gehirn erwachte zum Leben. Schließlich ist es von der Frage, warum es zu Stromschwankungen kommen kann, zu der Frage, warum die Verteilung von Nahrungsmitteln so willkürlich ist, nur ein kleiner Schritt. Vorausgesetzt, es gibt ein einfaches Gesetz, das die magnetische Anziehung oder die Auswirkungen von Schwerkraft definiert, warum gibt es dann kein einfaches Gesetz zur Erklärung menschlicher Wesen? Oder gibt es das? Kann es sein, daß unsere Umgangsformen dieses Gesetz kaschieren? In den ersten Wochen nach der Ankunft im Dorf bildeten sich solche Fragen in Angus' Kopf zwar noch nicht präzise heraus, aber sie nahmen langsam Gestalt an. Er fing an, eigenständig zu denken.

Eines Tages suchte er – frustriert, weil eine Lampe, die er im Stall an eine Stromleitung angeschlossen hatte, immer wieder ausfiel – Damon auf und bat ihn, ihm zu zeigen, wie die Elektrik funktionierte. »Ich zeig's dir«, antwortete Damon. »Aber es wird dich nicht glücklich machen.« Angus schnaubte verächtlich. »Das Glück kann mich mal. Ich will wissen, warum die verdammte Lampe immer wieder an- und ausgeht.«

In Damons Werkstatt konnte Angus die lebenden Stromleiter untersuchen, die Damon meilenweise kultivierte. Der Stromleiter wurde aus einer Pflanze gewonnen, die einer wildwachsenden Winde ähnelte. Zunächst wurden ihre Keime in Kübel mit einer braunen Brühe gelegt, die einen hohen Anteil von Eisen und Spuren von Kupferchlorid und anderen Mineralien enthielt. Außerdem lebten im Wasser kleine hefeähnliche Organismen, die das Wachstum der Winde wesentlich förderten. »Wenn du die Anteile falsch berechnest«, sagte Damon und spuckte in die Brühe, »dann fängt es an zu stinken, und es kann nichts wachsen.« Angus nickte und dachte an die Kanalbrücke, die er vor so vielen Jahren als kleiner Junge gesehen hatte. Er erinnerte sich daran, wie sorgfältig man die Braunalgen kultiviert hatte.

Angus schnitt einen der ausgereiften Stromleiter durch und stellte fest, daß das Holz sehr faserig war. Außerdem befanden sich in seinem Mark blauschwarze Faserstränge. Durch Experimente fand Angus heraus, daß nur diese Fasern den Strom leiteten, die äußeren Fasern dienten nur der Isolation und dem Schutz. Darüber hinaus entdeckte er, daß ein abgetrennter Stromleiter abstarb und dabei die Fähigkeit, kontinuierlich Elektrizität zu übertragen, einbüßte. Also war das Leben entscheidende Voraussetzung der Übermittlung von Energie. Das wunderte ihn. Es erklärte zwar nicht die Schwankungen, aber gab ihm einen Hinweis: War nicht das Leben selbst seit eh und je eines der Dinge, die weitgehend dem Zufall unterworfen und nicht berechenbar waren?

Einmal begleitete Angus Damon, als er ein neues Haus verkabelte. Zwei Jahre zuvor hatte Damon, während das Haus geplant und der Garten angelegt wurde, mit der Kultivierung seiner Stromleiter begonnen. Seitdem hatte er jede Woche die Zuber nahe bei den Hausfundamenten kontrolliert, die Nährflüssigkeit für die Windenpflanzen überprüft und sich davon überzeugt, daß die Stromleiter kräftig wuchsen. Im Laufe der Monate hatte er die Winde durch die Dorfeinfriedung nach draußen geleitet, auf eine große Buche zu, die mehrere hundert Meter weiter im Wald stand. Während die Winde wuchs und wuchs, kappte Damon alle Neben- und Wurzeltriebe und umwickelte die Schnittstellen mit einem Tuch, das er vorher in die Nährflüssigkeit getaucht hatte.

Als die Winde die Buche erreicht hatte, führte Damon sie in Spiralen am Stamm hoch. Er hatte Pflöcke in den Baum geschlagen, so daß er daran hochklettern konnte. Als Angus dem Baum einen Besuch abstattete, reichte die Winde gerade bis zur Baumspitze und war soweit, daß man sie anschließen konnte.

Die beiden Männer kletterten gemeinsam hinauf. An bestimmten Stellen hielt Damon an und führte ein Ritual durch, das Angus nicht verstand. Er preßte zuerst die Stirn und dann die Handflächen gegen den Stamm und murmelte irgend etwas vor sich hin. Angus sah ihm zu und fragte schließlich: »Mit wem sprichst du da?«

»Mit dem Baum.«

»Ah ja. Wenn man blöd fragt, dann ... Aber warum? Warum sprichst du mit dem Baum?«

Damon lehnte sich gegen den Stamm und dachte eine Weile nach. Offenbar hatte er sich selbst diese Frage noch nie gestellt. »Es kommt mir einfach richtig vor«, sagte er schließlich.

»Aber warum?«

»Warum! Warum! Ich weiß nicht, warum. Ich mach's einfach. Weil ich's so gelernt hab. Weil es mir richtig vorkommt.«

»Ist ja schon gut. Geh doch nicht gleich hoch. Ich hab nur noch nie einen Menschen mit einem Baum reden hören.«

»Na, jetzt hast du's.«

Pause. Angus kratzte sich am Kinn. Er hätte gern gelacht, wußte jedoch, daß es wohl nicht sehr klug gewesen wäre. Außerdem war er sich über Damons Temperament nicht ganz im klaren, und sie befanden sich immerhin zwölf Meter über dem Erdboden. Als sie weiterkletterten und sich den Weg um die dicken Äste herum nach oben bahnten, sagte er schließlich: »Darf ich dich noch was fragen?«

»Was?«

»Gibt der Baum dir jemals Antwort?«

»Willst du mich verarschen?«

»Nein. Ich mein's völlig ernst. Du hast mehrmals angehalten und mit dem Baum gesprochen, und dann sind wir weiter geklettert, und ich möchte wissen, welche ... äh ... Reaktion du von dem Baum empfangen hast.«

Sie erreichten eine schmale Plattform, die Damon vor einigen Monaten gebaut hatte. Von hier aus führten Strickleitern am Baum hoch, die das Klettern leichter, aber auch gefährlicher machten. In dieser Höhe war die Bewegung des Baums, der im Wind schwankte, deutlich zu spüren. Sie befanden sich in der Gewalt des Baums und hingen ganz und gar von ihm und seiner Stärke ab. Damon hockte sich auf die Plattform und lehnte den Rücken an den nächsthöheren Kletterast. »Bäume reden nicht, aber du kannst spüren, ob das, was du tust, richtig ist. Manchmal denke ich, daß schon die Frage ›Kann ich, mit deiner Erlaubnis, noch weiter hoch?‹ dich in die richtige Haltung versetzt. Und das ist es, was zählt. Deine persönliche Haltung dazu. Du mußt beides spüren: Respekt und Offenheit. Machst du nie Dinge, nur weil du sie als richtig empfindest?«

Angus zuckte die Achseln. »Ich hab nicht viel Erfahrung mit solchen Dingen. Wenn ich eine Maschine baue, dann funktioniert sie oder aber sie funktioniert nicht. Und wenn sie nicht funktioniert, muß ich die Ursache finden.«

»Tja, dann versuch doch bei nächster Gelegenheit, mit ihr zu sprechen, dann wirst du schon sehen, was passiert.«

»Da käm ich mir ziemlich blöde vor.«

»Ist doch egal. Du mußt ja nicht glauben, ein Baum wäre ein menschliches Wesen oder so was – das wäre wirklich blöd. Denk einfach, daß ein Baum Teil von allem ist, genauso wie der Wind und die Felsen und die Wölfe und du selbst, und daß du in seinen Raum eingedrungen bist. Also fragst du: ›Macht es dir was aus, wenn ich hinaufsteige?‹ Und dann, wenn dir alles ganz in Ordnung vorkommt, machst du mit deiner Arbeit weiter.«

»Hast du das Klettern schon mal abgebrochen? Ich meine, hast du je das Gefühl gehabt, daß es verkehrt war, hinaufzusteigen – daß der Baum dich nicht wollte? Daß es nicht richtig war?«

»Ja, hab ich. Du mußt nicht zweimal überlegen, wenn du so eine Botschaft empfängst. Du spürst es im Magen und in der Kehle. Du weißt ... du weißt es einfach und kannst nicht weitermachen. Wirklich seltsam, nehm ich an. Jedenfalls sollte ich einmal, warte mal, das muß drei Jahre her sein, eine Arbeit für einen Holzfäller erledigen. Ich war irgendwo am Arsch der Welt. Plötzlich hatte ich so ein blödes Gefühl, gerade, als ich die letzten Verbindungen herstellen wollte. Also stieg ich sofort runter. Tja, und ich war hoch oben gewesen. Jedenfalls brach in dem Augenblick, als ich fast wieder unten war, ein regelrechter Sturm los. Äste stürzten runter und faustgroße Hagelkörner, überall tanzten Blitze herum. Selbst den Eichhörnchen machte der Sturm zu schaffen. Also kauerte ich mich in ein Loch, und als der schlimmste Sturm vorüber war, schaffte ich es bis zur Hütte des Holzfällers. Als ich am nächsten Tag wieder in den Baum stieg, hab ich entdeckt, daß ein Ast von meiner Plattform abgebrochen war, die Plattform war abgestürzt. Da hast du's. Wenn ich versucht hätte, da oben auszuharren, wäre ich entweder mit abgestürzt oder dort oben von der Außenwelt abgeschnitten gewesen. Und keiner wußte, wo ich war. Das ist eine wahre Geschichte. Und es gibt noch viele weitere.« Damon stand auf. »Also, bringen wir das letzte bißchen hinter uns. Komm mir nach, und steig gleichmäßig hoch. Keine vorwitzigen Akrobatenstückchen.«

Er griff nach den Seilen, überprüfte sie und begann mit dem Aufstieg, wobei er mit den Zehen die Holzsprossen ertastete, hinauftrat und seinen Körper beugte, um den Mittelpunkt seiner Schwerkraft niedrig zu halten. Die Strickleiter schwang vom Baum weg. Angus fiel auf, daß Damon niemals den Blick von den oberen Ästen wandte und seine Lippen sich bewegten. Stetig kletterte er nach oben, während die Seile ächzten und sich unter seinem Gewicht spannten. Schließlich bekam er einen der oberen Äste zu packen und stieg zu einer Gabelung hinüber, von der mehrere Äste abzweigten. »Jetzt du«, rief er.

Ehe Angus loskletterte, warf er durch die Äste einen Blick auf den Boden unter sich. Dann sagte er (und kam sich blöde dabei vor): »Baum, ich hoffe, es macht dir nichts aus, daß ich hier hinaufsteige.« Natürlich kam keine Antwort. Falls Angus irgendeine plötzliche Offenbarung erwartet hatte, wurde er selbstverständlich enttäuscht. Außer, daß sich gleich nach seiner kleinen Ansprache ein Wind erhob, die Äste sich neigten und der ganze Baum nachgab, so daß Angus den Stamm mit beiden Armen packte und aus Angst, herunterzufallen, umarmte. War das eine Antwort? Angus wußte es nicht. Er wußte nicht, was er denken sollte. Er wußte nur, daß er in einem ihm unbekannten Gewässer dümpelte und es keinen Weg zurück gab.

»Kommst du oder kommst du nicht?« rief Damon von oben.

»Ich komme«, antwortete Angus, während etwas von seiner rauhbeinigen, naßforschen Art zurückkehrte. Er nahm die Strickleiter in seine starken Mechanikerhände und begann hochzusteigen, indem er Hand über Hand griff und seinen Blick nicht von den darüber hängenden Ästen wandte. Als die Leiter ausschwang, fühlte er sich ganz gelassen. Sein Leben hing jetzt vom Vertrauen ab.

Die Gabelung, von der mehrere Äste abzweigten, war eine natürliche Plattform. Dies war die höchste Stelle, bis zu der sie hochsteigen konnten. Von hier an waren die Äste zu schwach, um das Gewicht eines Mannes auf einer Strickleiter zu tragen. Aber vielleicht würden sie trotzdem noch höher klettern müssen, da die Elektrik an einem Punkt angeschlossen werden mußte, der so hoch wie möglich am Baumgipfel lag.

Von seinem Horst aus konnte Angus den Baldachin des Waldes überblicken. So etwas hatte er noch nie erlebt. Er fühlte sich in Sicherheit, weil der Baum so stark war, aber hatte gleichzeitig auch Angst, weil ein Ausrutscher ihn Dutzende von Metern in die Tiefe, auf den Waldboden, befördern würde.

»Hier ist die Stelle, an der jetzt der Stromleiter verläuft«, sagte Damon und deutete dorthin, wo die Winde eine grobe Schlinge bildete. »Jetzt paß auf, was ich mache.«

Damon zog ein scharfes Messer mit kurzer Klinge aus dem Gürtel und schnitt mehrere Einkerbungen in die Kletterpflanze. Die Spanne dazwischen maß er mit der Spitze des kleinen Fingers und dem Daumenende ab. Dann holte er mehrere Ableger schwarzblättrigen

Efeus aus seinem Rucksack. Die Spitzen der Efeuableger steckte er in die Einkerbungen und sicherte sie mit Klebeband. »Jetzt kommen wir zum schwierigen Teil.« Damon nahm das noch wachsende Ende der Winde in den Mund und hielt es mit den Zähnen fest. Dann begann er, an einem der Äste entlang zu klettern. Angus sah, wie der Ast sich neigte, und wollte schon aufschreien, hielt sich aber zurück. Damon war kein leichtfertiger Angeber, und Angus wollte ihn nicht ablenken.

Als Damon so weit gegangen war, wie er es wagte, umklammerte er den Ast mit den Beinen. Während er bauchlängs auf dem Ast lag, verteilte er die Ableger des schwarzen Efeus auf so viele kleine Nebenäste wie möglich. Wo sie auf festes Holz trafen, band er sie fest. Seine letzte Aufgabe bestand darin, die Spitze des Klettergewächses, der Winde, mit einem Biß abzutrennen. Er spuckte den kleinen Stiel aus. Dann bahnte er sich den Weg am Ast entlang nach unten und sicherte dabei die Kletterpflanze und den schwarzen Efeu durch Klebeband, wann immer er konnte. Schließlich stand er wieder neben Angus. »Wenn wir Glück haben und ich es richtig gemacht habe, wird der Efeu sich nach und nach in der Buche einnisten, denn er ist ein Parasit. Er wird sich in diesem Teil der Buche ausbreiten und auf jede Strömung reagieren, die in dieser Höhe fließt. Ich werde in zwei Wochen zurückkommen und nachsehen, ob er angeschlagen hat. Jetzt laß uns heruntersteigen und die Basis verbinden.«

»Ist das alles?« fragte Angus.

»Also, was willst du denn noch? Funken und blaue Blitze? Wir haben den Stromkreis des Baumes angezapft, und in solcher Höhe ist die Spannung ganz anders als auf dem Boden. Du kannst mich beim Wort nehmen. Von jetzt an fließt Energie, wann immer ein Lichtstrahl die Blätter dieses Baumes trifft. Oder wenn er seine Poren öffnet, um Gas aufzunehmen oder auszustoßen. Oder wenn der Wind bläst. Und mit der Zeit wird es so viel Energie sein, daß das Haus da hinten mit Licht und Wärme versorgt wird.«

Sie kletterten hinunter. Angus wunderte sich, wie schnell sie wieder auf dem Boden waren. Als er hinaufblickte, war die Plattform, auf der er gestanden hatte, zwischen den Blättern und Zweigen verschwunden.

»Was wir jetzt hier unten machen, ist so ziemlich dasselbe, was wir da oben gemacht haben. Willst du's mal versuchen?« Damon reichte Angus das kurze Messer und mehrere Ableger des schwarzen Efeus. »Mach's äußerst vorsichtig! Wenn du zu tief in die Winde schneidest, bringst du sie um. Und dann kannst du die Arbeit von drei Monaten in den Wind schreiben.«

Angus hatte genau aufgepaßt. Er schnitt die Winde auf, steckte einen Efeuableger hinein und sicherte ihn mit Klebeband. Damon nickte anerkennend. Als nächstes nahm Angus den Efeu und legte ihn um den Baumstamm. Als die Ranke den Stamm berührte, knisterte es, Angus schrie auf und fuhr zurück. Er landete auf dem Hosenboden, blieb sitzen und rieb sich die Hand. Es war nicht das erste Mal, daß er einen elektrischen Schlag bekommen hatte, aber er war noch nie so überrascht worden.

»Jetzt siehst du, warum wir den oberen Teil zuerst anschließen. Schon jetzt lädt sich verdammt viel Spannung auf. Komm schon, ich zeig dir, wie du's machen mußt, damit du keinen Schlag abbekommst.«

Damon kümmerte sich um die Anschlüsse und achtete darauf, nur die Winde und nicht den Efeu festzuhalten, während er die Ranken um die Baumwurzeln legte. Immer wieder knisterte es. Damon hob einige Blätter auf und benutzte sie als Isolierung, als er den Efeu anfaßte. In die Baumrinde schnitt er Einkerbungen und stopfte den Efeu fest hinein. »Das hätten wir erledigt. So macht man das.«

»Aber wieso funktioniert's?« fragte Angus.

»Da muß ich passen, du kannst mich noch so

löchern«, antwortete Damon. »Ich weiß was über Spannungsdifferenzen. Aber ich hab nicht die leiseste Ahnung, warum Spannungsdifferenzen solche Auswirkungen haben. Vielleicht solltest du den Baum fragen«, fügte er hinterhältig hinzu.

»Jawoll. Ich schätze, der kann mir vernünftiger antworten«, gab Angus zurück.

Und damit machten sie sich auf den mühseligen Rückweg durch den Wald.

Als sie drei Wochen später zum Baum zurückkehrten, sahen sie, daß der Efeu gewachsen war und bereits seine eigenen kurzen weißen Wurzeln in der Rinde der Buche verankert hatte. Er schien gut zu gedeihen.

»Hole ich mir einen Schlag, wenn ich ihn jetzt anfasse?« fragte Angus.

»Nein, wahrscheinlich nicht. Der ist jetzt geerdet.«

Angus berührte eines der schwarzen Blätter und rieb es vorsichtig zwischen Finger und Daumen. Er zuckte nicht zurück. »Ich spüre ein Kribbeln«, stellte er fest, »aber mehr auch nicht.«

»Das liegt wahrscheinlich an deinem eigenen elektrischen Feld«, sagte Damon. »Der schwarze Efeu ist sehr empfindlich. Aber alles lebt.«

Angus nickte. »Stimmt. Und jetzt werd ich versuchen herauszufinden, warum die Elektrik in Bellas Gasthaus nicht so funktioniert, wie sie sollte.«

Und er hatte Erfolg. Eines Morgens verfolgte er den Weg der stromleitenden Kletterwinde, die Bellas Gasthaus mit Elektrizität versorgte, zurück und landete unter einer riesigen Esche. Sie war fast völlig überwachsen. Der Efeu unten am Baum war so weit hochgeklettert, daß er sich schon mit dem Efeu verhedderte, der vom Baumgipfel heruntergewachsen war. Wenn die Ranken im Wind gegeneinander rieben, neutralisierten sie sich gegenseitig, und das war die Ursache des Problems. Angus schnitt den Efeu zurück. Er stieg auf den

Baum und folgte dabei einem Jahrhunderte alten Pfad. Er schlug neue hölzerne Steigpflöcke ein, baute mehrere kleine Plattformen, hängte Leitern und Hängebrücken auf. Er nutzte die Gelegenheit zu untersuchen, wie sich der Baum an die Kletterwege angepaßt hatte.

Nach einigen Tagen kannte er sich in der Esche genauso gut aus wie früher in der Werkstatt des Kampfdoms. Zu seinem eigenen Erstaunen ertappte er sich dabei, daß er mit dem Baum sprach, ohne überhaupt darüber nachzudenken. Er schwatzte mit ihm, als sei er irgendein Kumpel. Ehe er irgend etwas Riskantes ausprobierte, preßte er sich jedesmal gegen die rauhe Baumrinde, umfaßte sie so kräftig wie möglich mit beiden Armen und murmelte etwas. Er bat den Baum um Hilfe und forderte ihn auf, nicht zu wanken.

Nachdem er eine kurze Holzstiege repariert hatte, erreichte er schließlich die Stelle, an der die oberen Verbindungen verliefen. Hier waren einige der uralten Winden so dick wie sein Arm, und der schwarze Efeu wuchs so dicht wie Gestrüpp. Manche Zweige waren verfault. Angus schnitt sie ab und sah zu, wie sie durch die riesige Eiche nach unten fielen. Mit einem trockenen, klappernden Geräusch schlugen sie auf dem Boden auf. Als nächstes besserte Angus die Verbindungen aus und stellte neue her. Er nahm sich vor elektrischen Schlägen in acht, denn diese Elektrik hatte viel ›Saft‹ und funktionierte schon lange. Ein Schlag hätte ihn töten können.

Verdreckt von dem Schmutz und Vogelmist, der sich am Baumgipfel angesammelt hatte, verklebt vom Mark des abgetrennten Efeus, war Angus schließlich zufrieden. Die Schnitte hatte er säuberlich und symmetrisch durchgeführt. Die schwarzen Efeuranken waren gleichmäßig verteilt. Alles sah jetzt so aus, als ob es vor Leben strotze.

Als Angus zum Gasthaus zurückkehrte, strahlten alle Lampen, und die Öfen waren heiß. Jedem fiel der Unterschied auf. Alle machten ihm Komplimente. Als Bella Angus bemerkte, gab sie ihm einen Kuß.

An diesem Abend sagte Miranda ihm, wie sehr sie sich darüber freue, daß er die Elektrik im Gasthaus so gut hinbekommen habe. Ihr Gesicht war erhitzt, da sie sich über die Herdplatten gebeugt hatte. Ihr Haar war straff zurückgebunden, nur ein paar Strähnen hatten sich aus den Bändern gelöst. Ihre Augen leuchteten so fröhlich wie in alten Zeiten. Mit wachsender Hoffnung bat Angus sie, an diesem Abend mit ihm einen Waldspaziergang zu machen. Miranda runzelte die Stirn, als habe sie ihn nicht richtig verstanden, dann lehnte sie ab und zog sich in die Küche zurück. An diesem Abend saß Angus allein in der Wirtsstube, seine Bewunderung für Miranda und ihre Ablehnung rissen ihm das Herz entzwei. Angus verzehrte sich nach der Frau, die er in seiner Anfangszeit in Eburacum gekannt hatte. Aber diese Frau war tot, und nichts und niemand konnte sie wieder zum Leben erwecken. Damit konnte sich Angus nicht abfinden. Und deshalb überließ er sich tagelang der Eifersucht und nächtelang der Frustration.

BEZIEHUNGEN

Angus beobachtete Miranda. Wenn sie einen anderen Mann ansah, der draußen auf der Straße vorüberging, oder einen beim Bedienen anlächelte, verfinsterte sich sein Blick. Sein einziger Trost bestand darin, daß sie Viti offenbar mit der gleichen Verachtung behandelte wie ihn. Aber wenn die Wut so groß wurde, daß er sie nicht mehr ertragen konnte, nahm er seine Axt, ging in den Wald, ließ seinen Zorn an einem Baum aus und frohlockte, wenn die Späne flogen. Einmal landete er zufällig in der Nähe eines Baches, im Windschatten einiger Rehe, die zum Trinken hierher kamen. Er warf seine Axt in die Richtung der Rehe und erzielte einen

Glückstreffer, weil eines der Tiere direkt in die Flugbahn der Axt hineinlief. Er schaffte es, das betäubte Reh mit einem Schlag gegen die Kehle zu töten, und spürte ein erstaunliches Gemisch von Gefühlen, als das Geschöpf vor seinen Augen starb. Er trug es zum Gasthaus. Es war ihm völlig egal, daß das Blut des Tieres sein Hemd tränkte. »Fleisch«, rief er zur Küche hinüber. »Frischfleisch. Gerade getötet. Für heute.« Aber Miranda war gar nicht da und bekam seine Heldentat nicht mit.

Angus war die ganze Zeit davon ausgegangen, daß Miranda auf irgendeine Weise ›die Seine‹ war. Immer noch litt er unter dem Schmerz der Erkenntnis, daß sie ihn nicht wollte. Manchmal merkte er nachts, daß er sie eigentlich gar nicht liebte, sondern in Wirklichkeit nur von ihr geliebt werden wollte. Er wollte, daß man ihn beneidete, so beneidete wie einen Mann, der von einer schönen Frau geliebt wird. Manchmal spürte er morgens, wenn das Gasthaus gerade erst zum Leben erwachte, eine große Leere in sich. Das war ein schreckliches Gefühl. So schnell er konnte, nahm er seine Axt und stapfte aus dem Haus. Oder er suchte, wenn sich die Gelegenheit bot, die Gesellschaft von einer Frau aus dem Dorf, die zu einem Schäferstündchen unter den Bäumen bereit war. Immer noch wunderte Angus sich darüber, daß die Frauen des Dorfes mindestens so viel Freiheit wie die Männer hatten und über so viele Bereiche ihres Lebens selbst bestimmten. Und bald hatte er sich den Ruf eines stürmischen, aggressiven Liebhabers erworben.

Die Spannung zwischen Angus, Viti und Miranda manifestierte sich auf allen Ebenen ihrer Beziehung. Auch Miranda verhielt sich in dieser Hinsicht keineswegs wie eine Heilige. Gelegentlich machte sie beide Männer scharf, wobei der einzige Zweck der Übung darin bestand, daß sie ihre sexuelle Macht ausspielen wollte. Manchmal erinnerte sie sich daran, wie wild und lustvoll die Nächte in Angus' Armen gewesen waren, und dann sehnte sie sich nach dieser einfachen, unkomplizierten Zeit zurück, obwohl sie wußte, daß es nie wieder so sein konnte. Wenn sie Viti ansah, rührte sich etwas in ihr. Denn in dem Stallburschen, der jeden Abend müde von seiner Arbeit in Dreck und Mist in die Stube kam, konnte sie den brutalen, arroganten Römer, der sie vergewaltigt hatte, kaum wiedererkennen. Trotzdem wollte sie, wenn sie an jene Zeiten zurückdachte, sofort allein sein. Denn irgend etwas in ihr war zutiefst verletzt worden, sie hatte etwas von ihrer Frische und Spontaneität eingebüßt. Und nur Einsamkeit konnte ihr Heilung bringen. Jedenfalls nahm sie das an.

Und dennoch: Da Miranda immer noch eine gesunde Frau mit gesunden Instinkten und einem für die Leidenschaft wie geschaffenen Temperament war, seufzte sie oft und sehnte sich nach einem der jungen Männer des Dorfes. Es konnte ein Mann sein, den sie beobachtet hatte, als er lässig einen Sack mit Bucheckern auf einen Karren gehoben hatte. Oder einer, der mit einem Grashalm zwischen den Zähnen am hellichten Tag auf dem Rücken in der Sonne gelegen hatte. Oder einer, den sie im Wald zufällig beim Pinkeln hinter einem Baum ertappt hatte. Vielleicht sehnte sie sich nach einem abstrakten Mann – einer heiteren Mischung aus Salz und Sehnen –, der, wenn nötig, zur Stelle war und irgendwo anders, wenn unerwünscht. Und im Dorf gab es viele Männer, die sich diesen Schuh gern angezogen hätten, das könnt ihr mir glauben.

SEX UND VERSCHÜTTETE MILCH

Und was war mit Viti, den die Leute aus dem einfachen Grund, daß er selten sprach, den ›Stillen‹ nannten?

Viti ertappte sich dabei, daß er eine Leidenschaft für Miranda hegte, die manchmal so scharf wie Nadeln war. Aber natürlich ließ er sich das nicht anmerken. Er wußte nicht, wie er mit seinen Gefühlen umgehen sollte, und er verstand sie auch nicht. Manchmal, wenn er nachts neben dem schlafenden Angus lag, trieb er mit dem Gefühl in den Schlaf hinüber, sie sei neben ihm und atme im Dunkeln. Eines Morgens stellte er beim Aufwachen fest, daß er den noch schlafenden Angus eng umschlungen hielt. Vorsichtig befreite er Arme und Beine, damit er seinen Bettgenossen nicht weckte, der bestimmt gerade einen genau so erotischen Traum durchlebte, wie er selbst ihn genossen hatte. Peinlich berührt glitt Viti auf seine Betthälfte hinüber und schnarchte tief, als Angus seine Lage veränderte.

Viti hatte Angst, Miranda seine Gefühle zu offenbaren, da er zutiefst fürchtete, sie werde ihn zurückweisen. Also begnügte er sich damit, sich im Stall zwischen den Tieren niederzulassen und vor sich hin zu träumen. Manchmal streckte er sich in der Scheune auch auf Heuballen zwischen wilder Minze aus. Ohne daß er es merkte, wurde Viti endlich erwachsen und machte seine persönliche Pubertät mit den dazu gehörenden Stimmungsschwankungen durch, so wie es das gute Recht jedes Heranwachsenden ist. Seine Miranda-Phantasien drehten sich alle darum, daß er sie aus irgendeiner schlimmen Lage – ob Stromschnelle, der Angriff wilder Tiere oder Feuer – rettete. Und wenn die Gefahr überstanden war, kam sie zu ihm und dankte ihm. Und ihr Dank führte zu einem Kuß, und der Kuß zur Leidenschaft, und die Leidenschaft zu ... An diesem Punkt brach der Tagtraum ab. Er rieb sich und scheiterte an der Tatsache, daß bei der ersten und einzigen Gelegenheit, bei der Viti mit Miranda geschlafen hatte, Viti betrunken und gewalttätig gewesen war. Seine einzige klare Erinnerung an den ganzen Vorfall bestand darin, daß Miranda ihr gequältes, apathisches Gesicht von ihm weggedreht hatte, als er sie zu küssen versuchte.

Diese Erinnerung steckte tief in ihm drin, und er wußte nicht, wie er sie loswerden sollte. Mehr denn je hätte Viti jetzt einen Vater oder eine Mutter gebraucht, Menschen, denen er sich hätte anvertrauen können, aber es war niemand da.

Eines Tages kam Miranda mittags mit einem Krug in den Stall, um Milch zu holen. Sie stieg die Leiter hinunter, ohne zu ahnen, daß Viti drüben beim Hühnerstall die Tür ausbesserte. Als er eine Bewegung bemerkte, sah er hinüber und fuhr zusammen. Ihm fiel ein, wie er Miranda vor so vielen Monaten aus dem mechanischen Ungetüm hatte klettern sehen. Die Erinnerung traf ihn wie ein Schlag vor den Kopf und warf ihn buchstäblich um, so daß er nicht mehr zu sehen war.

»Viti«, rief Miranda. »Bella will frische Milch. Wo bist du?«

Viti spähte um die Ecke des Hühnerstalls. »Oh. Hallo«, sagte er so lässig er konnte.

»Was hast du? Du siehst aus, als hättest du einen Geist gesehen.«

»Wie? Oh ... äh ... du hast mich erschreckt. Ich wußte nicht, daß jemand hier ist.«

»Ich brauche Milch für Bella.«

Schweigend ging Viti zu den Kühlfässern unter dem Gebäude hinüber. Er füllte den Krug und wollte ihn gerade Miranda reichen, als beiden gleichzeitig die körperliche Gegenwart des anderen sowie die Tatsache zu Bewußtsein kam, daß sie allein waren. Miranda wich zurück und griff sich mit der Hand an die Kehle. Viti ließ den Krug zu schnell los, er fiel auf den Boden und zerbrach.

»Tut mir leid«, sagte Viti.

»Ich bin sicher, daß Bella noch einen Krug hat«, antwortete Miranda schnell.

»Das meine ich nicht. Es tut mir einfach leid, mehr will ich gar nicht sagen. Leid um ... alles.«

»Ich weiß. Hör auf ... Ich will nicht darüber reden.« Sie drehte sich um, rannte zurück zur Leiter, die zum Haus hinaufführte, und war verschwunden. Viti wischte die verschüttete Milch auf. Aus irgendeinem Grund war ihm jetzt leichter ums Herz, und zu seinem Erstaunen merkte er, daß er außer Atem war.

Wenige Minuten später tauchte Bellas jüngerer Sohn mit einem anderen, größeren Krug auf. »Mama sagt, du sollst diesmal aufpassen. Krüge wachsen nicht auf Bäumen, sie zieht dir die Kosten für den anderen von deinem Lohn ab.«

»Sie zahlt mir doch gar keinen Lohn.«

»Na, jedenfalls ist sie furchtbar wütend, ich würde eine Weile nicht rauf gehen.« Er grinste.

Viti schöpfte den Krug randvoll und reichte ihn dem Jungen. »Da. Sag ihr, daß ich eben ein Tolpatsch bin.«

Eine Keilerei

Eines Abends kam eine Gruppe junger Männer zum Trinken in Bellas Gasthaus. Es wurde heftig gebechert, die Männer forderten einander zu Kraftproben heraus und begannen einen Wettbewerb im Armdrücken. Viti saß in einer Ecke und sah dem Treiben schweigend zu, während er sich seinem Bier widmete. Hin und wieder nickte einer der jungen Männer, ein hagerer Typ mit Igelfrisur, eingefallenen Wangen und angeschlagenen Vorderzähnen in Vitis Richtung, sagte irgend etwas in breitem Dialekt, und alle lachten. Viti konnte nicht genau verstehen, was gesagt wurde, aber es war klar, um was es ging.

Schließlich stand Viti, dem ungemütlich geworden war, auf und wollte gehen. Da rief der Hagere: »He, Römer, wie schmeckt dir die Arbeit da unten im Stall?«

»Sie hat ihre Höhepunkte«, sagte Viti und ging weiter.

»He, Römer«, rief eine andere Stimme, »ich hör, du hast was für Schweineärsche übrig. Stimmt's?«

Viti blieb stehen und lächelte. »Nein, das überlaß ich solchen Scheißern wie euch«, sagte er und setzte seinen Weg fort.

Die Antwort löste Gelächter aus. Dann mischte sich eine weitere Stimme ein. »He, Römer, wie wär's mit einer kleinen Lateinlektion?« Die Stimme nahm einen übertriebenen Falsett-Ton an. »Ich ficke deine Schwester. Du fickst deine Schwester. Er fickt deine Schwester. Wir ficken deine Schwester. Alle ficken deine Schwester.«

Darauf senkte sich erwartungsvolle Stille über den Raum. Viti, der schon halb an der Tür war, blieb stehen und drehte sich um. Er blickte zu den besoffenen, anzüglich grinsenden Gesichtern hinüber. Obwohl er sich um Selbstbeherrschung bemühte und nach einer schlagfertigen Antwort suchte, spürte er, wie etwas in ihm schwelte und das Schwelen zu einer Flamme explodierte. Seine Reaktion hatte nichts mit seiner Schwester zu tun, sondern ausschließlich mit dem Phänomen menschlicher Dummheit und der Frage, wie man damit umgehen sollte.

»Also, welcher von euch Schwanzlutschern hat das gesagt?« fragte Viti und ging auf sie zu.

»Ich«, sagte der Hagere und stand auf. »Was geht dich das an?«

Viti stellte sich vor ihn hin, gerade so, daß er noch außer Reichweite war. »Also gut. Ich geb dir genau fünf Sekunden, dich zu entschuldigen, ehe ich dir die Fresse poliere.«

Das löste Gelächter aus. Der Große spuckte in die Hände und ballte die Fäuste. »Na, dann wächst du wohl besser erst noch ein bißchen, Titti.«

Die anderen wichen zurück und schoben die Tische zur Seite, um Platz zu schaffen. Sie fingen an zu johlen.

Fünf ...
Viti spürte, wie Adrenalin durch seinen Körper strömte. Seine Muskeln spannten sich, wie sie es so oft bei den Kämpfen im Kampfdom getan hatten.
Vier ...
Das, was man ihm während der jahrelangen Ausbildung eingehämmert hatte, übernahm die Kontrolle. Er schätzte die Balance seines Gegners ein, stellte fest, daß der Linkshänder war ... daß er boxen wollte ... daß er versuchen würde, Viti mit einem einzigen heftigen Schlag außer Gefecht zu setzen ...
Drei ...
Viti war klar, daß sein Gegner nichts von seiner Kampfausbildung ahnte und darin der größte taktische Vorteil für ihn selbst lag. Also durfte er ihn nichts merken lassen.
Zwei ...
Fünf Schwachpunkte hatte er bei seinem Gegner ausgemacht. Zwei konnten sich sofort fatal für ihn auswirken, falls Viti es so wollte ...
Eins ...
Er sah den Schlag kommen ...
... trat einen Schritt zurück und parierte ihn so, als geschehe es ganz zufällig. Der Schwung des Schlages warf den großen Mann aus dem Gleichgewicht. Als Viti ihn anstieß, fiel er, alle viere von sich streckend, über einen hinter ihm stehenden Tisch, an dem einige seiner Kumpel saßen. Der Tisch kippte. Zwei Wasserkrüge stürzten um. Ihr Inhalt ergoß sich über die Schöße der Männer, die aufschrien und sich zur Seite warfen.
Mit einem Brüllen drehte sich der Große um und ließ einen Schlag los, der eine Eichentür gesprengt oder Viti den Kopf von den Schultern gerissen hätte. Aber Viti war zu einer Seite abgetaucht und hatte sich ans andere Ende des Raums zurückgezogen. Von hier aus konnte er die ganze Wirtsstube überblicken. Er befand sich

dort, wo die Küchentiegel und Bürsten untergebracht waren, außerdem ein großes Essigfaß.

Der Große kam mit ausgestreckten Armen auf Viti zu. Viti griff nach einem Mop, der mit verschüttetem Bier getränkt war, schwang ihn dem Mann ins Gesicht, stieß nach ihm und machte sich einen Spaß daraus, ihn zu ärgern. Der Mann versuchte, den Mop zur Seite zu schlagen, was lediglich zur Folge hatte, daß er ihm an den Bauch, in die Eier und wieder ins Gesicht fuhr. Schließlich gelang es ihm, den Mop Vitis Griff zu entwinden und weg zu schleudern.

Inzwischen wachsamer, kauerte er sich in der geduckten Ausgangsstellung eines Ringers nieder. Viti machte es ihm nach, allerdings mit einigen Abwandlungen: Er kreischte wie ein Affe, verzerrte sein Gesicht und kratzte sich in den Achselhöhlen. Der Mann warf sich nach vorn und erwartete, daß Viti auswich. Aber dieser stieß plötzlich vor, wobei er sich so tief duckte, daß er die Deckung des Mannes unterlief. Ehe der Mann sich mit ihm herumschlagen und zudrücken konnte, richtete sich Viti mit der ganzen Kraft seiner Beine auf und ließ seinen Kopf gegen das Kinn des Gegners krachen. Als nächstes landete Viti, durch den Umfang seines Kontrahenten teilweise verdeckt, zwei fürchterliche Schläge in die Herzgegend und in die Hoden, daß er bewußtlos zu Boden ging. Das alles geschah so schnell, daß die besoffenen Kumpane, die Blut hatten sehen wollen, völlig überrumpelt waren, als sie sahen, wie Viti sich den ohnmächtigen Angreifer auf die Schultern hievte und ihn kopfüber in das halbvolle Essigfaß tunkte.

Der Lärm der Keilerei war nicht unbemerkt geblieben. Die Tür, die zu den Wohnräumen führte, sprang auf, ein alter Mann steckte den Kopf herein. Von den nachdrängenden Gästen und Angestellten, die sehen wollten, was los war, wurde er regelrecht in den Raum geschoben. Sie wurden nicht enttäuscht.

Die betrunkenen Freunde des Mannes, der inzwischen im Essigfaß gurgelte, blickten inzwischen wieder einigermaßen durch und rückten in Vitis Richtung vor. Viti hatte eine schwere Schöpfkelle ergriffen und schwang sie von einer Hand in die andere. Zu seinen Füßen befand sich ein dreibeiniger Schemel. Diesen Schemel klemmte er sich zwischen die Füße und stieß ihn dann zur Zimmerdecke hoch. Das kam unerwartet. Der Schemel traf die Decke, prallte ab und sorgte für gerade so viel Ablenkung, daß Viti das stumpfe Ende der Schöpfkelle dem vordersten Angreifer in die Zähne rammen konnte. Gleichzeitig langte er nach oben und packte einen der anderen bei den Haaren.

Vitis Plan war einfach: Er wollte sie alle in ein allgemeines Handgemenge verwickeln und sich selbst einen nach dem anderen vorknöpfen. Der Mann, der Bekanntschaft mit der Schöpfkelle gemacht hatte, zeigte jetzt schon weniger Interesse an der Keilerei, der andere, den Viti am Haar gerissen hatte, schlug wild um sich. Sie stellten einen Haufen zappelnder, prügelnder Männer dar. In diesem Augenblick ging die Tür zum Gasthaus auf, herein kam Angus, Mordlust in den Augen. Da er einen frustrierenden Abend im Dorf verbracht hatte, brannte er förmlich auf einen Kampf. Er brauchte einen Augenblick, um die Situation einzuschätzen, dann tauchte er mit einem Juchzer ins Getümmel und begann, rücksichtslos um sich zu schlagen und zu treten. Er hatte gar nicht bemerkt, daß Viti beteiligt war.

Nun hatte Angus den Ruf, ein guter Kämpfer zu sein. Seine Anwesenheit wendete das Blatt. Diejenigen, die darauf aus gewesen waren, den kleineren und weniger aggressiv wirkenden Viti zusammenzuschlagen, zogen, sobald sie es mit dem stiernackigen Angus zu tun bekamen, die Vorsicht dem Heldenmut vor und zogen sich zurück.

Viti hatte es inzwischen geschafft, sich aus dem Wirrwarr von Körpern herauszuwinden und Schutz unter einem Eßtisch zu suchen. Als nächstes kletterte er auf eine Bank und sah von dort aus dem Geschehen zu. Sein eigenes Engagement beschränkte er darauf, seine Schöpfkelle vorzustrecken und jedem Kopf, der in Reichweite kam, eins überzuziehen.

Damit war er gerade beschäftigt, als Bella – im Nachthemd, mit aufgelöstem Haar, bewaffnet mit einem Beilgriff – ins Gästezimmer trat. Sie kämpfte sich bis in den Pulk vor, drosch mit dem Holz drauflos, brüllte und trieb die Männer auseinander, bis schließlich nur noch Angus übrig war. Mit blutigen Knöcheln stand er keuchend mitten in der Gaststube und fuchtelte in der Luft herum. Ein Auge war blau angelaufen und zugeschwollen.

In der plötzlichen Stille kanzelte Bella ihn nach allen Regeln der Kunst ab. Sie nannte ihn einen Schwachkopf, ein Erbsenhirn, einen Schlappschwanz, einen Geier, eine Pißnelke, einen Hosenscheißer, eine Vogelscheuche, eine Filzlaus. Er starrte sie mit leerem Gesicht an, während sie seine Vorfahren mit Lebewesen verglich, die aus verwestem Fleisch herauskrabbelten, und seine Verwandten mit dem Abfall, den man Schweinen vorwirft. »Toll«, sagte sie schließlich. »Du hältst dich ja für dermaßen toll. Ich muß dir sagen: Du bist ungefähr so toll wie eine Scheißhausratte, und du wirst für all das bezahlen... Du und dieser blöde Scheißkerl.« Sie deutete auf den großen, hageren Mann, der die Schlägerei ausgelöst hatte und jetzt benommen dastand, während der Essig an ihm herunterströmte und dessen Mund sich hilflos öffnete und wieder schloß.

Viti wollte etwas sagen, aber Bella fuhr ihm übers Maul. »Und jetzt zu dir! Ich dachte, du hättest mehr Grips. Warum hast du sie nicht davon abgehalten?« Sie wandte sich an die versammelte Menge. »Ehrlich: *Männer!* Man darf sie keine Minute aus den Augen lassen, man kann ihnen nicht trauen. Und was glotzt ihr alle so blöd? Kommt schon. Fangt schon an, hier aufzuräumen. In ein paar Stunden fangen wir mit dem Frühstück an.«

Und wirklich räumten sie auf. Unter Bellas wachsamem Blick wurde das Essigfaß aus der Gaststube geworfen und auf der Straße zerschlagen. Die Böden wurden geschrubbt, die Tische wieder aufgestellt, die zerbrochenen Schüsseln und Krüge durchgezählt und der Schaden berechnet. Schließlich war Bella zufrieden und schickte alle Männer nach draußen, damit sie einen klaren Kopf bekämen. Allerdings ließ sie sich so weit erweichen, daß sie ihnen einen letzten Krug Bier ausschenkte.

Niemand kann sich genau daran erinnern, was gesprochen wurde, als die Männer den Krug kreisen ließen. Aber von diesem Tag an versuchte keiner mehr, Viti zu provozieren, und die Zahl der anti-römischen Witze, die in seiner Gegenwart erzählt wurden, ging merklich zurück.

Die Entführung

Nach der Schlägerei beruhigte sich das Leben im Gasthaus schnell wieder. Angus und Viti wunderten sich beide darüber, daß Bella offenbar gar nicht mehr an die Keilerei dachte. Außerdem fiel ihnen auf, daß es unter den Männern und Frauen des Dorfes häufig zu Streitigkeiten kam, sie aber nur ganz selten zu anhaltendem Groll führten – es sei denn, jemand kam dabei ums Leben. In diesem Fall versammelten sich die Dorfältesten, zu denen auch Bella gehörte, und regelten die Angelegenheit. Die Menschen, mit denen Angus und Viti zusammenlebten, schienen zu lachen, zu streiten und wieder zu lachen. Offenbar fiel ihnen gar nicht auf, wie widersprüchlich ein solches Verhalten Menschen vorkommen mußte, die in der zivilisierten Welt der Römer aufgewachsen waren. Aber mochten die Dorfbewohner auch untereinander streiten: Sobald dem Dorf eine Gefahr drohte, standen sie da wie ein Mann.

Eines Nachts wurde das ganze Dorf von einem großen Tumult geweckt. Man hatte die Tore des Dorfes in Brand gesetzt, eine Gruppe von Männern aus dem Nachbardorf hatte eines der Häuser überfallen und zwei Schwestern entführt. Innerhalb von Minuten schwärmten die Männer und Frauen aus ihren Häusern und versammelten sich im Schein des Mondes. Einige trugen Keulen, die sie aus Schlehdornästen hergestellt hatten, manche hatten Bogen und Köcher mit schwarzen Pfeilen dabei, andere schnallten sich uralte Schwerter um. Von den Dachgesimsen der niedrigen Häuser wurden Mistgabeln geholt. Viti und Angus schlossen sich der Menge an und waren willkommen. Lodernde Fackeln wurden ausgegeben.

Die Dorfhunde, daran gewöhnt, im Wald Wildschweine zu jagen, wurden losgelassen. Sie bellten und sprangen um das Haus herum, das Schauplatz der Entführung gewesen war. Es dauerte nicht lange, bis sie die Spur aufgenommen hatten und an ihren Ketten zerrten. Sie liefen voraus, der Kampftroß, dem sich viele Männer und Frauen des Dorfes angeschlossen hatten, rannte ihnen hinterher. Angeführt wurden sie vom Vater der beiden Mädchen, einem großen, schwarzbärtigen Mann namens Solem.

Für Viti war es genau wie für Angus ein seltsames, aufregendes und neues Erlebnis, gemeinsam mit diesem grimmigen Haufen durch die Nacht zu rennen. Die Straße, ähnlich derjenigen, der sie auf ihrem Weg zum Dorf gefolgt waren, schlängelte und wand sich unter Bäumen und Hecken dahin. Wenn sie zu Kreuzungen kamen, heulten die Hunde, schnüffelten und schossen pfeilschnell davon. An einer Stelle fanden sie ein Stück von einem Frauennachthemd und stimmten ein solch wütendes Gekläff an, daß es unter den Bäumen laut widerhallte.

Dann erkannten sie in der Dunkelheit vor sich flackernden Feuerschein, und der ganze Pulk begann zu brüllen, zu rufen und zum Angriff loszustürmen. Auch Viti und Angus wurden von der Raserei mitgerissen. Falls sie irgendwie angenommen hatten, es werde zu keinem ernsthaften Gemetzel kommen, so wurden solche Gedanken beim ersten Sturm zerstreut. Sie sahen, wie Glieder mit Schwertern abgetrennt, Körper von Hundebissen zerfleischt wurden. Nachdem die Tore des Dorfes bezwungen waren, setzte die Meute das erstbeste Haus ohne Rücksicht auf die Bewohner darinnen in Brand. Tödliche Pfeile schwirrten durch die Dunkelheit und trafen dumpf ihr Ziel. Viti sah, wie einer der jungen Männer, die sich in der Schlägerei mit ihm hervorgetan hatten, zu Boden ging, einen Pfeil in der Kehle.

Bald darauf kämpften sie in den Straßen. Das Dorf, das sie angriffen, wurde von einem Bach zerteilt, über den Brücken führten. An einer dieser Brücken tobte die Schlacht am heftigsten. Hier kam es nach mehreren Attacken und Gegenattacken schließlich zur Waffenruhe. Anscheinend waren die Dorfbewohner am anderen Ufer in eine heftige Diskussion verwickelt. Schließlich teilte sich die Menge, ein alter Mann trat vor. Auf seinen Armen trug er eine junge Frau. Alle konnten die klaffende Wunde in ihrer Kehle erkennen, unter den Dorfbewohnern erhob sich wütendes Gebrüll. Hinter dem alten Mann gingen die andere junge Frau und zwei junge Männer, die ihre Köpfe gesenkt hielten.

Solem, der Vater der beiden Mädchen, trat zur Brücke vor, um den Körper in Empfang zu nehmen. Er schloß ihn in die Arme und sank auf die Brücke nieder.

»Es war einer eurer eigenen Pfeile«, sagte der alte Mann vorsichtig. »Damit haben wir nichts zu tun.«

Dann wandte er sich um und gab der anderen Tochter ein Zeichen, zu ihrem Vater auf der Brücke zu gehen. Viti fiel auf, daß sie wie ein Zombie ging, mit starrem Blick, ohne irgend etwas zu begreifen.

Schließlich stieß der alte Mann die beiden jungen Männer nach vorn. »Meine Enkel«, sagte er und blieb abwartend stehen.

Solem heulte auf und wiegte sich hin und her. Alle sahen zu und warteten geduldig ab.

Nach einer Weile machte sich sein Kummer in Schluchzern Luft, schließlich konnte er wieder sprechen. »Warum?« fragte er.

»Liebe«, antwortete der alte Mann, als klar wurde, daß keiner der jungen Männer etwas sagen würde. »Die Jungen haben die Mädchen geliebt, aber die Mädchen wollten nichts von ihnen wissen.«

»Das ist nicht wahr«, platzte einer der jungen Männer heraus. »Sie wollten uns. Sie sind zu uns gekommen, als wir uns im Wald mit ihnen treffen wollten.« Er machte eine Pause. Die plötzlich erwachten Lebensgeister erstarben gleich wieder. »Aber das hätte nie passieren dürfen.« Er deutete mit dem Kinn auf das tote Mädchen und fing an zu weinen. Der alte Mann legte ihm die Hand auf die Schulter.

Auf beiden Seiten der Brücke gab es Gedränge. Junge Männer bahnten sich ihren Weg durch die Menge. Sie trugen Bahren, auf die man die Leichname der im Kampf Gefallenen bettete. Insgesamt waren es sieben Tote.

»Wir werden uns in den kommenden Tagen näher damit befassen«, sagte Solem und gab das Zeichen, die Bahre, auf der seine tote Tochter lag, anzuheben.

»Die Jungen gehen mit dir mit«, erklärte der alte Mann, kehrte ihm den Rücken und machte sich auf den Weg zurück in sein Dorf. Die Menge teilte sich, um ihn hindurchzulassen, und löste sich dann nach und nach auf. Jede Seite nahm ihre Toten mit.

»Merkwürdige Art, einen Kampf zu beenden«, flüsterte Angus Viti zu.

»Er ist noch nicht zu Ende«, murmelte Viti. »Denk an meine Worte.«

Und das war er auch nicht, selbst wenn niemand mehr umgebracht wurde.

Der Troß, der noch vor einer Stunde auf dem Kriegspfad gewesen war, wurde zum Leichenzug. Zuerst kamen die Frauen, die ihre Totenklage laut herausschrien. Manche der Frauen waren in den Wald gegangen und hatten sich dort Holunder- und Weidenzweige abgebrochen. Mit diesen Zweigen peitschten sie den Weg vor sich auf, schlugen damit auf die Erde und sich selbst über die Rücken. Hinter den Frauen ging Solem mit gesenktem Kopf, das Kinn auf der Brust, gefolgt von seiner Tochter. Die Frau, die sie begleitete, hielt sie eng an sich gedrückt und flüsterte ihr fortwährend etwas zu, allerdings konnte niemand hören, was sie sagte. Neben ihnen gingen die beiden jungen Männer, die die Hauptschuld an der Entführung trugen, zwischen sich die Bahre mit dem toten Mädchen. Als letztes kamen die jungen Männer des Dorfes. Viele waren verwundet und humpelten. Sie trugen die Bahren, auf denen ihre zwei toten Kameraden lagen. Ganz am Ende des Zuges gingen Viti und Angus. Ein Stab hatte Angus in die Brust getroffen, das Atmen tat ihm weh. Viti hatte zwischen Ellbogen und Schulter einen dünnen Schnitt, ein Pfeil hatte ihn dort gestreift. Um die Menschen herum rannten die Hunde, beklommen, mit gesenkten Köpfen, die Schwänze zwischen die Beine geklemmt.

Im Dorf warteten bereits alte Frauen darauf, die Totenklage zu übernehmen. Auf dem Dorfplatz wurde ein Scheiterhaufen vorbereitet. Außerhalb der Häuser waren brennende Fackeln aufgestellt worden, die einen flackernden Lichtschein verbreiteten. Alle, Jung und Alt, waren auf den Beinen. Die Kinder standen ernst und mit großen Augen in den Eingängen. Der Rauch trieb durch die Dorfstraßen.

Bellas Gasthaus wurde zum behelfsmäßigen Leichenschauhaus. Man rückte die Eßtische zusammen und holte frisches Leinen aus der Abstellkammer. Sorgfältig wurden die drei Toten darauf gebettet. Viti und Angus waren überrascht, als sie sahen, wie Miranda Bella zuarbeitete und sich an ihrer Seite zu schaffen machte. Sie schnitten die vor Blut steifen Kleidungsstücke auf und wuschen das erstarrende Fleisch.

»Fort mit euch beiden, sucht euch Arbeit«, sagte Bella und deutete zu ihnen herüber. »Und du, Angus, laß dir die Brust verbinden. Lyf der Heiler wird unten am Dorfplatz sein. Geh und such ihn.«

Angus murmelte etwas von herrschsüchtigen Frauen, aber tat, wie ihm befohlen. Er legte seinen Arm schützend über die Brust und stapfte aus dem Gasthaus, die Treppe hinunter.

»Ich würde lieber dableiben und zusehen«, sagte Viti. »Keine Angst, ich komme euch nicht in die Quere. Ich kann das heiße Wasser holen oder was ihr sonst noch braucht. Ich hab nur eine Streifverletzung.«

Bella sah Miranda an. Miranda zuckte die Achseln, als wolle sie sagen: »Ist mir doch egal.«

»Einverstanden, du kannst dableiben. Aber bleib aus dem Weg. Mach uns eine Tasse Tee.« Viti nickte.

Außerhalb des Gasthauses atmete Angus tief durch und genoß den seltsamen Geschmack der Nachtluft. Dann schlenderte er in Richtung des Dorfplatzes, wo Fackeln brannten und einige Männer abgeschnittenes Gestrüpp von einem Karren luden. Offenbar wollten sie ein sehr heißes Feuer vorbereiten. »He, Angus. Hilf uns mal mit diesen Baumstämmen.« Es war Damon, der vom Karren herunterrief. Angus versuchte den Arm zu heben, aber der Schmerz ließ ihn innehalten.

»Tut mir leid«, rief er. »Ich glaube, ich hab mir 'ne Rippe gebrochen.«

»Ach, richtig«, sagte Damon. »Geh rüber zum Brunnen. Lyf ist angekommen und hat sich schon an die Arbeit gemacht. Er wird's schon richten.« Dann fuhr er fort, Gestrüpp und Baumstämme vom Karren zu werfen.

»Also ist der alte Mistkerl Lyf wieder im Lande«, dachte Angus bei sich. »Der muß wohl einen Riecher für Schereien haben.«

Lyf war am Brunnen damit beschäftigt, einem Mann einen Augenverband anzulegen. Er war in voller Pelzkleidung und trug eine Kappe, an der das Geweih eines jungen Hirsches befestigt war. Als er Angus bemerkte, nickte er ihm zu. »Ich sehe, du lebst noch«, sagte er und gab dem Mann, den er behandelt hatte, einen Klaps auf die Schulter, um ihm zu bedeuten, daß er fertig war. Der Mann stand auf, bedankte sich bei Lyf und ging davon.

»Gerade noch davongekommen«, sagte Angus. »Hab einen Stoß in die Rippen bekommen. Tut weh, wenn ich meinen Arm hebe.«

»Dann wollen wir mal nachsehen.«

Schnell und fachmännisch tastete Lyf Angus' Brust und Rücken ab und lokalisierte den verletzten Bereich. »Du wirst eine Weile nicht auf der Seite schlafen können«, sagte er. »Zwei Rippen sind angebrochen. Atme mal tief ein.« Angus tat's, hustete und stöhnte vor Schmerz. »Außerdem eine böse Prellung. Aber ich glaub nicht, daß die Lunge verletzt ist. Hier, setz dich, ich werde dir einen Verband verpassen. Trink was von dem Zeug hier. Es wird den Schmerz lindern.« Lyf reichte eine Feldflasche zu Angus' nicht verletzter Seite hinüber.

Angus hoffte, der Flascheninhalt sei Alkohol, aber er schmeckte wie abgestandenes Wasser vom Grunde eines Grabens. Dennoch linderte der Schluck fast augenblicklich den Schmerz.

»Hast dich gut eingelebt?« fragte Lyf.

»Schlecht und recht.«

»Wie geht's den anderen beiden?«

»Wir haben nicht viel miteinander zu tun. Frag sie selbst.«

»Das werd ich machen.« Lyf wand den Verband fest um Angus' Rippen und wickelte ihn über die Schulter. »Wie findest du unsere Welt?«

»Rauh«, antwortete Angus. »Aber interessant. Jede Menge Überraschungen.« Er wechselte das Thema. »Was passiert mit den beiden jungen Männern, die wir mitgebracht haben? Mit denen, die das Mädchen entführt haben?«

Lyf zuckte die Achseln. »Weiß ich nicht. Das bleibt Solem überlassen. Er kann fordern, daß Tod mit Tod gesühnt wird, er kann aber auch Leben gewähren. Das ist ein komplizierter Fall. Wir müssen abwarten.« Und mit diesen Worten machte er den Verband fest und forderte Angus auf, seinen Arm zu bewegen.

Angus schaffte es, allerdings nur schlecht und recht.

»Das braucht einen Monat, bis es verheilt ist, aber danach müßtest du dich wieder wohl fühlen.« Weitere Menschen, die von Lyf verarztet werden wollten, standen schon Schlange. »Wir unterhalten uns später noch, falls du Interesse hast. Ich werde einige Wochen in der Gegend bleiben. Im Augenblick bin ich beschäftigt. Der Nächste.«

Angus murmelte ein Dankeschön und ging davon.

Im Gasthaus arbeiteten die beiden Frauen Seite an Seite. Bella erklärte Miranda, wie sie die Leichen strecken, waschen und abtrocknen sollte. Die offenen Wunden mußten mit Einlagen verschlossen und die Körper nach unten gedrückt werden, damit die Luft entweichen konnte. Als letztes wurden die Körperöffnungen verstopft. Miranda arbeitete mit ruhiger Konzentration und hielt nur inne, als aus einer der Leichen ein Wind entwich. »Achte gar nicht darauf«, sagte Bella. »Alle

Toten rülpsen und furzen eine Zeitlang. Deshalb müssen wir ja auch zuerst die Luft aus ihnen herauspressen und dann die Körperöffnungen verschließen. Trotzdem entwickeln sich Gase. Ich bin immer für eine schnelle Einäscherung. Ist sauberer. Zurück zur Erde und zurück zur Sonne.«

Die Leichen waren gerade gewaschen, als an die Gasthaustür geklopft wurde. Viti öffnete und fand wartende Kinder vor der Tür. Sie hatten Kleidungstücke dabei, die die Angehörigen der Toten ihnen mitgegeben hatten. Sie brachten sie herein und legten sie auf einen leeren Tisch. Gern wären die Kinder dageblieben, um zuzuschauen, aber Bella scheuchte sie hinaus. »Sagt eueren Mamas und Papas, sie sollen in einer Stunde kommen. Bis dahin sind wir mit allem fertig.«

Viti schenkte sich ein Glas Bier ein und sah zu, wie die Leichen angekleidet wurden. »Warum sehe ich dabei überhaupt zu?« fragte er sich. »Warum bin ich so daran interessiert? Ich hab den Tod schon früher erlebt. Welches Bedürfnis in mir wird befriedigt, wenn ich diesen letzten Riten zusehe?« Er machte es sich bequemer und streckte die Beine auf der Bank aus. Er stellte fest, daß er die lebendige Kraft von Bella bewunderte. Er beobachtete, wie sie einen der jungen Männer umdrehte und herumwälzte und ihm das Hemd über den Körper streifte. Er sah, auf welche Weise Miranda Bella beobachtete und ihre Bewegungen imitierte. »Das Leben von Frauen«, dachte Viti. »Wie klar und wohlgeordnet. Erst Mädchen, dann Mütter, dann Leichenbestatterinnen. Sie lernen voneinander. Immer mit ganz bestimmtem Ziel. Sie bringen uns am Anfang in diese Welt hinein, und am Ende begleiten sie uns hinaus.«

Das waren merkwürdige Gedanken. Viti schüttelte den Kopf, als wolle er sich von einem Singen in den Ohren befreien. Er fühlte sich seltsam und kam sich selbst nicht real vor. »Ich muß wohl müde sein«, murmelte er, setzte sein Glas auf dem Tisch ab, schloß die

Augen und wollte ein bißchen dösen. Aber seine Augen wollten nicht geschlossen bleiben. Er sah Miranda und Bella zu und stellte zu seiner Verwunderung fest, daß sich eine dritte Frau zu ihnen gesellt hatte. Sie stand bei ihnen und beobachtete sie. Er hatte sie nicht hereinkommen hören. In dieser kurzen Zeit konnte er doch nicht geschlafen haben? Aber dann drehte sich die Frau um, sah ihn an, und Viti merkte zu seinem Erstaunen, daß es dieselbe Frau war, die gleichzeitig tot, gewaschen und angekleidet auf dem Tisch lag. Sie sah sehr lebendig aus. Viti versuchte etwas zu sagen, aber es drang kein Laut heraus, obwohl sich sein Mund öffnete. Er fühlte sich in einem Traum befangen. Weder Bella noch Miranda schien die Gegenwart der Frau bewußt zu sein. Sie zerrten und zogen am Leichnam eines der Männer. Viti beobachtete, wie die Frau im Zimmer umherging und auf die Gesichter der Toten blickte, zuletzt auch auf ihr eigenes. Sie schüttelte den Kopf, deutete auf etwas und schien mit jemandem zu reden, den Viti nicht sehen konnte. Dann wandte sie sich um und kam auf Viti zu, aber während sie das tat, schien sie zu schrumpfen und begann zu verblassen. Innerhalb von Sekunden war sie verschwunden. Viti stellte fest, daß das, was ihn gebannt hatte – was immer es gewesen sein mochte –, ihn jetzt freigegeben hatte. Alles, was er im Gedächtnis behielt, war der letzte Eindruck vom Gesicht dieser Frau. Er atmete hörbar aus, so daß Miranda und Bella beide aufblickten.

»Hast du geschlafen?« fragte Bella.

»Nein. Habt ihr sie gesehen?« Er deutete zum Tisch. »Die da. Sie war hier. Sie ist herumgegangen. So real wie meine Hand. Ich hab sie gesehen.«

Bella blickte sich im Zimmer um. »Ich sehe niemanden«, stellte sie fest.

»Nein. Sie ist jetzt weg. Aber sie war hier. Sie hat sich selbst angesehen. Ich schwör's, sie hat's getan.«

»Sah sie glücklich oder traurig aus?« Die Frage kam von Miranda.

»Weder – noch. Am ehesten könnte man sagen: überrascht. Sie schien mit jemandem zu reden.«

Bella schnaubte. »Na, dann ist ja alles in Ordnung. Sie hat sich auf den Weg gemacht.«

»Was meinen Sie damit?« fragte Viti, aber Bella wollte keine Erklärung abgeben.

»Ein andermal«, sagte sie, als er nicht locker lassen wollte. »Jetzt ist zu viel zu tun. Es wird bald dämmern, und wir dürfen uns nicht verspäten.«

Minuten später wurde laut an die Tür geklopft. Viti machte auf einen Wink von Bella hin auf. Nacheinander traten die Eltern der jungen Verstorbenen ins Zimmer. Sie brachten Brot und Wein. Ihnen folgten Trauergäste, die die Totenklage halten würden, Freunde und Verwandte. Alle zwängten sich in die Gaststube, bis der Boden ächzte.

Viti fand sich gegen eine Wand gedrückt wieder und kletterte auf einen Hocker, damit er etwas sehen konnte. Man reichte den Wein herum, außerdem Kuchen, die noch heiß vom Backofen waren. Hin und wieder stand jemand auf und sprach kurz, während er nahe bei einem der Verstorbenen stand. Die Menschen erzählten Anekdoten, riefen den anderen Begebenheiten im Leben der jungen Leute ins Gedächtnis. Manche Geschichten waren komisch, und Viti sah mit Interesse, wie nah Lachen und Weinen beieinander liegen konnte. Zwangsläufig verglich er den Pomp und die Zeremonie, die den Tod in seiner Geburtswelt umgaben, mit den einfachen Ritualen, denen er jetzt zusah. Unkompliziert, menschlich, konzentriert ... Er blickte ringsum in die Gesichter: Da waren Frauen mit verschrumpelten Gesichtern, die wie alte Äpfel aussahen. Kinder, die mit großen Augen zwischen den Beinen ihrer Mütter standen. Männer, deren Blick ganz nach innen gekehrt war, sie ...

Viti wurde plötzlich bewußt, daß sich alle im Zimmer zu ihm umgedreht hatten und ihn erwartungsvoll ansahen. Bella sprach gerade, er hörte ihre letzten Worte.

»... daß du gesehen hast, wie sie hier drinnen umhergegangen ist und sich umgesehen hat. Erzähl es ihnen.«

Viti begriff und begann stockend, die Frau zu beschreiben – wie sie ausgesehen hatte, wie sie sich bewegt hatte und würdevoll Anteil genommen hatte. Wo er nach Worten suchte, halfen ihm Bella oder einer der Trauergäste aus. Die Eltern der jungen Frau nickten und dankten ihm förmlich, als er zum Ende gekommen war. Einige Anwesende murmelten zustimmend. Ihm wurde ein Glas Wein nach hinten gereicht. Zu seiner großen Überraschung war Viti das Reden leicht gefallen. Zwar fehlten ihm einzelne Ausdrücke, aber mit Form und Vorstellungen dieser Sprache kam er zurecht. Er hatte flüssig gesprochen. Als er merkte, wie Miranda ihn mit verwunderter Miene musterte, wandte er den Blick ab.

Scheinbar übergangslos wurden die Fenster der Gaststube grau, dann schimmerten sie bläulich. Im Osten zog die Morgendämmerung herauf. Der Vater des jungen Mädchens ergriff zum letzten Mal das Wort, danach stimmte eine alte Frau die Totenklage an. Träger hoben die drei Leichen an und trugen sie achtsam aus dem Gasthaus, hinaus in die frische Morgenluft.

In einer Prozession wurden die Verstorbenen zum Dorfplatz getragen. Dort glühte bereits Kohle, über der blaue und grüne Flammen tanzten. Das Feuer war so heiß, daß niemand näher als drei oder vier Meter herangehen konnte. Wenn jemand Stöcke auf den Scheiterhaufen warf, schlugen sie schon Flammen, kaum daß sie die Glut berührt hatten.

Der Himmel über dem Dorf war inzwischen hell, fast durchsichtig.

Lyf übernahm die Zeremonie. In seine Pelze gehüllt und der Hitze trotzend, stimmte er direkt vor dem

Feuer Gesänge an. Er warf Girlanden aus Efeu und Geißblatt auf die glühende Kohle und verteilte süßlich riechendes Öl auf die Glut am Rande des Feuers, das aufflammte.

Als Lyf fertig war, banden Männer aus dem Dorf jeden der Toten an einem hohen Holzgerüst fest. Die Gerüste konnte man an den Enden anheben und kippen. Auf diese Weise fielen die Toten mitsamt den Stützen mitten ins Feuer. Zuerst wurden die Männer eingeäschert. Als die Körper Feuer fingen, wurden Schreie laut und Gaben in die Flammen geworfen.

Dann wurde der Leichnam der jungen Frau hoch über die Köpfe der Menge gehoben, durch die ein großes Wehklagen ging. Das Gerüst überschlug sich und krachte ins Feuer, Funken stoben auf, Flammen züngelten hoch. Plötzlich konnte man am Rande des lodernden Feuers eine Bewegung ausmachen: Einer der jungen Männer aus dem Nachbardorf – derjenige, der um seine Liebe getrauert hatte –, rannte los und warf sich in die Glut. Er klammerte sich am Gerüst fest, während sein Haar Feuer fing. Im Nu brannte er lichterloh und zerfiel schließlich neben den Überresten der Frau, die er geliebt hatte, zu Asche.

Die ersten Sonnenstrahlen drangen in die Lichtung. Nach und nach verließen die Menschen den Ort der Einäscherung und machten sich auf den Heimweg. Man würde das Feuer so lange brennen lassen, bis es ganz erloschen und die Asche kalt geworden war. Dann würde man die Asche aufsammeln, in den Wald bringen und dort verstreuen.

Viti ging zu Bett, merkte aber bald, daß er keinen Schlaf finden würde. Angus war schon im Bett, er schlief auf dem Rücken, schnarchte unregelmäßig und schwitzte. Viti nahm an, daß er Schmerzen hatte.

Viti fühlte sich wie losgelöst von jeder Realität. Eine Weile wanderte er durchs Gasthaus. Schließlich verkroch er sich in seinem Lieblingswinkel, im Stall. Er hatte eine Ecke zwischen Hühnerhaus und Schweinestall mit ein paar Heuballen und Säcken ausgepolstert. Hier konnte er sitzen und nachdenken und brauchte keine Angst zu haben, gestört zu werden. Allerdings kam an diesem Tag Bella ausnahmsweise in den Stall herunter. Am frühen Nachmittag traf sie Viti dort schlafend an. Er hatte einen Strohhalm zwischen den Zähnen; an seiner Seite stand ein halb geleerter Bierkrug.

Sie weckte ihn sanft und ließ sich neben ihm nieder. Viti hatte plötzlich schreckliche Angst, Bella sei gekommen, um ihm mitzuteilen, daß er das Gasthaus verlassen müsse. Aber sie lächelte ihm zu, und er entspannte sich.

»Du bist ein seltsamer Mensch«, sagte sie. »Du siehst mehr, als du sagst. Und du denkst mehr, als du aussprichst. Ich dachte, ich komm mal runter und erklär dir, was du vergangene Nacht gesehen hast. Ich dachte, du denkst vielleicht darüber nach.«

»Stimmt«, erwiderte Viti und gähnte verhalten.

»Hast du früher schon mal spirituelles Leben gesehen?« Viti schüttelte den Kopf. »Also das war's jedenfalls, was du gesehen hast. Du hast den Geist der Frau gesehen. Wenn jemand stirbt, bleibt sein Geist noch eine Weile in der Nähe, manchmal tagelang, ehe er weiterzieht.«

»Haben Sie denn auch schon mal so was gesehen?«

»Ja. Ich hab schon viele starre Körper aufgebahrt. Manchmal kann man sogar sehen, wie der Geist im Augenblick des Todes vom Körper aufsteigt. Das ist sehr schön. Als sähe man einer Geburt zu.«

»Verdammt merkwürdige Sache.« Viti dachte einen Augenblick nach. »Haben Sie die Frau auch gesehen?«

»Nein.«

»Oder die beiden Männer?«

»Ich hab keinen von ihnen gesehen.«

»Und Miranda?«

»Sie hat sie gespürt. Mehrmals. Sie wollte sie sehen, aber sie ist noch nicht bereit.«

»Was wird mit ihr geschehen?«

»Mit wem? Mit Miranda?«

»Nein. Mit der Frau, die ich gesehen habe. Mit dem Gespenst. Mit dem ... äh ... Geist.«

»Also gut.« Bella machte es sich im Heu bequem. Die Sache machte ihr Spaß. »Unsere religiösen Vorstellungen sind ein bißchen anders als bei euch Römern. Für uns existiert keine so große Kluft zwischen den Lebenden und den Toten. Das Mädchen wird sich eine Weile in der spirituellen Welt aufhalten. So lange, wie sie das nötig hat. Und dann wird sie wahrscheinlich wiedergeboren werden. Vielleicht hier in der Gegend, denk ich. Könnte sogar in ihrer eigenen Familie sein. Ich weiß, daß Solem und Polly noch Kinder wollen. Vielleicht kommt sie als neue Tochter oder neuer Sohn zurück.«

Viti wußte nicht, ob er lachen oder Bella ernst nehmen sollte. Aber ein Blick in Bellas fein geschnittenes Gesicht sagte ihm, daß Gelächter nicht klug gewesen wäre. Was Viti anging, so war man mausetot, wenn man gestorben war, und das war das Ende der Geschichte. Die Vorstellung, man könne in einem anderen Körper, vielleicht sogar mit einem anderen Geschlecht, wieder zum Leben erwachen, konnte er überhaupt nicht nachvollziehen.

Bella griff nach dem Bierkrug und nahm einen kräftigen Schluck. Sie wischte sich die Lippen ab. »Genug davon. Ich erwarte von dir gar nicht, daß du irgendwas von dem, das ich gesagt hab, glaubst. Ich verlang das auch gar nicht von dir. Mach du dir nur deine eigenen Gedanken. Akzeptier vorläufig einfach, daß wir, die wir hier leben, an so etwas glauben – und das schon seit vielen Generationen. Einverstanden? Und denk über das nach, was du vergangene Nacht erlebt hast. Du hast ein großes Privileg genossen. Du hast eine Bestimmung.« Sie stand auf und strich sich das Stroh von

Rock und Haar. »Wir wollen doch nicht, daß die Leute auf falsche Ideen kommen, oder?« sagte sie und gackerte los. Dann drehte sie sich um und wollte gehen.

»Darf ich eine letzte Frage stellen?« sagte Viti und rappelte sich hoch. »Warum haben Sie mich nach ihrem Gesichtsausdruck gefragt?«

»Eines der schwierigsten Dinge, die ein Geist akzeptieren muß, ist die Tatsache, daß seine physische Gestalt tot ist ... Ganz besonders, wenn es sich um einen gewaltsamen Tod handelt. Der Geist erlebt einen Schock. Manchmal versucht er, alles zu leugnen, und verharrt in Zorn und Groll. Aber sie hat gesprochen, stimmt's?« Viti nickte. »Sie hat mit jemandem gesprochen, der sie liebt, weißt du. Und sie hat ihr totes Selbst angesehen. Das ist sehr wichtig. Sie hat akzeptiert, daß sie dies alles hinter sich hat, deshalb ist sie jetzt frei.«

»Und was passiert als nächstes mit ihr?«

»Kann passieren, daß du's selbst eines Tages herausfindest.«

Viti merkte, daß Bella ihn neckte. »Ja, könnt mir durchaus passieren«, sagte er und ahmte dabei Bellas breiten Dialekt nach. »Danke, daß Sie's mir erzählt haben. Ich schätze, was Sie sagen, ist ganz vernünftig. Das heißt, wenn überhaupt was davon vernünftig ist.«

CORMAC

Nach der Einäscherung blieb Lyf noch ein paar Wochen im Gasthaus und seiner Umgebung. Jeder konnte merken, daß Bella plötzlich mehr Wert auf ihr Äußeres legte und ihr Schritt beschwingter wurde. Manchmal blinzelten sich die Leute hinter ihrem Rücken zu. Das Gasthaus war nicht so gebaut, daß es eine Privatsphäre gab, und diejenigen, die gern lauschten, konnten Lyf und Bella hören, wenn sie geräuschvoll miteinander rammelten. Miranda hörte es, lächelte in sich hinein und fühlte sich davon angeregt. Viti und Angus taten so, als merkten sie nichts.

Eines Morgens war Lyf schon sehr früh auf den Beinen. Als Viti in den Stall hinunterstolperte, um seinen Tagespflichten nachzukommen, stellte er fest, daß Lyf bereits zwei Hühnern die Köpfe abgeschlagen und sie zum Ausbluten in die Zitronenbäume gehängt hatte. Außerdem hatte er ein junges Schwein ausgesucht und es ans hinterste Ende des Stalls getrieben. Es lag zwischen Heuballen, während er es fütterte.

»Pst. Erschreck es nicht noch mehr, als ich's schon getan hab«, sagte Lyf. Er sprach weiter auf das Schwein ein, kratzte es am Rücken und strich ihm über die rauhen Borsten. Gleichzeitig ließ er ein Messer mit schmaler Klinge in seine Hand und dann weiter nach unten, unter den Schweinenacken, gleiten. Mit einer einzigen Bewegung traf er das Schwein zwischen die Schultern, riß die Klinge wieder hoch und schnitt dem Schwein die Kehle durch. Es grunzte nicht einmal. Nur seine Augen zuckten, während es starb.

Lyf fing das Blut in einem Eimer auf, hievte den Kadaver auf ein Gerüst und begann mit dem Ausschlachten.

»Heute abend kommt ein Sänger, der über Nacht bleibt«, beantwortete er Vitis unausgesprochene Frage. »Er reist zur Südküste hinunter. Er heißt Cormac. Hast du schon von ihm gehört?« Viti schüttelte den Kopf. »Unwissende Tölpel seid ihr Römer. Sie haben euch nichts von Bedeutung beigebracht. Na ja, falls wir Glück haben und ihm ein fürstliches Mahl auftischen, können wir ihm vielleicht ein, zwei Lieder entlocken. Aber reservier dir einen guten Platz, falls du zuhören willst. Es wird nur Stehplätze geben.«

Und genauso kam es: Am frühen Nachmittag begann sich das Gasthaus mit unerwarteten Gästen zu füllen. Sie saßen herum und tranken, als sei es ein Feiertag.

Kurz vor Sonnenaufgang tat sich etwas, draußen auf der Straße. Jubelrufe wurden laut. Angus, den man gebeten hatte, ausnahmsweise in der Küche zu helfen, sah durchs Fenster hinaus und bemerkte, wie ein alter Mann mit zerbeultem Hut steif von einem Esel abstieg. Er wurde von vielen Dorfbewohnern umringt, die ihm etwas zuriefen und ihn anfaßten. Auf seinem Rücken hing ein großer schwarzer Segeltuchsack, der offenbar sein ganzes Gepäck darstellte. Er machte eine vage Handbewegung in Richtung der Leute und kam dann, von Lyf gestützt, auf das Gasthaus zu. Und deshalb die ganze Aufregung? dachte Angus und machte sich wieder daran, die angerösteten Steckrüben zu wenden.

Zu Ehren von Cormac wurde tatsächlich ein regelrechtes Festmahl aufgetischt. Das Interessante dabei war für Angus und Viti, daß Cormac ganz allein und schweigend speiste. Alle anderen Gäste wurden vorher abgefüttert, danach wurde die Gaststube aufgeräumt und ausgefegt. Nur ein Tisch blieb darin stehen und wurde in eine Ecke gerückt. Eine feine Tischdecke wurde aufgelegt, die – wie jeder sehen konnte, der einen Blick für solche Dinge hatte – aus irgendeiner pompösen römischen Villa geklaut sein mußte. Der Tisch wurde mit goldenen Platten und Tellern eingedeckt, die aus einem besonderen, abschließbaren Schränkchen hinten im Gasthaus geholt wurden. Angus kratzte sich den Kopf, als er das schwere Geschirr hereintragen half.

»All das nur für diesen alten Kerl. Ist doch Blödsinn.«

»Er ist ein Sänger«, erwiderte Viti, während er dabei half, ein schweres Weinfaß auf einen Bock zu heben.

»Na und? Was ist so Besonderes an einem Sänger? Man bezahlt sie dafür, daß sie für ein bißchen Unterhaltung sorgen. Man könnte meinen, er wäre ein ganz hohes Tier.«

Viti zuckte die Achseln. »Jedenfalls halten sie ihn für eine bedeutende Persönlichkeit.«

Lyf hatte ihr Gespräch mitbekommen. »Er hat mehr als Königswürde. Er ist der gottähnlichste Mensch, dem ihr je begegnen werdet. Seht ihm nur genau zu, ihr beiden, und benehmt euch, oder ich schmeiß euch raus!«

Angus wollte etwas entgegnen, hielt sich dann aber doch zurück und machte sich wieder an die Arbeit. Um seinen guten Willen zu zeigen, montierte er eine besondere Lampe über dem prachtvoll gedeckten Eßtisch.

Nachdem Cormac sich ausgeruht hatte, wurde er feierlich zu dem Tisch in der Mitte des Gasthauses geleitet. Alle anderen scharten sich schweigend um ihn und sahen ihm beim Essen zu. Cormac ignorierte die Blicke geflissentlich. Als erstes kamen Weizenküchlein und Wein, serviert von Bella. Darauf folgte Geflügel in Sauce mit frischem braunen Brot, aufgetragen von zwei Kindern Bellas. Cormac aß mit den Fingern und benutzte das Brot dazu, die Sauce aufzutunken. Nach jedem Gang wusch er sich die Hände und trocknete sie geziert an einer Serviette ab. Angus und Viti fiel auf, daß seine Hände so klein und zart wie Mädchenhände waren, aber so braun, als seien sie mit Gerbsäure befleckt.

Als Lyf den Schweinebraten mitsamt seinen Garnierungen und den leicht angebrannten Steckrüben auftrug, langte Cormac mit großem Genuß zu und zerrte mit den Zähnen am Fleisch. Die Menschen, die ihn umgaben, nahm er kaum wahr. Er hätte genauso gut an einem Wintermorgen ganz allein im tiefen Wald sitzen können. Er nahm so viel Fleisch, wie er wollte, bediente sich an den Saucen und schob das Übrige mit lässiger Geste auf die Versammelten zu. Sofort zerteilte Lyf den Rest des Schweins. Aus der Küche tauchte Miranda mit einem Stapel angewärmter Tonteller auf, wie sie normalerweise im Gasthaus benutzt wurden. Das Fleisch wurde auf die Teller verteilt, dann wurden die Teller herumgereicht, so daß jeder etwas abbekam, selbst wenn es nicht mehr als ein Stück knuspriger Kruste war. Immer noch sprach niemand. Es gab auch frisches Brot, kleine, faustgroße Laibe, und frisch gestampfte Butter. Nachdem Cormac eines der Brote probiert hatte, wurde der Rest weiter gereicht. Zuletzt wurde ein Kuchen serviert, der mit Äpfeln, Nelken und Trockenaprikosen belegt und mit Brandy und Butter überzogen war. Das war der spezielle Beitrag von Miranda (nach einem Rezept der Haushaltsschule von Eburacum), und sie trug ihn auch persönlich auf. Cormac nahm sich ein großes Stück und schob den Rest weg.

»Er kann wirklich reinhaun!« flüsterte Angus Viti zu. »Man könnte meinen, er hätte eine Woche nichts gegessen. Kann ja durchaus sein. Sieht wie eine Vogelscheuche aus, die im Graben genächtigt hat.«

»Pst«, machte Viti. »Paß auf, was passiert.«

Cormac aß den letzten Rest seines Kuchenstücks, wischte sich über die Lippen und rülpste dann ausgiebig. Sofort bot Lyf ihm einen großen Humpen Bier an. Normalerweise hing dieses Gefäß über der Theke. Man nannte es den ›Bardenkrug‹. Er faßte sieben Viertelpinten Bier. Cormac leerte den Humpen in einem Zug und streckte ihn vor, um sich nachschenken zu lassen.

»Sie haben Glück, wenn sie ihm mehr als einen Schnarcher entlocken können, wenn er weiter so viel schluckt«, flüsterte Angus.

»Halt's Maul«, zischte Viti.

Nach einem weiteren kräftigen Schluck stellte Cormac seinen Humpen auf dem Tisch ab und sah sich in der Gaststube um. Genau in diesem Moment kam Miranda wieder herein.

»Willkommen, Mondstrahl«, sagte Cormac. Es waren die ersten Worte, die er seit Ankunft in der Gaststube gesprochen hatte. Im Unterschied zu seinem Äußeren war seine Stimme jung, kräftig und melodiös. Es war eine Stimme, die man in jeder Menschenmenge heraushören würde, eine Stimme, die Aufmerksamkeit erheischte. Miranda wurde rot, als sie merkte, daß aller

Augen auf sie gerichtet waren. »Komm und setz dich zu mir.« Miranda zögerte und begriff nicht ganz, da Cormacs Stimme zwar deutlich war, aber einen merkwürdigen Akzent hatte. »Keine Angst, ich beiße nicht. Na ja, jedenfalls nicht auf eine Art, daß du davor Angst haben müßtest. Oder ist da ein Verehrer mit mehr Hodensaft als Gehirnschmalz, bei dem du lieber sitzen würdest?« Cormac sah sich im Raum um. Sein Blick blieb kurz an Viti und Angus hängen, dann glitt er weiter. Beide hatten das Gefühl, als habe Cormac sie völlig durchschaut, und waren verlegen.

Bella gab Miranda einen Stups, flüsterte ihr etwas zu und deutete auf den leeren Stuhl neben Cormac. Miranda nickte und ging hinüber. Erst jetzt fiel ihr auf, daß Cormac schielte. Ein Auge war auf sie gerichtet, das andere sah zum Kamin hinüber. Als sie näher kam, lüftete er mit schwungvoller Gebärde seinen zerknitterten Hut und enthüllte einen dichten Schopf graugelockten Haars, das rings um seinen Kopf hochstand. Er sah komisch aus. Unwillkürlich mußte Miranda lachen und wurde prompt wieder rot. »Lach nur, Mondstrahl. Nimm einem alten Mann seine Gefühle nicht krumm. Ich bin sowieso bald Futter für die Würmer, und dann könnt ihr euch vor Lachen ausschütten.« Er streckte seine Arme zu den Versammelten aus. »Dann könnt ihr mir alles heimzahlen, was ich euch im Laufe der Jahre an den Kopf geworfen habe.« Miranda setzte sich, Cormac wandte sich ihr zu. »Weißt du, das Alter ist nicht ganz der Himmelssegen, zu dem man es hochgejubelt hat. Je älter ich werde, desto mehr vergesse ich. Wenn ich pinkeln gehe, pinkle ich mir oft ans rechte Bein und mach mir die Stiefel naß. Ich wette, das Problem hast du nicht, oder?« Miranda schüttelte verwundert den Kopf. »Wenn ich mich mit einer jungen Frau im Bett wiederfinde, was häufig passiert, wie ich dir versichern kann, dann ertappe ich mich inzwischen oft dabei, daß ich mehr über Techniken diskutiere, als daß ich sie anwende.« Einige im Publikum lachten. »Siehst du, die haben dasselbe Problem. Das Alter macht uns alle zu Philosophen, aber die Philosophie, wie reizend sie auch sein mag, ist keine Entschädigung für den Verlust des ungestümen Geistes der Jugend. Sag mir, wie kommt's, daß du in dieser Lasterhöhle arbeitest?« Ehe Miranda antworten konnte, sprudelte er schon wieder los. »Wie findest du die Dame Bella? Behandelt sie dich gut?«

»Sehr gut.«

»Freut mich zu hören. Weißt du, vor hundert Jahren, als ich noch jung war und so schön, daß die Weiden um mich trauerten und der Efeu vor Lust die Wände hochging, waren Bella und ich mal ineinander verliebt.« Wieder erhob sich Gelächter im Publikum. Bella schüttelte den Kopf und blickte mit gespielter Fassungslosigkeit zur Zimmerdecke. »Sie hat mir alles beigebracht, was ich weiß. Ehrlich. Vielleicht kannst du's nur schwerlich glauben, aber Bella war früher mal jung und schön, besonders bei Kerzenlicht und nach ein paar Humpen Bier. Zumindest hielt ich sie für schön, und das tu ich immer noch, besonders, wenn ich meine Lesebrille nicht auf habe. Aber das waren noch Zeiten, was Bella?«

»Ja. Besonders, wenn man auf Knoblauch und Honig steht«, antwortete Bella geheimnisvoll.

Cormac fuhr fort, als habe er nichts gehört. »Früher haben wir oft miteinander geschlafen. Wenn wir uns liebten, läuteten im Wald die Glöckchen, und die Pfade waren aus Sonnenlicht. Der Wolf legte sich zum Lamm, die Würmer gaben das Knabbern auf, krochen heraus und räkelten sich im Sonnenschein. Bella schrie dabei immer gern meinen Namen, Beith Cormac, und wenn das geschah, schwangen sich alle Vögel des Waldes mit großem Flügelrauschen in die Lüfte. Und jeder Römer, der vorbeikam, schiß sich vor Angst in die Hose. Früher stimmte sie meine Harfe zu jeder Tag- und Nachtzeit, morgens, mittags und abends. Aber dann kam Lyf mitten aus dem Sonnenuntergang und hat alles kaputtgemacht. Schon damals war er ein geiler kleiner Bock. Roch wie ein Ziegenbock – und sah auch so aus. Versuchte, alles flachzulegen, was sich bewegte. Ich sag dir, in jenen Tagen schützten selbst die herumspazierenden Hühnchen ihre Bürzel mit den Flügeln, wenn Lyf in der Gegend war. Stimmt's, Lyf?«

»Das tun sie heute noch«, rief Lyf.

»Du, mein lieber Mondstrahl, mußt aufpassen und dich vor ihm in acht nehmen. Jedenfalls hieß es Cormac ade, als Lyf am Ort des Geschehens auftauchte. Bella hatte nur noch Augen für ihn.« Alle seufzten in gespieltem Mitgefühl.

»Stimmt ja gar nicht«, rief Bella.

»Und das ist die Geschichte meines Lebens. Und was ist deine?«

Miranda war erstaunt, als sie merkte, daß Cormacs Auge stetig auf ihr ruhte. Die Frage war nicht rhetorisch gemeint. Dieses eine Auge hatte etwas Zwingendes. »Ich nenne dich Mondstrahl, weil du in der Dunkelheit leuchtest, aber du mußt uns erzählen, wie deine Mutter und dein Vater dich genannt haben.«

»Ich wurde Miranda Duff genannt.«

»Ein guter Name, darauf kann man gut reimen. Bluff, Muff, Puff, Suff. Erzähl weiter.«

Mit Hilfe sorgfältig gewählter Stichworte, die Cormac ihr zuwarf, erzählte Miranda. Sie schilderte, wie sie bei Wallace und Eve in Eburacum aufgewachsen war und dann die Haushaltsschule in Eburacum besucht hatte. Stück für Stück zog Cormac ihr die Geschichte aus der Nase. Aber als sie zu den schlimmen Ereignissen in ihrem Leben kam, stockte sie. Gleichzeitig spürte sie beim Erzählen ihrer Geschichte, auch wenn es auf diese öffentliche Weise geschah, eine seltsame Art von Erleichterung. Sie ging nicht in die Einzelheiten, aber vermittelte einen Gesamteindruck, einen kurzen Abriß ihres Lebens. Sie erwähnte Angus.

Cormac sah sich in der Menge um. »Ah ja, das ist der Große, Ungeschlachte da hinten, nicht? Der gerade nach einem weiteren Bier greift.« Angus blieb wie angewurzelt stehen.

Und sie erwähnte Viti. »Da steht er ja«, sagte Cormac und deutete in Vitis Richtung. »Sieht wie ein Frettchen aus, nicht? Ein richtiges römisches Frettchen. Ganz der alte Ulysses. Glaubst du, es gibt für ihn noch Hoffnung?«

Miranda zuckte die Achseln. Und zuletzt erzählte sie von der Flucht aus dem Kampfdom und der Ankunft in Bellas Gasthaus. Sie erwähnte auch, wie gern sie hier weilte.

»Also sind das alle Strophen deines Liedes bis zum heutigen Tag? Sei jetzt still, und schenk mir bitte noch ein Bier ein, falls Angus noch irgend etwas im Faß übriggelassen hat. Und hör zu, was ein alter Sänger aus deinem Lied macht.«

Cormac griff hinter sich und hob den schwarzen Segeltuchsack hoch. Er löste die Spangen und holte ein verfärbtes, aber sauber poliertes Saiteninstrument heraus, das der Form nach einer alten griechischen Leier ähnelte. Er schob seinen Stuhl vom Tisch zurück, feuchtete seinen Daumen an und stimmte rasch das Instrument. Dann stützte er es auf sein Knie, zupfte an den Saiten und probierte ein paar Rhythmen aus. Miranda beobachtete, wie Cormac die Augen schloß und der alte Mann sich während des Zupfens wiegte. Dann klang das Zupfen immer drängender. Plötzlich entlockte Cormac dem Instrument Töne, die süß und traurig klangen und vorwärts trieben. Seine Arme wiegten und hoben die Leier, als sei sie Teil seines Körpers, und er hob zu singen an. Er sang das Lied des Mondstrahls, der auf Wasser fällt, auf den Spiegel eines Teichs, tief im Wald. Die Tiere des Waldes, Bär, Wolf, Hirsch und Wildkatze, kommen zum Wasser, um davon zu trinken. Denn alle Natur weiß, daß dieses Wasser die Kraft besitzt, Heilung und ewiges Leben zu bringen. Fische und Aale steigen aus den Tiefen des Teiches empor und versuchen, sich seine silbrige Schönheit einzuverleiben. Sie versuchen, den Mondstrahl unter die Oberfläche zu zerren, in den Schlamm hinunter, wo das Unkraut wächst. Als sie an der Wasseroberfläche miteinander kämpfen, wird der Teich aufgewühlt und der Mondstrahl in tausend Stücke zerbrochen. Aber schließlich werden die Kämpfer müde, der Teich liegt wieder still da, und das silberhell strahlende Licht erfüllt das Wasser wieder mit seinem wunderbaren Glanz. Das silberhell strahlende Licht erfaßt die kleinen Wellen, die sich kräuseln und davonziehen. Das silberhell strahlende Licht schlägt die Nacht in seinen Bann.

Als der letzte Akkord verklungen war, legte Cormac seine Leier auf den Boden nieder und griff nach seinem Bier. Eine Weile sprach niemand. In ihrer Phantasie waren sie alle dort gewesen, um Mitternacht am Teich im verzauberten Hain, im Herzen des Waldes.

Miranda machte als letzte von allen die Augen wieder auf. »Danke«, sagte sie nur. »Haben Sie das gerade eben erst erfunden?« Cormac nickte. »Es ist so seltsam. Ich war dort. Ich sah mich selbst. Ich sah mein Leben ... mein Leben, wie es bis jetzt gewesen ist ... Können Sie auch die Zukunft vorhersagen?«

Cormac zuckte die Achseln und lächelte. »Dank Brigid und Branwen, nein. Ich weiß nie, was von einer Minute auf die andere passiert. Aber ich hab eine morbide Natur, wie dir jeder bestätigen wird, und bin deshalb auch nie enttäuscht, wenn an einem Sommertag der Regen herunterpißt. Den Optimismus und die Munterkeit überlasse ich den jungen Leuten. Für mich ist das nächste Bier ein wahrer Segen, und ein warmes Bett der Himmel. Aber wenn's am Morgen nur Wasser ist, und am Abend nur ein Bett aus Farnkraut, ist das auch in Ordnung, verstehst du? Worum man sich vor allem kümmern muß, ist, daß einen überhaupt nichts kümmert. Schon gar nicht die Zukunft. Nein, entschuldige, die Musik, ein gutes Lied, sind es schon wert, daß man sich ihrer annimmt, und das gilt auch für dich gutherziges Geschöpf. Wie auch immer: Verzeih mir mein Geschwafel. Ich bin froh, daß dir das Lied gefallen hat.« Er kramte in einer seiner Manteltaschen und zog einen kleinen Holzknorren heraus, durch den eine Schnur gezogen war. »Hier, das ist für jemanden, der sich Sorgen um die Zukunft macht, als Erinnerung an diesen Abend. Es ist ein Harzknorren aus den Wurzeln eines Balsamstrauchs. Trag ihn, wenn du magst. Ich hab ihn im Norden in einer Höhle gefunden, als die Römer vor vielen Jahren hinter mir her waren.« Miranda nahm ihn an. »Jetzt werde ich noch ein paar Lieder singen.« Er befeuchtete die Lippen. »Ich fühle mich in Stimmung für ein bißchen Musik.« Miranda merkte, daß das ein Stichwort für sie war, zu gehen. Sie verließ den Tisch, gesellte sich zu Bella und zeigte ihr den hölzernen Anhänger. Cormac redete immer noch. Er schien strahlend guter Laune zu sein. »Hat jemand von euch Durst?« rief er. Viele der Versammelten nickten. »Also gut, Angus und Lyf werden euch bedienen, nicht wahr, Jungs?« Während sie auf diese Weise beschäftigt waren, langte Cormac in seinen schwarzen Segeltuchsack und holte einige Stöcke, Häute und hölzerne Reifen heraus. Daraus bastelte er mit wenigen Handgriffen eine kleine, flache Trommel, die einen hellen, harten Klang hatte, wenn er sie schlug. Er band sich die Trommel am linken Bein fest und griff wieder nach der Leier. Er stimmte zwei Akkorde an, und alles wurde schlagartig still. Er begann, einen Marschtakt zu klopfen. Cormacs nächstes Lied war alt und sehr beliebt. Er erzählte von einer Schlacht vor vielen hundert Jahren, bei der eine römische Legion von einer Bande von Wegelagerern, die ein Gelage in freier Natur veranstaltet hatten, in die Flucht geschlagen wurde. Das Lied hatte einen im Chor gesungenen Refrain. Dabei mußte man zuerst mit einem

Fuß stampfen, dann mit dem anderen, sich als nächstes an die Ellbogen schlagen und schließlich dem Nachbarn gegen die Handflächen klatschen. Alle sangen den Refrain mit. Viti wurde bei diesem Lied von rauhen Händen nach vorn gestoßen und mußte es ertragen, dabei zu stehen und zuzuhören. Er ließ sich nicht beirren und wich nicht von der Stelle. Das Lied endete mit einem Jubelgeheul, das die Niederlage der gesamten Legion andeutete.

»Habt ihr Römer auch Lieder über uns?« fragte Cormac. »Falls ja, bedien dich.« Er reichte Viti die Leier hinüber. Der nahm sie und wunderte sich über ihr Gewicht.

»Ich weiß nicht, wie man darauf spielt.«

Cormac griff hinüber und zupfte mit seinen starken braunen Fingern an vier Saiten, so daß ein Akkord erklang. Viti versuchte es und empfand die Saiten als steif und hart. Es kam nur ein schwacher Ton. Einige Leute lachten, bis Cormac sie mit einem Blick zum Schweigen brachte. »Jetzt nimm sie hoch«, sagte er. »Sie wird nicht zerbrechen. Sie ist mehr als tausend Jahre alt und wird noch tausend Jahre halten. Sie besteht aus Därmen, Kollodium und Eisen. Halt sie fest. Halt sie wie eine Frau, die du liebst. Und geh kühn mit den Saiten um, so kühn wie mit einer Frau, die du liebst. Zupf sie.« Viti versuchte sich noch einmal an dem Akkord. Jetzt klang er besser.

»Aber ich kenne keine Lieder«, wandte er ein.

»Sing das«, erwiderte Cormac.

> »Ich komme von jenseits der wilden See
> und heiße nicht Cuchulain, sondern Ulysses.
> Mein Lied erklingt, wo ich auch geh,
> selbst unter euren Bäumen, ihr hört es.
> Und tretet ihr auf meinen Schatten,
> so müßt ihr mich vorher bitten –
> singt Viti.«

Viti tat, wie geheißen, und begleitete jede Hebung in der Verszeile mit einem Akkord.

»Du singst wie ein richtiger Kelte«, lobte Cormac. »Damit hast du's ihnen gegeben. Mit Zeit, Geduld, einem langen Leben, starken Handgelenken, einem Gefühl für Rhythmus und neuen Stimmbändern könnten wir aus dir was machen.«

Viti gab ihm die Leier zurück und bemerkte, wie sich das Instrument wie von selbst an Cormacs Schulter zu schmiegen schien. »Jetzt hör dies«, sagte der Sänger. Er spielte mit einer Hand eine Melodie, während er mit der anderen Akkorde schlug, und begann, mit hoher, wohlbeherrschter Falsett-Stimme zu singen.

Als das Lied immer gefühlvoller wurde, sank die Stimme gelegentlich zu einem Winseln ab.

Es war ein trauriges Liebeslied. Es handelte von einem Jungen, der sich nach einem Mädchen verzehrt. Aber das Mädchen ist eine Fee und lebt im tiefen Wald. Nur im Dämmerlicht und in der Grauzone vor der Dämmerung kann sie mit ihm zusammen sein. Eines Morgens hält er sie in einer letzten Umarmung fest, da berührt sie ein Sonnenstrahl. Rasend schnell altert sie vor seinen Augen. Mit jedem ihrer Atemzüge vergeht ein Sommer. Bald darauf ist das, was er in den Armen hält, nur noch Grabesstaub.

Als nächstes folgte ein übermütiges Lied. Cormac sprang auf und vollführte einige komplizierte Hacke-Zehenspitze-Schritte, während er weiterspielte. Er brachte Angus dazu, mitzutanzen. Angus, der immer schon gern getanzt hatte und, angeheitert wie er war, seine Hemmungen weitgehend vergaß, stemmte die Hände in die Hüften, ließ Beine und Füße die ganze Arbeit tun, stampfte und trat im Rhythmus mit und juchzte vor Freude.

»Sieh mal da«, sagte Bella. »Wer hätte das gedacht? Er ist ein Naturtalent. He, ich find's fabelhaft, wie die

Männer tanzen. Das geht mir hier direkt rein.« Und sie schlug sich in die Magengrube.

Andere Männer aus dem Dorf sprangen auf und tanzten mit. Bald darauf entbrannte ein Wettstreit darin, wer am höchsten springen, am schnellsten tanzen und die tollkühnsten Tanzschritte vollführen konnte. Aber einen Sieger gab es nicht. Ein Mann namens Brennar – derselbe hagere Typ, der Viti vor wenigen Wochen gehänselt hatte – verlor das Gleichgewicht, hielt sich an Angus fest, der sich seinerseits an einen anderen Mann klammerte, und sie alle landeten in einem Durcheinander am Boden.

Das führte zu einer Änderung im Ablauf des Abendprogramms. Cormac ging auf die Toilette, und während er weg war, wurde der Tisch entfernt. Statt dessen wurden Stühle und Bänke hereingetragen. Inzwischen waren weitere Männer und Frauen eingetroffen. Die Kinder schafften es, jede kleine Lücke zwischen Beinen, unter Armen und auf Schößen auszufüllen.

»Es ist großartig, Mondstrahl, findest du nicht?« fragte Angus Miranda und hob dabei eine Bank über die Köpfe von zwei alten Frauen, die strickten und sich dabei unterhielten. »So was haben wir in Eburacum nie erlebt. Schätze, Viti sollte sich eine Harfe zulegen. Könnte uns ein bißchen Geld nebenher verschaffen.«

Zwei schwangere Frauen fanden hinten nahe bei der Tür Platz. Miranda hörte sie sagen, sie hofften so sehr, noch in dieser Nacht, nach dem Singen, zu gebären – oder sogar während des Singens, wie eine meinte.

Cormac kam zurück, zog an seinen Fingerknöcheln und klagte, er habe Durst. Er hatte sich umgezogen und trug jetzt ein grün eingefaßtes weißes Gewand. Darunter war sein Oberkörper nackt und enthüllte den prallen Wanst und die magere Brust eines alten Mannes. Trotzdem sah er vital und stark aus. Miranda konnte nicht umhin, sich zu fragen, wie er wohl als junger Mann gewesen war. »Stimmt das«, fragte sie Bella,

»was er von euch beiden erzählt hat? Daß ihr euch geliebt habt, als ihr noch jünger wart?«

Bella prustete los. »Für wie alt hältst du mich? Cormac ist alt genug, daß er mein Großvater sein könnte, vielleicht auch mein Urgroßvater. Genauso wie jetzt hat er schon ausgesehen, als ich noch ein junges Mädchen war. Nein, weißt du, es ist ja gerade eine der Aufgaben des Sängers, die Leute zu necken und ihnen ein bißchen was auf den Deckel zu geben. Er hat nur Spaß gemacht und muß wohl Gerüchte über mich und Lyf gehört haben. Es entgeht ihm nichts, auch wenn er eigentlich die meiste Zeit im Wald verbringt. Wenn er in ein Dorf kommt, darf er alles sagen, was er will. Ob es wahr ist oder nicht. Mit einem Sänger streitet man nicht. Denn Sänger haben immer recht, selbst wenn sie lügen. Falls du verstehst, was ich meine. Das heißt es, ein Sänger zu sein.«

Ehe Miranda antworten konnte, schlug Cormac drei Akkorde an, um die Aufmerksamkeit auf sich zu lenken. »Ich heiße alle Kinder und Neuankömmlinge willkommen.« Dann sprach er mehrere Worte in einer Sprache, die Miranda noch nie gehört hatte. Seine Rede wurde mit einem plötzlichen Beifallssturm beantwortet.

»Was hat er gesagt?« flüsterte Miranda.

»Jetzt kommt ein selten gesungenes Lied. Hast du die Sprache gehört?« Miranda nickte. »Es ist die Sprache des Volkes, das an diesem Ort gelebt hat, ehe mein Volk hierher kam. Es ist die Sprache der Menschen, die die großen Monolithen aufgestellt haben. Hör zu, er übersetzt. Es gibt heute nur noch wenige Menschen, die diese Sprache kennen.«

Cormac schlug drei weitere Akkorde an. »Dieses Lied stammt aus der Zeit der großen schwarzen Gletscher und ist den Tieren gewidmet, die in ihrem Schatten lebten. Es ist ein Jagdlied.« Er schlug einen stetig pulsierenden Rhythmus an, unterstrich die Variationen der

Melodie, die er auf der Leier spielte, mit schnellen, zuckenden Trommelschlägen. Es war kein Lied, wie wir es kennen, sondern eher ein Bittgebet, das sich an die Geister der verschiedenen Tiere richtete. Die erste Anrufung galt einem kleinen Pelztier, das Cormac einen ›Purru‹ nannte. Es hauste in Höhlen in den Felsenausläufern, die die Gletscher bei ihrem Rückzug hinterlassen hatten. Cormac wurde zum Jäger. Er schien den Purru zu rufen und hatte am Höhleneingang offenbar einen Köder ausgelegt. Noch während er den Purru rief, verwandelte sich Cormac in das kleine Geschöpf mit dem blitzschnell huschenden Blick und den flinken Bewegungen. Er blickte sich um, ängstlich und fluchtbereit, und holte sich schließlich den Köder. Als nächstes spielte Cormac den Purru, der geschnappt wird. Anschließend wurde er wieder zum Jäger. Er biß den Purru in den Hals und spuckte Blut auf den Boden. Kaum war das geschafft, brüllte ein großes, behorntes Tier auf der Moräne los und näherte sich dem Becken voller Gletscherwasser. Der Jäger duckte sich. Das Tier bewegte sich schwerfällig, schnüffelte in den Wind und stieß ein schauerliches Gebrüll aus, das tief aus seiner Kehle kam. Es beugte sich nieder, um zu trinken. In diesem Moment wurde Cormac wieder zum Jäger. Er hielt eine Steinschleuder in der Hand, wirbelte sie herum und ließ los. Aber das große Tier warf den Schädel herum und trottete weg, wobei es sein großes Geweih schüttelte. Warum hatte es sich bewegt? Was hatte es aufgescheucht? Der Jäger sah sich um, und tatsächlich, nur wenige Meter vor ihm lauerte eine Wildkatze mit zottigem Pelz und riesigen Fangzähnen. Es handelte sich um eine Shis-Traa (oder so ähnlich). Sie fletschte die Zähne, stieß ein Heulen aus, rückte mit gesenktem Kopf und zurückgezogenen Lefzen vor und wollte angreifen. Und damit endete das Lied. Der Jäger lächelte und strich über den Pelz der Wildkatze, der jetzt *ihn* schmückte.

Diejenigen, die diese Art von Gesang und Pantomime nie zuvor erlebt hatten, war Cormacs Fähigkeit, das Wesen des jeweils beschriebenen Geschöpfes herauszustellen und zu vermitteln, recht unheimlich. Besonders Miranda fand die Erfahrung beängstigend und drehte sich zu Bella um.

»Da bekommst du einen Hauch der alten Welt mit, so wie sie wirklich war. Eine Zeit der Magie, kurz vor der Zeit der Riesen«, sagte Bella mit merkwürdigem Stolz. Offenbar hatte die Begegnung mit der Welt der Frühzeit sie genauso verzaubert wie die meisten Menschen in der Gaststube.

»Woher kennt er solche Lieder?«

»Die werden mündlich überliefert. Cormac ist der letzte in einer Generationenfolge von Sängern. Sie reicht bis in die Zeit zurück, als dieses Land noch mit Gallien verbunden war. Er beherrscht die alten Sprachen. Manche behaupten sogar, daß er die Sprachen der Elfen und Nymphen beherrscht.«

Während die Nacht sich ihrem Ende näherte, folgten weitere Lieder. Als schließlich der Morgen graute, führte Cormac diejenigen, die noch wach waren (und das waren die meisten), nach draußen, auf den Dorfplatz. Dort blieb er am Brunnen stehen und sang einen Segen für das Wasser, das Dorf und alle, die darin wohnten. Er stand genau an der Stelle, an der nur wenige Wochen zuvor das Feuer gebrannt und die Leichen derjenigen verzehrt hatte, die im Kampf gegen das Nachbardorf umgekommen waren. Mit seiner klaren, lauten Stimme sang er ein Lied, das den Geistern der Verstorbenen gewidmet war. Er wünschte ihnen Frieden nach dem Abschied aus dieser zerstrittenen Welt, Freude in der Ewigkeit und einen leichten Übergang, sollte es ihr Schicksal sein, zu dieser Erde zurückzukehren. Dafür erntete Cormac von den Müttern und Vätern der so jung Gestorbenen Tränen der Dankbarkeit.

Danach legte er die Leier endgültig nieder. Das Singen war zu Ende. Einer nach dem anderen machte sich auf den Heimweg. Zuvor wünschten sie Cormac ein Lebewohl und alles Gute für seine Reisen. Sie drängten ihm Geldgeschenke und Kostbarkeiten auf, und Cormac nahm alles mit lässiger Dankbarkeit an. Miranda fiel auf, daß er eine Zeitlang wie ein Riese gewirkt hatte, als er da mitten im Dorf stand, jetzt aber wieder wie ein gebrechlicher alter Mann aussah.

»Darf ich Ihre Leier tragen?« fragte Viti, und sie wurde ihm mit der Ermahnung, sie ja nicht fallen zu lassen, prompt ausgehändigt.

»Hier, stützen Sie sich auf meinen Arm«, sagten Miranda und Angus wie aus einem Mund.

»So eine Gesangsveranstaltung hab ich seit Jahren nicht erlebt«, stellte Cormac fest. »An diesem Ort muß wohl etwas in der Luft liegen. Allerdings bin ich völlig ausgedörrt. Ich könnte einen Fluß leersaufen.«

»Ich renn schon mal voraus und hol Ihnen was zu trinken«, erklärte Miranda und eilte davon.

»Hübsches Mädchen«, sagte Cormac, als sie weg war. »Leichtfüßig und ein kleiner Schlingel, das könnte ich wetten ... Aber das muß ich euch Jungs ja wohl nicht sagen, was?«

Vor dem Einschlafen unterhielten sich Viti und Angus über den Gesang. »Aber dieses Lied«, sagte Angus, »in dem er sich in all diese Tiere verwandelt hat. Das hat mir regelrecht Angst eingejagt. Ich sag dir, Viti, hier geschehen seltsame Dinge. Es geht Seltsames vor. Mehr als du oder ich ahnen.« Viti murmelte irgend etwas Zustimmendes und trieb – im Kopf das Bild einer zottigen, fauchenden Wildkatze – in den Schlaf hinüber.

Es kam ihnen so vor, als seien ihre Köpfe gerade erst aufs Kopfkissen gesunken, als sie ruckartig und mit Herzklopfen wach wurden. Draußen auf dem Gang hörten sie heftiges Zerren und Kratzen und schweres

Atmen wie von einem Panther. Dann wurde die Türklinke niedergedrückt.

Im trüben Licht des Gangs stand eine riesige Gestalt mit großem gebeugten Rücken. Weder Viti noch Angus rührten sich, als sich die Gestalt dem Bett näherte. Es gab einen dumpfen Schlag, als etwas Schweres, Metallisches zu Boden fiel. Dann grunzte die Gestalt, kletterte aufs Bett und ließ sich zwischen Angus und Viti fallen, so daß er sie halb zerquetschte. Das Bett ächzte in lautem Protest, als zwei starke Arme Angus und Viti an die Ränder des Bettes drückten. Die Gestalt atmete tief. Ein lautes Geräusch, das wie ein Knurren klang, in Wirklichkeit jedoch nur ein ganz bescheidener Schnarcher war, ließ die Vorhänge erzittern. Weder Viti noch Angus wagten sich zu rühren.

GWYDIONS RÜCKKEHR

Nachdem Viti zehn Minuten lang mucksmäuschenstill gelegen hatte, entschloß er sich, aus dem Bett zu kriechen. Er bewegte gerade das Bein, als ihm die Hand, die ihn an den Bettrand geschoben hatte, einen plötzlichen kräftigen Schubs gab, so daß er aus dem Bett fiel.

Dasselbe passierte Angus. Sie rollten auf den Fußboden, während die Vorhänge, die sie zum Schutz gegen das Dämmerlicht zugezogen hatten, zurückgeworfen wurden und frühmorgendlicher Sonnenschein das Zimmer durchflutete.

Vor ihnen stand ein goldener Mann. Er war stämmig und so nackt, wie Gott ihn geschaffen hatte, bis auf den Goldreifen um seinen Hals, der wie ein Seil gedreht war und in den funkelnden Köpfen zweier Pferde endete. Seine Gesichtszüge hatten die wilde Intensität eines Geschöpfes, das in freier Natur lebt. Allerdings hätten die hohen Wangenknochen und die klar gezeichneten Brauen auch einem klassischen Helden, einem Jason oder einem Achill, nicht zur Schande gereicht. Haare und Bart kräuselten sich zu Locken in der Farbe blassen Bernsteins. Seine zornigen Augen waren von verhangenem Graugrün, die Brauen so dunkel wie Rabenschwingen. Auf der Stirn war eine kleine Schlange eintätowiert. Die Lippen waren voll und sinnlich. Allerdings wurde jeder Eindruck von Schwäche, den die Lippen hätten vermitteln können, von den Muskeln wettgemacht, die sich deutlich an Hals, Armen und Brustkorb des Mannes abzeichneten. Die verblassten Narben an seinem Körper verrieten den Kämpfer, dem an seiner Schönheit wenig lag.

»Jetzt hört mal zu«, sagte er. »Ich weiß, was ihr beide vorhabt, und hab auch gar nichts dagegen, aber *nicht in meinem Bett*, kapiert?« Er schüttelte sie, während er sprach. »Also regt euch ab. Am Ende des Gangs gibt's ein freies Zimmer, das bestimmt leer ist.« Mit diesen Worten gab er ihnen noch einen Schubs, drängte sie aus dem Zimmer und knallte die Tür zu.

Angus und Viti fanden sich auf dem Gang wieder und sahen sich verstört an.

»Wer ist das denn?« fragte Viti.

»Keine Ahnung«, erwiderte Angus schläfrig.

»Nimm du das Zimmer«, sagte Viti. »Ich bin so müde, daß mir alles egal ist. Ich hab unten einen Platz.« Und mit diesen Worten stapfte er davon.

Im Stall verkroch Viti sich in seinem bequemen Schlupfwinkel. Er machte es sich gerade gemütlich, als er eine Bewegung in den Gehegen hörte. Er blickte hinaus. Eines der Tiere wurde losgebunden. Viti verhielt sich still, als Cormac seinen Esel an ihm vorbei führte. Der alte Mann hatte seine Kapuze aufgesetzt, aber trotzdem kam es Viti so vor, als ähne das Gesicht, das er im trüben Licht ausmachen konnte, mit seinen hellen Augen und den Schnurrbarthaaren einer riesigen Wühlmaus. Der Eindruck war so lebendig und seltsam, daß er kaum zu atmen wagte. Aber dann tauchte Cormac aus dem Stall unten ins Licht des Gartens und war wieder nur ein alter Mann in ausgefranstem Mantel und mit einem schwarzen Segeltuchsack auf dem Rücken. Er schleppte sich mühsam zu dem Tor, das direkt zur Kuhweide im Wald führte. Am Tor blieb Cormac stehen und drehte sich plötzlich um. »Lebwohl, Römer«, rief er leise, aber deutlich vernehmbar. »Irgendwann machen wir wieder ein Lied.« Dann schwang er sich auf seinen Esel, das Tor schloß sich hinter ihm, rastete ein, und er war verschwunden.

Das ist ein starker alter Kerl, dachte Viti, als er sich gemütlich in den Winkel schmiegte. Aber ich hoffe, ich fange nicht an zu spinnen. Er hat nicht länger geschlafen als ... Was für eine Welt ... Mäuse, die singen, und Ratten, die tanzen ...

Oben im Gasthaus wurde schon das Frühstück vorbereitet, obwohl es nur wenige Gäste einnehmen wollten. Auf einem der Tische waren ordentlich Goldmünzen, Ringe und Broschen aufeinander gestapelt. Es waren die Geschenke, die Cormac erhalten hatte. Darauf lag ein Zettel, auf dem stand: *Ein Sänger reist mit leichtem Gepäck oder gar nicht. Seid gesegnet.*

»Was ich nicht verstehen kann, ist folgendes«, sagte Angus zu Viti. Es war Abend und das Wirtshaus voller Gäste, aber die Stimmung gedämpft. Die meisten Leute, die zum Essen hereingeschaut hatten, sahen aus, als seien sie gerade erst aufgestanden und als hätten sie vor, so bald wie möglich wieder zu Bett zu gehen. »Was ich nicht verstehen kann, ist, daß alle einen Kater haben. Ich meine, wir haben doch gar nicht so viel getrunken. Aber ich fühle mich, als hätte ich eine Woche lang eine Orgie gefeiert.«

Brennar, der am Nebentisch saß, lehnte sich herüber. »So ist das immer«, erklärte er. »Das Singen macht einen jedesmal völlig fertig.« Dann widmete er sich wieder seinem Eintopf.

Miranda kam herein. Da kein anderer Platz frei war, setzte sie sich zu Viti und Angus.

»Ißt du nichts?« fragte Angus.

»Hab keinen Hunger«, erwiderte Miranda.

»Selbst Mondstrahlen sollten etwas essen.«

Hinten an der Küche tat sich etwas. Wäre es ein normaler Tag gewesen, hätte es niemand bemerkt, aber in dieser gedämpften Atmosphäre wirkte es laut. Es war Bella, die aufgeregt sprach. »... Und wann bist *du* denn zurückgekommen, du dreckiger kleiner Ausreißer? Ehrlich, du haust eines Morgens einfach ab, tauchst wochenlang nicht auf ... Und keine einzige Nachricht von dir. Verschwendest keinen Gedanken an deine arme alte Mutter. Du bist genau wie dein Vater. Du hättest mich doch wenigstens vorwarnen können. Du bist doch nicht etwa wieder verletzt? Ich hätte dein Zimmer und alles vorbereiten können. Oh, aber es ist so schön, dich wieder hier zu haben, Liebes.« Darauf folgte ein lauter Schmatzer, dann trat Bella in die Gaststube. »Seht mal alle her«, rief sie und strahlte. »Gwydion ist wieder da.«

Gwydion folgte ihr und mußte sich leicht bücken, um ins Zimmer zu kommen. Wenn Angus schon groß war, dann war Gwydion gut zwei Handbreit größer. Er war sorgfältig gepflegt, seine Haar- und Bartlocken wirkten wie ziseliert. Er trug ein einfaches kurzärmeliges Hemd, das er mit einem goldenen Riemen umgürtet hatte. Am Gürtel hing ein Dolch mit spitz zulaufender Klinge, der wie ein Kris aussah. An den Füßen trug er römische Sandalen.

Gwydion winkte in die Runde und wurde von vielen Rufen begrüßt.

»Wie ist es dort oben, im hohen Norden?«

»Hab gehört, du hast eines dieser fliegenden Dinger geklaut und bist damit übers Meer, nach Ägypten. Ist das wahr?«

»Hast du ein paar gute Kämpfe gehabt?«

»Hast du viele Römer umgelegt?«

»Hast du uns Geschenke mitgebracht?«

Gwydion hob wieder die Hände. »Eins nach dem anderen. Im Augenblick bin ich zu kaputt, um zu erzählen. Ich hab's erst vergangene Nacht zur Küste geschafft. Mußte den halben Weg durch die Nordsee schwimmen. Das verdammte Schiff ist gesunken.« Das wurde mit gutmütigem Spott kommentiert. Aber danach ließ man Gwydion in Ruhe.

Bella brachte Gwydion zum Tisch von Angus, Viti und Miranda.

»Dies ist mein ältester Sohn, Gwydion«, sagte sie.

»Wir haben uns schon kennengelernt«, erwiderten Angus und Viti.

»Oh«, sagte Bella überrascht. »Na ja, ich laß euch jetzt allein, damit ihr euch ein bißchen beschnuppern könnt. Aber ich fürchte, ihr Männer werdet für die nächsten paar Wochen in einer Koje nächtigen müssen. Hier wird's voll werden, ein dauerndes Kommen und Gehen.« Während sie sprach, zauste sie geistesabwesend voller Zuneigung Gwydions Haar. »Du bist also gerade rechtzeitig zurückgekommen, mein Junge.«

Gwydion seufzte in gespielter Qual, und Bella eilte geschäftig davon.

Angus sah Gwydion an und hatte dabei widersprüchliche Empfindungen. Nach dem Duschen hatte sich Gwydion die Haut mit aromatischen Ölen eingerieben und roch ... na ja, er roch nicht so, wie ein Mann nach dem, was Angus für richtig hielt, riechen sollte. Außerdem war nicht zu übersehen, daß er geschminkt war. Seine Lippen waren außergewöhnlich rot, seine Augenbrauen dunkelblau nachgezeichnet. »Was glotzt du so?« fragte Gwydion. Es beunruhigte Angus, daß sich die Augen des Mannes bei diesen Worten sofort verdunkelt hatten und seine Stimme leicht herausfordernd klang. Angus hatte genügend Zeit in dieser Welt verbracht, um die Anzeichen von Gefahr zu erkennen.

»Ich glotz nicht, ich schau dich an. Hab dich heute

nacht im Dunkeln und dem ganzen Drumherum nicht richtig erkennen können.«

»Na, dann kannst du's jetzt ja nachholen.«

»Ja.« Angus wandte den Blick ab und wechselte das Thema. »Will jemand noch Eintopf?« Da niemand Nachschlag wollte, nahm er nur seinen eigenen Teller mit, als er aufstand.

Viti nickte Gwydion zu, Gwydion fixierte ihn. »Du bist also der Römerjunge, um den so viel Wirbel gemacht wird. Hab in Gallien von dir gehört. Stoff für eine schöne Geschichte.« Viti nickte und zuckte die Achseln. Er versuchte, Gwydion einzuordnen. Irgendwo hatte er ihn oder jemanden, der ihm ähnelte, schon einmal gesehen. Und dann fiel es ihm ein. Auf seiner großen Reise durch Afrika hatte er Sklaven gesehen, die man wegen ihrer Fähigkeiten als Ringer hielt. Manche hatten auch so golden ausgesehen. Sie hatten gegen speziell abgerichtete Tiere kämpfen müssen, manchmal auch gegeneinander. Allerdings hatten sie Brandzeichen auf dem Arm gehabt. Viti blickte auf Gwydions Arm, aber dort war kein Brandzeichen, nur eine Tätowierung, ein Strudel miteinander verflochtener Muster. Trotzdem war eine Ähnlichkeit vorhanden. Viti konnte sich vorstellen, daß Gwydion viele Geschichten zu erzählen hatte, und fragte sich, wie alt er wohl sein mochte. Mitte zwanzig, schätzte er. Aber älter, weitaus älter, was seine Welterfahrung betraf. Er wirkte so gelassen, so selbstsicher: ein Mann, der sein Leben im Griff hatte. Unwillkürlich spürte Viti einen Anflug von Neid. Wie gern hätte er einen älteren Bruder wie Gwydion gehabt. Jemanden, mit dem er Blödsinn hätte machen können. Jemanden, der ihm hätte helfen können.

Miranda ärgerte sich über sich selbst. Sie saß still und stumm mit niedergeschlagenen Augen da und fühlte sich dumm. Wie Angus hatte sie widersprüchliche Gefühle. Sie sah Gwydions lässiges, gutes Erscheinungsbild, sah die Eitelkeit, die in seinen Locken zum Ausdruck kam, sah den männlichen Stolz des Muskelprotzes und den fröhlichen Blick des Verführers. Eigentlich sollte sie doch immun dagegen sein und es als bloße Schau abtun ... Aber als Gwydion an ihren Tisch gekommen war, hatte sich etwas in ihr gerührt. Ganz tief in ihrem Innern, im dunkleren Teil ihrer selbst. So als sei ein schlafendes Tier erwacht. Es nahm ihr den Atem. Ihr graues, rationales Selbst schrie: Gefahr! Aber ihr intuitives Selbst, älter und erfahrener als ihr Intellekt, wachte auf und öffnete sich. Gwydion machte ihr angst. Sie hoffte, er werde sie nicht dazu bringen, ihm in die Augen zu sehen. Denn sie fürchtete das, was ein solcher Blick in ihr auslösen mochte.

Und Gwydion? Wie schätzte er die Situation ein? Gwydion hatte eine Pferdenatur und tat alles, was er unternahm, mit Leidenschaft – ob in der Schlacht oder in der Liebe. Schon vor langer Zeit hatte er den Versuch aufgegeben, sein Leben bewußt zu steuern. Also hatte er die Freiheit, sich ganz nach seinen Sinnesempfindungen zu richten und sich auf alle Wege und Wendungen einzulassen, durch Licht und Dunkel, durch Zeiten der Gefahr und Zeiten des Friedens. Wenn er Angus ansah, erkannte er einen Mann, mit dem er eines Tages würde kämpfen müssen. Das war ganz unvermeidlich, es war einfach so. Für Viti empfand er Mitgefühl, denn Viti kam ihm wie jemand vor, der mit offener Wunde herumläuft. Und für Miranda empfand er schlichtweg Lust. Gwydions sexueller Appetit wurde nicht durch Schuldgefühle beeinträchtigt, er hatte in seinem Leben schon viele Frauen und viele Männer geliebt.

Als Angus mit seinem Teller Eintopf zurückkam, fand er Gwydion in eine Unterhaltung mit den beiden vertieft. Er schilderte gerade eines seiner Abenteuer, an das die Tätowierung auf seinem Unterarm erinnerte. Es war ein Abenteuer auf dem Meer gewesen. Als er mit den Fingern auf dem Tisch trommelte, hoben und senkten sich die Muskeln an seinem Arm, als ob sich das Meer bewegte. Viti und Miranda lachten beide, denn Gwydion nahm sich mit der Geschichte selbst auf den Arm. Sie handelte von einem schwarzbärtigen Zwerg, der ihn über Bord gestoßen hatte, während ihr zerbrechliches Boot von Haifischen umkreist wurde. Gwydion war, wie er erzählte, von einem Hai in einem Stück verschluckt worden und hatte nur dadurch entkommen können, daß er im Bauch des Haifischs einen Tanz hinlegte, bis diesem schlecht wurde und er ihn auskotzte.

Viti lachte, ihm machte dieser Unsinn Spaß. Miranda merkte, daß sie Gwydion jetzt ansehen konnte. Wenn er lächelte und Geschichten erzählte, wirkte er überhaupt nicht bedrohlich, sondern war einfach nur fröhlich.

»Aber das ist doch alles erlogen, oder?« fragte Angus, als Gwydion zum Ende gekommen war. »Ich meine, diese Dinge sind doch nie wirklich passiert, oder?« Das Schweigen, das darauf folgte, war peinlich.

»Na ja, vielleicht sind sie passiert, vielleicht auch nicht«, erwiderte Gwydion schließlich. »Was soll's? Zu viel von deiner Art Wahrheit belastet eine Geschichte doch nur, macht sie bleischwer. Wer will schon Tatsachen? Das Leben ist nur allzu voll davon.«

»Erzähl noch eine«, bat Miranda mit bewußt warnendem Blick zu Angus hinüber.

»Klar«, sagte Gwydion. »Jetzt kriegt ihr euer Fett. Buchstäblich die reine Wahrheit, kein Wort gelogen, beinharte Tatsachen. Einverstanden?« Miranda und Viti nickten.

»Es war eine dunkle, stürmische Nacht ...«

Und so wurde es später und später. Die Gäste verließen das Wirtshaus und schlenderten nach Hause. Aus der Küche war das Geklapper von Töpfen zu hören, die geschrubbt wurden. Allmählich fanden sich Angus und Viti an den Rand des Gesprächs gedrängt. Gwydion richtete seine Worte mehr und mehr ausschließlich an Miranda, und sie hatte nur Augen für ihn. Angus und Viti murmelten »Gute Nacht«, was mit Nicken beantwortet wurde.

Auf ihrem Weg durch die Küche blieb Angus stehen und untersuchte den Rheostat, der die Energiezufuhr in der Küche steuerte. »Das hab ich erfunden«, sagte er, ohne sich an jemand Bestimmten zu wenden und ohne ersichtlichen Grund.

Als sie in ihr Zimmer kamen, stellten die beiden Männer fest, daß man ein zusätzliches Bett hineingezwängt hatte. Es war bezogen, und Gwydions Sachen lagen sauber gewaschen und gebügelt darauf, so daß klar war, wer einen Anspruch auf dieses Bett erhob.

Später lagen sie Rücken gegen Rücken gewandt da und starrten in die Dunkelheit. Viti fühlte sich von seinen Gefühlen hin- und hergerissen, ohne daß er sie irgendwie benennen konnte, um sie sich von der Seele zu reden. Da er Miranda gegenüber gesessen hatte, war ihm der verträumte, gedankenverlorene Ausdruck auf ihrem Gesicht und ihr bereitwilliges Lachen, als sie Gwydion zuhörte, nicht entgangen. Sie wirkte wie eine andere Frau. Gleichzeitig konnte er es Gwydion nicht verübeln, denn er fand ihn anziehend, charmant und witzig. Also lag Viti schweigend da und rührte sich nicht.

»Falls er ...«, sagte Angus schließlich und brach ab.

»Falls er *was*?«

»Falls er mit ihr im Bett ist ...« Eine weitere Pause.

»Wirst du *was* tun?« Eine noch längere Pause. Dann wechselte Angus das Thema, da ihn inzwischen ein ganz anderer Gedanke beschäftigte.

»Trotzdem ist er offensichtlich ...«

»*Was?*«

»Vom anderen Ufer. Ein Schwuler. Ein Homo. Eine Schwuchtel. Eine Tunte. Die Art, wie er sich anzieht. Das Ding sieht wie ein Rock aus. Und er duftet wie eine

Hure. Und hast du gesehen, daß er Lippenstift aufgetragen hat? Ich hätte gute Lust, ihn zu ...«

Pause.

»*Was?*« Keine Antwort. »Hör mal zu«, sagte Viti schließlich und stützte sich auf einen Ellbogen. »Entweder das eine oder das andere ...«

»Könnte wetten, daß er beides macht.«

»Halt's Maul. Wenn er wirklich schwul ist, was ich bezweifle, dann hat er mit Miranda einfach nur Spaß. Wenn er *nicht* schwul ist ..., dann können wir nicht viel tun, denk ich.«

»Wir könnten uns zusammen auf ihn stürzen. Die Scheiße aus ihm herausprügeln.«

»Und dann *was*?«

»Das reicht für den Anfang.«

»Oh ja. Also, ich halt dir gern den Mantel, wenn es dir nichts ausmacht.«

»Hast du nur ein bißchen Schiß oder die Hosen schon gestrichen voll?«

»Nein, aber ich hab mehr Grips als du zwischen den Ohren. Ich meine, du kannst ja gern zu ihm gehen und sagen: Hör mal zu, du blöde Schwuchtel, laß deine diebischen Hände von Miranda, oder ich schlag dir die Sahne aus den Töpfchen. Ich bleib in der Nähe und helf dir dann, deine Zähne aufzusammeln, ja? Ich meine, er wird dich, verdammt noch mal, umbringen. Diese Narben an seinem Körper sind doch keine Knutschflecken.«

»Na, aber wir müssen doch was unternehmen.«

»Weshalb?«

»Weil wir's tun *müssen*, darum. Es macht mich wahnsinnig, wenn ich daran denke, wie er seine dreckigen Hände und Finger ...«

»HALT'S MAUL!«

Es klopfte an die Wand, eine schläfrige Stimme von nebenan ermahnte sie, mit dem Lärm sofort aufzuhören.

Einen Augenblick lang lagen sie schweigend da, dann flüsterte Angus: »Ich geh pinkeln.«

Auf Zehenspitzen schlich er durch den Gang. Als er zurückkam, wisperte er: »Sie sind noch auf. Bella ist auch da. Quatschen immer noch.«

»Geh schlafen«, erwiderte Viti. »Heute nacht kannst du sowieso nichts mehr unternehmen. Akzeptier's.«

»Pah.« Angus wälzte sich auf die andere Seite.

Minuten später hörten sie ein Trampeln auf dem Gang, ihre Tür ging auf. »Gute Nacht«, rief Gwydion.

»Gute Nacht«, antwortete Miranda. Sie hörten das schnelle Trappeln ihrer Füße, als sie den Korridor hinunter zum Durchgang lief, der zu ihrem Zimmer führte.

»Steh also beizeiten auf, mein kleiner Gwydion«, hörten sie Bella in Bühnengeflüster sagen. »Es müssen Zäune repariert werden, und wir brauchen einen neuen Entwässerungsgraben. Du kannst dem jungen Viti beibringen, wie man eine Säge bedient.«

»Zu Befehl, Madam.«

»Aber willkommen zu Hause, Sohn.«

Ein lauter, mütterlicher Kuß war zu vernehmen, dann schloß sich die Tür. Schwacher Lichtschein erhellte das Zimmer. »He, ihr beiden Schwuchteln, lebt ihr noch?« Er trat gegen ihr Bett. »Kommt schon, ihr seid hier nicht in Rom, wißt ihr. Ihr seid in der wirklichen Welt. Schlafen könnt ihr morgen noch. Seht mal, was ich hier habe.«

Angus und Viti blinzelten ins Licht. Beide taten verschlafener, als sie wirklich waren. Gwydion kramte in dem Sack mit seinen Besitztümern. Er holte ein Paar goldener Kerzenleuchter heraus, die in Silber gehämmerte kleine Skulptur eines Pfaus mit hängendem Gefieder, eine Sammlung goldener Löffel und Messer, Schmuck, ein Paar Schlagringe mit heimtückischen Stacheln und drei Kelche aus blank poliertem Silber. Schließlich stand er auf und hielt eine schwarze Flasche hoch. »Versucht den mal. Römischer Rotwein, Jahrgang achtunddreißig. Ich hoffe, er ist nicht zu sehr durchgerüttelt. Der war eigentlich für den Tisch des gallischen Präfekten bestimmt, aber ich habe ihm zur Freiheit verholfen.« Er zog den Korken mit einem Knall heraus. »Also, auf die Toten«, sagte er und goß den Wein in die Kelche.

Angus trank schnell, er stürzte den Wein regelrecht hinunter.

Viti nippte daran und schluckte dann bedächtig, er wußte den Wein zu schätzen.

Gwydion behielt den Wein so lange im Mund, bis Tropfen in seinen Bart rannen, dann schluckte er und atmete genüßlich aus. Er riß das kleine Zimmerfenster auf und spähte in die schwarze Nacht. »Na, ist das ein Weinchen?« fragte er.

Das zweite Glas brachten sie alle schnell hinunter.

Für Viti war es ein seltsames, aufregendes Erlebnis, mitten in der Nacht im Bett Wein zu trinken. Es kam ihm so vor, als sickere der Wein durch seinen ganzen Körper und färbe ihn rot. Der Wein machte ihn fröhlich. Er dachte darüber nach, wie sehr sich sein Leben seit den Tagen an der Militärakademie von Eburacum verändert hatte. Er küßte seine geballte Faust, als wolle er das Schicksal herausfordern, und lachte ohne besonderen Grund.

Angus spürte, wie der Wein ihn in den Magen traf, abprallte und dann zurück in die Nase und hinauf ins Hirn schwappte. Angus wurde traurig und wollte singen. Aber Gwydion stieß ihn nach unten und drohte ihm, er werde ihm mit dem Arsch ins Gesicht springen, falls er auch nur einen Mucks täte.

Gwydion fühlte sich ... Na ja, Gwydion machte kein Hehl aus seinen Gefühlen, als er den Rest des wohlschmeckenden warmen Weins taxierte.

»Übrigens, diese Miranda ist eine Wucht, was?« sagte er. »Würd sie bestimmt nicht von der Bettkante weisen. Könnte wetten, daß sie's die ganze Nacht treibt, wenn sie die Gelegenheit hat.« Er ließ den Wein im Kelch kreisen, stürzte ihn hinunter und sah zu Viti und Angus hinüber. Sie starrten ihn an, im trüben Licht waren ihre Mienen nicht zu deuten. »Jedenfalls wundere ich mich, daß ihr beide es nicht längst bei ihr versucht habt. Sie schläft doch gleich am Ende des Gangs. Natürlich kann es ja auch daran liegen«, fügte er bedächtig hinzu, »daß ihr einfach nicht interessiert seid.« Er grinste anzüglich.

»Jetzt hör mal zu, Gwydion«, sagte Angus, den der Wein mutig gemacht hatte. »Ich will dir ein- für allemal sagen, daß wir keine ...«

In diesem Moment warf Gwydion ein Kissen nach ihm und brachte ihn aus dem Gleichgewicht. »Erzähl's doch den Griechen«, erwiderte er, langte nach oben und löschte das Licht.

So endete der erste Tag nach Gwydions Rückkehr.

Aber wir wollen Miranda nicht vergessen. Sie lag im Bett und fragte sich, ob sie wohl immer noch das seltsame, moschusartige Parfüm in der Nase hatte, das Gwydion ausströmte. Er hatte ihr beim Höhepunkt einer seiner Geschichten den Arm um die Schulter gelegt und sie an sich gedrückt. Sie überlegte, was sie tun würde, falls sie ihn nachts in ihr Zimmer kommen hörte. Würde sie schreien, um Bella aufzuwecken? Würde die Ahnfrau über dem Türsims sie schützen? Miranda fragte sich, ob sie die Tür abschließen sollte, und stand sogar auf. Aber dann hielt sie das für verrückt. Schließlich war Gwydion Bellas Sohn, sicher würde er sich nicht in dieses Ende des Gasthauses verirren ... Es sei denn, er hatte wirklich den absoluten sexuellen Notstand und fühlte sich einsam. Und sie konnte sich weder vorstellen, daß er sexuell ausgehungert war, noch daß er sich einsam fühlte.

Und dann merkte sie in der plötzlichen Selbsteinsicht, zu der wir Menschen alle gelegentlich neigen, daß es genau umgekehrt war, daß sie *selbst* es war, die sich sexuell ausgehungert und einsam fühlte. Sie wälzte sich herum und wiegte sich hin und her. Wie sehr sie sich wünschte, die Arme dieses Mannes an ihrem Körper zu spüren. Sie gab ihrer Phantasie nach. Sie dachte an Gwydions breiten Brustkorb und an die Schlange, die an seiner Stirn eintätowiert war. Wie schön wäre es, die Schlange zu küssen. Ihr wurde bei ihren eigenen Gedanken heiß. Als sie schließlich in den Schlaf hinüberglitt, fühlte sie sich köstlich und warm und glücklich und traurig und irgendwie im Frieden mit ihrem eigenen, tieferen Selbst.

Gwydion und Miranda

Am nächsten Morgen merkten Angus und Viti beim Aufwachen, daß Gwydion schon fort war und auch die goldenen und silbernen Kostbarkeiten verschwunden waren. Mitten am Vormittag kehrte Gwydion zum Gasthaus zurück. Er hatte seine Kriegsbeute bei einem der Metallschmiede des Dorfes verschachert. Allerdings fiel sowohl Viti wie auch Angus auf, daß Miranda jetzt einen silbernen Anhänger mit einem schönen purpurroten Stein trug.

Als Gwydion später am Tag hinausging – er wollte beim Flottmachen eines neuen Lastkahns helfen, der am Flußufer nahe beim Dorf zusammengezimmert worden war –, führte sein Weg ganz zufällig durch die Küche, und genauso zufällig war Miranda gerade da und auch nicht zu beschäftigt, um ihn zu begleiten. Angus entschloß sich, einen Baum zu besteigen. Viti entschied sich dafür, den Schweinestall auszumisten.

Am Flußufer gesellte sich Miranda zu einigen Frauen des Dorfes. Sie sahen zu, wie das Mannsvolk den Lastkahn zur Gleitrampe hievte, die Bremskeile wegschlug und das Boot zu Wasser ließ. Als der Kahn auf dem

Wasser aufschlug, sprangen sie Hals über Kopf über Bord ins Wasser und schwammen johlend und kämpfend zum Ufer zurück.

»Wo sind Angus und Viti?« fragten die Frauen. »Weiß ich nicht«, antwortete Miranda und fügte in Gedanken hinzu: »Und es interessiert mich auch gar nicht.«

Am Abend wurde am Flußufer ein Picknick mit Musik und Tanz veranstaltet. Als vom Fluß her Kühle und Feuchtigkeit heraufzogen, wurden Feuer entzündet. Klar, daß jetzt Geschichten erzählt werden mußten. Miranda saß nahe bei Gwydion, während er von seinen jüngsten Abenteuern berichtete. Er war der geborene Geschichtenerzähler. Wenn sie ihre Augen zumachte, konnte sie die Ereignisse sehen, die er schilderte, ob es Wellen waren, die ein kleines Boot zum Kentern brachten, ein Kampf in einem düsteren Bergwerk oder das Gelage in einer Taverne von Athen. Ihr fiel auf, daß Gwydion sich in den meisten seiner Geschichten selbst auf den Arm nahm. Aber er teilte auch Neuigkeiten mit. Die Zuhörer erfuhren, was sich im fernen Gallien tat, erfuhren von der Seuche, die die Schafe befallen hatte, und von der Weinernte, die angeblich die beste seit Jahren war. Außerdem gab Gwydion auch exotisches Seemannsgarn wieder, wie es die Seeleute der Südsee spannen.

Plötzlich war es spät geworden, das Feuer war niedergebrannt. Miranda fröstelte, Gwydion bot ihr seinen Umhang an. Sie blickte weg, als er in die glühende Asche pinkelte, fühlte sich jedoch merkwürdigerweise geschmeichelt, daß er sie nicht mit falscher Galanterie behandelte. Nach und nach verdrückten sich die Pärchen. Unten am Fluß lagen Brennar und einer seiner Kumpel. Beide hatten zu viel getrunken und hielten die Arme umeinander geschlungen.

Gwydion bot Miranda die Hand, sie stand auf. Sie fühlte sich etwas steif.

»Du erzählst wunderbare Geschichten«, sagte sie.

»Was du schon alles gemacht hast! Und wo du schon überall gewesen bist!«

Er lächelte im Dunkeln. »Na ja, da draußen wartet eine seltsame alte Welt. Macht mich schon fertig, wenn ich nur halbwegs kapier, was sich da tut. Komm, ich bring dich nach Hause.«

Sie machten sich auf den Weg, und beim Gehen stießen sie aneinander, und Gwydion legte ihr den Arm um die Schulter, und sie legte ihm den Arm um die Taille. Sie nahmen den Rückweg zum Gasthaus am Fluß entlang und schlenderten über die Weide am Wasser, wo die Kühe schnaufend Gras raupften und laut kauten. Durch das kleine Tor ließen sie sich selbst ein.

Viti war da, er schlief in seiner Kuschelecke. Auf Zehenspitzen schlichen sie an ihm vorbei, die Treppe hoch. Man hatte Brot für den Morgen gebacken, der Duft erfüllte das Haus.

In der Küche küßten sie sich.

»Soll ich heute nacht bei dir bleiben?« fragte Gwydion. Miranda zog ihn an sich und nickte. Sprechen konnte sie nicht.

Auf Zehenspitzen schlichen sie an Gwydions Zimmer vorbei und merkten nichts von Angus, der mit funkelnden Augen und zornig dort drinnen lag, auf jedes Knarren im alten Gasthaus lauschte und tausend Alpträume durchlitt.

In Mirandas Zimmer zogen sie sich rasch aus und waren innerhalb von Minuten unter der Bettdecke.

Miranda fing zu weinen an. Sie konnte sich nicht beherrschen. Sie weinte und wußte nicht, warum, sagte, es täte ihr leid, und weinte noch mehr.

Der verwirrte Gwydion hielt sie an sich gedrückt, spürte die Nässe ihrer Tränen an seiner Brust und wußte nicht wohin mit seiner Erektion.

Er streichelte ihr Haar, küßte ihre Stirn und sagte ihr, sie solle sich keine Sorgen machen, obwohl er gar nicht wußte, warum er das sagte. Er versuchte nicht, sie an intimen Stellen zu berühren, da er irgendwie spürte, daß es falsch gewesen wäre. Er ließ zu, daß sie ihn küßte und sich bei ihm ausheulte. Schließlich murmelte Miranda: »Ich glaub, ich will nicht mit dir schlafen. Es tut mir leid. Macht es dir was aus?«

»Weiß nicht«, antwortete Gwydion. »So lange es dir nur gutgeht.«

»Mir geht's gut. Ich hab nur mit mir selbst zu tun.«

Gwydion nickte verständnisvoll im Dunkeln. »Ach so, deine Mondzeit ist im Anmarsch. Das versteh ich.«

»Nein.«

Verwundert dachte er einen Augenblick nach. Dann: »Fürchtest du ein Baby?«

Sie lachte und schüttelte den Kopf. »Daran hab ich nicht mal gedacht. Aber nein, ich ›fürchte‹ kein Baby.«

»Dann riech ich vielleicht nicht gut, schmecke nicht gut?«

»Du bist wunderbar. Es ist nur ...« Miranda brach ab, sie konnte es nicht erklären. »Bitte halt mich einfach nur nah bei dir.«

Das tat Gwydion. Nachdenklich lag er in der Dunkelheit. Plötzlich lächelte er. »Ach so«, sagte er. »Jetzt kapier ich. Die Göttin ist heute nacht nicht mit dir. Liegt's daran?«

Und Miranda nickte. Gwydion hielt sie eng an sich gedrückt, und sie hielt ihn, und innerhalb von wenigen Minuten waren beide eingeschlafen.

Als sich gegen halb sechs die Vögel bemerkbar machten, wachte Miranda auf und wurde sich des Mannes bewußt, der neben ihr schlief. Sanft küßte sie seine Stirn. Sie spürte sein Brusthaar an ihren Brüsten. Er wachte nicht auf, obwohl sich seine Arme sofort fester um sie legten. Sie sah ihn an und merkte, daß die goldene Kette auf seinem Hals den Abdruck des Seils hinterlassen hatte. Sie küßte seinen Hals und preßte ihre Nase in seine Bartlocken.

Sie legte ihre Arme um ihn und spürte, wie sie feucht wurde, als ihre Hände seinen Unterkörper erforschten.

Er verlagerte seine Stellung. Als sie ihn ansah, fand sie seine grünen Augen weit offen und ernst auf sich gerichtet.

»Ist sie wieder da?« fragte er.

»Ja, das ist sie«, erwiderte Miranda.

Und das reichte.

Schien die Sonne am folgenden Tag heller?

Für Miranda ja, glaube ich, und das auch am nächsten und übernächsten und überübernächsten Tag. Sie wärmte sich innerlich auf. Sie war wie eine Frau, die zu sich selbst gefunden hat. Sie erlangte ihre Jungfräulichkeit dadurch zurück, daß sie lustvoll Liebe verströmte. So lustvoll, daß sie selbst einen alten Rammler wie Gwydion dazu brachte, den Finger auf die Lippen zu legen.

Vielleicht strahlte auch für Gwydion die Sonne heller. Allerdings warf die Leidenschaft diesen seltsamen und höchst leidenschaftlichen Mann kaum jemals aus der Bahn. Er war damit zufrieden, daß er benutzt wurde, und wenn Miranda in ihrer Leidenschaft schrie: »Ich liebe dich, nimm mich!«, tat er sein Bestes, aber er sprach nicht dabei. Denn Gwydion hatte eine ganz bestimmte Vorstellung von seinem Leben. Er hielt sich für einen Diener, nicht für einen Herrn, auch wenn er nicht wußte, *wem* er diente. Er stellte sich vor, daß er vielleicht dem Leben selbst diente. Bei allem, was geschah, wußte er tief drinnen, daß Miranda ihn hinter sich lassen und weiterziehen würde und daß es sehr bald geschehen würde. Er wußte es mit der Gewißheit eines Mannes, der sich mit sich selbst auskennt und diesen

Pfad schon viele Male beschritten hat. Manchmal fragte sich Gwydion, ob er wohl je eine Gefährtin oder einen Gefährten finden würde, mit der oder mit dem er einfach er selbst und aufrichtig sein konnte – und für immer zusammenbleiben. Zwar wünschte er es sich, aber er hatte seine Zweifel.

Für Viti und Angus schien keine Sonne. Wenn Gwydion nachts zurück in sein Bett kroch, nachdem er mit Miranda gebumst hatte, hörten sie ihn Gebete zu irgendwelchen Gottheiten murmeln, die er verehrte, und seufzen: »Was für eine Frau. Teufel noch mal. Sie ist phantastisch. So was von phantastisch! Pfuhhh.« Dann streckte er sich, furzte, klopfte sein Kissen zurecht und fiel schließlich in den tiefen Schlaf der Unschuldigen und Gerechten. Und hörte nicht das Knirschen der Zähne und nicht das Ächzen mühsam bezähmter Wut.

So nahm das Leben im Gasthaus neue Formen an.

Lyf zog weiter. Er behauptete, er müsse sich hoch oben im Norden um bestimmte Angelegenheiten kümmern.

Gwydion, Angus und Viti arbeiteten tagsüber zusammen an einem Anbau zu Bellas Gasthaus. Gwydion brachte ihnen bei, wie man Flächen ausmißt, sägt, einen guten Holzbalken erkennt und Dachschindeln festmacht. Außerdem gruben sie Entwässerungsgräben und besserten Zäune aus.

Bella war nach Lyfs Abreise eine Weile nachdenklich, aber innerhalb von zwei Tagen kehrten ihre Lebensgeister zurück. Außerdem war das Gasthaus ja auch jede Nacht so gut wie ausgebucht, und das bedeutete mehr Wäsche, mehr Vorräte, Mehraufwand an Buchhaltung und mehr Stunden in der Küche. »Wenigstens hält einen das jung«, sagte sie zu Miranda, während sie in einem der Kochtöpfe rührte. »Die Arbeit, mein ich. Jedenfalls sagt man das.«

ROSCIUS, DER ABTRÜNNIGE RÖMER

Unter denen, die nur kurz im Gasthaus blieben, aber das Leben ausgefüllt und interessant machten, war ein Mann namens Roscius. Er kam eines abends ohne Voranmeldung an und hatte Leibwächter, Diener und Schüler in seinem Gefolge. Sie belegten alle noch freien Zimmer, manche der Schüler mußten sogar auf den Tischen in der Gaststube schlafen. Roscius traf aus gutem Grund ohne Vorankündigung ein. Die Römer fahndeten nach ihm, deshalb hielt er seine Schritte geheim.

Roscius war ein Römer, der aus der Oberschicht stammte. Er war ein Intellektueller. Kurz nachdem ihm sein Erbe zugefallen war, hatte er seine Stellung niedergelegt und war in die Wälder geflohen, um sich den Waldleuten anzuschließen. Ehe er diesen drastischen Schritt vollzogen hatte, war er so umsichtig gewesen, Gold und Silber beiseite zu schaffen und seine Ländereien treuen Händen anzuvertrauen. Roscius hatte nicht die Absicht, ein ärmliches Leben zu führen. Er wollte das gute Leben führen, das seine Vorfahren in jenen Tagen genossen hatten, als die römische Zivilisation noch blühte und sich ausdehnte und Latein die Sprache der Poesie, Gelehrsamkeit und des Geistes war. Nachdem er eine Zeitlang umhergezogen war und die berühmten historischen Stätten Britanniens besichtigt hatte, war er seßhaft geworden und hatte eine prächtige Siedlung nahe bei der geheimnisvollen kleinen Stadt Stand Alone Stan errichten lassen. Dort hatte er seine Bibliothek aufgebaut und seine Druckerpresse aufgestellt. Denn Roscius war ein Historiker, ein Sozialphilosoph und vor allem ein Pädagoge. Seine Bücher waren subversiv. Innerhalb des römischen Herrschaftsbereichs galt der Besitz eines seiner Bücher als Kapitalverbrechen. Trotzdem machten seine Bücher die Runde.

Was hatte Roscius dazu gebracht, Rom und die römische Lebensweise abzulehnen? Na ja, um das zu verstehen, müßtet ihr sein erstes dünnes Bändchen mit dem Titel *Ketten* lesen, das mit den unsterblichen Worten beginnt: *Der Mensch ist überall frei geboren. Aber er lebt überall in Ketten.* Als Student der Geschichte hatte er schnell begriffen, daß das römische Heer, wo immer es entlang gestapft war, Kulturen – möglicherweise ganz wunderbare Kulturen – unter seinen Stiefeln zermalmt hatte. Wo andere seiner Schicht nur den Glanz der Eroberung sahen, sah Roscius nur unnütze Unterdrückung. Das brachte ihn dazu, seine *Ode an die Freiheit* und seine traurige Ballade zur *Hinrichtung eines Freidenkers* zu schreiben.

Während Roscius diese idealistischen und utopischen Werke schrieb, konnte er die Tatsache nicht außer acht lassen, daß Herrschsucht und Machtstreben offenbar der Menschheit eigen sind. Er machte dafür die sozialen Bedingungen und die patriarchalische Ordnung verantwortlich, die – mangels jeder natürlichen Autorität – ihren Herrschaftsanspruch auf Gewalt gründet.

Seine Forschungen brachten ihn dazu, eine Theorie der individuellen Freiheit auszuarbeiten, in der er alle bürgerlichen Gesetze und Glaubenssysteme zurückwies. Wie er in seinem Pamphlet *De Profundis* erklärte, könne *die tief eingebettete moralische Natur des Menschen sich nur dann wirklich entfalten, wenn dieser seine Entscheidungen ganz unabhängig vom Gesetz, von Überlieferungen und von Frömmelei treffen kann.*

Roscius entwickelte auch eine Theorie der Geschichte, nach der der Kampf für individuelle Freiheit letztendlich zum Umsturz aller monolithischen Staaten führen muß. Nach einer Phase des Chaos werde sich eine neue gesellschaftliche Struktur herausbilden und zur Einrichtung eines riesigen Netzes kleiner, interagierender Siedlungen führen. Die Führung der Siedlungen werde bei den Frauen liegen. In Absprache mit den Männern würden sie die wesentlichen Entscheidungen treffen.

Und die Männer?

Nach Roscius' Auffassung sollten sie vor allem die Freiheit haben, nach Lust und Laune umherzuziehen und von allem zu leben, was sich gerade anbot. Vorausgesetzt, die Frauen kümmerten sich um die sozialen Geschicke, vorausgesetzt, jede Machtstruktur, die die Frauen von der Entfaltung ihrer wahren Natur abhielt, war abgeschafft, würden auch die Männer die Freiheit haben, das zu werden, was sie tief im Herzen wirklich seien: Macher, Schöpfer und Helfer. Wer sich einen Mann zum Gefährten wählte, würde bei ihm Intelligenz, Stärke und – vor allem – die Fähigkeit zum Mitgefühl suchen.

Roscius wurde auf einer Trage ins Gasthaus gebracht, die von zwei stattlichen Frauen transportiert wurde. Roscius litt unter einem Geschwür am Bein und konnte es kaum ertragen, einen Fuß auf die Erde zu setzen. Er war von der Reise erschöpft, ihm war übel vor Schmerzen.

Die Frauen trugen ihn in die Mitte der Gaststube, halfen ihm dann auf und führten ihn zu einem großen, bequemen Sessel, den einer seiner Leibwächter hereingebracht hatte. Roscius war nicht groß, aber er strahlte eine ungeheure psychische Energie aus. Sie kam in seinen Augen zum Ausdruck, die groß und blau waren und von einer Minute zur anderen so fröhlich wie ein Sommerhimmel oder so kalt wie Eissplitter blicken konnten. Die fast durchsichtigen Augen saßen in einem freundlichen Clownsgesicht. Er hatte eine große rötliche Nase und war von der hohen, vorgewölbten Stirn bis zum Scheitel völlig kahl. Das hintere Haupthaar hatte die Farbe schmutziger Karotten und stand wie eine Art Fries um seinen Kopf herum hoch, so daß er so aussah, als sei er fortwährend erschrocken. Er hatte schmächtige Schultern, einen Schmerbauch, dünne Beine und große Füße. Er mochte Mitte bis Ende der Fünfzig sein.

»Damit wir uns richtig verstehen: Ich weiß sehr wohl, daß ich nicht schön bin«, hatte er mehr als einmal gesagt. »Die Schönheit überlasse ich denen, die sie nötig haben. Es ist keine große Kunst, einen Mann oder eine Frau ins Bett zu kriegen, wenn du wie die Venus aussiehst oder wie ein Hengst ausgestattet bist. Aber wenn *ich* jemanden lieben will, dann muß ich mich ganz schön ins Zeug legen. Die Schlacht ist heftig, und der Höhepunkt in jeder Hinsicht stürmisch. Aber nach solchen Anstrengungen machen die freudig-erstaunten Augen meiner Geliebten meine Unbeholfenheit mehr als wett.«

Überflüssig zu erwähnen, daß viele Frauen und Männer Roscius unwiderstehlich fanden und es ihm nie an Bettgefährten mangelte, obwohl seine Interessen eher auf ein einsames, akademisches Leben gerichtet waren.

Den angebotenen Wein lehnte er dankend ab. »Ist der Medizinmann namens Lyf in der Nachbarschaft?« fragte er. »Ich bin sicher, er weiß, wie man den Schmerz in meinem Fuß lindern kann.«

»Lyf ist vor ein paar Tagen in den Norden aufgebrochen«, erwiderte Bella.

»Mistkerl. Ich könnte ein bißchen von seinem Zauber brauchen, damit ich es zurück nach Stand Alone Stan schaffe.«

»Vielleicht kann ich helfen.«

»Falls du das kannst, bin ich lebenslang dein Diener. Aber jetzt erstmal Essen und Trinken für meine Bande und Papier und Schreibzeug für mich. Wir werden unser Symposium beim Essen fortsetzen.«

Darauf gab es einigen Protest. Nicht, weil die Leute nicht lernen und diskutieren wollten, sondern weil sie sich Sorgen um Roscius machten, der voll fiebriger Energie und unnatürlich munter war. Schließlich brachte er sie mit den Worten zum Schweigen: »Wenn unser Vater Sokrates weiter lehren konnte, während er den

Schierlingsbecher leerte, dann kann ich ganz bestimmt auch trotz eines verdammten Geschwürs lehren. Betrachtet es mal so: Wenn ich lehre, denke ich. Wenn ich denke, bin ich glücklich. Und wenn ich glücklich bin, vergesse ich den Schmerz. Denken ist das größte sinnliche Vergnügen, das ich mir vorstellen kann. Also bedeutet Lehren meinen Schmerz vergessen. Quod erat Teufel-und-Dämon-strandum. Also, wo waren wir stehengeblieben? Wir haben die Implikationen einiger Werke Lao-tses im Hinblick auf das gegenwärtige Dilemma des Staates Rom betrachtet. Und wir waren uns darüber einig, daß er uns viel Wertvolles zu sagen hat – auch wenn er vor mehr als vierundzwanzig Jahrhunderten schrieb, auch wenn er vielen nicht als politischer Philosoph gilt, auch wenn die Gesellschaft, mit der er sich auseinandersetzte, nicht die Gesellschaft ist, die wir kennen. Daß er uns etwas zu sagen hat, gilt besonders hinsichtlich der Moral und all der zerschlissenen Richtschnürchen, die die Römer ›Ordnung‹ nennen. Laßt uns einmal folgendes betrachten …«

Und so zitierte Roscius Lao-tse und übersetzte aus seinen Werken, während das Essen gebracht und der Wein eingeschenkt wurde.

Während sein Fuß gewaschen und verbunden wurde, sprach er über das Paradoxe. »Der Verstand, der mit der Paradoxie nicht umgehen kann, ist unzulänglich ausgestattet und kann sich der realen menschlichen Situation nicht stellen. Die Paradoxie zerreißt die Nähte aller Klassifikationen, so daß die Wahrheit herausquillt. Hört auf das, was Lao-tse sagt …«

Die Gäste des Wirtshauses, die nicht zu Roscius' Troß gehörten, saßen da und lauschten. Sie wägten die Kraft seiner Argumente ab und saugten Ideen und Worte in sich auf, die sie noch nie gehört hatten. Unter ihnen war Angus. Zuerst hielt er Roscius für bizarr, er sah so schwächlich aus, und seine hohe nasale Stimme klang affektiert. Aber nach und nach hörte Angus zu, und als er zuhörte, faszinierte ihn das alles mehr und mehr. Er mußte sich mit Fragen auseinandersetzen, die er nicht beantworten konnte, die ihm aber wichtig schienen.

»Schließlich«, sagte Roscius, »leugnet Lao-tse ja nicht, daß es eine absolute Wahrheit gibt, aber er hält daran fest, daß der einzige Weg zur Wahrheit über das persönliche Verstehen führt. *Vermeide alle Selbsttäuschung*, sagte er. *Finde deinen eigenen Weg. Halte dein Haus sauber. Entdecke die Seele in allen Dingen.* Wir könnten schlechter fahren.« Und mit diesen Worten schloß er sein Buch. »Irgendwelche Fragen?«

Einige Gäste riefen Fragen. Roscius beantwortete sie und ließ sich auf Zwiegespräche ein, die manchmal komisch waren. Schließlich raffte Angus all seinen Mut zusammen. »Ich hab noch nie von Lao-tse gehört, und ich kenne mich in der Geschichte nicht gut aus. Aber ich kann dem nicht zustimmen, was du über die römische Ordnung sagst – daß sie falsch sein soll. Ich bin in der römischen Welt erzogen worden. Und soweit ich die Dinge verstehe, haben die Römer überall den Frieden gebracht, wohin sie auch marschiert sind. Sie fanden Chaos vor und haben Ordnung geschaffen. So hat man mir das beigebracht.«

Roscius sah ihn mit seinen hellen blauen Augen an. »Also diesen Akzent hab ich hier nicht erwartet«, sagte er. »Ich hab jahrelang niemanden so wie dich sprechen hören. Woher kommst du?« Und in Latein fügte er hinzu: »Bist du ein entflohener Gefangener aus dem Straflager Caligula?«

»Kümmer dich nicht darum, wer ich bin oder woher ich komme. Beantworte meine Frage.«

Roscius zuckte die Achseln. »Ich kann deine Frage beantworten«, erwiderte er. »Aber ich frage mich, ob du meine Antwort auch aufnehmen kannst.«

»Versuch's mal mit mir.«

»Einverstanden. Was ist besser: Reisen oder ankommen?«

Angus dachte einen Augenblick lang nach. »Das versteh ich nicht«, antwortete er schließlich.

»Alos, laß mich dir etwas erklären. Bei allem, was zählt, gibt es so etwas wie eine Ankunft überhaupt nicht. Es gibt nur die Reise. Aber die Römer wissen das nicht. Sie sind vom Fortschritt besessen, sie sind besessen davon, dorthin zu gelangen und immer höhere Stufen des Erfolgs zu erreichen. Aber sie gelangen nie irgendwo hin. Nur wenn du damit aufhörst, dir Sorgen um irgendeine Ankunft zu machen, beginnst du zu reisen. Leuchtet dir das ein?«

Angus schüttelte den Kopf. »Klingt eher wie irgendwas von diesem Lao-wie-hieß-er-doch-gleich.«

»Einverstanden. Versuch's hiermit: Warum baut man gerade Straßen?«

»Um dorthin zu kommen, wo man hin will. Auf dem schnellstmöglichen Weg.«

»Genau. Also gut. Zeig mir eine gerade Strecke in der Natur. Es gibt keine. Gerade Strecken sind eine Abstraktion. Genau wie die römische Ordnung. Gerade Strecken sind eine künstlich auferlegte Bürde, genau wie die römische Ordnung. Der Preis der römischen Ordnung ist der Tod des menschlichen Geistes. Wenn die Menschen anfangen, mit Hilfe von Abstraktionen zu leben, beginnen sie schnell auszutrocknen.«

»Nichts als Worte«, erwiderte Angus, als wolle er sich darüber lustig machen, und stand auf.

»Sehr wohl«, antwortete Roscius. »Worte sind so ziemlich die einzigen Dinge, die wir haben, um die Tiefe unseres Bewußtseins auszuloten. Worte ermöglichen uns das Denken.«

»Also, ich brauch deine Worte nicht. Ich kann eigenständig denken.«

»Vielleicht kannst du das. Vielleicht auch nicht. Aber ein weiser Mensch hat keine Angst, seine eigene Unwissenheit einzugestehen. Der Tag, an dem du wirklich eigenständig zu denken beginnst, ist der Tag, an dem deine Reise begonnen haben wird, und du wirst es unweigerlich merken. Gute Reise, Fremder.«

Daraufhin verließ Angus die Gaststube. Er war wütend und verwirrt. Dieser Roscius war schlauer, als ihm selbst guttat. Angus hätte ihm gern einen Schlag verpaßt. Aber gleichzeitig wußte er, daß Roscius gar nicht versucht hatte, ihn herabzusetzen oder fertigzumachen. Warum war er dann so wütend? Plötzlich wurde ihm klar, daß er deshalb wütend war, weil er sich Roscius nicht gewachsen fühlte. Er hätte bei diesem Spiel mit Worten und Ideen gern mitgemacht. Er wollte leidenschaftlich gern denken. Fragen stürmten auf ihn ein. Warum war er in ein Wortgefecht geraten? Warum hatte er nicht einfach still dagesessen und zugehört? Warum, zum Teufel, hatte er versucht, die römische Ordnung zu verteidigen? Das war schlichtweg dumm. Er schwatzte nur Dinge nach, die er vor langer Zeit im Kindergarten gelernt hatte. Warum wußte er so wenig? Diese Frage unterbrach schlagartig seinen Gedankengang. Ja, warum wußte er eigentlich so wenig? Er konnte sich kaum an seine Mutter oder an seinen Vater erinnern, aber sie mußten ihm doch irgend etwas beigebracht haben. Er hatte Lesen gelernt, aber Lesen gehörte einfach zur Ausbildung als Mechaniker. Es hatte kaum andere Bücher als technische Nachschlagewerke und die *Tägliche Bürgerzeitung* gegeben. Und hier war dieser Roscius mit Säcken voller Bücher. Bücher, die man lesen konnte. Bücher, in die man hineinschreiben konnte. Alte Bücher mit Texten in schwarzer Tinte. Neue Bücher. Auch Bücher, deren Texte in Sprachen geschrieben waren, die Angus nicht verstand. Sogar die Schüler, die mit Roscius herumreisten, hatten Bücher.

Angus kleidete sich aus. Ein seltsamer Gedanke ging ihm durch den Kopf: »Ob ich wohl ein Buch lesen könnte, wenn ich gar nicht wüßte, um was es darin geht? Ich meine ... Ich frage mich, ob ich ein Buch verstehen könnte, wenn es etwas anderes als die Mechanik behandelte?«

Er stieg ins Bett, legte sich auf den Rücken und verschränkte die Hände unter dem Kopf. »Ich wette, ich könnt's. Ich wette, ich könnt's, verdammt noch mal. Dann hätte ich etwas gegen Roscius in der Hand.« Angus dachte nach. »Roscius – komischer Name. Frage mich, warum er Roscius heißt. Und warum heiße ich Angus? Warum hab ich überhaupt im Kampfdom gearbeitet?« Er seufzte und gähnte. »Teufel noch mal, wenn man erstmal anfängt, Fragen zu stellen, ist kein Ende mehr abzusehen, was?« Und in diesem Augenblick war wie eine Bestätigung seiner Gedanken ein Lachschwall von der Gaststube her zu hören. Dort dauerte die Diskussion immer noch an. »Könnte sogar Spaß machen.«

Am nächsten Morgen machte sich Angus im Gasthaus nützlich. Er half, den Geländewagen zu reparieren, den Roscius benutzte, wenn er durch die Wälder fuhr. Er half den Dienstboten, den Karren wieder zu beladen, und staunte über die Bibliothek, die Roscius offenbar stets mit sich herumschleppte.

Ein Karton platzte auf, so daß einige Bücher heraus und auf den Boden fielen. Eines öffnete sich dabei. Angus hob es auf und konnte natürlich nicht umhin, einige Zeilen zu lesen, wie es alle des Lesens und Schreibens kundigen Menschen instinktiv tun. Es handelte sich um das Ende eines Kapitels. Die Worte stachen ihm ins Auge:

Langfristig gesehen bemißt sich der Wert eines Staates am Wert der Individuen, aus denen dieser Staat besteht. Ein Staat, der seine Menschen in der Entwicklung hemmt, damit sie fügsame Werkzeuge in seinen Händen sind, wird – selbst wenn er ehrenwerte Zwecke damit verfolgt – feststellen, daß man mit klein gehaltenen Menschen in Wirklichkeit keine großen Dinge bewegen kann und daß der perfekte Apparat, dem zuliebe der Staat alles geopfert hat, ihm am Ende gar nicht weiterhilft.

Was bedeutete das? Angus stand einen Augenblick lang da und dachte über klein gehaltene Menschen und Apparate nach. Er fuhr zusammen, als ihm jemand auf die Schulter tippte. Er drehte sich um und blickte zu seiner Überraschung auf die kleine Gestalt des Roscius hinunter. Roscius war herbeigehumpelt und stützte sich auf eine Krücke.

»Was liest du da?« fragte der Gelehrte.

»Keine Ahnung«, erwiderte Angus. »Es ist aus dem Karton gefallen.«

Roscius nahm das Buch und drehte es um. »Ah, Jane Sara Mills *Essay über die Freiheit*. Ein bißchen schwer zu verdauen. Aber sie war ihrer Zeit weit voraus. Schwarze Sklavin, die vor rund fünfhundert Jahren aus Afrika gekapert wurde. Behalte das Buch, wenn du möchtest.«

»Darf ich?«

»*Fiat lux*«, antwortete Roscius mit einem Augenzwinkern. Er nahm einen Füller aus der Tasche und strich seinen Namen auf dem Vorsatzblatt sorgfältig durch. »Was soll ich schreiben? Wem gehört dieses Buch jetzt?«

»Du kannst Angus schreiben.«

»Gut.« *Dieses Buch gehört jetzt Angus. Ich, Roscius, habe es ihm geschenkt*, schrieb er und reichte es Angus. »Und falls du je in die Nähe von Stand Alone Stan kommst, melde dich in meiner Villa. Du hast einen scharfen Verstand, falls der Wortwechsel gestern abend irgend etwas besagt, aber er braucht die richtige Nahrung, nicht den Brei, den man euch im römischen Kindergarten auftischt. Lebwohl.«

Wenige Minuten später waren die Kisten verpackt, die Dienstboten stiegen auf, und Roscius thronte auf seinem Karren.

Die Reisegesellschaft fuhr davon. Angus folgte ihr bis zu dem Tor an der Dorfgrenze und winkte, als sie in die Sonnenflecken unter den Waldbäumen eintauchte. Innerhalb weniger Minuten waren sie seinem Blickfeld entschwunden. Es war so, als wären sie nie da gewesen. Aber das kleine Buch lag fest in Angus' Hand.

An diesem Abend begann er zu lesen, und er fand es schwierig.

DER ÜBERFALL

Der Überfall ereignete sich um vier Uhr nachmittags. Zu der Zeit, in der sich Männer und Frauen nach getaner Arbeit gerade erst zu entspannen beginnen und noch nicht richtig an den Abend denken.

Angus war tief im Wald. Damon und er hatten zusammen die Stromversorgung für das kleine Schulhaus repariert, die ein Sturm beschädigt hatte. Er packte gerade seine Werkzeuge zusammen und dachte an ein kühles Glas Bier (oder auch zwei oder drei), als er das Kreischen hörte. Es war schrill und mißtönend. So ähnlich wie eine Säge klingt, wenn sie auf einen dicken Nagel beißt, oder wie ein Schwein, das weiß, daß es gleich geschlachtet wird.

Damon, der vor Angus den Baum herunterkletterte, blieb wie angewurzelt stehen und schlang den Arm um einen Ast. »Sturmtruppen«, sagte er. »Sie sind im Dorf. Halt du dich da raus!« Dann hüpfte er mit der Beweglichkeit eines Affen den Baum herunter und verschwand. Angus wußte nicht, was er davon halten sollte.

Dann brach die grelle Sirene ab, und ihr Echo schien in der Stille nachzuklingen. Aber ehe sich der Friede des Waldnachmittags wiederherstellen konnte, wurde das Schweigen von einer rauhen, metallischen Stimme zerrissen. Die Stimme brüllte Befehle. Angus konnte die Worte nicht verstehen, aber dann hörte er das Schnellfeuer der kleinen Handfeuerwaffen, die die Frontsoldaten des römischen Heers bevorzugt benutzten. Angus kletterte hastig hinunter und pirschte sich, indem er sich ans tiefe Gestrüpp hielt, vorsichtig an das kleine Dorf heran.

Gwydion und Viti waren gerade dabei gewesen, Abwasserrohre auszutauschen. Es war eine Arbeit, die Gwydion so lange vor sich hergeschoben hatte, bis Bella ihm mit der Kürzung seiner Alkoholration gedroht hatte. Das hatte ihm Dampf gemacht.

Baumwurzeln hatten die Rohre beschädigt, die vom ersten Sammelbecken in der Latrine zum zweiten Becken, dem Klärbecken, führten, was zur Folge hatte, daß eine stinkende Brühe in den Garten sickerte. Um die Rohre zu erneuern, hatten die Männer die hölzernen Abdeckungen über der wallenden Brühe entfernen müssen. In dem sauerstofflosen Raum tummelten sich die Mikroben nur so, so daß sich die Exkremente nach und nach in nützlichen Dünger verwandelten. Um an die Rohre heranzukommen, hatten Gwydion und Viti Bohlen über das Sammelbecken gelegt.

Der Gestank, der mit dieser Arbeit einherging, hätte ein Gorgonenhaupt blenden können. Sie arbeiteten zügig und mit zusammengepreßten Lippen, ihre Nasen hatten sie mit Tüchern geschützt, die sie vorher in Rosenwasser getaucht hatten.

Gerade hatten sie das letzte Rohr eingefügt, einzementiert und in der Erde vergraben, als plötzlich ein greller Ton in ihren Ohren hallte. Es war so, als fahre eine Axt auf sie nieder. Der Krach verursachte Zahnschmerzen. Viti ließ seinen Spaten fallen und schlug sich die Hände an die Ohren. Fast wäre er in die Brühe gefallen. Im selben Augenblick sah man schnittige graue Kampfflugzeuge durch die Äste des Waldbaldachins.

Gwydion erfaßte die Situation sofort.

»Geh da rein«, rief er Viti zu und deutete auf die Bohlen über der Jauchegrube.

Viti sah ihn verwundert an und machte den Mund zu einer Antwort auf.

Gwydion verschwendete keine Worte. Er ballte die Faust und ließ sie in Vitis Kiefer krachen, ehe sich der Mann auch nur umdrehen konnte. Gwydion packte den schlaffen Körper und ließ ihn auf die Bohlen sinken. Dann warf er die hölzernen Abdeckplatten darüber und verschloß sie.

Er bückte sich unter den Türsims der Latrine und schlich zu der Tür, die zu den Klositzen führte. Natürlich war niemand da. Der Gestank verursachte ihm Brechreiz, denn der Abzug, der für Frischluft sorgte, war durch ihre Arbeiten vorübergehend verstopft worden, so daß sich Gase angesammelt hatten. Gwydion ließ die kurzen Hosen herunter, setzte sich und preßte die Handflächen gegen die Ohren.

In diesem Moment glitt der Schatten eines der riesigen Kampfflieger über die Latrine und blieb darüber schweben. Der Lärm der Sirene traf ihn wie ein Hammerschlag. Dann brach die Sirene ab. Gwydion ließ die summenden Ohren los und hörte einen dumpfen Schlag. Soldaten waren auf dem Latrinendach gelandet. Gleich darauf wurde die Klotür eingetreten, die Gestalt eines römischen Sturmsoldaten in voller Kampfausrüstung zeichnete sich im Eingang ab. Er feuerte auf gut Glück ringsum auf die Wände. Gwydion suchte am Boden Deckung. Ein Geschoß streifte seine Schulter und hinterließ dort einen Striemen wie von einem Peitschenhieb.

Ein weiterer Soldat tauchte in der Tür auf. Sie packten Gwydion bei den Haaren, zerrten ihn aus der Latrine hinaus und warfen ihn gegen die Treppe, die zum Gasthaus hinaufführte. Gwydion spürte, wie der Kolben eines elektrischen Schlagstockes hinter seinem Ohr angesetzt wurde. »Wo ist der Römerjunge?« fragte eine

Stimmme. Gwydion murmelte irgend etwas und stellte sich dumm. »Komm schon, Scheißidiot, oder willst du, daß ich dein Gehirn zu Brei zermatsche?« Wieder murmelte Gwydion etwas. Einer der Soldaten trat ihn. »Wo ist Viti Ulysses? Wir wissen, daß er hier ist. Wir bringen jeden von euch um, falls wir das müssen.« Gwydion versuchte, sich zu winden.

»Laß die Fotze den Schlagstock schmecken. Das wird seinem Verstand auf die Sprünge helfen.« Schmerz explodierte in Gwydions Kopf und zwang ihn in Fötalhaltung. Er zuckte unkontrolliert, kehlige Laute drangen aus seinem Mund. Dann ging ein Zittern durch seinen Körper, und er lag reglos da. »Ich hab nicht gesagt, daß du das Arschloch umbringen sollst!« Der Soldat trat Gwydion. »Hast voll Scheiße gebaut! Einen Informanten hopsgehen lassen! Sah jedenfalls wie ein Kandidat aus.«

»Es gibt ja noch weitere.«

Miranda bereitete in der Küche mit Bella und einigen anderen Frauen das Abendessen vor, als die Sirenen losheulten. Miranda sah, wie Bella erst blaß wurde und sich ihr Gesicht dann mit kreideweißen Flecken überzog. »Was ist das …?«

Sie blickte durchs Fenster und sah gerade noch, wie die schnittigen Kampfflugzeuge durch die Baumgipfel rund um das winzige Dorf brachen. Es waren sehr viele, und jedes hatte einen Lautsprecher an Bord, der den Boden mit einem durchdringenden wimmernden Ton überflutete. Als die Flotte in der Luft stehenblieb, öffneten sich an den Seiten Luken, und Seile schlängelten sich herunter. Noch ehe die Seile sich gestrafft hatten, schwangen sich Sturmsoldaten aus den Fliegern und glitten an den Seilen hinunter. Manche feuerten aus kleinen Gewehren, die sie an den Armen festgeschnallt hatten.

Einer der Kampfflieger blieb direkt über dem Garten

des Gasthauses stehen, ungefähr über der Stelle, an der Viti und Gwydion arbeiteten. Miranda sah, wie die Seile herunterkamen und danach die Soldaten in schwarzen Uniformen. Sie schrie und wandte sich um. Im selben Augenblick warf Bella ihr Brennesseln ins Gesicht.

»Reib dich damit ein«, rief sie. »Reib dich mit den Nesseln ein. Fahr dir damit ins Gesicht und über die Arme. Heb deinen Rock hoch, fahr dir über die Beine, fahr dir über die Innenseite der Oberschenkel.«

»Warum ...?«

»Tu's einfach. Die vergewaltigen. Die töten. Sie werden gleich hier sein.«

Miranda tat wie befohlen. Überall an ihrem Körper tauchten die weißen Flecken der Nesselstiche auf.

»Jetzt reib dich hiermit ein.« Bella und eine der anderen Frauen hatten hastig ein Gemisch aus Essig und Kräutern zusammengerührt. »Es wird weh tun, aber mach's.« Während Bella redete, fuhr sie sich gleichfalls heftig mit den Brennesseln über den Körper und spritzte sich Wasser auf Arme und Gesicht.

Die Flecken wurden aschgrau und schwollen an. Miranda stellte fest, daß sie kaum die Finger schließen konnte. Ihr Gesicht spannte und fühlte sich aufgedunsen an. Sie spürte, wie sich ihre Haut aufwarf. Sie blickte rasch in den Spiegel und erkannte ihr eigenes Gesicht nicht wieder.

Von den Straßen her war das Prasseln von Schüssen zu hören. Von unten, wo die Treppe vom Stall zum Gasthaus führte, hörten sie Geschrei, das Splittern von Holz und das Trampeln vieler Füße. Dann wurde die Tür zur Küche aus den Angeln getreten, drei Soldaten stürmten herein. Sie rückten vor, aber als sie die Frauen sahen, blieben sie stehen, und einer von ihnen fluchte: »Verdammte Syphilis-Huren! Also, wo ist der Römerjunge? Sagt's uns, oder wir fackeln eure Spelunke ab, und euch gleich mit!«

Anstatt zu antworten, drängten sich die Frauen aneinander.

Auf dem Herd stand ein Kochtopf mit Suppe. Einer der Soldaten, offenbar der Anführer, trat dagegen, so daß sich die dampfende Brühe über den Boden ergoß.

»Wir finden ihn. Und wenn wir ihn finden, nageln wir euch verdammtes Pack mit den Füßen nach oben ans Kreuz, daß eure Ärsche in der Luft hängen.« Er drehte sich zu einem der anderen Soldaten um. »Du bleibst hier. Laß sie nicht aus den Augen. Und versuch bloß keinen Blödsinn mit denen da.« Dann ging er mit den anderen weg.

Vom Gang her war noch mehr Getrampel und Gelächter zu hören, auf das Schüsse folgten. Der Lärm verriet, daß die Zimmer verwüstet wurden.

Draußen zog Rauch am Fenster vorbei, und man hörte Geschrei.

Angus kam nur langsam vorwärts. Einmal versteckte er sich in einem Dornendickicht und wartete mit angehaltenem Atem ab, bis eine Abteilung schwarzuniformierter Soldaten, die auf das Unterholz einschlugen, an ihm vorbeigezogen war.

In der Nähe des Dorfes angekommen, kletterte er auf eine der riesigen Buchen und konnte von dort aus ins Dorf hinuntersehen. Das Schulhaus brannte. Der Lehrer lag tot auf dem Spielplatz, nahe bei ihm lagen die Leichen zweier Kinder. Auch andere Häuser brannten. Angus sah, wie einige Männer aus dem Dorf, am Hals mit Ketten aneinander gebunden, die Straße zum Dorfplatz hinuntergetrieben wurden.

In welche Richtung Angus auch blickte: Überall wimmelte es von schwarzuniformierten Soldaten. Das Dorf wurde auseinandergenommen. Bettzeug wurde aus den oberen Fenstern hinabgeworfen und landete mit dumpfem Aufschlag auf der Straße. Aus den Türen flogen Möbel und zerbrachen beim Aufprall. Die Razzia, die durchgeführt wurde, war gründlich, und Angus mußte nicht lange überlegen, wem die Durchsuchungen galten.

Angus bemerkte, daß etwa dreißig Kampfflugzeuge am Überfall beteiligt waren. Sie alle waren inzwischen gelandet und hatten die Luken geöffnet. Ein Flugzeug schien als mobiles Gefängnis und Verhörraum zu dienen. Schreie verrieten, daß innerhalb seiner dunkelgrauen Wände gefoltert wurde.

Alles war so schnell gegangen. Angus konnte nicht fassen, was seine Augen ihm verrieten. Als Mechaniker im Kampfdom hatte er die rituelle Gewalt der Schlacht erlebt, aber diese skrupellose Brutalität, diese Freude daran, andere zu verletzen, zu peinigen und auszulöschen, hatte er nie zuvor gesehen. Zwischen den Soldaten, die die Zerstörung des Dorfes durchführten, und dem Personal des Kampfdoms bestand ein Unterschied wie zwischen Tag und Nacht. Angus beobachtete das Geschehen mit einer Mischung aus Zorn und Ehrfurcht, denn in Angus gab es etwas, das auch gern andere Menschen getreten und geschlagen und Häuser niedergebrannt hätte. Aber die Bandenvergewaltigung eines jungen Mädchens, das Angus kannte – sie bediente gelegentlich in Bellas Gasthaus – verursachte ihm Ekel und unbändige Wut. Er wollte Blut sehen, römisches Blut. Sie warfen sie auf eine Tischplatte, die auf der Straße lag, fesselten sie und vergingen sich einer nach dem anderen an ihr, während die schreiende Mutter zusehen mußte. Dann verpaßte ihr einer der Soldaten einen Kopfschuß und ließ sie liegen. Anschließend schoß er auf die Mutter. Aber sie wollte trotz der Wunden einfach nicht sterben, klammerte sich am Körper ihrer toten Tochter fest, heulte und fluchte, bis sie schließlich kopfüber zu Boden fiel und bewegungslos liegenblieb.

Angus kletterte herunter. Er hatte genug gesehen.

In seiner Hosentasche befand sich das Buch, das

Roscius ihm geschenkt hatte. Es schien ihn beim Hinunterklettern in die Seite zu knuffen, als wolle es ihn daran erinnern, nachzudenken.

Viti erwachte und spürte den Geschmack von Blut im Mund. Das angetrocknete Blut hatte sein Haar und die Wange an der Bohle festgeklebt. Er hörte jemanden brüllen, und seine militärische Ausbildung kam ihm wieder zur Hilfe. Der Gestank in der Latrine war schlimm, aber auszuhalten, denn die natürliche Belüftung hatte wieder eingesetzt und blies ihm Frischluft ins Gesicht. Um ihn herum war es stockduster, das einzige Licht in seiner Kammer drang durch die Löcher der Latrinensitze. Auch die süße frische Luft kam von dort.

Viti lag da und lauschte, konnte jedoch die Worte, die gebrüllt wurden, nicht verstehen. Schließlich kamen zwei Soldaten in die Latrine. Einer von ihnen pinkelte in eines der Klolöcher, der Urinstrom spritzte nur wenige Schritte von Vitis Gesicht in die Grube. Die Soldaten unterhielten sich über die Razzia und benutzten dazu das Gossenlatein des einfachen Soldaten.

»Zu spät. Wir hätten hier schon vor einer Woche zuschlagen sollen, sobald wir erfuhren, daß er sich hier draußen versteckt. Inzwischen ist er bestimmt auf und davon.«

»So viel zu der verdammten Prämie. Die ist bestimmt auch auf und davon.«

»Ich hatte gehofft, ich könnte mich von der Armee freikaufen. Irgendwo im Süden ein Stück Land erwerben, vielleicht unten in Spanien.«

»Hoffentlich gibt's heut abend wenigstens ein anständiges Besäufnis. Hast du die Frauen hier gesehen? Teufel noch mal. Alle haben irgendeine Art Syphilis. Steck deinen Schwanz da rein, und er fällt dir ab.«

»Ich hab das Kämpfen satt. Hab das Töten satt. Es hat nicht mehr das ...«

»Hat was nicht mehr?«

»Weiß der Teufel. Aber ich kann dir eins sagen: Wenn ich diesen Ulysses-Jungen in die Hände kriege, schneid ich ihm den Kopf ab. Und ich würd's niemandem erzählen. Ich würd ihn einfach in meinem Kampfgepäck verstauen, bis ich ihn seinem Vater zeigen könnte. Dann könntest du mich lächeln sehen. Eh?«

»Fort ist fort. Hör auf zu träumen. Komm schon, wir gucken mal nach, ob das große blonde Fotzenhirn schon wieder zu sich gekommen ist. Mit dem könnten wir bestimmt ein bißchen Spaß haben.«

Viti konnte nicht ausmachen, was als nächstes geschah. Offensichtlich verließen die beiden Soldaten die Latrine, aber dann hörte er ein Grunzen, einen plötzlichen Schnaufer und ein kurzes, gurgelndes Geräusch.

Das nächste, was er sah, war Gwydions Gesicht, das durch eines der Latrinenlöcher stieß und nach ihm Ausschau hielt.

»Viti. Bist du da?« zischte Gwydion.

»Ja.«

»Gut. Bleib da. Ich hol dich später raus. Hier. Nimm das.« Gwydions langer Arm langte nach unten. Er hielt eines der handbetriebenen Maschinengewehre. »Benutz es nur, wenn es nicht anders geht. Ach richtig, hier hast du ein bißchen Gesellschaft. Scheiße zu Scheiße.« Gwydion hob einen der Latrinensitze an. Kurz darauf glitt ein Körper in schwarzer Uniform mit dem Kopf zuerst in die Jauchegrube. Ein zweiter folgte. Beide Männer waren tot, ihre schlaffen Körper plumpsten in die Scheiße. »Nimm eine der Bohlen und versuch, sie nach unten zu drücken oder nach hinten, in den Tank. Laß sie nicht rausgucken. Viel Glück.«

»Wo gehst du hin?«

»Hilfe holen. Bis später.« Gwydion ließ den Sitz herunter und verschwand.

Der Kommandeur der Sturmtruppen machte Bellas Gasthaus für die Nacht zu seinem Hauptquartier. Er war ein blonder junger Mann Anfang Zwanzig. Er ließ alle Leute, die er im Gasthaus erwischt hatte, Gäste wie Angestellte, nackt vor sich aufmarschieren.

Mit den Füßen auf dem Tisch, in der Hand ein Glas Rotwein, lehnte er sich zurück und hielt ihnen eine Ansprache: »Wir haben Beweise dafür, daß der gesuchte Mann namens Viti Ulysses hier war. Wenn ihr uns sagt, wo er sich jetzt aufhält, laß ich euch gehen. Wenn nicht, kann ich euch versprechen, daß ich einen von euch in dreißig Minuten hier in diesem Zimmer massakrieren lasse. Zwei von euch dreißig Minuten danach. Vier dreißig Minuten später. Und so weiter. Soviel kapiert ihr sicher von Mathematik.« Er blickte auf seine Uhr. »Einigen wir uns darauf, daß es jetzt sechs Uhr ist. Das bedeutet, daß wir, wenn nicht einer von euch Vernunft annimmt, bis – laßt mich nachrechnen ...« – er tat so, als stelle er mit den Fingern einige Berechnungen an –, »... daß wir bis halb eins heute nacht achttausendeinhunderteinundneunzig von euch umlegen. Das ist mehr, als euer ganzes Dorf hat, stimmt's? Einschließlich der Kinder. Also haben wir die ganze Sache vielleicht auch schon um halb elf hinter uns, sagen wir spätestens um elf. Jedenfalls liegt die Entscheidung bei euch.

Jetzt, werte Dame des Hauses, möchte ich essen. Und einen guten Wein. Und du, kleines Schweinsgesicht«, er deutete auf Miranda, »bist wohl eine der geliebten Töchter des Hauses, wie ich annehme. Du wirst das Essen für mich vorkosten.« Er warf einen Blick in die Runde. »Also gut. Hopphopp. Macht schon. Ich hab Hunger. Los!«

Um genau 6.30 Uhr sah der blonde Kommandant von seinem Essen auf und blickte in die Runde der nackten Menschen, die immer noch in der Gaststube herumstanden. Schließlich deutete er auf einen alten Mann. Er war am Vorabend im Gasthaus angekommen und befand sich auf einer Reise in den Norden.

Der alte Mann sah sich um, räusperte sich und spuckte mit erstaunlicher Präzision auf den Teller des jungen Kommandanten. Dann rannte er brüllend und mit vorgestreckten Armen direkt auf einen der Bewacher zu. Er wurde niedergeschossen, aber sein Schwung warf ihn gegen den Bewacher, so daß sein Blut dessen schmucke schwarze Uniform besudelte.

»Ihr seid schon außerordentliche Leute«, bemerkte der Kommandant und stieß seinen Teller über den Tischrand. »Offenbar wißt ihr nie, wann ihr geschlagen seid. Nun, ich werd's euch beibringen. Die nächsten beiden werden an den Füßen mit Draht an den Balken aufgehängt. Es sei denn, einer von euch will reden. Euch bleiben noch, sagen wir ... sechsundzwanzig Minuten. Zumindest *zweien* von euch.« Er sah Miranda an. »Komm schon, Schweinchen. Bring mir einen sauberen Teller.« Er wandte sich den Wachen zu. »Und du«, sagte er zu dem Soldaten, der den alten Mann erschossen hatte, »schaff dieses tote Fleisch raus und wirf es den Schweinen vor.« Er drehte sich zu den anderen Wachen um. »Ihr anderen sucht Draht, je feiner, desto besser, und macht ihn an den Dachsparren fest. Man hat mir erzählt, daß Frauen Schmerzen länger widerstehen können als Männer. Wollen mal sehen, ob das stimmt.«

Die Minuten schleppten sich dahin und vergingen gleichzeitig rasend schnell. Miranda, die in der Nähe des blonden Kommandanten saß, durchlitt Höllenqualen. Sie stellte sich vor, daß jeder sie anstarrte und anklagte. Sie wußte nicht, was sie tun sollte. Sollte sie alles gestehen? Sie suchte Bellas Blick. Bella starrte sie an, als könne sie ihre Gedanken lesen, und schüttelte unmerklich den Kopf.

Um Punkt sieben deutete der Kommandant auf eine der Frauen, die beim Putzen der Zimmer halfen, und auf einen jungen Mann, der ins Gasthaus gekommen war, um sich Essen mit nach Hause zu nehmen.

»Fangt mit der Frau an«, befahl der Kommandant. »Sie soll sich hinsetzen. Wickelt den Draht um ihre Knöchel. So ist's richtig. Zieht ihn fest an. Gut, jetzt zieht sie langsam hoch. Wollen mal sehen, was sie so schwatzt.«

Sie zogen die Frau hoch. Als der Draht sich unter ihrem Gewicht straffte und ihr ins Fleisch schnitt, biß sie sich auf die Zunge.

»Nein, nein. Laßt sie wieder runter.« Der Kommandant winkte gelangweilt ab. Er wandte sich den Versammelten zu. »Ihr könnt auf der Stelle verhindern, daß dies alles passiert, wenn ihr nur eine einfache Frage beantwortet. *Wo ist der junge Ulysses?*« Schweigen. »Warum schützt ihr ihn? Ihr seid ihm in keiner Weise verpflichtet. Er hat Leid über euch gebracht. Und er wird noch mehr Leid über euch bringen, denn damit wir uns richtig verstehen: Die Jagd nach ihm läuft noch, und uns ist es egal, wie viele von euch wir umlegen. Also, kommt schon. Redet mit mir. Rettet dieses reizende Mädchen.«

Vor dem Fenster des Gasthauses sang ein Vogel ein Lied in den frühen Abend. Er flötete so, als spotte er dem gräßlichen Geschehen innerhalb der Mauern. Es war ein freches, jubilierendes Lied. Das Gesicht des jungen Kommandanten hellte sich auf. Er ging zum Fenster hinüber und blickte hinaus, konnte den Vogel jedoch nirgends erblicken.

Einer der Männer im Gasthaus räusperte sich. »Ich werde mit dir reden«, sagte er. Er war ein Experte für die Bearbeitung von Silber, der eine Werkstatt im Dorf hatte. Da er allein lebte, aß er abends meist in Bellas Gasthaus. Der Kommandant sah ihn interessiert an. »Sprich!«

»Der Vogel da hat mir etwas gezwitschert. Er hat gesagt: Hier haben wir einen Mann, der nicht weiß, wer er ist oder was er ist oder warum er überhaupt ist. Das hat der Vogel gezwitschert.«

»Und das heißt?«

»Du sitzt in der Falle. Du kommst hierher, in unser Dorf, und bringst Menschen um. Aber dieser Viti-Sonstwie bedeutet dir selbst in Wirklichkeit gar nichts. Du willst ihn eigentlich gar nicht. Du gehorchst nur Befehlen. Du sitzt in der Falle. Genau so, wie du jetzt in diesem Raum hier in der Falle sitzt.«

Wieder sang der Vogel draußen vor dem Fenster aus voller Kehle.

Einer der Bewacher hob sein Gewehr und richtete es auf das Gesicht des Silberschmieds. Er wartete auf den Befehl, ihn zu erschießen.

»Wer sagt's denn, ein Philosoph. Wie drollig. Ich sitze nicht in der Falle. Ich tu, was ich will, und auf meine eigene Weise. Ich töte, weil ich es gern tue. Ich bin wie der Vogel da. Ich bin frei.«

Wieder sang der Vogel, der Mann deutete zum Fenster. »Diesmal hab ich ihn gesehen. Es ist ein goldener Vogel.«

Eilig ging der Kommandant zum Fenster hinüber und machte es auf. Er lehnte sich hinaus – und taumelte mit einem Schrei zurück. Zwei Pfeile ragten aus seinem Gesicht. Sie waren ihm durch die Augen in den Schädel gedrungen.

Die Wachen waren so überrumpelt, daß sie die Initiative verloren. Sie wurden überwältigt und zu Boden gestoßen. Man riß ihnen die Helme vom Kopf. Die Gesichter, die zum Vorschein kamen, waren die junger Männer, die kaum zwanzig sein konnten. Mitten in der Gaststube torkelte der geblendete Kommandant mit ausgestreckten Händen umher und schrie in Todesangst.

Von draußen war plötzlich Tumult und Gebrüll zu hören. Es war ein Angst einflößendes Geschrei, als seien alle Teufel der Hölle losgelassen. Die Tür zum

Gasthaus sprang auf, herein trat Gwydion. Er war mit Blut bedeckt und hielt eine Machete. In seinen Augen lag ein Glanz, den diejenigen, die sich in diesen Dingen auskennen, als Zeichen der Mordlust hätten identifizieren können – als Zeichen der Mordlust bei einem Mann, der den Tod nicht fürchtete. Gwydion ging zum Kommandanten hinüber und pfiff ihm ins Gesicht. Es war das Lied des Vogels. Dann trennte er dem jungen Mann den Kopf vom Rumpf. Er polterte mit dumpfem Aufschlag zu Boden.

Draußen im Dorf befanden sich die schwarzuniformierten Sturmsoldaten auf dem Rückzug. Sie waren zu lange dageblieben. Sie hatten den Leuten, die im Wald lebten, zu viel Zeit gelassen, sich zu sammeln. Jetzt lauerte in jedem Schatten ein Gegner.

Plötzlich, so schien es, hatten sich die Dörfler zusammengerissen und griffen an.

Als der Sonnenschein des Spätnachmittags in den Hain drang, der das Dorf umschloß, gingen die Menschen daran, ihre eigenen Häuser, die bisher verschont worden waren, niederzubrennen. Rauch trübte den blaßblauen Abendhimmel. Männer und Frauen, die teilweise mit nichts anderem als landwirtschaftlichen Gerätschaften bewaffnet waren, stürzten sich auf die Soldaten und überwältigten sie durch das bloße Gewicht ihrer Zahl. Und überall erhob sich schrilles Geschrei.

Die Sturmsoldaten starrten fassungslos auf Kinder, die Brandbomben in ihre Flugzeuge schleuderten. Als ihre Kampfflugzeuge brannten, versuchten manche Soldaten aus dem Dorf zu fliehen. Aber draußen wartete Angus.

Er hatte sich einen der Soldaten geschnappt, ihn erwürgt und ihm die Waffe abgenommen. Jetzt stand er am Straßenrand. Die Sturmsoldaten, die es geschafft hatten, den Rand des Dorfes zu erreichen, wurden vom Feuer aus Angus' Maschinengewehr niedergestreckt.

Das Gewehr verbrannte ihm die Hände, aber er merkte es nicht. Und als es zu stottern anfing und die Munition verschossen war, holte er sich ein anderes. Er rückte ins Dorf vor.

Trotz des plötzlichen Umschwungs schafften es mehrere graue Kampfflugzeuge, aufzusteigen und den Rückzug anzutreten.

Plötzlich herrschte Stille, bis auf das Zischen von Flammen. Das ganze Dorf brannte.

Angus rannte durch die Flammen, erreichte das Gasthaus und eilte die Treppe hinauf.

»Sie brennen den ganzen Ort nieder. Warum? Die Soldaten sind doch weg!« Er bemerkte Miranda und sah sie mit zusammengekniffenen Augen an. »Bist du das? Was, zum Teufel, ist passiert?«

»Mir fehlt nichts. Dies«, sie deutete auf Gesicht und Arme, die jetzt mit kleinen Pusteln und Schorf überzogen waren, »sollte mich nur schützen.«

Bella eilte geschäftig herein. »Komm schon, pack mit an. Wir räumen das Gasthaus.«

»Was, zum Teufel, geht hier vor?«

»Sie kommen wieder. Wir geben das Dorf auf. Nehmen nur mit, was wir brauchen, und verbrennen den Rest. Hilf du Gwydion. Er ist unten.«

Obwohl er immer noch nicht begriff, ging Angus nach unten. Dort hatte Gwydion ein Loch im Boden geöffnet. Er holte gerade goldene und silberne Gegenstände heraus und verstaute sie in Korbtruhen.

»Du kannst den da beladen.« Gwydion deutete auf einen Karren, der beim Hühnerstall stand. »Mit Geschirr und Milchfässern und allem, was wir sonst noch retten können.«

»Wo ist Viti?«

»Wäscht sich im Fluß.«

»Warum das?«

»Er ist da drüben in die Scheiße gefallen. Ihm war ein bißchen schwindlig von dem Gedröhn. Beim Herausklettern ist er ausgerutscht.« Angus blickte zur Latrine und bemerkte die Stelle, an der die Abdeckungen über der Jauchegrube zurückgeschoben waren. Eine Platte war zerbrochen.

»Hat er sich dort versteckt? Teufel noch mal! Waren sie ihm auf den Fersen?«

»Klar. Jetzt hast du genug gefragt. Lad auf!«

Wenige Minuten später kam Viti – vom Flußwasser immer noch tropfnaß, aber wieder bekleidet – in den Stall gerannt. Ohne ein Wort zu verlieren, begann er, sich um das Vieh zu kümmern.

Es war unglaublich. Innerhalb einer Stunde waren alle beweglichen Gegenstände aus dem Gasthaus geborgen und auf drei robusten Pferdewagen verstaut. Die Hühner gackerten in den Käfigen, die man hinten an den Wagen vertäut hatte. Die hintereinander gebundenen Kühe stapften in einer Reihe hinterdrein. Die meisten Schweine hatte man geschlachtet. Ihre abgesengten Kadaver hingen an den Außenseiten der Fuhrwerke. Einige der Frauen trugen Ferkel auf den Armen.

Gwydion band etwas Stroh zusammen und tauchte es in Öl. Dann ging er, begleitet von Viti, durch die Zimmer, zündete ölgetränkte Lumpen an den Wänden an, lehnte sich aus den Fenstern und setzte das Strohdach in Brand. Bald darauf quoll dunkler Rauch durch die offenen Fenster und am Dachsims empor. Ab und zu war tief im Rauch etwas rötlich Flackerndes zu erkennen. Als das Feuer das Gasthaus erfaßt hatte, fand es nach und nach seine eigene Stimme. Es begann mit einem Flüstern und steigerte sich zu einem Brüllen. Holzbalken krachten herunter, Funken stoben. Dann züngelten gelbe, weiße, grüne und blaue Flammen empor, und Bellas Gasthaus wurde zum Inferno.

Bella sah mit trockenen Augen zu.

Als die Wände der früheren Küche einstürzten und Funken hochstoben, die bis zu den hohen Eichen hinaufflogen, sagte sie: »Lebwohl, altes Haus. Willkommen, neues Haus.« Und das war alles.

Wenige Minuten später brachen die Fuhrwerke auf, quietschten die Straße hinunter und schlossen sich den anderen Pferdewagen an, die das Dorf verließen. Überall brannten Häuser. Angus ging neben einem der Wagen. Er beobachtete alles, und ihm wurde klar, daß die Leute ihr Dorf als eine Art Opfer verbrannten. Sie würden nichts hinterlassen, das die Römer als Triumph ansehen konnten. Sie würden ihre Geschichten und ihre Fertigkeiten in neue Dörfer einbringen. Manche würden vielleicht ein neues Dorf irgendwo weit entfernt, auf einer anderen Waldlichtung gründen.

Miranda fuhr auf einem der Wagen mit und saß neben Bella. In einer Schachtel führte sie den Schädel von Bellas Urgroßmutter mit. Es war ein Geschenk, das man ihr gemacht hatte und das sie jetzt mehr denn je brauchte. Miranda spürte eine Mischung aus Zorn und Schuldgefühl und sah weder nach links, noch nach rechts. Ihre Haut erholte sich schnell, und ihre frühere Schönheit lugte schon wieder hervor. Aber darauf achtete sie gar nicht. Außerdem hatte Gwydion seit dem Überfall nicht mehr mit ihr gesprochen, und sie verstand nicht, weshalb er sich plötzlich so distanziert verhielt.

Der kleine Wagenzug verließ das Dorf und kam an der immer noch schwelenden Schule vorbei. Die Leichen des Lehrers und der beiden Kinder hatte man inzwischen fortgebracht.

Bald tauchten sie ins pechschwarze Dunkel der Bäume. Die Männer führten die Pferde. Das einzige Geräusch war das leise Tappen der Hufe. An Kreuzwegen zündeten die Männer jedesmal Fackeln an und berieten sich kurz. Danach bogen meist einige Wagen ab und schlugen die Richtung zu dem jeweiligen Bestimmungsort ein, für den sie sich entschieden hatten. Nach und nach blieben nur noch die drei Wagen zusammen, die die Bestände aus Bellas Gasthaus mit sich führten. Unter Gwydions Leitung waren sie einer sehr kurvenreichen Straße gefolgt. Viti und Angus hatten inzwischen die Orientierung verloren.

Stunden danach zog der Mond am Himmel auf und füllte den Wald mit seinem bleichen, gespenstischen Licht. Gwydion führte die Pferde von der Straße weg und schlug in einer Senke, in der Stechpalmen wuchsen, ein Lager auf. Im Mondlicht wirkten die Blätter schwarz und wie poliert. Danach wurden die Pferde gefüttert und getränkt. Die Frauen schliefen auf den beladenen Wagen, die Männer schlugen ihr Nachtlager zwischen den Wagenrädern auf. Immer noch unterhielten sich die Menschen nur im Flüsterton. Der Schlaf kam schnell nach so viel Erschöpfung und Pein.

Irgendwann in der Nacht näherten sich zwei Gestalten dem Lager: Lyf und der Riese, der vor so vielen Monaten für die Wölfe getrommelt hatte. Sie sprachen leise miteinander. Dann glitt der Riese in die Nacht, während Lyf sich vorsichtig den Weg durch die Wagenburg bahnte und den Pferden, die stampften und durch die Nüstern bliesen, etwas zuflüsterte. Eine Gestalt stand vom Boden auf, Gwydion, aber er legte sich wieder hin, als er sah, daß es Lyf war. Es wurde wieder still im Lager.

»Ich halte Wache«, flüsterte Lyf. »Schlaf du nur. Wir werden deine Kraft am Morgen brauchen.« Und so war es auch.

Die Morgendämmerung war dunstig. Ein feiner Regen nieselte herab, sammelte sich in den Blättern und tropfte herunter. Es wurde ein schnelles Frühstück vorbereitet, das aus Weizenküchlein bestand, die auf Drahtrosten über glühender Kohle gebacken wurden. Danach rief Bella alle zusammen. Sie, Lyf und Gwydion hatten den ersten Teil des Morgens damit verbracht, sich zusammenzusetzen und Pläne zu schmieden. Niemand hatte in ihre Nähe kommen dürfen. Jetzt würde Bella sagen, was geschehen sollte.

Zuerst sah sie Viti an. »Wir wurden von dem Überfall überrascht. Uns war nicht klar, wie hoch sie dich handeln. Nun erzählt mir Lyf, daß einer der toten Römer – einer, der ungefähr deine Größe hat – entkleidet und so verbrannt wurde, daß es wie ein Opfer aussieht. Wir hoffen, sie werden denken, daß du das bist.«

»Wir haben auch noch andere Spuren gelegt«, mischte sich Lyf ein. »Aber du wirst in Zukunft nicht mehr Viti heißen. Viti ist tot.«

»Welchen Namen hättest du gern?« fragte Bella.

Viti zuckte die Achseln. Alle Namen kamen ihm gleich leer und bedeutungslos vor. Er blickte sich um. Die Stechpalmen sahen bedrückend aus, aber jenseits davon sah er einen eleganten Baum, der viele, aus dem Boden wachsende Stämme zu haben schien. Ein Baum – viele Leben. »Wie heißt dieser Baum?«

»Das ist ein Haselnußbaum. Wir nennen ihn *Coll*.«

»Mhm, *Coll*, *Coll*.« Viti probierte das Wort auf der Zunge aus. Es hatte einen einfachen Klang. Es klang bodenständig. Ein Wort ohne jeden Schnickschnack. »Wenn ich mir schon einen anderen Namen zulegen muß, nennt mich Coll.«

Lyf nickte. Ein Becken mit sauberem Quellwasser wurde herbeigeschafft, einige Haselnußblätter wurden ins Wasser gelegt. Viti mußte sich vor das Becken knien, so daß er hinunterblicken und sein eigenes Spiegelbild im Wasser sehen konnte. »Jetzt bitte den Baum darum, daß er dich seinen Namen benutzen läßt.« Das tat Viti. »Sprich den Namen aus, während du dein Spiegelbild ansiehst.« Viti murmelte den Namen: »Coll.« »Lauter.«

»COLL.«

»Jetzt trink etwas von dem Wasser.« Viti tat es. Er beugte sich so weit vor, bis seine Nase, der Mund und das Gesicht unter die Oberfläche tauchten. Als letztes schöpfte Lyf mit den Händen etwas Wasser ab und verteilte es über Vitis Haare und Schultern. »Viti ist tot. Er ist wiedergeboren als Coll. Steh auf und finde deinen Weg, neuer Mensch.« Coll stand auf und kam sich ein bißchen dämlich vor, aber niemand lachte. »Hol dir ein paar Blätter von dem Baum dort drüben, der dir seinen Namen verliehen hat. Behalte sie immer bei dir.«

»Jetzt zum übrigen«, sagte Bella. »Die Zeit ist knapp. Wir sind der Meinung, daß es für euch – und für uns – zu gefährlich ist, wenn ihr mit uns reist. Die Zeit rast weiter. Ihr müßt eure eigene Reise fortsetzen. Der Überfall der Römer kam, um uns daran zu erinnern. Das Leben war schon zu einfach und zu sicher geworden. Wir sind der Auffassung, ihr solltet nach Stand Alone Stan gehen, denn das ist ein Hort großer Gelehrsamkeit. Von dort aus könnt ihr später zu neuen Zielen aufbrechen.«

Miranda sah sie bestürzt an. »Aber ich dachte, ich ...«

»Du bist stark und wieder du selbst. Unsere Liebe ist mit dir, aber du hast jetzt wieder ein Leben vor dir. Wie Angus. Wie Coll. In Stand Alone Stan werdet ihr neue Richtungen finden.«

»Was wird mit euch?« fragte Angus.

»Mach dir um uns keine Sorgen.« Bella lachte auf. »Wir haben einen Ort nicht allzu weit südlich von hier, der uns aufnehmen wird. Er heißt Brind. Wir kommen schon klar. Wir werden ein neues Gasthaus aufmachen. Wir hoffen, daß wir euch wiedersehen.«

»Wer reist mit uns?« fragte Miranda schüchtern. Es war klar, daß sie dabei an Gwydion dachte.

»Niemand. Es ist von hier aus nicht weit nach Stand Alone Stan. Ihr werdet dort in Sicherheit sein. Lyf hat euch dort schon angekündigt. Und jetzt wird's Zeit, weiterzuziehen.« Sie stand auf. »Zeit für uns alle.«

Angus kämpfte darum, irgend etwas davon zu verstehen. Plötzlich begriff er. Sie wurden hinausgestoßen wie Vögel aus dem Nest. Sie waren wieder auf sich selbst gestellt. Er sah Viti an, der jetzt Coll hieß. Und Miranda, die den Kopf gesenkt hielt und eine Schachtel umklammerte.

Sie waren sich zwar nicht völlig fremd, aber jeder von ihnen hatte sich in eine neue, andere Richtung entwickelt, und jetzt mußten sie sich wieder zusammentun. Dann dachte er an Stand Alone Stan. War das nicht der Ort, an dem Roscius lebte und lehrte? Angus spürte einen Anflug von Hoffnung. Vielleicht konnte Roscius ihm dabei helfen, das zu verstehen, was in den letzten zwölf Stunden geschehen war. Außerdem hatte Angus inzwischen das kurze Traktat *Über die Freiheit* gelesen und mehr Fragen, als er aufzählen konnte. »Wie lange brauchen wir zu Fuß nach Stand Alone Stan?« fragte er Lyf.

»Zwei Tage und eine Nacht. Wenn alles gutgeht.«

»Ist es eine leichte Strecke?«

»Es wird überall Menschen geben, die euch weiterhelfen.«

»Na dann. Ich bin soweit«, sagte Angus und schwang seinen Beutel über den Rücken. »Bist du fertig, Viti ... – nein – Hasel ... Entschuldigung, Coll?«

»Ich denke schon. Es geht alles so schnell. Ich muß mich noch von einigen Leuten hier verabschieden.«

Miranda hatte sich zur Seite gewandt und war in ein Gespräch mit Gwydion vertieft.

»Werde ich dich wiedersehen?« fragte sie.

»Natürlich.«

»Werden wir dann immer noch ein Liebespaar sein?«

»Das hoffe ich.«

»Liebst du mich?«

Gwydion konnte darauf nicht antworten. *Liebe* schien das, was er empfand, nicht richtig auszudrücken. »Ich finde dich sehr begehrenswert«, sagte er vorsichtig. »Aber du brauchst mich nicht. Oder du wirst mich später nicht mehr brauchen. Aber falls du mich brauchen solltest, werde ich da sein. Wenn du verstehst, was ich damit sagen will.«

Miranda verstand es nicht. »Schickst du mich weg?« fragte sie.

»Ja und nein. Aber sieh mich nicht so an. Es ist immer so. Nicht ich bin grausam, sondern dieses ...« Er gestikulierte und versuchte, die richtigen Worte zu finden. »Dieses Leben.« Er ließ seine starken Arme herabfallen. »Es tut mir leid. Das klingt auch nicht sonderlich angemessen. Es ist sehr schwer, solche Dinge zu sagen.«

»Nein. Hast du mich benutzt?«

»Ich hab dir mein Bestes gegeben.«

»Sehr wohl.« Sie streckte die Arme hoch und küßte ihn. »Dann sind wir quitt.«

Coll sprach mit Bella, Lyf und einigen der anderen, die im Gasthaus gearbeitet hatten. »Ich möchte euch danken und mich von euch verabschieden. *Ave atque vale* – mehr oder weniger. Aber ich möchte, daß ihr etwas ganz Besonderes für mich tut. Versucht den Verwandten der Menschen, die beim Sturm meiner Leute auf das Dorf umgekommen sind, zu vermitteln, daß ich das, was die Römer angerichtet haben, aus tiefstem Herzen verabscheue. Ich hätte mich lieber selbst gestellt, als das, was geschehen ist, zuzulassen.«

»Das wissen wir. Und du brauchst keine Schuldgefühle zu haben. Wir haben dich mit offenen Augen aufgenommen. Wir wußten, welches Risiko wir damit eingingen. Außerdem kannst du nicht die Verantwortung für ein System übernehmen, in das du hineingeboren bist.«

»Nein. Aber ich muß es auch nicht akzeptieren. Ich will es bekämpfen. Allerdings weiß ich nicht, wie. Trotzdem werde ich es tun. Jedenfalls möchte ich euch einfach darum bitten, daß ihr, wo immer ihr auch hinzieht, allen Menschen erzählt, daß Viti Ulysses tot ist. Und daß sein Nachfahre nichts lieber täte, als Vitis Namen wieder reinzuwaschen.«

»Gesprochen wie ein wahrer Römer«, sagte Lyf, und trotz seines Ernstes mußte Coll lächeln.

Lyf rief alle drei zusammen. »Euer Weg führt nach

Osten. Folgt der Straße, und merkt euch diese Namen: Berry, Bird, Grindal, Lutton, Weaver, Butter, Fox. Das sind Dörfer, in denen euch Leute weiterhelfen werden, falls ihr euch verlauft. Von Fox aus geht ihr in südöstlicher Richtung nach Twing weiter. Und von dort aus auf einem verborgenen Pfad nach Stand Alone Stan. Viel Glück.«

»Was ist Stand Alone Stan? Wie werden wir's erkennen?« fragte Angus.

»Stand Alone Stan ist ein großer Stein, ein Monolith, den unsere Vorfahren dort aufgestellt haben – längst, ehe euer Volk zu diesen Inseln kam. Es ist ein Ort des Lernens und der Sicherheit. Jetzt macht euch auf den Weg. Gute Reise!«

Miranda stand allein da. Das wenige, was sie besaß, hatte sie in einem Sack verstaut, der von ihrer Schulter baumelte. Die Schachtel war sicher daran befestigt.

Coll pflückte einige Blätter vom Haselnußbaum und stopfte sie in seine Hosentasche. Miranda lächelte ihm zu.

Angus hob sein zusammengerolltes Gepäck auf den Rücken und winkte.

Zusammen verließen sie den Hain. Und dann drehte Miranda sich um und rannte zurück. Sie sprach mit Bella, sie küßten sich, Bella flüsterte etwas und schickte sie dann den beiden Männern hinterher. Als Miranda sich ihnen wieder anschloß, war ihr Schritt leichter.

Die drei verschwanden im Nebel und im leicht dahintreibenden Regen.

Die Romantetralogie ›Ein Land für Helden‹
wird fortgesetzt
mit dem zweiten Band: ›Der Monolith‹.

Weißer Mars
Gehen Sie nicht ohne dieses Buch ins nächste Jahrtausend ...!

Mitte des 21. Jahrhunderts landet eine kleine Gruppe von Wissenschaftlern auf dem Mars. Als sie nach einer Katastrophe von der Erde abgeschnitten werden, sind sie gezwungen, in dieser lebensfeindlichen Welt eine völlig neue Art der Zivilisation zu entwickeln.

Dieser außergewöhnliche Roman entstand in der einzigartigen Zusammenarbeit des britischen SF-Autors Brian W. Aldiss mit dem weltberühmten Mathematiker und Physiker Sir Roger Penrose.

06/6350

HEYNE-TASCHENBÜCHER

Iain Banks
Vor einem dunklen Hintergrund

Das neue SF-Meisterwerk des Bestseller-Autors aus Großbritannien!

»Derzeit der beste unserer jungen Autoren!« *THE TIMES*

06/5640

HEYNE-TASCHENBÜCHER

Dan Simmons

Hyperion

Das mehrfach preisgekrönte Kultbuch der Science Fiction!

Auf Hyperion herrscht ein grausames Ungeheuer, das Shrike. Manche verehren es als Gott, andere wollen es vernichten, doch gefürchtet wird es von allen. Und es wartet auch auf sie alle ...!

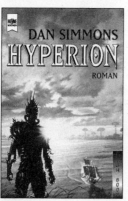

06/8005

HEYNE-TASCHENBÜCHER